本书正在改编成电视剧

山海风云

一部真实反映中国股份制发展的小说。

一家本来可以成长为华为、联想的企业的成败兴衰。

三个老板的奋斗创业、悲欢离合。

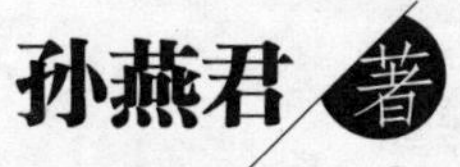

（第三部·全三部）

·北 京·

图书在版编目（CIP）数据

山海风云．第三部/孙燕君著．北京：中国经济出版社，2014.4

ISBN 978－7－5136－2888－4

Ⅰ.①山… Ⅱ.①孙… Ⅲ.①长篇小说—中国—当代 Ⅳ.①I247.5

中国版本图书馆 CIP 数据核字（2013）第 258380 号

责任编辑　彭彩霞
责任审读　贺　静
责任印制　马小宾
封面设计　任燕飞装帧设计工作室

出版发行　中国经济出版社
印 刷 者　北京科信印刷有限公司
经 销 者　各地新华书店
开　　本　710mm×1000mm　1/16
印　　张　24.25
字　　数　360 千字
版　　次　2014 年 4 月第 1 版
印　　次　2014 年 4 月第 1 次
书　　号　ISBN 978－7－5136－2888－4
定　　价　39.80 元

中国经济出版社 **网址** www.economyph.com **社址** 北京市西城区百万庄北街 3 号 **邮编** 100037

本版图书如存在印装质量问题，请与本社发行中心联系调换（联系电话：010－68319116）

序 言

如果说世上真有缘份的话，那我与孙燕君老师的相识与相知就是缘份。

21 年前，从事编辑工作刚满一年的我，从《经济日报》上看到一篇文章，是分析我国恢复关贸总协定缔约国地位利弊的，作者署名“孙燕君”。我是属于那种知道鸡蛋好吃还想知道是哪只母鸡下了这只鸡蛋的人。所以在认为文章写得很好之余，萌发了拜见作者本人的想法。于是试探着给《经济日报》编辑部写了一封信，大意是说文章写得及时且富有针对性，可以扩写成一本完整的图书，并希望拜见作者详谈具体想法。不多久就接到了孙燕君老师的电话，相约某日在经济日报社见面。

我欣喜之余如约到来到经济日报社。交谈后得知，孙老师是经济日报社国际部的记者，刚从英国伦敦回来，对关贸总协定的了解全面深刻。我提出，经济各界对《关贸总协定》非常陌生但又急于了解，特别是对“入关”“复关”后的利弊心中没底，所以希望孙老师能写一本书来解市场之渴。孙老师认为我提出的写书建议很好，但有些犹豫。一是孙老师以前没有写过书，二是担心写书会耽误很多时间，得不偿失。我提出书的提纲可以一起来拟定，还可以帮助他整理一些资料。估计是看在我急切与真情的份上，孙老师答应了我的请求。

在接下来的写书过程中，我只有一次到孙老师家帮助整理资料，全书的撰写工作全是孙老师自己做的。

1992 年 10 月，一本名为《中国加入关贸总协定的利弊与对策》的书就出版了。从创意到写书再到出版，只用了不到三个月的时间。这是孙燕君老师人生的第一本书，也是我编辑生涯的第一本畅销书。我们人生的第一次交集，就这样碰撞出了精彩的火花。如今，孙老师成了著述等身的知名作家，而我依然在出版领域坚守，在自己的通讯录中不断添加像孙燕君这样亦师亦友的作者名单。

在我眼里，孙老师首先是一位媒体人，而且是一位有思想的媒体人。这不仅是因为他先后担任过《经济日报》国际部记者、国际经济专栏评论员，《中国贸易报》常务副总编，《团结日报》常务副总编，《时代财富》杂志主编等职，而且因为他早在十年之前就先后出版了《报业中国》和《期刊中国》这样的业内扛鼎之作，对中国平面媒体业的生态有宏观准确的把握。我因近期主持出版社的杂志工作，特意再次浏览了孙老师的《期刊中国》一书，该书全景扫描了中国九千余种期刊，并将这些期刊分成七大板块，每板块选若干代表性期刊，用生动有趣而又旗帜鲜明的春秋笔法，讲述了这些板块内外杂志激烈竞争的战国故事。尤其让我大呼过瘾的是，书中居然深入解析了中国期刊的投资方略，即使十年后的今天回看，依然不乏指导意义。

同时，孙老师又是一位经济学家。他大学所学专业就是经济学，曾任中国经济改革国际研究会副秘书长、中国国际贸易基础理论委员会委员，对我国经济体制改革也有较多的涉猎与参与。他的国际经济大视野给我印象更深刻，比如，在《中国加入关贸总协定的利弊与对策》一书中开篇第一句话就是“关贸总协定同国际货币基金组织及世界银行是调节世界经贸关系的三大支柱”，顷刻就把读者的注意力抓住了。这种高屋建瓴的表述，无疑是厚积薄发的自然流露。

当然，近些年孙老师最为大家熟知的就是他的作家身份。他的著作以企业家传记、财经小说为主，其代表性著作是《阿里巴巴神话：马云的美丽新世界》和《大时代》。前者是所有写马云的著作中最早且得到马云授权的，也是最畅销的；后者已经被改编成电视剧。

读孙老师的作品，无论是小说还是其他体裁的作品，最大的感觉是收获大。原因在于孙老师的作品中干货多，不注水，这得益于他丰富的工作生活经历。我常惊叹于孙老师宽广的知识面，扎实的经济学理论功底，对人物和事物的分析入木三分。细究起来也不奇怪：以孙老师心智的聪慧、与人为善的胸怀和广袤的人脉资源，如果一心要在官场或商界发展，必定也坐拥钟鸣鼎食的家境了，但孙老师醉心并深耕于媒体和学界，甘于平淡是最自然不过的，而方家的平淡就是最大的深刻。

孙老师不但写小说，也研究小说市场。在与孙老师的接触中，我了解到，我国每年大约会出版2000部小说，能改编成电视剧的屈指可数，改编后能播出的更是凤毛麟角。目前，小说界正被官场小说所垄断，真正好的财经小说数年或可一遇；屏幕上充斥的不是结婚离婚的家长里短，就是砍瓜切菜般杀鬼子的“抗战娱乐片”。这是一个非常奇怪也非常可悲的现象，这既有作家和媒体的责任，也有更深层次的制度原因。孙老师觉得无论是小说还是电视剧，都应该实现主流回归。那就是，作家、各种媒体应该去反映火热的现实经济生活。孙老师既是这样想的，更是这样做的。他2010年完成的小说《大时代》，就是一部令人热血沸腾的长篇创业题材小说，讲述新时代的企业家们筚路蓝缕的创业之路和曲折艰辛的扩张之途。

现在读者朋友见到的《山海风云》，又一次见证了孙老师的风格。这是一部反映我国改革开放初期，一群IT创业精英奋力挣脱传统体制的桎梏，却不幸一头扎进了股权设计的陷阱并戴着制度锁链开始创业的故事。这是一个真实的“故事”，真实到随处可以“对号入座”：小说中的主人公们现在都还在续写“新事”。小说中三个老板的悲欢离合、跌宕起伏，多家企业的成败兴衰、命途多舛，恰好帮助读者回忆了改革开放三十年的完整时代背景。这样一部小说，既倾注了作者前半生世事洞明人情练达的阅历，更展示了作者描绘火热改革画卷力透纸背的功力。小说中，作者对似是而非的股份制、军队办企业的特殊背景、沿海地区的猖獗走私、营销手段的倚正出奇、股改上市的操作手法、高层争斗的惊险无情、利益熏诱下的忠诚背叛、起死回生的人物命运，都有亲身经历般的细节交代。因而，没有惊奇也会拍案，没有意外也想叫绝，让人读后久久难以释卷，释卷之后久久难以释怀：中国少了一家联想、少了一家华为、少了几多商界领袖，多了一部小说、多了一部电视剧、多了无尽的制度反思。小说中，读后最想说的就是“如果”；然而，现实生活中，最残酷的就是“没有如果”……

《山海风云》对孙老师来说，与以往所写的小说有巨大的不同：一是小说时间跨度大、情节又三回九转，可以说是鸿篇巨制，设计的是上中下三部的架构。二是这是为即将开拍的电视剧准备的脚本小说，电视剧将依据这本小说改编。三是这是一部有真实背景和故事的小说，并非完全虚构。小说中的背景企业现在还在股市上；小说中的主人公现在还在商界驰骋。

为了完成这个再现三十年改革中的典型企业和典型企业家历史的宏大工程，孙老师豁出去了，不仅豁出去了时间和精力，而且豁出去了健康。当《山海风云》小说第一部杀青时，他走进了医院，让他没有想到的是，他一个多月以后才走出医院。这中间孙老师经历了生与死的煎熬。

物换星移几度秋。相隔21年，我第二次来到孙老师家。最直观的感觉是孙老师的家更加宽敞了；更令我欣慰的是，孙老师尽管刚出院，人略显疲惫，但气色不错，思维敏捷，谈兴不减。由于《山海风云》一书的电视剧改编协议已经签订，大病初愈的孙老师就义无反顾地开始规划小说第二部和第三部的写作。我在感动之余，心中更多的是祝福。

近三个小时的会面结束后，孙老师坚持把我送到地铁站口。回望孙老师的背影，我在想：一位经济学家，又是资深媒体人，更是成功出版了十多部专著、畅销传记和小说的知名作家，其中又有两部小说被改编成电视剧……不知不觉中一个“四栖明星”的形象在我眼前逐渐清晰起来。孙老师就是这样平凡与低调，他总是让人觉得只要紧追几步就可以望其项背，但冷静下来，你会明白，“望其项背”一般都用在否定句中。

孙老师嘱我为《山海风云》写个序。这回轮到我犹豫了。但孙老师坚毅的口吻让我最终不敢拂逆成命。我从来没有为小说写过序，只好偷梁换柱，拿和孙老师共事的经历来充数。想到这样对读者更好地理解《山海风云》的作者背景是有帮助的，心中也就释然了。

毛 增 余

2013年7月12日于北京百万庄

目录 Contents

山海风云

二十八、机遇

CHAPTER 28

1

林磊的二次创业是从监狱开始的。

林磊出狱前半年，狱室里来了一位新犯人。

这个新来者叫胡建业，四十多岁，个头很高，皮肤很白，面目清秀，怎么看都不像土生土长的八闽人。

胡建业气宇轩昂风度翩翩，堪称商界美男子。他即便锒铛入狱，形象风度依然维持着，神情既不沮丧，举止也不猥琐，既不叹气，也不流泪，怎么看都不像一个一审被判10年徒刑的犯人。

胡建业与林磊原来就认识，一同落难之后很快就成为无话不谈的知己。胡建业既不需要林磊的心理咨询，也不需要他的法律援助，他的心理很健康，他对自己的案子看得一清二楚。

就是这个胡建业为林磊提供了东山再起的宝贵机遇。

2

胡建业之所以同林磊意气相投，是因为两人阅历相似，观念相近，心境相仿。两人最大的不同点是林磊自认是冤案，始终没有负罪感；胡建业自认罪有应得，认罪也认命。

两人从前虽然认识但不熟，如今朝夕相处很快就混熟了。胡建业用了三天时间才向林磊讲完他的有点冗长的故事。

胡建业是安徽绩溪人，比林磊小4岁。绩溪是八大菜系之一徽菜的发源地，也是胡雪岩、胡适的故里。胡建业也姓胡，可惜他与两位胡姓大名人没有亲缘。因为遗传基因不同，所以两大名人名垂史册，他胡建业入了另册。

胡建业是1982安徽的理科高考状元，那一年林磊已大学毕业。胡建业报志愿时第一志愿没有选择北大清华而是选择了中央金融学院，他是有心计的，从小就立志要做金融家。

1986年胡建业从中央金融学院毕业后被分配到人民银行八闽分行。他在人行从基层做起,6年之后爬到了分行副行长。当时他是人行中最年轻的分行副行长,胡建业的抱负能力和执著由此可见一斑。

1992年小平南方讲话之后,胡建业一手创建了八闽第一家证券公司——海金证券公司。这是八闽第一个券商,后来也是八闽最大的券商。林磊这个八闽上市第一人和胡建业这个八闽券商第一人当然要打交道,他俩就是那会儿认识的。

胡建业如愿以偿地拥有了券商平台,自觉与金融家梦越来越近了。当时他最大的心结和遗憾就是始终不能成为海金证券的董事长。

海金证券虽然是胡建业一手创建的,但公司创建半年后,分行就派来了一位董事长。以后10年,胡建业就一直是海金证券的总经理。

这位董事长叫白征,比胡建业长一轮,曾是他的老领导。白征和胡建业虽然都是同级副行长,但白征的资格比胡建业老多了,胡建业提副行长时,白征已经当了5年副行长了。关键白征不但是分行老人,而且央行有人,所以他才能坐稳海金证券公司董事长的位子。

胡建业与白征的关系从一开始就很微妙。白征对券商业务并不精通,海金公司日常工作都是胡建业抓,但关键时刻还是白征拿大主意。胡建业一直蔑视这位业务不精能力平庸的银行老油条,但又不敢得罪他,因为他有后台,胡建业没有。

在胡建业的经营下,海金证券发展迅猛。但因为地处八闽,它在全国券商的排位中始终进不了前10名。为了加强八闽的金融实力,主管金融的副省长要求海金证券用三年时间把规模做到全国券商前5名。

海金如何超速膨胀?胡建业没有找到路子,但白征找到了,那就是动用股民的保证金炒股。虽然白征和胡建业都知道这是违法的,但白征坚持这么干。他对胡建业说:

“小胡,国内券商动用股民资金炒股的不止一家,都没出事,我们为什么不能一试?股民的钱在账上趴着也是趴着,我们利用时间差把这些钱用活怎么不行?只要保证资金流转和做好保密工作就行了。”

“董事长,这样干是违法的。”

“金融界违法的事多了。地下钱庄也是违法的，你到江浙看看，那里的地下钱庄如雨后春笋。拿股民的钱炒股，一定能赚大钱，股民90%都不是专业的，而我们是专业的，你又是国内有名的证券专家，都是这些钱，都是炒股，我们炒和股民炒，那收益可差远了。除此之外，我再也找不到让海金三年暴发的路了，你有别的路可走吗？”

“我一时也想不出别的路。”

“那不结了，副省长交代下来的可是硬指标，咱们必须往前冲。既然别无他路，那就走这条路。”

在董事长的高压下，海金证券悄悄走上了动用股民保证金炒股的邪道。大主意是董事长拿的，但实际操作是胡建业完成的。开始动用10亿、20亿，后来是动用50亿、60亿，再后来，胆子越来越大，直至动用股民资金100亿。

用股民资金炒股的效果极其明显，海金证券迅速膨胀，业绩窜升，两年之后经营规模就成为全国券商第三名。

3

从海金证券剑走偏锋开始，胡建业内心就又矛盾又忐忑。

理智告诉他，动用股民资金这条路走不得，全世界的券商都不敢这么做。而且这是一条不归路，一旦踏上了就再也离不开了。用股民资金炒股的收益远远高于公司服务费用的收益，这个海洛因一旦吸食上瘾，再要想戒掉可就难了。

但情感告诉他，这是董事长拍的板，董事长的后面有副省长，我个人势单力薄根本无法抗拒。一走了之吧，券商这个平台太宝贵了，放弃太亏了。而且这个平台是我一手创建和培育起来的。想做金融家，走券商之路是终南捷径。大摩、高盛、美林等世界五大投行原来都是券商。先成为八闽券商老大，继而成为中国券商魁首，最后成为世界知名券商，这就是我的金融家梦想，岂能半途而废？不走留下来，就得与白征狼狈为奸沆瀣一气，就得时时刻刻如履薄冰如临深渊，就有可能东窗事发触犯法律锒铛入狱。

胡建业不能扔掉自己的金融家梦想，也无力反抗残酷的现实。现实是中国有自己的国情，国际上行不通的事，在中国可以大行其道，现实是“撑死胆大的，饿死胆小的”,许多老板的第一桶金都跟走私和偷漏税相连,都与权钱交易相关;现实是中国的金融是不开放和不规范的,是中国没有真正的金融家,也不会有俄罗斯式的金融大鳄,中国式的金融家只能是与权力相连的银行行长和券商老总。

胡建业从用股民资金炒股的第一天起就意识到风险,就有浓得化不开的负罪感。然而,在坚硬冷酷的现实面前,在功名事业金钱的诱惑面前,他最终还是屈服了。

胡建业的智商很高,要不他也成不了高考状元,成不了中央金融学院的高才生,更成不了金融界屈指可数的精英。但他的政治嗅觉不灵。他从小厌恶政治,厌恶权术,也厌恶胡雪岩式的红顶商人。他喜欢数字酷爱金融,面对金融市场特别是股票市场,总是灵感四射。

金融是什么,金融就是钱。胡建业是个爱钱不爱权的人,可惜他生错了地方。改革开放后的中国,权和钱一时一刻也没有分离过。在中国,一个不懂政治的企业家,一个爱钱不爱权的金融家,是注定要一败涂地的。

自从海金证券走上这条邪路,可谓一夜暴富肥得流油。海金成了八闽最赚钱的公司,也成了省里的摇钱树和小金库。公司高管和员工的薪酬一调再调,已经高得有点离谱,公司几个经理的薪酬很快越过了年薪100万元的坎,整整高出业界同行的三分之一。

海金证券是国企,丰厚利润不能全部揣进自己的腰包,但可以提薪,可以发奖金,可以大吃大喝。从此海金证券上上下下弥漫着奢靡之风,董事长白征更是花钱如流水,而且常常一掷千金。他的口头禅是:“海金一年上交那么多利润,我消费一点不应该吗?”

海金证券高管中只有胡建业不敢消费,甚至不敢花完自己的百万年薪。他总有一种危机感,有一种大难临头的预感。他想化险为夷,想改弦更张,想让海金放弃邪路走正路。他想尽早结束海金动用股民资金炒股的不光彩历史,回到券商正常业务上来,靠为企业上市和为股民服务挣钱,靠自己的本事和艰苦奋斗做大做强海金证券。

胡建业看清楚了,要想达到这个目的只有一个办法,那就是搬掉这个董事长,自己真正掌控海金证券。

4

自从有了这个念头之后,胡建业就暗中发力,开始了一场漫长的驱赶董事长的斗争。

机会终于在海金证券开业8年之时出现了。一直暗中监视董事长的胡建业终于发现了这位脑满肠肥的董事长的两大把柄。

养尊处优无所事事的海金董事长白征不知何时染上了赌瘾。他到澳门赌也到拉斯维加斯赌,而且越赌越大,一掷千金,最多一天就在赌场输掉一个亿。白征赌博的钱当然是公款,他动用海金的盈利是瞒不了胡建业的。胡建业用了半年时间暗中收集白征挪用公款赌博的证据,终于把人证物证都拿到了手。

赌瘾大发的董事长白征不知何时又淫性大发,染上了玩处女的癖好。这位五十开外的董事长宝刀不老老马吃嫩草,竟然创下了每月玩一个处女的记录。消费处女的价格可想而知,而这一大笔开销还是来自海金证券的盈利。

董事长白征不但自己玩处女,而且竟然用处女行贿主管金融的副省长,直至把前途无量的副省长拉下水。在中国,腐败风中的行贿手段五花八门层出不穷。现金早已成老套,酒宴和桑拿已经不够档次,新潮是送出境游,送孩子留学,送字画古玩,最新发明当属送处女,如此看来,白征真是个勇于创新的董事长。

胡建业用了一年时间收集白征公款玩处女和用处女行贿的证据,最后也人证物证齐全了。

有了这两个重磅炸弹之后,胡建业就开始双管齐下了。他一面亲自写检举信并把信和证据一起送交省纪委,一面发动海金证券的干部员工,公开展开一场声势浩大的驱赶董事长运动。

海金证券在胡建业多年苦心经营下,上上下下关键部门都是他安插的人。董事长白征虽然是名义上的一把手,但他长期不管具体业务,心思都在赌场和情场上,因而公司里只有两三个亲信。

驱赶董事长运动一开始就来势凶猛势不可挡,公司90%的员工都被裹挟进来,白征一下子就被打懵了。他没想到这个表面上只专业务远离政治的年轻总经理会玩这一手,他越想越觉得这事不可思议,这个胡建业已经被自己拉上船了呀,他和我已经是一个利益共同体,一根线上的蚂蚱,一损俱损一荣俱荣啊。他虽然没有参与赌博和玩女人,但他参与动用股民资金了,虽然动用股民资金炒股的决定是我做出来的,但他是具体执行人啊,用上百亿股民资金炒股也是他操的盘的呀。他鼓动群众来驱赶我,这不是找死吗?别说他远不是我的对手,就是他侥幸得手,我进去了能有他好果子吃吗?这家伙是不是鬼迷心窍了?

白征虽然这样想,但不敢掉以轻心。他起而应战,调动起自己的政界关系网,开始反击。

玩政治玩权术,幼稚的胡建业的确不是老辣的白征的对手。不到一个月,海金证券的驱赶董事长运动就偃旗息鼓烟消云散了,海金董事长白征岿然不动,总经理胡建业却被罢免了。一场驱赶董事长的运动最终演变成驱赶总经理的运动。公司大部分人见风使舵很快归顺了董事长,谁愿意丢掉海金这个金饭碗?胡建业被赶走后,董事长白征立刻任命自己的亲信财务处处长出任总经理,从此这个胡建业惨淡经营10年的券商黄金平台完全掌控在白征手里了。

胡建业离开海金那一天,白征特意跑到他的办公室来送行。

“小胡啊,你跟我斗法还嫩点。中国的金融家只懂业务不懂政治不行,只有专业技能没有关系网和保护伞不成,只有群众没有后台不灵。现在你知道你那些乌合之众是如何不堪一击了吧?”

白征满脸春风地说,胡建业双眉紧锁一言不发。

“早知如此悔不当初了吧?你就是有当董事长的野心也不能这么折腾啊。你要是不折腾,咱俩合作多好。你管业务,我管政治,你管挣钱,我提供保护伞。百万年薪拿着,衣食住行公款报销着,这不挺好吗?你干嘛非要往死里折腾?”

“我要改弦更张,不赶走你办得到吗?这样走下去,海金这条船早晚要翻。”

“动用股民资金的风险我知道,我也不是一条道走到黑的人,再干两年钱挣够了不干了,到时候再金盆洗手洗心革面重回老路,转眼又是一个规范的证券公司。”

“你又赌又嫖,多少钱够你花?”

“我知道你早就盯着我那点事,其实我那点事不算什么事。当今上赌场的官员老板多了,在澳门赌场,一次输三四个亿的官员老板我都见过,我在他们面前是小巫见大巫啊。我的赌瘾不大,两年后咱们不玩股民资金炒股了,我就自然戒赌了。再说玩女人就更不算事了。如今的官员老板有几个不沾腥的？我比不了你，你年轻又家有美妻，我不行，我家里只有个黄脸婆，我老了再不玩就玩不动了。人生不就这点乐子吗？干嘛苦着自己？”

此时的白征还不知道胡建业已经把他这两大癖好的相关证据递交了省纪委。

“道不同不相谋。”

胡建业跟这位董事长从来就没有什么共同语言。

“小胡，离开海金你打算去哪？”

“我去哪就不劳您费心了。”

“我知道你是人才难得，有的是地方可去。但我还是劝你别离开金融证券界，你过去的积累很厚丢了可惜。你什么时候幡然醒悟了，愿意重回海金跟我做搭档，我开门欢迎。我这个人从来不记仇。”

胡建业没再接茬，站起来转身离去。

胡建业离开海金之后心情沮丧。他没想到自己10年的心血一夜之间付之东流，没想到精心培育的公司骨干一夜之间倒戈，没想到白征的权势和关系如此不可挑战，没想到正义战胜不了邪恶公理战胜不了强权，更没想到两大罪证两大把柄居然不起作用。

心灰意冷的胡建业已经不想在国内金融圈混了，他转身加盟了海外投行的在华机构。

不想一个月后风云突变，省纪委向海金派出了工作组。半个月后，董事长白征被“双规”了，罪名是公款赌博和生活糜烂。又过了半个月，分行党组任命胡建业为海金证券董事长兼总经理。

胡汉三又回来了。胡建业重回海金证券后，没有为难那些见风使舵的部下，而是搞起了团结一致向前看。

他立即扭转了公司的方向，叫停动用股民资金炒股并归还了大部分资金。从此海金证券又走上券商的正道。

三个月之后，正当胡建业调整停当准备从头来过大干一场时，两名公安人员突然闯进办公室带走了他。原来“双规”中的白征终于交代出海金动用股民资金炒股的罪行。他之所以开始不说是因为他知道这个罪行远比公款赌博和玩女人大得多。

白征和胡建业双双入狱后,海金证券动用股民资金的事情终于败露了。一石激起千层浪,这个消息立刻了引发了众多股民的挤兑和抗议。省人行出面动用了所有手段,就是压不住。

股民大规模闹事惊动了中央,国务院立刻向海金证券派来了清算组。

辉煌了十年的海金证券也停业整顿了。

5

听完胡建业的故事,林磊唏嘘不已。不久,林磊开始向胡建业讲自己的故事,这个故事也讲了三天,胡建业听完也是唏嘘不已。

“同是天涯沦落人,相逢何必曾相识。”

林磊出狱前的一个月,他和胡建业一起探讨出去之后的创业之路。

胡建业说:

“我这里倒是有一个机遇,你不妨一试。”

“什么机遇?”

“我动用股民资金炒股时留了一个心眼,没有把这些资金一股脑都投到股市上,而是拿出其中的十几亿投资了几家企业,目的是规避风险,因为股市风云变幻风险太大。还有一个目的就是要尝试一下美国投行的路数。美国投行开始都是纯粹的券商,后来又转向投资企业,控股或占股,然后卖掉盈利。我的野心是再用10年时间,把海金证券做成中国最大的投行。我投资这些企业时比较匆忙,市场调研也不充分,因而投资不算很成功,但其中有一家叫安隆的生物技术公司我很看好,你如果能接手继续做市场前景应该很可观。”

接着胡建业又给他讲述了安隆的故事。

“我投资企业时,有一天一位业内的朋友给我带来一位四十岁出头的‘海归’于飞,他自称新一代美籍华人。我请他们吃饭时,于飞自我介绍说,他是北京的干部子弟,十年前赴美留学,是美国杜克大学生物工程专业的博士后。毕业后进入世界500强美国最牛的生物技术公司罗氏制药工作了5年。他说他现在已经拿到美国绿卡,算是新一代美籍华人。”

“拿到绿卡不等于入籍,他应该是准美籍华人。”

“这个于飞特能侃。他说他手里有一个单克隆抗体的世界领先技术,这个技术可以使单克隆抗体的制备成本降低五分之一。这个核心生物技术是他在美十年心血的结晶,他不想卖给罗氏,而是想带回来报效祖国。”

“看来这个于飞还是个爱国海归。如果他的领先技术属实,他可是国家急需的人才。中关村的创业园区就是为他这样的人才准备的。”

“我也这么说呀,于飞听完很兴奋,他说:‘50 年代,中国需要的是钱学森钱三强这样的导弹原子弹人才,21 新世纪,中国急需的是我这样的生物科技人才。21 世纪是中国世纪也是生物世纪,未来能够超越信息产业的只能是生物工程产业,就连当今方兴未艾的信息产业也离不开生物工程,虽然有摩尔定律,但硅芯片最终要被生物芯片取代,未来取代首富比尔·盖茨的一定是生物技术公司的领军人物。如果说信息革命是第三次浪潮,那么生物革命就是第四次浪潮,现在的世界正处在两大潮流交错之际。我在硅谷呆了 5 年,获益匪浅。硅谷不仅有信息产业,有硅芯片,有英特尔、思科和苹果,还有生物技术、新能源和空间技术。’”

“中关村也有生物技术公司。”

“他说:‘在 IT 产业大潮中,中国和印度算是打了平手。美国硅谷 1600 多家公司中有五分之一在华人手中,但硅谷每年开创的新公司中有五分之一是印度人所为,这个比例高于华人。在软件产业上,虽然中印两国软件年产值大体相当,但全球 75 家最高等级软件公司,印度就占了 45 家,其中 30 家在班加罗尔。所以印度硅谷班加罗尔有世界办公室之称,中国硅谷中关村就没有这个美誉。但是要是比 IT 硬件,印度就不行了,中国有世界最大的计算机公司联想,印度没有。

“‘如果说在信息产业上中印打了个平手,那么在生物产业上中印的差距可就大了去了。美国最大几家生物技术公司中,到处可见华人的身影,美国大学的生物技术领军人物很多是华人,在这两个地方,你就难得一见印度人的身影了。所以有人说印度人玩数学可以,玩小白鼠不灵。中国的生物技术近几年也发展迅猛,虽然和美国比还有很大差距,但同印度比领先就不是一星半点了。就拿干细胞技术来说吧,现在站在世界技术制高点上的是中国人。当然美国干细胞技术发展不起来是因为美国政府有碍于人类道德不让搞,因为干细胞技术最终发展是可以克隆人的。

"'中国在干细胞再生技术上的突破是有划时代意义的。它是使用4个小分子化合物的组合,把成年鼠身上已经长成的表皮细胞成功逆转为全能干细胞。全能干细胞是生命发育的起点,哺乳动物身上的每个器官和身体发肤就是通过全能干细胞的分化发育而来。1997年英国科学家克隆羊多利需要借助卵母细胞来获得干细胞,因而有伦理问题,中国技术用的是表皮细胞,因而没有伦理问题。这项技术的进一步发展就是研发人造器官和攻克癌症。到那时,人的器官就可以像换汽车零件一样地更换了,肝坏了换肝,肾坏了换肾,心坏了换心。为什么说21世纪是中国人的世纪?不仅仅是因为20年后中国GDP将超越美国而一举成为世界经济中心,也不仅仅是因为中国GDP是印度的三倍,而是因为中国将执掌第四次生物革命大潮的牛耳。'"

"你没问他脑袋坏了能不能换?"

"我没问,席上有人问了,他说理论上也可以换。"

"这哥们是北京侃爷吧,不过他道出的倒是世界大趋势大潮流。"

6

"这哥们儿兜了半天圈子才说到他手中的生物技术。他说:'生物技术产业范围很广,且不说基因技术和干细胞技术的应用,就说生物制药这一块,现在全球市场一年就是一千多个亿美元,占整个制药产业的三分之一;少则十年多则二十年,全世界90%的药品都将是生物制药。而单克隆抗体药又占了生物制药的半壁江山。去年生物制药中全球治疗用单抗药物的销售总额达到400亿,如果加上100亿美元的单抗诊断和研究试剂,全球单抗药物的市场总量达到500亿。而且单抗药物每年的增长都在30%以上,中国市场的增长率更是每年都在50%以上。单克隆抗体是全球研发的热点,也是未来生物制药行业发展的重要动力。'"

"如此说来中药危了。"

"我问他到底什么是单克隆抗体?他说:'动物和人脾脏有上百万种不同的

B淋巴细胞系,具有不同基因的B淋巴细胞合成不同的抗体。当机体受抗原刺激时,抗原分子上的许多决定簇分别激活各个具有不同基因的B细胞,也就是浆细胞。大量的浆细胞克隆合成和分泌大量的抗体分子分布到血液、体液中。如果能选出一个制造一种专一抗体的浆细胞进行培养,就可得到由单细胞经分裂增殖而形成细胞群,即单克隆。单克隆细胞将合成针对一种抗原决定簇的抗体,称为单克隆抗体。1975年分子生物学家G. J. F. 克勒和C. 米尔斯坦在自然杂交技术的基础上,创建立杂交瘤技术,他们把可在体外培养和大量增殖的小鼠骨髓瘤细胞与经抗原免疫后的纯系小鼠脾细胞融合,成为杂交细胞系,既具有瘤细胞易于在体外无限增殖的特性,又具有抗体形成细胞的合成和分泌特异性抗体的特点。将这种杂交瘤作单个细胞培养,可形成单细胞系,即单克隆。利用培养或小鼠腹腔接种的方法,便能得到大量的、高浓度的、非常均一的抗体,其结构、氨基酸顺序、特异性等都是一致的,而且在培养过程中,只要没有变异,不同时间所分泌的抗体都能保持同样的结构与机能。这就是全世界生物技术公司都在使用的单克隆抗体制备技术,而我手中的技术就是对这个技术的突破和升级。'我说,你说的太专业了,我们玩金融的人根本听不懂。"

"我也像听天书,一句没听懂。不过从前我听业内人士说过,单克隆就是人工无性繁殖。"

"他又说:'简单说,单克隆抗体就是一种比克隆抗体更贵重的抗体,它有三大用途:一是检验医学诊断试剂。病原微生物抗原、抗体的检测,肿瘤抗原的检测,免疫细胞的检测,都离不开它。二是蛋白质的提纯。三是肿瘤的导向治疗和放射免疫显像技术。它就是靶向治疗的导弹啊。总之用途广泛。单克隆抗体在我国市场现在还是高端产品,主要依赖进口。我所在的美国罗氏制药公司是我国单抗市场最大的赢家,市场份额最高的品种利妥昔单抗和曲妥珠单抗均来自罗氏制药,罗氏所有产品份额超过国内单抗产品份额一半多。'"

"他的技术能填补国内空白吗?"

"他说能啊。他说:'我手中的专利技术如果能转化为商品,不但可以填补我国单克隆抗体高端产品的空白,而且还可以大大降低我国单抗的成产成本,提高竞争力。到那时,中国不但不需要依赖从罗氏进口单抗,而且可以大量出口抢占国际单抗市场。'"

“他手里的技术会不会是盗用罗氏制药的啊?如果是那样,将来麻烦就大了。罗氏肯定会起诉的。”

“我也担心这个,他毕竟是从罗氏出来的。席间我拐着弯问他,他说:‘胡总,这事您别担心,我手中专利技术跟罗氏所用的技术不沾边,本质上是两套思路两种方法。我绝没有偷窃罗氏的技术,也没有触犯他们的专利。’说完他拿出他的在美国注册的专利证书,我看了这东西,不再有疑问了。我问他回国想怎么干,他说:‘我就想搞一个合资生物技术公司,使用我的技术制备单克隆抗体,先填补国内空白完成进口替代,然后占领国际单抗市场,10 年之后,打败罗氏制药。’”

“壮志凌云啊。不过他这么做可就成了罗氏的叛徒了,商业道德会不会有问题?”

“这个问题我倒是没想过。”

7

“我又问他现在进展如何,他说:‘我回国之后四处奔波寻找合作对象,后来一个朋友把我介绍给国家科委,科委领导对我的技术非常重视,他们在我的报告上做了批示,而且还亲自出马联合卫生部为我在安徽找到了一家合资对象——安隆生物技术研究所。这个研究所原来就是生产单克隆抗体的,而且规模不小,原来是卫生部直属研究所,现在下放给安徽省了。我已经和安隆接触了三次,我们双方已经达成了初步合作意向。’”

“既然如此这位于先生还找你干嘛?”

“我也纳闷啊,我直接问他:‘于先生希望我们海金做什么?’他说:‘我希望海金投资啊。我在美十年,所有的精力心血都投在了单抗新技术的研发上,没有时间来创业挣钱。不瞒您说,我回国时囊中羞涩,除了这个专利技术,我真没有钱。’”

“他的这个专利技术价值连城啊。”

“我说:‘你技术入股啊。’他说:‘那是肯定的,但和安隆搞合资也还需要现金投入,因为安隆也没有钱。没有钱,我的专利技术转化为生产力就是一句空话。就因为缺钱，我才来找胡总。胡总要是看好这个项目，我希望海金能够投资。'"

"他是不是知道你正在投资企业？"

"肯定知道，要不怎么找上门来了。我说：'投资安隆合资公司需要多少钱？'他说：'先期投资1个亿就够了。其中8000万算作海金证券的投资，占用安隆40%的股权，另外2000万算是我的借款。这2000万再加上我的专利技术共占有45%的股权，安隆研究所的厂房土地和其他资源加起来占15%的股权。'"

"他这是要控股啊。"

"是啊，我当即就说海金投资企业都是要控股的，他说他搞合资公司的底线就是自己控股。我又说：'我真金白银拿出一个亿还控不了股，你一分钱没出，2000万还是借我的，就做大股东，这不好合作吧。'他说：'我虽然没有出现金，但我出的是专利技术。在这个股权设计中，我的技术股不过折价9000万人民币。如果我把它卖给罗氏，至少也能卖1亿美金。我是主动低估我的专利技术的，就是为了合资成功，为了报效祖国。我听说胡总现在在做投行生意，据我所知，美国的投行和风投并非每个投资项目都要控股，占40%、20%、10%的都有。前几年孙正义投雅虎也没有控股啊，这并不影响他几年后收回20倍的投资。'"

"这个于飞对投行生意也在行。"

"至少是不陌生吧。我听他这么说，也就没有再计较。其实我投资的几家企业中也有两家企业没控股。他最后说：'这个股权设计方案是我和安隆共同协商出来的。安隆15%的股权比例也是他们资产评估的结果。现在安隆研究所和我都在寻找这8000万的投资者。我想找到愿意掏出8000万的投资者可能并不难，因为投资的回报不仅有40%的股权，还有技术更新后安隆合资公司难于估量的巨额收入。但是要找到项目启动之前甘心情愿借给我2000万的投资人就难了。只有高瞻远瞩大气魄大手笔的胡总有这个可能。'我听了没再说话。"

"看来你是动心了。"

"我主要是对这个项目和技术感兴趣。如果这个安隆合资公司弄成了，不但利国利民，而且将来海金的投资回报也会有10倍20倍。"

"这么说这个于飞一顿饭就谈下了一笔上亿的大生意？"

“也非一顿饭,后来我和这个于飞又接触了几次,正式谈判也谈了两次,这才同他签订了投资协议。签协议前,我还派人到国家科委调查了一番,并查看了科委领导的有关批示。我也不能见了他几面,听他侃了几回,就借给他 2000 万啊,他要是个骗子携款跑了怎么办?”

“于飞的故事还算靠谱。不过我还有一个疑问,在美国新技术的研发是需要大量人力财力投入的,于飞没有钱,又是单枪匹马,单克隆抗体的突破性技术,真能仅凭一人之力完成吗?”

“我当时没想这么多。隔行如隔山,一个学金融的要想完全弄懂生物尖端技术是不可能的。这个于飞在美十年具体怎么鼓捣的,有没有投入,有没有人帮忙,我还真不知道。不过他能拿出美国的专利证书来,这事应该靠谱。”

“我的疑问也是外行话,可能这些美国留学生自有办法。要不中关村创业园那些海归怎么很多人都带回了先进技术?其实中国这几年生物技术产业的突飞猛进,都是这些海归的功劳。”

“我想也是,所以我就很快拍板了。现在看我这个决策还是正确的,安隆公司还是所有海金投资中最有前景的企业,否则我也不会推荐给你。”

8

胡建业讲完了安隆的故事后,林磊认真思考了几天,最后认定介入安隆是个机遇。

林磊出狱前的一个月,他和胡建业整天探讨的就是如何介入安隆和如何做大做强安隆。

胡建业说:

“我听说前几天,国务院清查组已经把海金动用股民资金炒股的钱清算完毕,八闽的股民也消停了。现在清算组的工作重心是清算海金投资企业的那十几亿。我判断清算组的目的在于收回海金的投资资金,并不会让海金继续保有企业,也不会让海金在企业继续占有股份。说白了就是兑现退出。林总,你的机会就在这里。只要你出去后能及时筹到 8000 万资金,就可以归还清算组并合法拥有安隆 40% 股份。如果你能再筹到 2000 万归还海金,你就可以从于飞手上拿到10%的股份,因为这2000万是我借海金的。这样你就拥有了50%的安隆股份,名正言顺成为安隆的大股东。单克隆的市场前景应该没有问题,接下来就看你如何运作安隆了。”

“我对生物技术产品的市场非常看好。于飞说的两大浪潮我认同。第一个浪潮信息革命我算赶上一半,因为山海公司就是做IT产品的。山海上市之后,我想投资上手机,可总裁雷云不同意,山海进入手机的机会就错过了。后来我在香港创办海融公司,本来是要大举进军网络产业的,其实已经进入了,领军人物、投资和技术都有了,一场牢狱之灾又让我的网络梦破灭了。所以说信息浪潮我只赶上一半,与手机和网络都失之交臂。生物革命浪潮我如果此生有幸赶上,也是一番新天地。如果能顺利介入安隆并成功控股,我下半辈子就死磕单克隆抗体了。”

“林总有这份雄心就好办了。我想你介入安隆不难,因为没有我的投资,安隆合资企业也不会诞生,于飞也不会如愿以偿地成为大股东和董事长。关键是你如何能控股。控股有三个关键环节,一是你能否先后筹到1亿资金。资金的事我就爱莫能助了。如果我不折进来,这点小钱无足挂齿。二是你能否和清算组谈下来那40%的股份。这些股份清算组肯定是要卖的,但不一定卖给你。这件事我也帮不上忙,因为清算组下来之前我就被捕了,清算组的人我不可能认识。三是你如何能够从于飞那里拿到10% 的股份。他是欠海金2000万,但他可以还钱不给股。你和于飞的谈判我倒是可以帮上忙,过些天我给于飞写封信你带上。到底是我成全了他的合资梦,我推荐过去的人他不会不买账。”

“胡总已经为我策划得如此周全了,机遇、路径、办法都给我了,我真不知如何感谢你。”

“至交不言谢。其实我给你的就是一个机会,其他资金关系都无法给你。出去之后主要还是靠老兄你自己闯荡了,好在你也算是商海老江湖了。人生能有二次创业东山再起的机会也是一种福份。”

“老弟日后也会有二次创业的机会的,不就10年吗?一晃就过。而且你还可以争取减刑啊。不像我5年多都没有宣判,更谈不上刑期。”

“可你是冤案,我是铁案,你是6年,我是10年啊。”

“你的10年也可有可能减成8年或6年的。”

“但愿如此。每每想起这个案子,我是追悔莫及。券商动用股民资金是犯罪,这是连弱智都知道的事,全世界任何国家都不会容忍这种犯罪的。当初董事长白征非要走这条邪路时,我自知阻挡不了跳槽一走了之不就得了?全国券商几十家,干嘛非要在海金这棵树上吊死?为何非要上他白征的贼船?真是聪明一世,糊涂一时,一失足成千古恨啊。如果没有这档事,我在金融界会走得很远。如今突然中断10年,我的金融家梦不敢做了。”

“我看你的金融家梦消散不了,等你出去,你还会重操旧业重拾旧梦的。商人都一样,无论是金融家还是实业家,一旦上船就下不去了。我出去之后也不可能走别的路,只有重新创业一条路。”

“现在不是谈我出去创业的时候,咱们还是细化你的二次创业细节吧。”

这个二次创业细节,两人整整谈了20天。最后把控股安隆和做大安隆的战略战术都谈到了。

林磊的二次创业是从监狱开始的。

林磊遇见胡建业是偶然,胡建业给他提供机遇也是偶然,但冥冥之中还有个必然,那就是上帝的补偿。

山海风云

二十九、找钱

CHAPTER 29

1

林磊出狱那天是妻子和儿子来接他的。在看守所的大门口,妻子林慧抱着林磊痛哭失声。

“我可盼到这一天了。”

林磊一边擦拭妻子的泪水,一边凝视妻子明显憔悴的面容。

“林慧,你受苦了。”

“最苦的是儿子。”

儿子林旭站在一旁默默地注视着饱经磨难熟悉又陌生的父亲,一滴眼泪也没掉。他遗传了父亲的倔强。

晚上一家三口举行了一个丰盛的家宴。席上是十道林慧精心烹制的家乡菜,还有一瓶陈年五浪液。林磊和妻子开怀痛饮,儿子也跟着他俩一起喝。

“林旭,你什么时候学会喝白酒的?”

林磊惊奇地问。

“我已经喝了三年了,何以解忧惟有杜康。”

儿子镇定地答道。

“林旭喝的都是廉价的高粱烧,他没有酗酒,只是想你想得苦闷时喝一点,我也没管他。”

林磊听完很伤心。

“那你今天就尽情喝,只是别喝醉,醉酒的滋味很难受。”

林旭听完立刻给自己倒了一满杯,然后举起杯来:

“为爸爸重获自由,为妈妈得到解放干杯。”

三人一饮而尽。

“爸,你在里面受了很多苦,但妈妈承受的苦难一点不比你少,你此生可不能再让妈妈受难了。”

林旭放下酒杯大声说。

“我保证,保证还你们母子俩的幸福和安宁。”

林磊深情地拍着儿子的肩膀说。

“你要从此远离商界,再也不能当老板了,你答应吗?”

“这个……”

“儿子承受的压力比我多,他心灵上的创伤比我重。林磊,你就答应了吧,这也是我的请求。你可以重回财政厅,厅里那些老朋友还都没忘了你,他们逢年过节都到家里来看望,你回财政厅应该没问题,不当处长当个一般工作人员总可以吧。我和儿子都习惯了清贫,我们不需要财富,也不需要一个老板丈夫和父亲。”

林慧说得非常诚恳。

“关于我的去向咱们以后讨论。在中国做企业是有风险,做不好是有可能入狱跳楼的,但风险也不是不可控的,你们看八闽的创业者多数还是安全的,山海那么多高管入狱的也只有我一个。”

“爸,你还想重新创业吗?”

“孩子,爸爸想啊。在哪跌倒在哪爬起来。我知道我不回商界,可以接纳我的地方很多,以后咱家的生活也不会成问题。我二次创业,不是为了钱,不是为了证明自己什么,不是为了企业家的名誉,也不是单单为了你们,而是为了我一生的追求和事业,为了中国经济振兴。亦余心之所善兮,虽九死其犹未悔。其实企业家栽跟斗是常事,美国硅谷许多成功企业家都有失败的经历,中国也有很多东山再起的企业家,巨人集团的史玉柱不是也东山再起了吗?”

林慧见一时半会不能说服丈夫,就岔开了话题。

“今晚咱们是团圆家宴,不谈工作,来干杯。”

那天晚上,三个人喝光了一瓶五浪液又喝掉了多半瓶高粱烧。儿子一点没少喝但居然没醉,林磊和林慧可都喝成了半醉。

夜里,夫妻俩乘醉寻找久违的快乐。林慧是久旱盼甘霖,林磊却一时半会变不成春雨和甘霖。他对女人和性爱已经陌生多年,虽然本能不会忘,但长期压抑的结果使他长时间硬不起来,而且动作也变得笨拙起来。

林慧并不怪罪丈夫,只是满含热泪悄悄地等待。

“亲爱的,别着急,你可能是累了,也可能是酒喝多了,酒精有抑制性功能的作用。”

“可能吧,你帮助发动发动吧。”

“好吧。”

林慧开始温柔地抚摸丈夫。

林磊静静地躺在床上,凝视着柔和灯光下妻子熟悉而陌生的裸体。他突然发现妻子惊人的美丽,岁月的留痕,眼角的皱纹,都遮不住她的美丽。他猛然翻身紧紧抱住妻子,一任泪水流淌。

下半夜,酒醒了,两人都没有了睡意。林慧又开始委婉地劝丈夫不要再创业。她苦口婆心地劝了半天,林磊还是不答应。

“林慧,你是不是担心我创业失败再折进去?”

“当然。你要是再进去,我们娘俩可就挺不过来了。”

“你放心,我林磊后半生与监狱无缘了。创业可能成功也可能失败,如果失败我就从头再来,直到成功为止。你会一直支持我吗?”

“你一定要干,我也会支持你。你要一条路走到黑,我就陪你走,只是别连累了儿子。”

“不会的。”

“家里的积蓄都花光了吗?”

“存折上只有60万了,过日子没问题,但投资可就差远了。你既没有钱又没有项目,也没人,怎么创业?”

“项目我已经有了,钱和人也会有的。”

林磊坐起来,滔滔不绝地向妻子讲起了他的创业宏图。林慧认真地听,时不时也询问几句提提建议。她变了,再不像以前那样对丈夫的事业不闻不问了。6年苦难把两人的命运更紧密地拴在了一起。他俩不单单是患难与共的夫妻,而且成了共同事业的搭档。林慧知道林磊无论怎样创业都不会搞夫妻店,但这并不妨碍她关心帮助丈夫的生意。

不久规劝变成了商讨,直到日上三竿。

2

林磊出来之后,先和家人亲友团聚,然后就去拜访财政厅的老朋友。他在财政厅有两个好友,一个张雪庭,一个周宏。当年这两个哥们儿都是他的部下,如今十年过去了,张雪庭成了副厅长,周宏也当了处长。

三个老友的重逢是在张雪庭家里。他一见林磊上去就是一拳。

“你这样哪像从大牢里出来的,红光满面,不胖不瘦,气色比我俩都好。你八成住的不是监狱是疗养院吧?”

林磊也回敬了张雪庭一拳。

“就是天堂疗养院也不能一住6年啊,机会成本啊,6年少挣多少钱!哥们儿要是不进去,这会儿的财富积累不会比史玉柱少吧。”

“是啊,机会成本太高了。”

周宏在一旁说。他没有向林磊挥拳,而是紧紧地拥抱了他一下。两人的一拳一抱让林磊很感动,他知道两位老友没对他另眼相看,更没拿他当放出来的罪犯。

“这些年你俩都捞足了吧?”

“我们要是捞,那不跟你做伴去了吗?这些年咱们财政厅折进去的人已经有3个了,一个副厅长,两个副处,现在还关着呢。”

张雪庭说。

“如今这个时代,发财容易,进去也容易。凡是和钱打交道的地方都是高风险。你们当老板的离监狱大门最近,这些年折进去的知名企业家已经有一个班了吧。”

周宏感慨道。

“所以我这个不知名企业家被关几年没关系?你们是没有这段宝贵经历,那里面不是人呆的地儿。机会成本,事业中断,都是次要的,主要的是对精神的打击太剧烈,神经脆弱点的人还真挺不过来。从那里面走出来的官员大半都废了,从那里出来的企业家能够东山再起的也是少数。”

“你总算挺过来了,我看你不但身体健康,而且精神也没受损,完整进去完整出来。林磊,出来以后怎么打算,还回山海吗?”

周宏关切地问。

“山海回不去了。山海已经名存实亡,让我回我都不回。”

“干脆回财政厅吧,我看你更适合走仕途。你要是不离开财政厅,5 年前就是厅长了,现在应该是八闽主管经济的副省长了。”

“别说副省长就是厅长也轮不上我,我有自知之明,我根本不是当官的料。”

“林磊,回来吧。你回来大家都会欢迎,不会有人歧视你的。你的冤案大家都了解,你的人品才干大家都心里有数,政府公务员毕竟比商人安全得多。”

张雪庭诚心诚意。

“谢谢二位的好意,我恐怕不会重回财政厅了。倒不是什么好马不吃回头草,而是上了创业这条船下不来。商海水很浑,商界风险也很大,但干上企业的人很难中途退出,都是欲罢不能。不见棺材不落泪,不见输赢不下赌场,全世界的商人都遵循这个规律。”

“这么说你还是要二次创业东山再起了?”

张雪庭问。

“我恐怕只有这一条路。”

“重回商界也是一条路,直觉告诉我你东山再起的速度会很快。我们都是老朋友,你重新创业有需要帮忙的地方尽管说。”

“周宏说得对。过去你当咨询公司老总时没少帮我们,你落难我们干瞪眼无能为力,现在你创业,我们多少能帮上点忙。”

“再次感谢二位。创业的事我还没有启动,现在还没有什么需要帮忙的地方,用不了多久我一定会再来找你们的。”

当晚,张雪庭设家宴为林磊洗尘接风,三位好友一醉方休。

第二天早上,林磊从雪庭家里出来,南国冬日的风还是很凉的,但他的心里暖暖的。

人世间有什么比老友的理解信任同情和不变的友情更宝贵?

3

林磊拜访了财政厅的老友后就去见山海的老友。几个山海人的重聚是在复兴酒店里。那天山海老人来了四位,有两个是原山海财务部的副总监袁东和程素,一个是原海融董事海兴总裁乔丽娟,另一个是山海原高管郑鸿飞。山海高管班子中只来了他一个。

四个山海老人见到林磊都很亲热,一见如初一见如故,都有很多话要说。

大家入席后,林磊简要叙述了一下6年的监狱生活,只说了三分钟。他不想学祥林嫂,见谁都从头到尾说一遍狱中故事。监狱生活对于正常人肯定是陌生的,但绝非所有人都爱听你的监狱故事。

"6年了,别提它了,那一页已经永远翻过去了。说说你们各位吧,说说山海。我在里面消息闭塞,山海的事只是零星听到一点,你们也不去探监,我没有信息源啊。"

"林总,"

"林总早变囚徒了,现在是无业游民,叫我老林吧。"

乔丽娟刚开口就被打断了。

"我还是习惯叫你林总,别的我叫不出来。再说用不了多久,你还会成为名副其实的林总。林总,我爸爸病危时一定要去探监,被我劝阻了,他那会儿根本下不了床。临终他想见你是有话要说,可惜老天没给他这个机会。"

"丽娟,乔董事长走得太早了。他病危住院我知道,我如果是自由身一定会去看他的。"

"爸爸临终时,山海高管除了雷云都去了,陈帆也去了。爸爸知道如果你不在里面也一定会去。爸爸要对你说的话是他误解了你错怪了你,在生命的最后时刻他才明白,你才是真正关照帮助他女儿的人,才是他在山海可以真正倚重的人,你的私有化改造方案他后来也理解了。"

"苍天无眼,让我俩不能见最后一面一吐为快。董事长一生坦荡,他对山海的贡献是会载入山海史册的。那是特殊时期特殊环境的特殊贡献,是抹杀不了也删改不了的。丽娟,你现在还在山海吗?"

“早不在了。海融上市公司被雷云糟蹋了,海兴投资公司也被魏老板卖掉了,我三年前就离开了山海,现在在香港一家小投资公司混饭吃。当年创业的豪情,当女金融家的梦想,早就烟消云散了。每当苦闷无聊时,我总想起山海。”

“山海现在到底怎么样了?”

“山海早变成苦海了,他们三人早就脱离苦海了,只有我一人还在苦海里泡着。我还在山海财务处,我没走是因为年龄大了又是女的,无处可去,只好赖在这条风雨飘摇的破船上,它什么时候触礁沉没,我什么时候回家赋闲。”

程素接过话茬。

“这么说你是唯一的现在时山海人了,你应该最有发言权。”

“其实山海的情况大家都知道,真正的名存实亡,就留下山海两个字,山海的业务山海的精神山海的精英都没了。如今在股市上山海高科已经改成了山海地产,其实山海地产里也没有真正的地产项目,魏老板做地产还是用他的北京南岳公司,它不是公众公司,好操作。山海地产实际上就是一个空壳,是魏祝荣运作资金的工具。别看我跟着林总学了那么多年财会,但我至今看不懂魏老板的资金把戏,也弄不清这个魏老板是亏是赚。有人说魏祝荣的集团越做越大,盈利几十亿,也有人说他到处是烂尾楼到处是债,债台高筑几十亿。我的感觉是这个魏老板撑不了多久了,不管现在这个山海地产是盈是亏,和咱们那个山海没有一点关系了,全撇清了,这都是雷云的‘功劳’。”

程素掩饰不住激愤。

“林总,你一进去我就离开山海了,现在在德勤会计师事务所干。我听财务界人士说,山海地产的资金链有点危。”

袁东补充道。

“林总,山海的确是亡在雷云手里。做败山海的是他,引狼入室的也是他,我后来才知道把你送进去的也是他。林总,过去我有对不住你的地方,还请你多多原谅。过去我一直以为你是个背信弃义落井下石的人,后来我才看清楚雷云才是这样的人。很长时间我都是站在雷云一边跟你斗,后来专案组来公司调查,我也和雷云一起说你涉案。不过除此之外我没干别的,到政法委告状都是雷云一人去的。”

“鸿飞,过去的事就过去了,你今天能来我很高兴。一审我在法庭看见你就又惊奇又感动。彻底认识一个人是需要时日的。白居易那首七律你还记得吧,‘赠君一法决狐疑,不用钻龟与祝蓍。试玉要烧三日满,辨材须待七年期。周公恐惧流言日,王莽谦恭未篡时。向使当初身便死,一生真伪复谁知?’你认识雷云用了10年,认识我也是需要时间的,咱俩一起共事的时间毕竟不长。”

“得到你的谅解我很欣慰。林总,你大难不死必有后福。”

“大难倒是没死,其实死在牢房也是常事。但后福我就不希求了。”

“你出来之后还是要创业吧?”

“应该是吧。”

“林总不创业鬼才相信。”

袁东说。

“林总是天生的企业家,如果没有这场灾难,林总的海融早起来了。好在没有中断太长时间,林总总要把丢失的时间找回来。”

乔丽娟说得更肯定。

“的确,林总不去做企业太可惜,天理难容。当今中国真正的企业家没多少。山海如果那次换帅成功,山海这条船如果是林总掌舵,何至于此?怎么会让联想华为甩在后面?山海大厦怎么会哗啦啦倒下?怎么会树倒猢狲散?”

程素仍然激愤。

“你们也不用如此恭维我,我二次创业成败未卜。大家都是商界人,商界看的是最后结果,商界不相信眼泪,也不相信过去的辉煌。曾经显赫一时辉煌一时的大老板,最后败了,依然会被商界淘汰。”

“关键是林总还没有败过,牢狱之灾是飞来横祸不是失败,而且即便失败了你也会爬起来再干。”

“还是鸿飞了解我。我二次创业失败还会来第三次,直到成功。如果干到老还是不成功我就认命了。鸿飞,你现在在哪里干?”

“我在一家中型民企当副总。挺没劲的,也是混日子。这个民企老板倒是很能干,但任人唯亲,只认他家族的人,其他人无论有多大本事都不能进入决策层。林总,你如果重新创业,相信会很快崛起。这不是奉承你,也不仅仅是直觉,而是大家都能预料的。你什么时候事业做大了,需要人手,别忘了我。我过去在山海没能和你很好合作,以后会成为你的得力助手。”

“这我相信,以后需要时我会请你的。”

“还有我呢,在海兴和海融我都是你的部下,虽然在海兴时我辜负了你的一片苦心,可是我在海融做董事时,和你这个董事长配合得还可以吧?你将来做投资,总需要专门人才吧,别忘了我。”

“丽娟你也在金融投资界历练很久了,算得上资深人士了,我怎么会忘了你。”

“林总,我可是你的老部下。你什么时候大旗树起来,我立马过去。公司财务还是要用自己人。”

“袁东,四大也不留恋?”

“不留恋。在德勤,待遇是不错,但还是打工的感觉,我留恋的是共同创业的感觉。”

“林总,最急茬的是我程素啊。他们都有稳定工作,我还泡在苦海里呢,不知什么时候就回家待业了,你得先给我留一个位置呀,会计出纳都行。”

“如此看来我二次创业的人才团队不成问题,重回榕城招旧部,大旗一摇应者云集啊。”

“林总,现今山海老人里也就你有这样的感召力,别人都不行了,雷云接手飞鸣公司之后,山海老人一个人也没跟过去。”

“这叫得道多助,失道寡助。”

……

林磊与山海老人的重聚感觉依然温馨。这些人不仅给了他信任温情和旧情,而且愿意跟他一起再创业。

一个大牢里出来的人,还能有如此感召力凝聚力,怎能不让人感慨万端?

此时林磊已经朦胧意识到,二次创业重招旧部是他的必由之路,也是他的捷径。

4

林磊最后一个拜访的是陈帆。

走进新腾新建的气派非凡的大厦,林磊就意识到,新腾早已超越山海成为八闽 IT 业的老大了。

山海衰败新腾崛起,这里面有太多东西值得思考了。

陈帆见到林磊很热情。

“林总,总算熬过来了,诚挚祝贺。”

“多谢,在炼狱里走了一圈,重回人间了。”

“其实中国的创业英雄与阶下囚只有一步之遥。你不知道吧,两年前我也差点折进去。信息产业部的一位副部长被抓把我们新腾牵扯出来,说我们行贿,好在后来躲过去了。行贿的是公司的一个副总,金额不大,此事我完全不知情。好险啊,惊出我一身冷汗。你知道,如果他们追究职务责任,我也可能跟你去做伴啊,你不就是因为监管失职被判承担刑事责任的吗?”

“是啊,你要是进去,新腾就完了,这样八闽科技企业的两朵奇葩就相继凋谢了,好在这样事情没有发生。”

“柳传志不是说他就是幸运的褚时健吗?他说的是实情。前不久央视财经频道有一个节目不知你看没看,央视请了好几个中国最著名的成功企业家,柳传志、李东升、王健林、马云……谈感恩和回报。节目最后主持人打出一排头像,褚时健、郑俊怀、李经纬、顾雏军……这些人都是关在大牢里的著名企业家。主持人问这些健在的出场的著名企业家看了这些入狱的曾经的著名企业家有何感触,你猜大家怎么说?”

“怎么说?”

“大家一致说,我对他们充满敬重。对囚犯罪人说敬重大有深意啊。你让他们怎么说?说活该,说罪有应得吗?我想没有一个幸运的企业家会这么说。因为他们谁也不能保证自己永远不进去,他们也知道企业家入狱是怎么回事。所以李途纯说,企业做大就被抓。”

“是太子奶的李途纯吗?”

“是啊。他也跟你一样在炼狱了走了一圈,所以我也要对你说敬重。”

“不敢当,我和那些企业领袖不能比,人家是重量级的,我是轻量级的。他们是著名企业家,我是不知名企业家。你提到的那几位都是家喻户晓声震遐迩的商界人物,商界谁知我林磊是老几?”

“不能这么说吧,你在香港商界是有名声的,上市公司的董事长啊,在八闽商圈你也算得上人物,那么多企业被你鼓捣上市,人家能不知道你吗?所以你二审时的电视新闻不少人关注,我也关注。”

“我最多是八闽商界的前车之鉴。陈总,你这座新腾大厦比山海大厦还高,如今山海大厦被人卖掉了,新腾大厦拔地而起,这意味着山海与新腾的多年竞争落幕了,结果是山海惨败新腾崛起。新腾照这样发展下去,用不了十年,你陈帆就会飞出八闽大山与那些企业领袖齐名了。”

“林总过誉了。人还没走出八闽大山,名怎么会突破重围。我现在才领教八闽大山的束缚有多大。走出八闽,由虫变龙,不见得一定非要把企业搬出八闽,非要人搬到北京上海去,关键是观念和思维如何突破大山的桎梏和包围。林总,老实说,几年前我陈帆的观念如果真正突围,山海怎会变成今天这个惨样?山海大厦的倒塌让我伤心落泪。虽然你我都是山海人,但你是半路杀出来的程咬金,我是始作俑者,我是山海之父,山海衰败对我的刺激会更大些。”

“这是肯定的。”

“如果新腾真正走出八闽成为中国企业世界企业,那么几年前山海早被我收入囊中了,山海新腾早就合二为一了,那样新腾的体量会比现在大一倍。机遇不是没有,乔老爷就亲自送上门两回,可是我没抓住。与机遇失之交臂是因为观念和思维没有走出大山,是因为我还是个八闽企业家,是八闽的一条虫。”

“陈总是头脑清醒严于责己。你即便是虫也是大虫,是八闽丛林中呼啸的老虎。如今新腾已经是八闽最大的科技企业了吧?”

“我是山中无老虎猴子称大王,新腾放在八闽还有动静,放在全国就声音微弱了,放在世界就湮没无闻了。新腾现在与联想和华为相距遥远啊。”

“陈总还是志存高远,目标还是走向世界啊。”

“这正是新腾下一步的发展战略。林总,你下一步如何规划?如果暂时没有平台,你可以考虑到新腾来做副总。你来我真心欢迎,这样我们可以优势互补联手把新腾推向世界。老实说,当初雷云要是不去挖你,我早晚也会去请你加盟。”

“谢谢陈总的好意,我还是打算自己重新创业。”

“那也好,目标有了吗?”

“目标倒是有一个,我还没来得及去考察。”

"你二次创业应该没问题,新腾就是我二次创业的成果。在中国做企业,从头来过很正常。你东山再起后,我们可能还会有合作的机会。"

"我想会有的,到时我还会找你。我想咱俩还是有缘分的。"

两人后来又谈了很久。谈到了理想追求,公司战略,管理理念,新腾和山海的兴衰,八闽商界的人和事……

谈得很热烈很投机。两人的共鸣共识不少,也偶有思想交锋,谈完两人都有相见恨晚的感觉。

中午,陈帆在公司餐厅设宴款待林磊,董事长徐诺和新腾几个副总都出席了。

午宴后,陈帆陪同林磊参观新腾公司,特意带他详细参观了新腾名气很大的研发中心。陈帆还亲自给林磊展示了几项新腾的最新研发结果。他无需对林磊保密,因为他知道林磊不是玩科技的。

林磊从陈帆那里出来,心里更是阳光一片。新腾副总,那是非常优越非常理想也非常难得的位置,也是很好的安身立命之处。自打从监狱出来,林磊就坚信自己找得着饭碗。如今,还没找,饭碗就摆在眼前了。那岂止是饭碗,那也是可以继续创业实现抱负的地方。当初他一跺脚辞职下海加盟山海,不也就是个山海副总吗?

但林磊还是要自己创业,自己开辟一片新天地。尽管前途未卜胜败未知,尽管创业的路充满艰难险阻,他还是要创业。

5

几天之后,一个不速之客敲开了林磊的家门。林磊一看是侯国栋,大喜过望。

两人见面热烈拥抱。

"侯总,你怎么找到我家的?"

"你是榕城名人,很容易打听到。你出来怎么也不来找我,我们不是有约在先吗?"

"实在抱歉我还没顾上,而且我也不知你在哪里,我想原单位你是肯定不会回去了。”

“那当然,我现在自己炼了一摊,还是做建材,我的老本行。国企我是干伤了,我现在的企业是地地道道的民企。”

“我判断你会重新创业的,怎么样?企业发展如何?”

“起来还算快,第一年的年营业额就是两千万了。”

“你可够神速的,才一年多光景就起来了。”

“轻车熟路嘛。过去积累的关系朋友都还在,起来当然快一些。创业后我发现从国企老总转到私企老总是个不错的选择,因为过去的资源大部分都可以为我所用。过去这些资源产生的效益都是国家的,你只能拿年薪,现在这些资源换来的钱都可以安然进入我的口袋了,一年就是几百万啊。我就纳闷为什么我当国企老总时就看不见这条路,现在那些国企老总为什么也看不见这条路,这是一条发财的捷径啊。”

“也不是都没看到,现在一些暴发的民企老板就是从国企出来的。北京的不少高干子弟喜欢这条路,他们都是先在国企干几年,利用国家资源为自己积累资源,包括人才、关系、市场、供货渠道、销售渠道,等到一切都拿到手了,立马摇身一变成为私企老板或港商。我在香港就见到不少这样背景的老板,他们跟你不同,他们都是事先设计好的主动行为,你是被逼上梁山。在中国,要想成为亿万富翁,必须干私企,要想安安全全舒舒服服过滋润日子,还得干国企。私企老板的财富和风险是正相关,干好了是能发大财,稍有不慎,就会折进去了。国企老板虽成不了亿万富翁,但旱涝保收吃穿全报年薪攒下来一辈子花不完,而且还可以过支配数亿资金的瘾,这就是为什么大多数国企老总不愿动的原因,当然国企老总弄得不好,也会像你一样因为贪污罪折进去,但这样的倒霉蛋不足百分之一,比例比民企小多了。”

“透彻。我是只有实践没有理论,你是理论实践都有,人才难得呀。”

“这叫什么理论,一点观感而已。”

“林总,你出来以后有何打算?要不到我那去?你去当副总也行,想当一把手我就让给你。我是得人点水之恩必当涌泉相报的人,你的大恩我还没报呢,我有今日多亏遇见你,否则我这辈子就糟蹋了。”

“侯总,那点事不值得你老挂念着。我出来还是想像你一样自己创业。咱俩走的路是一样的,我也是从国企到民企啊。你是先走一步,我得奋起直追啊。”

“不完全一样吧,山海也算不上纯粹的国企,而且你的海融从一开始就是民企。”

“差不多吧。我进去之前是两栖动物,既是国企老总又是民企老总。”

“林总创业打算做什么?”

“有可能做生物技术。”

“那可是高科技啊。”

“对。现在八字还没有一撇。”

“你创业还缺什么?缺人缺钱我都可以帮点忙,你总得给我一个报恩的机会呀。”

“现在还没到那一步,到时我一定去找你。咱们保持热线联系。”

接着两人一起回忆起不堪回首的监狱岁月。侯国栋走后,林磊百感交集。

又一个饭碗摆在了他的面前。

创业并不是他唯一的路,但他就是铁了心要走这条路。是他的性格和性情,是他不灭的理想和不服输的斗志,是半生磨难和那场牢狱之灾,决定了他抉择这条创业路。任何人任何力量任何诱惑都不能阻挡他走这条路。

那是命运之路。

6

林磊出来之后的一个多月里,八闽大地上该见的亲友和朋友都见了,人也调养得差不多了,他该去考察那个创业项目了。

林磊坐飞机来到安徽合肥,安隆生物技术公司就在合肥的近郊。

林磊打车来到公司门口,一眼望过去,安隆占地不小,少说也有百十来亩。厂房很新,正对大门口的主楼也很气派。

他走进传达室。

“我要找安隆董事长于飞。”

“找于飞?公事私事?”

“公事。”

“那你在门口等着吧，于飞还没有到，你进去也白搭。”

“董事长几点到？”

“不知道。”

传达室的老先生说完，哐当一声关上了窗口。林磊来之前，没有和董事长预约。他想到自己有胡建业写给董事长的信应该能进去，如果于飞不在，他就自己先在公司里转转，权当微服私访，没想到在传达室就吃了闭门羹。他奇怪，传达室的老先生为什么态度如此生硬，而且直呼于飞其名不叫董事长，语气中也没有一丝敬意，这种事他可没有遇见过。

林磊在公司大门口足足徘徊了半个小时，才见开过来一辆卡迪拉克，汽车开到大门口并没减速，可自动门并没有打开，于是司机拼命按喇叭，可无济于事，只见自动门后站了一排警卫，就是没人上去开门。喇叭高声响了一分钟，门还是不开，传达室里也没人走出来。稍许，从汽车里走出两个人，一高一矮。高个足有1米9，膀大腰圆，横眉立目，手里拎着皮包，像是保镖；矮个有些单薄，西装笔挺，头发铮亮，林磊想这应该是于飞了。他没见过于飞，但听胡建业形容过他的长相，而且公司里能坐卡迪拉克带保镖的人只能是董事长。于是林磊上前问：

“您是于飞董事长吧？”

“是啊，你是……”

“我是林磊，胡建业的朋友。”

林磊说完把那封信递过去，于飞草草看过说：

“到我办公室谈吧。”

说完转身对高个说：

“小李，看看是不是自动门坏了，叫他们赶快把门打开，我有客人。”

小李立刻上前冲着门后的警卫高喊：

“赶快开门，你们瞎了眼了，这是董事长的车。”

然而任凭他怎么喊，大门还是不开，里面的人也不搭话。林磊正大惑不解时，哗啦啦从旁边小门里出来一大帮人，多数是穿白大褂的，少数是穿蓝色工作服的，团团把于飞和保镖围了起来。

“于飞，从今以后你进不去公司了。你要是知趣就赶快滚蛋，滚回美国去。”

人群中一个年轻人大声说。

“不能让他走,让他把贪污的销售款吐出来!”

一个中年人接着喊。

“你们要干什么?我是董事长!”

“狗屁董事长,你就是一个骗子。你那个专利技术是假的,你这个人也是假海归,你她妈的把我们研究所坑惨了。”

“各位员工,你们不要造谣生事,我的专利技术无可置疑,我的专利证书就在办公室墙上挂着。公司的困境是暂时的,等到利用新技术制备的单克隆抗体一上市,公司就会立刻扭亏为盈。”

“什么时候?十年、二十年、一百年、猴年马月?”

“最多两年。”

“你蒙谁呢?我们不是白痴,我们都是专业技术人员,我们研制单克隆抗体时,你还不定在哪呢。你的所谓专利技术,不过就是一种不成熟的理论构想,根本没有经过试验,别说转化成商品,就连高成本的实验用单抗都做不出来。你那东西可以蒙科委的官僚,可以蒙投资人,可以蒙吃里扒外的前所长,但蒙不了我们安隆的广大科技人员和工人。”

“于飞,把公司图章交出来,把你贪污的钱交出来,否则我们就对你不客气了。”

不知是谁说出这句话后,人群立刻又上前一步,最前面的人已经与于飞只相隔一米了。

“你们要干什么?你们这么做是违法的!”

于飞慌乱起来,大声叫喊。保镖立刻挡在于飞面前,做出了开打的架势,但眼神中也有点慌乱。这个保镖块头超大,可能身手也不凡,但他怎能抵挡几十人的围攻?

林磊也稀里糊涂被围在人群当中。

双方对峙了十几分钟。人群中的怒骂声越来越高,气氛越来越紧张,空气中的火药味越来越浓,一场寡不敌众的打斗一触即发。林磊不禁想到,真要打起来,我一定会被当做于飞的人白挨一顿揍。

就在这时从后面挤进来一位50多岁穿西装的人,他挤到中间对人群说:

“大家冷静一下，冷静一下。我们高管班子已经把于飞告到省里，省长已经开始过问此事。最多下周我们就要和于飞摊牌，安隆的现状不会继续下去了。”

“钟经理，我们忍无可忍了。”

“钟经理，咱们再不能被骗了。”

“钟总，再不行动，安隆就被这个骗子掏空了。”

人群中愤怒的喊声此起彼伏。

这位钟经理高举双手，大声喊道：

“同志们，大家先回去上班吧，罢免于飞的董事会下周就召开，我们一定尽快给大家一个交代。”

听到钟经理这句话，怒火满腔的人群渐渐散去。等到人群都回到大院里，自动门依然紧闭，于飞和他的车依然被关在大门外。

于飞见状十分尴尬地说：

“林先生，实在不好意思，请上车吧，我们到宾馆去谈。”

林磊笑了笑。

“好吧。”

林磊是见过世面见过风浪的人，但他没见过董事长进不去自己公司的大门，没见过公司员工如此愤怒地围攻董事长。

这是安隆生物技术公司第一次把董事长拒之门外，以后还有好几次，巧合的这第一次就被林磊撞见了。林磊一时还想不出这个别开生面的见面礼意味着什么，但他已经意识到安隆的情况已经变得相当复杂了。

7

汽车开了20多分钟来到合肥一家五星级宾馆，林磊与于飞的第一次面谈竟然是在宾馆的大厅里进行的。

刚坐下于飞就说：

“林先生，实在抱歉，让你受惊了。”

“没什么，我是见过世面的人，要是真动起手来，他们也会对我这个陌生人手下留情的，不打不相识啊。而且我看人群中大多是穿白大褂的知识分子，他们打人不在行。”

“公司70%以上是科技人员,安隆的前身是个研究所。”

“于董事长,合资双方怎么会弄成这样?以前没有征兆吗?”

“有啊,十天前,一群科技人员闯进我的办公室,大吵大闹了一回;三天前,一帮工人又闯进来大闹,把我的办公桌都砸了。合资前我没跟安徽人打过交道,没想到这些李鸿章的后代如此没涵养如此粗野。”

“他们也是胡适之的后代呀。”

“是啊,可能我运气不好,碰上的都是李鸿章的后代。淮军比湘军还厉害啊,当年攻进南京城把太平天国杀得血流成河的就是李鸿章的淮军,看来我把合资公司建在安徽可能是个错误。”

“安徽自古人杰地灵。这里是李鸿章的老家,也是胡雪岩的故里,徽商鼎盛时七分天下有其四啊。安徽凤阳不但出了个朱洪武,而且还是中国农村改革的发祥地,你到这里来搞合资也不能说选错了地,公司如今打得天翻地覆不可开交恐怕另有原因吧?”

“原因当然有,合资后的第一年一切顺利,公司运转正常,只不过公司一半人力投入到新技术制备单抗,原来的老法制备的高成本单抗的产量下降了一半,公司利润也下降了一半。你知道,我是单枪匹马来到安隆的,只带来了我的专利技术,没带一兵一卒。合资后,我没有动原来的管理班子,总经理和几个副总都是原来所里的人。合资公司运转之后,生产经营销售都是他们在做,我只是给予技术指导。结果一年之后问题出来了,新技术制备单抗没搞出来,老产品产量利润下降一半,投资方的上亿资金所剩无几,公司陷入亏损之中,这些皖人就把责任全都推到我头上,说我的专利技术是假的,我给他们看美国的专利证书,他们愣说证书是我花钱买的;他们还造谣说我是假海归,我给他们看我的美国绿卡,这帮家伙愣说我的绿卡也是假的,真是秀才遇见兵,有理说不清。美国绿卡有假的吗?哥们儿在美国呆了十年啊,千辛万苦才拿下的绿卡他们都不信,你让我有什么辙?”

“于董事长,我是学财经的,对生物技术是门外汉,你认为新技术单抗生产不出来到底是什么原因?”

“任何新技术的商品化都是需要时间的,三年五年都很正常。新产品搞不出来,不是专利技术不行而是人不行,是这帮研发人员不行。”

“我听胡总说,这个研究所有人才优势,他们的科研人员大多都是国内名牌大学出来的,综合实力在国内领先啊。”

“关键是他们是中国的一流生物技术人才,不是美国的生物技术一流人才。中国名牌大学质量比美国名校差多少你应该知道,中国生物技术人才与美国生物技术人才至少相差一个等级,而我的技术是美国领先技术,所以他们玩不转。”

“于董事长,你没有想办法扭转这种局面吗?”

“想了呀。本来我和海金的一个亿投下去,是可以支撑安隆运转三年直到新技术单抗生产出来的,但投资到账后,他们非要拿出一半投资来盖楼,说什么是生产需要,我费尽力气就是阻挡不了,你也知道强龙压不倒地头蛇。现在合资不到两年,资金就没有了,怎么办?还得我去找啊。我现在一方面在努力寻找新投资,一方面在引进美国的生物技术人才,当然是主要挖我的那些留美同学。我已经看出来了,要想研发生产出来新技术单抗,靠土鳖不行还得靠海归。”

“你这话会激化矛盾。”

“我也就是对你说,对他们当然不能说。我这两个拯救公司的办法,找钱找人,都是需要时间的,可他们不给我这个时间,他们愣是要跟你闹翻,把你闹得焦头烂额。早知回国创业这么难,国内的创业环境这么恶劣,我就不回来了,我在美国的年薪可是20万美金呢。”

“于先生也别失望,国内的创业环境正在逐步改善,中关村创业园里你们海归创办的生物技术公司多数发展迅猛。”

“是啊,不知道我怎么这么倒霉。其实今天的事也在我预料之中,他们到我办公室闹过两回之后,我就预感到他们早晚要闹出这么一出戏,所以我就把公司的大章和账本都揣在身上,走到哪带到哪,钟总经理他们没有这些章,连销售合同都签订不了。他们不让我进门,我还就不进了,看谁耗得过谁。”

“于董事长,这不是办法啊!”

“我也是被逼无奈啊。林先生,你一来就看见这么一出大戏,董事长生生进不了公司大门,全世界有这样的新鲜事吗?戏你也看见了,安隆公司这个烂摊子的底我也告你了,你还想往里掺和吗?”

“本来胡总想介绍我过来和你一起共图大业,现在看公司的情况有点复杂,我先调研观察一段再说吧。我相信你于董事长总会找到解决办法的。”

“你是胡总介绍过来的人,就是第二大股东海金的代表。胡总现在是落难了,不管胡总现在怎样,海金现在如何,在我这,胡总永远是安隆的股东。你知道没有胡总就没有安隆,我于飞是个知恩必报的人,不是势利眼。”

“于先生的仗义令我感动。”

“本来我应该先给你安排一个董事,可是现在安隆的董事会开不成,你没听说他们要在董事会上驱赶我这个董事长吗?所以我先给你安排一个顾问吧,这样方便你调研。”

“好吧。”

于飞以为林磊了解了公司现状,又经历了一场惊心动魄的闹剧,早就该吓跑了,或者知难而退了,没想到他还要调研观察一段。他不知眼前这个林磊是否能给自己帮上忙,他现在太需要帮助了。

林磊没有知难而退,是因为他恰恰从危机混乱中看到了自己难得的机遇。

8

自从被拒之门外和围攻后,安隆董事长于飞还真不进公司了,于是这个堂堂董事长揣着公章和账本消失了,公司上下谁也不知他跑到哪去了。

于飞消失之后,林磊并没有离开安隆,他真的开始了独自调研,因为于飞的话只是一面之词,他还没听到另一方怎么说。

来到安隆的第三天,他终于见到公司总经理钟祥。林磊之所以能顺进入安隆,是因为安隆的人对海金的人非常客气,他们早已知道一个亿的投资都是海金的钱,而于飞根本没有钱。安隆的新厂房和主楼都是用这些钱盖的,花了人家的钱,哪有把人家的代表拒之门外的道理?

在总经理办公室里,林磊和钟平谈了一上午。

“林先生,你是胡总介绍的人,我们理应好好招待,只是近来公司处于混乱状态,我也疲于奔命,慢待了你,还请原谅。”

“没关系,我不需要招待,只要让我进大门就行。”

“合资谈判时，我和胡总打过交道，那时我是研究所副所长，是所里合资项目的负责人。胡总给我的印象是精明强干，大手笔大气魄，拍出一个亿时眼睛都不眨。他被抓进去有点冤枉，海金动用股民资金主要是他们董事长干的。胡总进去了，我们合资公司就惨了，我们发现于飞有问题，没办法同胡总交涉了。如果胡总不出事，赶走于飞挽救安隆都是很简单的事，因为只有海金才是安隆真正的大股东，真金白银拿出了一个亿。至于那个大股东于飞现在在我们眼里什么都不是，他的专利技术一钱不值，他投入的2000万都是借胡总的钱。合资时胡总毕竟不懂生物技术，所以被于飞蒙了。但他是个绝顶聪明的人，只要我们跟他讲解一番，他就能明白。他明白了肯定会采取措施，安隆的混乱局面就很容易解决了。”

“我和胡总是多年朋友了，他要是不进去，前两天的大门口事件估计不会发生。”

林磊这会儿没有说实话，他当然不能说我是胡总的狱友，那样介入就难了。

“那当然，胡总虽然只在安隆挂了个董事，可他是真正的出资人，他的话最有分量。”

“于飞董事长的专利技术真是假的吗？”

“专利不假，但它只是个半成品，它只是一个不成熟的理论构想，还不是一个成熟的经过试验的单抗制备技术。拿他这个所谓专利技术，放在全世界包括美国任何一个生物技术公司都制备不出来单克隆抗体。这个理论构想如果能够成功变成应用技术，至少要经过2至3年的试验，试验的结果可能成功也可能失败。”

“我也是门外汉，对生物技术一窍不通。于飞对我说，任何新技术的商品化都需要3至5年的时间。”

“那是两回事。用来合资生产的技术应该是经过试验验证的成熟技术，是拿来就能用的技术，这个技术的商品化当然也需要时间，但时间一般不会长。否则你凭什么拿来合资占有技术股？严格地说于飞的东西只是思路不是技术，在美国是什么都可以申请注册专利的，于飞这个人和他的所谓专利技术是有很大欺骗性的，否则他也蒙不了科委的官员和胡总。”

“钟总，合资谈判时你也参加了，你是否当时也没有看出来？”

"于飞的专利技术光看是看不出来的,因为它提供的是一条新思路新方法,要经过实验室试验。我当时虽然参加了谈判但不能做主,做主的是前所长。我当时就主张,先不要急着签署合资协议,先到实验室里检验一下这个技术,看看有没有实用性。可是前所长不听,硬是要三轮谈过之后当场就签协议。后来所里许多人怀疑他拿了于飞的好处,他也是因为这个被免职的。其实于飞当时已经露出了马脚,既然是世界领先的技术,何必要行贿前所长?"

"你们是什么时候发现于飞的技术不行的?"

"半年吧。在实验室里搞了三个月,我们就知道这个技术不行,我们被骗了。为慎重起见,我们又试验了三个月。其实于飞自己对这个技术也没有底,能不能应用他也不知道。我和他打了一年交道,发现他是学过生物工程,但专业底子理论功底都很浅,他拿来的这个专利技术,其中的理论构想也不像他能搞出来的,只是我没有证据,不敢轻易下结论。"

"公司里的人说他是假海归,你也这样认为吗?"

"于飞的海归身份肯定是真的,绿卡也是真的,但他的专利技术可以说是假的。"

"现在合资双方还有没有调和余地?"

"我看很难调和了。一年之后于飞可能也察觉他那个东西不成,所以他利用董事长的位势采用非法手段把公司的许多销售收入转移到他自己的账上,其性质就是贪污,因为公司的利润是要三方按股份分配的。"

"转移的销售收入有多少?"

"具体数字还不掌握,因为账本被他揣走了,估计总有一两千万吧。现在我们正在收集证据,一旦证据拿到手,我们就会起诉他。"

"钟总,你看安隆公司的前景怎样?"

"安隆的前景有许多不确定性,就看如何化解眼前的危机了。如果我们和于飞这样长期打下去对峙下去,公司有可能被拖垮。但出资方海金不会坐视不管,因安隆拖垮了,海金的投资就打了水漂了。省里有关部门也不会不管的,因为安隆生物技术公司是安徽最大的高科技合资项目。"

"如果危机化解了呢?"

"那安隆的前景可就太好了。现在国内国际单抗的市场需求极其旺盛,而且制备单抗的新技术也层出不穷，引进新技术不是多么困难的事。过去研究所没能引进新技术是因为没有钱，现在资金也是可以找到的。老实说，如果不合资，只要安隆能够更新技术，我们自己就起来了。放眼国内，到哪去找安隆这么实力雄厚的单抗研发机构？从这点上看，于飞倒是有眼光，他之所以能搞定我们所，是靠了科委和卫生部的帮忙，结果他们也是帮了倒忙。如果我主谈合资，我怎么会看上于飞和他手中的那玩意？我怎么会让安隆的资产评估成15%的股份？至少低估了一半。我们先是资产被严重低估，然后是被骗，所以这次合资对我们安隆研究所是一场灾难。"

"生物技术可是新兴产业啊。"

"那当然。如果安隆能够渡过危机赶走于飞，如果安隆能够找到新投资和真正的新技术，那么安隆的崛起是毫无疑问的。安隆一旦起来那可不得了，一定是中国单抗的旗舰企业。"

"钟总还是乐观的。"

"乐观谈不上，算是还抱有希望吧。林先生，不知胡总出事后海金谁来接替他？也不知你能否代表海金？如果你能代表资方出面，我们共同协商努力，危机就容易化解了。"

"我现在还不能代表海金，不过将来可能。海金现在还是国务院派下来的资产清算组做主，但他们是过渡，很快海金的新班子就会整顿好。"

"我们就盼着这一天呢，我们和海金的利益是一致的。"

"这我明白，我现在是代表出资方来安隆调研考察。"

这次林磊的话也不实。他能代表资方海金吗？胡建业是授权给他了，但胡建业已经不是海金的董事长和总经理了，而只是一个囚犯，他的授权有用吗？尽管如此，林磊坚信，他只不过话说得早了点，很快他就会成为出资方的真正代表。如果做不到这一点，那还谈什么介入控股，谈什么二次创业？

"是这样啊，那我们一定认真接待。下午我就陪你参观厂房和实验室。"

"那太好了，还希望钟总能好好给我这个科盲上上课。"

钟平总经理的热情来自对出资方的尊重，他内心里还指望海金能够追加投资解决安隆的资金短缺。他怎么也想不到他热情接待的这个林先生还是个穷光蛋。

9

林磊从安徽回到榕城,开始着手进行两件最紧迫的事情:一是弄清于飞手中专利技术的真伪,二是与海金清算组达成转让股份的协议。

弄清这份生物技术的真伪靠林磊自己是肯定不行的,现在合资双方各执一词,公说公有理,婆说婆有理,于飞说专利技术没问题,是技术人员不行;钟平和员工说,技术人员没问题,是专利技术不行。林磊谁的也不能听,又无法在国内找到权威鉴定机构,于是他把眼光转到了美国。

他想起了自己的高中同学也是好朋友童广明。他是侨属,好几个亲友都在美国,高中毕业他就到美国去了。后来在美国读完生物工程博士后,就没有回来。

童广明走后的好几年里还和林磊保持通信,后来就断了音信。林磊依稀记得童广明上好像上的是斯坦福大学。

没过几天林磊就从同学那找到了童广明的通信地址,他给他发了一封长长的电子邮件,把核查于飞专利技术的任务拜托给了他。

没想到仅仅过了一周,童广明就回信了。

"林磊:你好。多年不见十分想念。我第二次探亲回榕,你正好在香港上市,没能见到。我在斯坦福大学读完博士后就加盟安迪生物公司一直工作至今,我已加入美国籍并在美国安了家。你托付的事我很快就弄清了,事情非常凑巧,这份专利技术的发明人正好是我的同事,他叫毕俭,而这个于飞正是毕俭的研究生同学。我拿着你发来的专利合同复印件询问毕俭,他告我了事情的真相。毕俭和于飞在杜克大学读生物工程研究生时,曾经是同学和朋友。毕俭是天纵之才,他读研很轻松,但于飞的智商有限,读研已经很吃力。没有毕俭的帮助,于飞的研究生毕不了业。于飞毕业之后就到罗氏制药工作了,他根本不是博士,他在罗氏也只是一个一般工作人员。你知道,学生物技术的,不读到博士和博士后是不可能有作为的,于飞的水平是根本搞不出这个专利技术的。毕俭博士后毕业,就加盟了安迪成了我的同事。他也是北京的干部子弟,比我聪明多了,但不难交,我们很快就成了朋友。毕俭在安迪研发中心花费了多年心血搞出了制备单克隆抗体的新思路和新方法，并在理论上有重大突破。我看了他的成果之后对他说，你这个东西如果完全搞成了，是有可能得诺贝尔生物奖的。于飞来找毕俭玩时，也见到这个成果。没想到这家伙竟然偷偷把它申请注册成自己的专利然后又带回了国。毕俭知道这事后并没有勃然大怒，而是很宽容。他说于飞也有难处，他在罗氏混得不好，就要被炒鱿鱼了，只好选择回国创业。但回去手里既没有技术也没有资金是很难创业的，于是他就想出了这个下策。毕俭告我，于飞拿走的东西还只是个理论构想，根本不能当作技术转让，也无法凭借它制备出单抗，因为那里面有很多不完善的地方，还有错误。我还了解到，毕俭在于飞走后又苦心钻研了三年，其中经过两年实验室检验，才把这个新思路新方法纠错完善。现在他手里的这个东西既有理论又有操作程序又有实验室出来的成品，是完全可以应用的最新单抗技术了。毕俭知道自己手中这个新技术的分量，知道它会产生巨大效益，他也不甘心把它转让给美国公司，他也有心把它带回祖国去。我们这代留学生，包括我这样的美籍华人，绝大多数都是爱国的。我们是爱美国更爱中国，为中国作贡献是大家的心愿。林磊，毕俭下个月回国到中关村考察，这对于你可能是个好机会，就看你能不能游说他回国创业。他可是货真价实价值连城并拥有世界领先技术的'海龟'，比我厉害多了。我一年后回国探亲，到时候一定去看你。祝你创业成功。有事尽管吩咐。"

看了这份邮件，林磊完全清楚了。他知道自己手中又多了一张牌。

10

林磊弄清于飞专利技术的真相后，就开始全力搞定清算组了。他通过朋友得知，清算组组长以前在国家体改委工作过，他马上想到了邵建一。

他已经6年没有去北京了。出狱之后，八闽地界上的亲戚朋友同学，该见的都见了，可北京的朋友同学一个都没见。6年没见邵建一，他怎能不想念他？

思友心切，第二天林磊就坐上了飞往北京的航班。

林磊和邵建一见面的地点还是大三元酒家，这次见面两人没有挥拳而是紧紧拥抱了长达一分钟。

邵建一放开老友，就仔细端详起林磊的脸来。

“成,还没怎么变样,颜色气色都还行,看来你在大牢里没受多少苦。”

“也可以这么说,没挨打,没挨饿,但精神上的折磨一言难尽。那是大牢不是办公室,不信你进去试试,也许一年你都撑不下来。”

“我还是别试了。对不住了,兄弟这回我没能帮上忙,没能把你捞出来。”

“你做的事我老婆都跟我说了,你已经尽力了。牢狱之灾是我的劫难,天意如此,人力岂能扭转?”

“许崇威可能也没帮上大忙,司法界太复杂太不透明。”

“我知道,这么大的案子,许崇威路子再野也没用。”

“果真天意如此,你老弟此生命里注定要到炼狱里去逛一圈。怎么样,坐了6年监狱,有什么人生感悟?”

“感悟多了,可以写一本书了,对于生死名利荣辱的看法完全变了,那感悟能少得了吗?我就是没有时间,有时间真想写一本书,书名就叫《铁窗沉思录》。”

“我倒是真想看你这本书,世界上许多名著都是在监狱里写出来的。你刚出来不久就忙,忙什么呢?”

“哥们儿能就此趴下吗?得二次创业啊。不创业在家里喝西北风吗?”

“过去的积蓄都没了吗?”

“差不多了,生活的钱还有,创业的钱一分没有。今天我不找你借钱,但还要找你帮忙。”

“帮什么?”

“你认识不认识秦自立?”

“认识啊,他在委里呆了5年,我们很熟啊。”

“那太好了,真是天无绝人之路。”

接着林磊就把狱中偶得机遇,安徽之行,真伪海龟的故事讲了一遍,也把自己的创业构想行动步骤说了出来。

“现在是万事俱备只欠东风。这个东风就是清算组的转让股份授权。”

“你能确定清算组肯定会转让股份吗?如今生物技术产业热得很啊。”

“因为海金是券商不是投行,中国眼下也没有真正的投行,海金不会持股企业的,之所以有今天这个局面,都是胡建业施展个人抱负的结果。清算组的责任就是清算资产收回资金,他们现在肯定是急于收回资金早点班师回朝。估计谁掏钱买这些股份他都会卖，关键是找到买主，安隆现在这个烂摊子，买主也不好找。产业是前途大大的朝阳产业，但合资后的安隆已经变成了鸡肋，谁敢贸然砸一个亿进去？”

“既然是买方市场，这事情简单啊。”

“如果你去买这些股份，事情简单，我去就不简单，我现在不是带罪之身嘛。你知道我是冤案，他们清算组不知道啊。况且这是国务院派出的清算组，如果不疏通关系，这个秦自立敢把股份卖给刑满释放人员吗？”

“你要我怎么做？”

“你就告诉这个秦自立，哥们儿是什么人，那6年冤案是怎么回事就行了。这些话我对他说，他未必信，你这个老朋友说，他应该相信。你不是普通人，你是有身份的人，国家发改委的正司长啊，你说话是有分量的，面对转让上亿国有资产的大事，你这个政府官员能撒谎吗？”

“我不是跟你说过了吗，在京城一个司局长没什么分量。你这次遇难，我更加体会到自己官小职低人微言轻。”

“国家发改委的司局长还人微言轻，那我们这些草民还能活吗？”

“你不一样。等你创业成功了，你摇身一变又是大老板，那时你的分量比我重。中国现在是高官和大老板的天下。”

“副部不就是高官吗？你升副部不是早晚的事吗？”

“哥们儿此生无望了，仕途竞争惨烈啊。不说我了，你这事急吗？”

“当然急了。晚了，清算组撤走了，海金新班子的人又不认识了。时间一长，安隆也会生变，夜长梦多，耽搁不得。”

“那我过两天飞一趟榕城，把你这事办了。”

“过两天，我们一起去榕城。”

“好吧。”

接下来两人说的都是生活上的事。

那天，他们点的都是中档菜，酒也没有多喝。最后是邵建一买的单，林磊也没争。

从此，林磊到京必请的规矩自动废除了。林磊终于有了请不起朋友吃饭的一天。

11

邵建一和秦自立只谈了半天。第二天,林磊就和秦自立签订了海金向林磊原价转让所持安隆40%股份的协议。但协议生效的前提是林磊如期拿出8000万,期限是一年。

协议签订之所以如此顺利,一是因为邵建一的话管用,二是因为秦自立很开通。他到榕城几个月里,多少也听说过这桩天大的走私案。最重要的是人们的观念变了,再不是刑满释放人员找不到工作的时代了,很少有人歧视从监狱里走出来的企业家了。没有这个观念的转变,许多从大牢出来的企业家就不可能东山再起。

送走邵建一之后,林磊直奔安徽。他找到于飞之后,两人进行了一场决定各自命运的谈判。

谈判之前,林磊把童广明邮件的打印件以及他和海金的股份转让协议的复印件一起放在了于飞的面前,于飞看完文件,脸色立刻变了。

“林先生,这个童广明是谁?”

“是我高中同学,好朋友,也是毕俭的同事和朋友。怎么样,于董事长,要不要你跟毕俭亲自通个电话,验证一下这份电子邮件的真伪。”

“不必了,不必了,邮件上说的都是真的。我也是迫于无奈慌不择路啊。当时罗氏要开我,我的业务又不行,在美国再就业很难,只好选择回国创业。正如信中所说,我是一无钱二无技术,创业只是一句空话。留美学生学成之后,拿着硕士博士文凭回国找工作的也有,但像我们这样在美混了十年以上的人,再回国就业就太掉价了,我们必须揣着技术回去,必须是回去创业,否则无颜见江东父老啊。”

“可以理解。”

“并不是所有在美混了十年以上的中国留学生手里都有新专利技术的,有的还是少数,但回来创业的大多都是有技术的,没技术的就在美国扎下去了。我只是勉强拿下一个生物工程硕士,自己玩出新技术是绝无可能的。我知道毕俭的技术还不成熟,他自己还在完善和试验,但如果成熟了试验成功了他会给我吗?我跟他再铁也没有用啊,那是他多年的心血一生的寄托。所以我才想出这个损招,先把它申请成专利然后拿回国内试试运气。当时我是抱有侥幸心理的,我知道毕俭是个科技天才,他搞出来的东西试验成功的可能很大。我知道毕俭是不会把他这个半截子东西拿出来申请专利的,他还要在实验室试验几年。我想我拿回国去试验,和他在美国试验并不矛盾,我在国内一旦成功,也会把专利成果还给毕俭,至少也是跟他分成。我还没有那么黑,也知道这事早晚会露馅。全世界单克隆抗体的圈子就那么大,如果最后说我于飞完成了单抗的重大技术突破,姥姥也不信,说毕俭完成的,圈里人都会信服。”

“毕俭对你很宽容。如果是别人可能会起诉你盗窃技术成果。”

“是,所以我很感激毕俭,我对不住他。读研时他就帮过我,我是恩将仇报了。”

“毕俭不久就要回国考察,你会见他吗?”

“我没脸见他啊。林先生,既然你已经知道了真相,还望帮兄弟一把,暂时保密。这事要是泄漏出去,安隆的人非吃了我不可。”

“保密可以,但有个条件,那就是你把手上的股份原价转让给我,然后我掩护你从安隆安全退出回美国。”

“原价是什么意思?”

“那就是2000万。你入股的这个不成熟技术一钱不值不能作价,所以你手上45%的安隆股权全部是这2000万投资换来的。我在一个月内,打给你2000万,你跟我签订股份转让协定,向我转让45%安隆股份。”

“林先生,你可够黑的,你这是乘人之危啊。你走后我托人才打听到你的背景,你原来是胡建业的狱友,是曾经的山海副总和海融上市公司董事长,到底是做过大老板的人,出手就不凡。”

“我这不是乘人之危,而是解你燃眉之急。我们之间的交易是互惠双赢的。”

“你只掏出区区2000万,就拿走了安隆45%的股份,合资时,海金为了安隆40%的股份就掏了8000万,你赚大发了。我千辛万苦创办合资公司,结果鸡飞蛋打净身出局,我亏大发了,这怎么是互惠双赢?这是胜者通吃啊。”

“于先生,你不能这样看问题。此一时彼一时,当初合资时,安隆的40%股份是值8000万,但这是有前提的,这个前提是你入股的专利技术是真的世界先进技术,是安隆合资公司靠着这个专利技术可以迅速崛起迅速盈利。如今这个前提不存在了,你的技术不是真的,安隆不但没有盈利反而陷入亏损。合资之初,安隆是个前景无限的聚宝盆,如今是个前景黯淡混乱不堪严重亏损的烂泥塘,今天除了我谁会掏出8000万买海金的40%股份?除了我谁会掏2000万买你手上的股份?今非昔比,安隆已经不值钱了。再这样打下去拖下去,安隆破产指日可待,到那时,别说几千万,就是几百万,安隆的股份都没人要。”

“我要是不卖呢?”

“你可以不卖,我也不是非要买你的股份,我拥有海金的40%就够了,我照样可以控股安隆,因为你手上的45%股份是保不住的。安隆员工知道专利技术真相后会饶了你吗?会让你继续持有这45%股份吗?须知你手上的股份是专利技术入股作价8000万和从海金借款2000万换来的,如今技术是假的,分文不值,你得掏出8000万,那2000万借款清算组正在催你还债,总共一个亿现金你拿得出来吗?不拿出这一个亿来你手上45%的股份一点都保不住,你这个现在的大股东和董事长也保不住。握有45%的大股东被清算了,我成为大股东难道不是顺理成章的事吗?这还不算,如果你不卖,安隆还要起诉你私吞销售款1000多万,你不但要还钱,还得被追究刑事责任。”

于飞不说话了。

“这次我来安徽,听说前几天你居然动用黑社会到厂门口大打出手,结果还是被安隆员工打了出来。我不知道你为何出此下策。在中国,涉黑是犯法的,涉黑、贪污销售款、用伪专利技术诈骗,仅此三项就够判你10年监禁的,到那时,你才真是人财两空鸡飞蛋打,不但一分钱拿不到还要背上几千万的债务,还要和我一样尝一回牢狱的滋味。如果你卖给了我,不但可以得到真金白银2000万,这2000万本来是你的应还债款,而且可以免掉应归还的1000多万私吞销售款,里外里,你净得3000多万,衣锦还乡回美国,也算你回国创业没白干。就是在美国你这三年也挣不出400万美金来,怎么不是互惠双赢?”

林磊紧紧抓住于飞的软肋不放。

“换个角度想,我掏出2000万买什么了?买你手上的专利技术吧,这个专利技术一钱不值,买你投资2000万换取的5%股份吧,那2000万又不是你的钱而是借款,是海金的钱,我等于用2000万为你还债啊。何去何从,你自己拿主意吧。要么同我成交,带着3000万全身而退平安回美国,要么,拿出几千万还债,还要被起诉入狱,还可能被打。我已经听说,安隆员工要报复你动用黑社会,要痛打你一顿,而且扬言把你打个半残。再者,如果你不卖给我,我也没有为你保密的责任。而且这个秘密也是很难长期保住的,因为我听说,安隆高管班子已经派人专程到美国调查你的专利技术去了。”

于飞听完林磊这番话,面色如土汗流浃背。

“别说了,我卖还不成吗?什么时候签协议?”

“现在就可以签。”

当场林磊和于飞协定了安隆45%股份的转让协定。

签字之后,狼狈不堪的于飞擦了擦头上的汗说:

“你的2000万现金能不能两周内到账,我想尽快离开这里回美国。”

于飞似乎有些害怕了。

“我们协议上写的是一个月期限,不过我可以尽量提前,满足于先生的愿望。”

林磊就这样用一次谈判搞定了于飞,协议拿到了他手上45%的股份,加上清算组同意转让的海金40%股份,林磊的手中就将拥有安隆生物技术公司85%的股份,成为安隆名副其实的大股东。然而这一切取决于林磊能否在一个月内,找到2000万,在一年之内找到8000万,最后还要找2000万替于飞还债。总共1亿2千万巨资。

没有钱一切都是空的,而此时的林磊依然是商业意义上的身无分文。

现在才真正是万事具备只欠东风,这个东风就是钱。

12

商场上借钱是不容易的,商人之间的资金拆借也不是简单的事。何况林磊现在还算不上商人,他没有企业没有职务也没有资金。

事隔6年之久,林磊过去在商界积累的信誉所剩无几了,他还剩下什么呢?他凭什么去借这么多的钱呢?他剩下的只是人品和友情,简而言之,只剩下林磊这个名字,能否借到钱取决于人们怎么看林磊这两个字。

林磊先去找张雪庭和周宏。见面还是在张雪庭家中。

“哥们儿找你们帮忙来了。”

林磊开门见山。

“我就知道你会来,重新创业不会不困难,你说吧,要我们帮什么忙?”

“借钱。”

“借多少?”

“一千万。”

“这个数不小。”

“这个数对于老板来说是小钱,对于不是贪污犯的政府公务员来说就是大钱,张厅长的月薪才6000元,我就更少了。”

“说说钱的用处?”

林磊详细讲解了安隆项目,也讲了自己对这家公司的预判和期望以及市场前景。

“你们俩借钱给我也行,也可以用这笔钱入股。入股有风险,但将来的收益会很好。”

“我们还是借钱给你吧,因为我俩凑不出来这么大的数,也得找别人借。”

张雪庭说。

“雪庭说得对,如果我能拿出这笔钱,我肯定入股,对你的眼光和经商本领我还是坚信不疑的。”

周宏说。

“那就借吧,日后我按市场最高利息还。”

“我们能要你的利息吗?”

“不过我要得比较急,最好在两周之内能帮我筹到这笔款,有困难吗?”

“问题不大,只是时间紧点。财政厅的人再弄不到钱岂不成了笑话?我们尽量抓紧吧。借钱,周宏比我路子野。”

“两周时间差不多,到时你来拿钱吧。”

周宏说得很肯定。

“那就拜托了。”

两周之后,林磊又来到张雪庭家。张雪庭当面交给他1000万现金。

“钱凑齐了。我只解决了 400 万,剩下都是周宏解决的。你点点。”

“不点了,财政厅的钱还用点吗?”

林磊说完就把满桌子成捆的钱一捆捆装进自己带来的箱子里。

“知道的人,这是创业资金,不知道的人,还以为这是毒品交易的黑钱呢。在美国是看不到这景象的,他们那上万的美元就都走银行转账或打卡了。这景象只有在中国能见到,上千万仍然用现金,这就是中国国情。”

周宏感慨到。

“我给你们打个收条吧。”

“收条就免了。我们信任的是你这个活人,写不写收条都无所谓。如果你创业成功,没有收条你也会还钱,如果你做败了,有收条又什么用?那会儿你是要钱没有要命有一条,我们能要你的命吗?”

张雪庭笑着说。

“哥们儿还钱的概率在 80% 以上。”

“你还钱的概率就是 50%,我们也会借给你。谁让咱们是哥们儿的。只是你东山再起发了大财之后别忘了咱们朋友就行。”

周宏说。

“林磊如果是那样的人,你们也不会借钱给我。”

“那倒是。”

“林磊,你买于飞的股份需要 2000 万,现在只解决了一半,那一半怎么办?”

“我还认识几个企业家,那 1000 万我找他们去解决。我不能把 2000 万的重担都压在财政厅官员肩上,那样你们会犯错误的。”

“你放心,我们的钱都是个人的钱,与公款不沾边,你放心用就是了。”

张雪庭说。

“我当然放心,财政厅里能流出黑钱来吗?”

13

其实林磊同张雪庭和周宏谈妥之后的第二天就开始寻找筹集另外 1000 万的途径。时间紧迫他怎敢耽搁?

这次他把目标锁定在企业家身上。社会上的钱哪最多?除了银行就是老板兜里。

林磊最先锁定的老板有两个,陈帆和侯国栋。当然要是进一步开掘,还会有几个,吴东江和彭一鸣都可能借给他钱。陈帆的财力当然不是侯国栋能比的,而且他也会慷慨解囊。他副总都给你了,还会在乎区区1000万吗?

但林磊此时的想法是但凡有办法就不找陈帆借钱,到新腾出任副总可以,同陈帆联手投资项目可以,万不得已最好不向他借钱。因为什么,是面子吗?是声誉吗?林磊也说不清。

他更倾向于找侯国栋。虽然侯国栋创业不久一下子拿出1000万会有困难,但他会真心全力相助。他们之间的狱中友情非同一般。

思来想去,林磊决定先去找侯国栋。如果侯国栋实在解决不了再去找陈帆或者彭一鸣。

林磊来到侯国栋的公司时,才发现公司占地不小,厂房也很大。

"侯总,你的新企业规模不小嘛。"

"建材企业就是这样,占地方。我是建材生产商不是批发零售商。"

"你主要生产什么?"

"瓷砖、铺地砖、地板。"

"这个行业利润怎么样?"

"利润率将近20%吧,不过近来建材企业如雨后春笋,行业竞争日趋激烈,利润率也在逐年走低。"

"除了垄断行业,其他行业恐怕都避免不了这个趋势。"

"应该是。林总,你今天来不是为了考察我的企业吧?"

"我是找你来借钱的。"

接着林磊又把安隆的故事讲了一遍。

"侯总,1000万对你有困难吧?"

"有点,不过我能解决。我自己可以拿出一半来,另外500万我可以找业内商人朋友拆借一下,实在不行也可以用企业做抵押向银行贷款。"

"如果非常困难,我就去找别人,我还认识几个别的企业家。"

"不用找别人了,我一定会给你解决。我就是砸锅卖铁卖掉企业也会为你筹来这1000万。”

侯国栋这话让林磊十分感动。

“时间呢，两周时间是不是紧点？实在不行三周也可以，我和于飞的协议期限是一个月。”

“两周也差不多。”

“我拿走这1000万，不会影响企业的流动资金吧？”

“不会，流动资金我不会动，我动用的是企业积累。”

“那就好。侯总，生物产业的利润率普遍很高，单克隆抗体的利润率高达50%，比你的建材行业高出一倍多。所以我建议你用这1000万在安隆投资入股。”

“入股的事以后再说吧，这次还算借款，而且没有期限。我也知道生物技术产业利润高，但我对这个领域完全陌生。我现在是企业初创，还是想单打一，多元经营的路我是不会走的。”

“那也好，以后你做起来了，投资生物产业的机会还会有。”

“我想也是。不过我预计你一旦控股成功，起来会比我快得多。”

“企业崛起的速度，不单单依赖行业景气，还有许多其他因素。我这个项目的成功概率现在只有一半，前面还有许多拦路虎和不确定性。创业的艰难和风险你是知道的，你是过来人。”

“任何企业创办的成功概率都不会是百分百，风险是摆在那的，最可怕的是不可抗拒因素，让你没招可想。”

“我知道。我也算创过一次业，创业的艰难和风险也算体验过一回。”

“林磊，你不比我，你是二次创业啊，成功概率应该大一些。”

“但愿如此。”

林磊只用了三周时间，就借到了2000万现金。

如果因此说借钱不难那就大错特错了。可以说在世界任何地方任何时间借钱都不是一件容易。借钱之人无论你是谁无论你走到哪里，都是天下人最不愿见的人，尤其是借上千万的巨款。借钱是人生最尴尬最难的事，有时借钱之难难于上青天。

一根稻草可以压倒一匹骆驼，一分钱可以难倒英雄汉，一千万可以让企业倒闭老板跳楼。

对于企业家来说,没有什么比资金链的断裂比缺钱更可怕的了。

史玉柱巨人大厦的轰然倒塌,不就是因为借不到2000万吗?

中国那么多老板不就是因为借不到钱而跑路的吗?

林磊能借到钱是幸运的。为什么有人借得到钱,有人借不到钱?林磊借钱背后隐藏的深意是每个企业家都应该认真思考的。

借钱也有微言大义。

三十、控股

CHAPTER 30

1

林磊成功如期借到2000万后就立即飞往安徽。

还是在那家五星宾馆里，林磊见到了于飞。

上次面谈之后，于飞又试图两次闯进公司的大门，两次都没有成功，他董事长办公室里的东西也没法拿出来。万般无奈，于飞只好在宾馆里租下一间客房作为临时办公地点。他没有想到回国创业折腾三年多最后落得个如此结局，惶惶乎如丧家之犬。

林磊当面把2000万现金交给了于飞，于飞也交出了合资公司的营业执照、公司图章和账本。

“公司办公室里还有一些我的私人物品，麻烦林先生帮我拿出来，我死活进不去公司大门。”

“这没有问题。”

“下午我准备去订三天之后飞往美国的机票，国内我不想呆了。”

于飞神情沮丧。

“于先生也不必灰心丧气。虽然这是一次不成功的创业尝试，但以后还有机会。创业往往不能一次成功，需要尝试几次。我相信于先生的爱国之心报国之愿不会从此消失的，国内的机会毕竟比美国多，现在中国是遍地黄金的地方，于先生在美国再干几年，也许还会再生回国创业之心。你什么时候回来我们都衷心欢迎。相信于先生杀回马枪时，兜里一定揣着技术和资金，那时再创业就是另一番天地了。”

“但愿有那一天。”

“会有的。如果你不甘心失败，决心东山再起，这个机会就能够创造出来。没有技术没有资金没有关系，都可以在美国找到。在美的中国留学生就是一个巨大的富矿，你只要高举回国创业这面当今最有感召力的大旗，就能够从这个富矿中开掘出来技术和资金来。”

“谢谢林先生的指点。”

“于先生临走之前不和安隆的班子告别吗？你如果想见我可以安排。你现在已经退出安隆了，就不再和他们有利益冲突了。不打不成交，相逢一笑泯恩仇吗？”

“这次就不见了吧。”

“不见也好，现在的时机不是太好。”

林磊看出于飞还是怕见安隆的人，怕他们向他讨债算账。

“那你就放心走吧，所有善后的事宜都交给我好了，一切都由我兜着。”

他俩都知道善后的事情还真不少。于飞欠海金的2000万债务，欠安隆的1000多万销售款，于飞还面临涉嫌专利诈骗，向前任所长行贿，动用黑社会，贪污公款多项指控，而且还欠挨安隆员工一顿打……所有这些都需要林磊了结，真是有一屁股屎要林磊来擦。

“那就拜托了。”

“我相信我俩还有见面的机会。”

“也许吧。”

此时林磊已经朦胧地意识到，用不了多久这个于飞就会找上门来见他的。

晚上，林磊在宾馆设宴为于飞践行。三天之后，曾经的安隆董事长和大股东于飞飞回了美国。这时，安隆的员工还都不知道。

2

于飞走后的第二天，林磊来见安隆总经理钟平。

“钟总，我帮助你们把那个不称职的于飞董事长赶走了。”

“真的吗？这到底是怎么回事？我们驱赶董事长驱赶了半年多，都没把他赶走，你怎么办到的呢？”

“于飞真走了，估计这会儿他已经到美国了。”

说完林磊把他同于飞签订的股份转让协议摊在钟平面前。

钟平看完协议还是不明白。于是林磊就详细告知了他和于飞博弈的全过程，当然借钱的事他不会说。

听完林磊这番话钟平恍然大悟。

“这样你就取代于飞成为了安隆的大股东和董事长了?”

“应该是这样,当然这还要得到你们安隆一方的认可。”

“海金原来那40%的股份怎么办?他们继续持有吗?”

“这些股份一年之后也将转让到我的名下。我原来是海金的代表,现在不是了。”

林磊说完,又把他和海金证券签订的股份转让协议递了过去。

“这样你就是持有安隆85%股份的绝对控股的大股东了。我想问一句,你是自然人还是某机构的代表,你的资金实力怎么如此雄厚?”

“控股之前我是自然人,我身后没有任何机构。现在我是安隆的法人代表。”

“林总,我可跟你说过,合资时安隆的资产是严重低估的,既然专利技术不能入股,那么合资三方的股权要重新确定。”

“这件事别着急,我们慢慢来解决。首先要请权威机构重新评估安隆研究所的资产,然后我们双方坐下来一起重新谈判。钟总,你放心,安隆占股不合理的状况肯定会改变。另外,我们双方重新划分股份时,技术股还要留着,因为安隆必须引进新技术。”

“留着可以,但不会留40%了吧?”

“这要相机行事。钟总不是说,安隆崛起的充分必要条件一是找到真正的单抗领先新技术,二是找到追加投资。这两件事我们一起着手解决。首先,我下周就去中关村,去见一位手中拥有真技术的海归,当然他还不一定归,要我们共同做工作。我先跟他谈,如果有了意向,钟总加入,咱们一起游说他。其次追加资金的事,由我解决。技术我没有,资金我不缺。我追加投资之前肯定要把以前一个亿的投资清算一下。这两份转让协议生效之后,这一个亿就算是我的投入了,我必须对自己的投资负责。其实不止一个亿,我和于飞的股份转让协议你也看了,他那2000万欠款是要我来还的,全部投资加起来是一亿二千万真金白银,都是从我兜里掏出来的。”

“林总的资金实力难以估量啊。”

“我担任过香港上市公司的董事长,资金运作是我的本行啊。”

“原来如此,我们安隆终于找到真正的大投资家了。”

“在新技术新资金没有进来之前,安隆首先要停止于飞技术的试验,公司全部人力投入到老产品中去。老技术老产品虽然成本高利润低,但还是赚钱啊,还要坚持生产一段,以减少企业的亏损。这件事就拜托钟总和你们经理班子了。”

“这个没问题,我可以全权负责。现在于飞走了,不对峙不扯皮了,生产方向的调整很容易。”

“还有于飞的善后问题也要我们一同来解决。先找人打开董事长办公室,把于飞的私人物品取出来给他寄到美国去,邮费我来出。然后于飞私吞销售款、行贿前所长和动用黑社会三件事不再追究。追究也没用,人都不在了,怎么追究?安隆合资公司从此就是我和你们的合资公司,与于飞这个人没有任何关系了。安隆生物技术公司已经翻过了初创这一页,于飞这个名字已经成为历史。安隆的当务之急是扭亏为盈,是找到新技术生产新产品,然后迅速占领市场,迅速崛起。这是我们双方的共同目标和共同利益,我们必须精诚合作同心协力实现这个目标。”

“林总说得对,我们一定跟你精诚合作。你来之后,董事会要不要变动?高管班子怎么办?”

“立即召开董事会,完成董事长的更换。在安隆我只当董事长,其他职务一律不当。高管班子先不动,还由你来领导。钟总,我是看好你信任你的,你也是我投巨资进入安隆的因素之一。我为什么要进来?一是生物技术和单克隆抗体的市场前景诱人,二是安隆的技术人才和高管班子优秀。相比之下第二条更重要,没有这一条我是不会轻易进来的。”

“林总的眼光很厉害。”

“在安隆,我要做的就是把握公司大方向,解决资金和新技术引进,知人善任选好高管班子,并在合适的时机把安隆上市。除此之外,安隆的研发生产经营销售,我一概不管,那都是你们的事。”

“你这样说我就心里有谱了,安隆从此就有希望了。”

“钟总,今后咱们俩的合作成功与否决定着安隆的命运,你我都身肩重任啊。”

“这我明白。”

中午，林磊在钟平的陪同下一起在公司食堂吃便饭。午饭期间，安隆的员工大多都没有在意钟总身边这个狼吞虎咽吃馒头的人。一些员工认出了他就是那天大门口冲突中于飞身边的人，投过来的都是鄙夷不屑的目光，他们认为于飞身边没有好人。

川流不息的员工们谁也没有想到，钟总身边这个低调谦和的人就是他们将来的董事长和大老板，就是将来决定他们命运的人。

3

林磊这一次只在安隆呆了三天。参加了一次更换董事长的会议，一次同高管班子的见面会，没有在大庭广众之下露面。

于飞飞回美国安隆换了新董事长的消息是在林磊离开后才宣布的，这个消息并没有在安隆引起波澜，员工都认为这是早晚会发生的事，一个骗子和贪污犯的董事长是任何公司都不会长期容忍的。只是员工们对这个新来的董事长一无所知，不免充满各种猜测。

林磊没有回榕城而是直接从合肥飞往北京了。

他这次来北京没有住宾馆而是住在了邵建一的家里。第二天中午在大三元酒家聚餐，依然是邵建一买单。

林磊这会儿还是个穷光蛋。在安隆员工眼里，他已经是个投资上亿资金雄厚的大老板，在邵建一眼中，他还是一个身无分文债台高筑的家伙。但他知道，眼前这个家伙正在经历从穷光蛋到亿万富翁的转变，而且转变的速度也许会让世人瞠目结舌。所以在这家伙没有转变之前，他甘愿为他买单，一旦他转变完成，他就可以继续年复一年地宰他了，那个每来必请的终身合同就会自动恢复了。

席间他俩的谈话就都是创业了，因为昨晚他俩同床共枕时已经聊了半夜的监狱感悟。

“你这次来北京是来找钱吗？”

“不是。哥们儿知道全中国就北京钱多。不光是中外银行林立，而且全中国最有钱的人大多猫在北京。胡润那个中国首富榜根本不能反映中国的财富状况,连他自己都说是挂一漏二,我看是挂一漏九,因为中国真正的亿万富翁并不都是上市公司的老总,他们的身价和财富根本无法计算。”

“你这是大实话。”

“北京虽然钱多,但我在北京找不到钱。因为北京的有钱人我都不认识。我就你这么一个北京铁哥们儿,你他妈的还没钱。许崇威有钱,他会借我吗?”

“不会,连我他都不会借。”

“这不结了。我找钱只能在八闽,但我找人可只能在北京。”

“你这次到北京要找什么人?”

“一个从美国回来到中关村考察的手里捏着新技术的留美学生。”

“是海归呀。”

“人家还没有决定归不归呢。”

“他手里拿的是单抗世界先进技术吗?”

昨晚在邵建一家里吃晚饭时,林磊已经把他介入安隆的最新进展全部告诉了邵建一。

“这次是真的世界领先的单抗技术,而且他就是新技术的发明人。”

“这么说这个人的是否加盟,关乎你安隆大业成败啊。怎么样?要不要我陪你去,北京是我的地盘啊。”

“不用了,我自己能够搞定。北京是你的地盘,美国不是,人家现在是美籍华人,不归你北京管。不过走之前他是北京臣民,是北京四中的,也是个干部子弟。看来干部子弟的智商也不一样,这个毕俭是个科技天才,于飞也是干部子弟,但是个平庸之辈。”

“能一样吗?如果真是龙生龙,凤生凤,老鼠的儿子打地洞,那就不必推翻帝制了。干部子弟北京城遍地都是,哥们儿还是红二代呢。干部子弟中没出息的多了,纨绔子弟也多了,真正能够成才的也是少数。只不过他们成才的比例比平民子弟略高而已。这就是基因的遗传和变异。”

“你应该算成才啊。”

“我不算。干部子弟真正成才的标志是在政界进入中委,在商界成为垄断国企老总,在科技界成为毕俭这样的科技精英。老实说,干部子弟中的人才子继父业成为政治精英最多,其次是商界精英,真正成为科技精英的是极少数,中国科技界的人才主要都是知识分子出身的。”

“干部子弟占领政治舞台,知识分子的孩子占领科技舞台,剩下我们这些工农子弟就只有当农民工和蓝领的分。”

“你他妈的发什么牢骚,你已经当过大老板了,即将成为更大的老板。人类追求自由平等多少年了,现阶段只能追求机会平等,美国人追求的不就是这玩意吗?中国‘文革’前就形成了特权阶层,工人阶级领导一切从来都是一句空话。改革开放后,特权阶层转变为利益集团。中国社会改革的目标之一就是建立机会平等。同样是人才,如果你不是党员干部,垄断集团的老总轮得上你吗?门儿都没有。改革的结果是中国机会平等的状况正在逐步改善。放眼商界,许多赫赫有名的大老板,郭广昌、王传福、曹德旺,都是从农村出来的;现在政界也有不少没有背景的平民子弟;至于科技界,贫寒家庭考出来的状元也很多。”

“你说的是事实。不过眼下中国最可怕的现象就是利益集团的固化和代际转移。如今官二代富二代已经成气候,官二代富二代联姻已经成风气,利益集团中人的后代不但有教育优先权,因为只有他们有钱把孩子送到国外留学,而且有进入政界进入垄断国企的关系,如此下去,恐怕机会平等离中国人越来越遥远了。”

“也不必如此悲观。改革是渐进的,问题也是逐步解决的,利益集团问题也不是完全没有解。其实利益集团存在很正常,自私和贪婪是人的基因决定的,我们官员也是自私的人,也有权利追求自身利益。这个世界上只有道德行为没有道德的人,也没有完全利他的人。关键要把官员的利益与民众的利益协调起来,不能让官员利用公权贪婪追求自身利益,不能让利益集团膨胀失控做大固化。这么说吧,如果中国现在的商界都掌控在干部子弟手里,像你这样的平民子弟还会去创业吗?别忘了,现在你是老板,我不是。老弟,别忘了,你也是利益集团中人。中国的利益集团就三大块。官员集团,垄断国企老总集团和民企老板集团。你过去是香港上市公司的董事长,现在又成了合资公司的大股东和董事长,将来你儿子出国留学还会有问题吗?他的机会能跟农民工的孩子相比吗?”

“我这个安隆大股东和董事长是空手套白狼的结果,是靠朋友借款换来的。如果我挖不来这个毕俭,如果我下一步不能筹到1个亿,如果安隆不能很快崛起,我的位置岌岌可危啊,欠债是要还钱的。”

“那你就一步步来吧。利益集团中人也是有风险的,官员有可能贪污受贿入狱,老板有可能破产跳楼,天下哪有没有风险只有利益的好事?”

“哥们儿,别光说我,你也是利益集团中人,你能否认吗?”

“我不否认。虽然我不是部级高官,但我也是官员集团中一员,是改革的受益者,所以我不抱怨,我知足常乐。而且我良心未泯,理想犹在,我还是坚定的改革派,没有从改革动力变成改革阻力。我致力于改革,是为了使中国最终完成政治体制的转轨,再保持三十年经济高增长,也是为了让这个社会变得更平等,起码真正实现机会平等。”

“境界很高啊,不愧是发改委的高官。”

“不是高官是中官。扯远了,还说你挖人的事吧。据我对这些美国培养出来的科技精英的了解,他们早已接受了美国文化,既爱国又现实。他们可不比那些学人文的人,他们懂商业懂利益。所以挖他们就要首先给平台给事业,这个你有了,然后是高薪高股高位,没有这三样你是挖不来他们的。”

“谢谢你支招,哥们儿挖人的经验还是有的,你忘了我在海融时就成功地把联想的大将严超挖过来了?”

“既然你有成功的经验那就不用我啰唆了,来喝酒,但愿今天是我最后一次买单。”

“你破费不了几回了,喝酒。”

4

第二天林磊就到中关村去见毕俭,这时毕俭已经回国三天了。

两人见面很亲热。林磊向毕俭询问了许多童广明的情况,然后就转入正题。

“毕俭,你比童广明小吧?”

“我比他小8岁,童广明是我的学长。我读研时他已经是博士后了。”

“我和童广明同龄,我们差不多是两代人了,10年就是一代嘛,你是年轻有为啊。”

“不年轻了,已经是奔四十的人了。”

“三十几岁正是大展宏图的黄金年龄,你考察中关村留学生创业园有何感受?"

"感觉还好,比我 5 年前回国探亲时的感觉好得多,国内的创业环境改善多了。"

"搞创业园,吸引海外留学生回来创业现在已经变成国策了。"

"早就该这样搞了,台湾和韩国的经济都是留美学生搞起来了。台湾要是没有新竹创业园,韩国要是没有留学生创业园,他们的高科技产业不会有今天。"

"这我知道,一个留学生带回一个产业兴旺一个产业。"

"其实我博士后毕业就想回国。美国生物工程领域的中国留学生已经成气候,这个产业顶尖的技术人才和学科带头人很多都是华人,许多最新技术核心技术都掌握在华人手中,主要是大陆、台湾的留学生手中。如果这些人都回来,中国的生物工程技术与美国的差距就会大为缩小,中国就会成为排在美国之后的第二大生物技术强国。前些年,不少博士生博士后回国后被安置在科研院所,但多数人的潜能都没有发挥出来,许多人被耽误了。所以我们这个行当里有这样一句话,生物工程人才在美三年上一个台阶,回国三年下两个台阶。关键还不是实验设备落后,中国这几年引进的仪器设备成倍递增,已经不落后了,关键是科研体制落后,严重制约了科技人员的发展,而且国内科研体制的改革太缓慢了。所以我毕业后回来看了看就又回美国了。回来就落伍,我哪敢回来了啊?"

"现在国家大办留学生创业园,不光是北京中关村,上海、深圳都有,会不会好一些?"

"那好多了。其实我们这些手里有新技术和科研成果的人,倒不见得一定要到科研院所去,就是中科院对我们也没有那么大吸引力。我们是想回来创业,是想把手中的技术成果转化为生产力,从而报效祖国。"

"新中国利用海外人才是有传统的,50 年代,中国的核工业和导弹工业都是回国科学家搞出来的。不过中国利用海外留学人员是老套路,要么把你分到科研院所,要么国家给你一个平台,例如让钱学森到七机部当副院长,让钱三强到二机部当副院长,没有回国人员自己创业的氛围和环境。改革开放后这么多年,中国才创造出回国人才创业的氛围和环境,终于有了你们海外人才大展身手实现抱负的机会。我听说中关村一些海归先行者自己创办的公司发展很快盈利丰厚,他们也都成了这些高科技公司的掌门人。"

"是这样,这里面也有我的同学,他们都是前几年回来的。有一个同学的基因技术公司已经做得很大了。"

"这恐怕是个必然的过程。改革开放后,出国浪潮汹涌澎湃,这二十多年到美国的留学生恐怕就有上百万了吧。几年前,这些留学生似乎踏上的都是不归路,他们学成之后90%以上都留在了美国。如果这种现象持续下去,中国可就亏了,这等于是中国为美国培养输送人才,中国自己本来就急缺人才啊。你想啊,出去的几乎都是尖子生,我听说你的母校北京四中的毕业生几乎都在美国。"

"差不多。美国硅谷里有清华帮、北大帮、交大帮,每个帮里都有很多人。在全美国,中国留学生的数量就更可观了,不光有大学帮,还有四中帮、实验帮、人大附帮、复旦附帮,这些中学帮人数更多。现在中国学生到了美国,再也不是举目无亲无依无靠了,不是在家靠父母,出门靠朋友吗,同学就是最好的朋友啊。你到美国后,只要上网一查,立刻就能查出遍布美国各州的同学会来,你只要加入就行了。这样你遇到什么困难,都会有同学帮你。你假期到美国旅游,都不用花住宿费,走到哪个州都能找到同学会的人,和他们挤一挤就全剩下了。"

"我此生最大的遗憾就是没有机会出国留学,一生都是个土包子。其实大学毕业之后,出国的机会还是很多的,但我舍不得中国改革前沿。我们这一代人经历了'文革',虽然'文革'开始时我们只是小学生,也经历了改革全过程,没出国留学,就是想全过程参与改革。"

"没出国留学,也不一定就是土包子。中国与其他发展国家不一样,从来就是本土人才的天下。拉美和东南亚国家,非洲更甭说,国家元首几乎都是西方大学培养出来的,大名鼎鼎的李光耀也是英国大学出来的。可是中国不一样。中共元老中,王明、张闻天、周恩来都是留洋的,其中张闻天还是留美的,但得天下的还是毛泽东这个'土包子'。改革开放后,留学生激增,但你看政坛精英中有留学生吗?胡锦涛、李克强要是出国留学了,会有今天的位置吗?"

"你说的是政界,但在商界科技界就不一样。中国科技界,无论是三十年代,还是五十年代,还是改革开放后,都是留学归来的人唱主角。虽然本土培养的大学生也出了不少人才,但始终是配角。中国著名的科学家,你可以历数,三钱、李四光、茅以升、童第周……哪个不是海归？商界眼下还是我们这帮土鳖的天下，但用不了十年，等到海归创业成了气候，商界主角精英肯定是你们留学生。你们手里有世界领先技术啊，当然还有最新的管理理念。张朝阳、李彦宏就是你们的先驱啊。”

“张朝阳和李彦宏如果不回国创业绝对成不了著名企业家和亿万富翁。”

“所以我说它是个必然的过程，从不归到有人归到更多人归。依我看，留美学生能有一半成为海归，中国的科技赶上美国就有希望了。现在海归从回国就业到回国创业这个过程正在演化中。很快就会成为大势所趋。因为中国在崛起，中国的机会比美国多，中国地上的钱比美国多，不管你对中国有多少偏见，这个铁的事实谁也否认不了。”

“林总说的有理。”

“怎么样？毕俭，现在有意向回国创业吗？”

“意向肯定是有，但决心现在还没有下。有两方面的原因，一方面是我的这个单抗制备新技术情况还有点复杂，于飞盗用注册专利倒是没有多大影响，问题是这个技术的理论构想是我一个人的成果，它是我在博士后时冥思苦想出来的，完全属于我个人，但这个技术的两年试验，是我在安迪研发中心时使用中心的仪器设备完成的。虽然我是利用的业余时间偷着搞的，但设备毕竟是安迪的。所以我要想把这个新技术带回中国，还必须搞定安迪，以免将来出麻烦，美国的知识产权保护是很到位的。我与安迪交涉时手中的筹码是我在安迪研发中心时带领课题组完成了一项重大技术突破，这个技术突破给安迪带来了至少数亿利润，我也算安迪有功之臣，所以双方的谈判有可能成功。另一方面就是我还没有在中关村找到合适的合作单位。”

“你的第一个问题的解决恐怕只是时间问题。你的第二个问题更好办，合作单位远在天边近在眼前啊，我就是你的合作伙伴，我今天来就是来游说你加盟安隆的。你不能只把眼睛盯着中关村，你要放眼全中国，现在中国各地都有许多留学生创业园，合肥也有，科技大也在合肥。而且安隆是现成的合作对象，现在我们是公司、人才、资金都有了，就缺你的新技术。”

“童广明跟我说过你和你们的安隆，我想先去看看再说。”

“那好啊，明天咱们就动身，由我亲自陪同。我是安隆的董事长。”

直到这时,林磊才拿出名片来。

"我在北京还有些事情,过几天再走吧。"

"那也行。"

5

几天之后,林磊陪同毕俭来到了合肥安隆。

到安隆后林磊就把毕俭直接带到了总经理办公室。

"钟总,我把真佛给你请来了。"

随后林磊把毕俭介绍给钟平。

两人毕竟是同行,谈了没多久就转入了生物科学的大趋势,这时林磊还能听懂一些,等到两人谈到生物工程的前沿理论和单克隆抗体的最新技术时,林磊就完全听不懂了。这时林磊才相信隔行真如隔山。

谈了半小时,毕俭拿出来了他的专利技术文件和实验室出来的成品,钟平看得十分仔细,林磊没凑过去,因为他知道他看也没用。等到两人终于谈到与安隆的合作时,林磊才加入。

三个人第一次会谈就谈了整整一上午。中午林磊在旁边的五星酒店设宴款待毕俭,安隆高管班子的5个成员都参加了。

席间,大家谈得很融洽。

下午,林磊和钟平陪同毕俭一起参观了公司的各个部门,重点参观了厂房和研发中心的实验室。在实验室,总经理兼总工程师钟平为毕俭详细讲解了试验于飞专利技术的过程和结果,并给他看了几个失败的半成品。毕俭听得很仔细。

"你们能用这个不成熟的技术搞出这个半成品已经非常不简单,当时这个理论存在的错误是……"

下面的话林磊又听不懂了。

"原来如此,毕先生一挑明,我们真是如醍醐灌顶茅塞顿开啊。半年研制失败之后,我们也没有轻易放弃,我留下一半科研人员在实验室里又摸索了半年多。我们都认定这个是个新思路新方法,如果能够成功,一定可以大大降低单抗的成本。我们想找出这个理论的破绽在哪里,这个技术不能应用的结症在哪里,可是鼓捣了半年多还是没搞明白。中国近几年生物技术产业发展很快,但同美国相比差距还是很大。就说生物制药这个领域吧,现在全世界90%的生物制药都是美国人研发出来的,中国人自己能搞出来的不足1%。差距最大的还是生物科学的基础研究,是生物科学的理论。生物科学发展最快的这三十年,全世界90%的诺贝尔生物奖都被美国科学家拿走了。我们公司虽然人才济济,但毕竟大多不在生物科学的前沿,所以我们修改你这个创新理论的可能性几乎没有。”

钟平如实说。

“中科院生物所我去了,他们这几年一直在紧跟世界生物科学的前沿,而且已经取得了好几项重大理论突破,干细胞理论的突破就是其一。可惜的是这些理论大多都束之高阁没能转化为生产力。”

“国内的科技体制改革严重滞后,想要冲破体制的障碍,只有搞合资公司。安隆原来是国内最大的生物技术研究所之一,可是受体制的制约怎么都发展不起来。安隆合资后,体制的束缚基本不存在了,按理说能够很快发展起来了,可是又碰到一个骗子海归,一个不成熟不能应用的专利技术,所以折腾了将近两年还是没有发展起来。前不久,林总赶走了于飞成为新大股东,如果毕先生能够加盟安隆,安隆一定能快速崛起。”

“这件事我会认真考虑的。”

那天下午,毕俭在安隆研发中心的实验室里呆了三个多小时才离开,离开时天已经黑了。

第二天上午,毕俭在宾馆休息。林磊把钟平请到了董事长办公室。

“钟总,你的感觉怎么样?”

“感觉很好。真的就是真的,假的就是假的。”

“毕俭手里的单抗技术还用到实验室里检验一下吗?”

“完全不需要,它已经是成熟的应用技术,而且他也带来了美国实验室出来的成品。我在美国科学杂志上也看到了毕俭的论文,学术界对他的理论评价很高。”

“我的高中同学童广明是他安迪的同事,童广明说他这个理论是个重大突破,有可能获得诺贝尔生物奖呢。”

“这个理论进一步深化是有可能获奖的。林总,我们真能把毕俭挖来吗?”

“现在有6成把握,就看我们怎样做工作了。最重要是安隆的吸引力和我们开出的价码。”

“林总准备开出什么价码?”

“你知道毕俭现在可是香饽饽啊,他的专利技术在美国没公开,他就是安迪的研发中心副主任了。所以如果他真的能够加盟安隆,我准备给他安隆20%的股份。”

“20%会不会太低?于飞这个骗子还拿了45%呢。”

“这不能比。于飞当时还借款投资了2000万,而且你们的合资谈判是不成功的,安隆所的资产低估了,于飞的技术股严重高估了。如果当初钟总主谈,即便于飞的技术是真的,你也不会让他占这么多的股。”

“那当然。”

“一个公司20%的股份是相当高的比例。在股权高度分散的公司,这个比例是能够控股的。世界首富比尔·盖茨才占有微软21%的股份,华为的创始人任正非才占有华为1%、多点的股份,联想、苏宁、阿里巴巴的创始人柳传志、张近东和马云所占股份都没有超过10%。我知道毕俭手中的技术很值钱,但安隆崛起之后的股份更值钱。”

“如果他能接受20%当然更好,除此之外呢?”

“除此之外,我给他40万美元的年薪和安隆副总兼研发中心主任。”

“40万美金年薪不高,他在安迪的年薪是60万。如果毕俭真能来,我可以把安隆的总经理让给他,我做副的。”

“钟总高风亮节啊,还不忙让。毕俭是一流的科学家毋庸置疑,但他是不是一流的企业家管理家还有待证明。他在安迪只是部门副总,有过领导研发机构的经验,还没有领导整个企业产供销的经验。”

“过渡一下我也同意,毕竟他这个副总的年薪是我这个正总的5倍啊。”

“毕俭还会在安隆呆两天,这两天你们高管班子的人好好陪陪他好好做做工作。安隆的吸引力主要靠你们做工作。”

“这没问题,老王卖瓜自卖自夸谁都会。”

“不要夸过头了,还是要实事求是。”

“这点你放心,科技人员都不善吹牛。”

6

毕俭在安隆的最后一个晚上，林磊到他下榻的宾馆拜访他，也算是为他送行。

“毕俭，你是明天上午的飞机吧?”

“对，上午10点，我到北京之后也只能停留两天，然后就得回美国了，因为我的假期到了。”

“你对安隆的印象如何?”

“印象不错。企业如果有了新技术，发展潜力很大。美国除去那些老牌的制药公司之外，纯粹的生物技术公司大多历史不长，安迪初建时的规模远不如安隆。”

“如果你能加盟安隆，安隆的崛起指日可待，说不定十年之后就可以成为安迪的强有力的竞争对手。再过十年，安隆就会成长为世界生物技术公司的几强之一，就有可能并购安迪。你在中国完成中学教育，在美国大学成才，在美国大公司研发出单抗新技术，然后回国创业，亲手把一家中国的生物技术企业做到世界500强，为中国生物产业的振兴做出名垂史册的贡献，最后反身收购自己呆过的美国巨无霸公司，成为世界级的技术性企业家，这样的人生经历是不是很刺激很辉煌很有味道?”

“林总为我描绘了一幅壮丽的人生画面，但实现这个画面的可能性有多少?像比尔·盖茨这样的天才技术性企业家，在每个国家都是凤毛麟角。”

“你的科技天才已经被业界认可，你的企业家天赋还没有显露。如果时间证明你没有企业家天赋，那你就在安隆研发中心专心致志搞你的生物技术和理论，十年之后问鼎诺贝尔生物奖，这同样是一条灿烂的人生道路，这样的道路像我们这些科盲做梦都不敢想。”

“摘取诺贝尔生物奖对我更是小概率事件。全世界从事生物工程研究的人上百万，生物工程已经是热门不是冷门，要想在这个领域里拱出来是相当艰难的，不但需要天才还需要运气。”

“到现在为此，获取物理生物诺贝尔奖的美籍华人已经都有七八个了吧，我就不信中国本土培养不出来诺奖获得者。”

“我即便获奖也是美国人培养出来的啊。”

“那不管,只要你是在中国的研发中心获奖的,就算一笔。未来二十年,中国土生土长的诺奖获得者肯定会出现,但愿你是第一人。”

“林总对我的期许太高了。”

“你是人才啊,人才难得啊,我是摽上你了。如果你这次下不了决心,我就到美国三顾茅庐。当然你在美国一定住的是大别墅,那我就三顾别墅,死缠烂打软磨硬泡也要把你挖来。你不来,安隆的崛起没有指望啊。”

“回国创业加盟安隆的事我会认真考虑的。”

“你如果加盟安隆,我给你 20% 的股份,年薪 40 万美金,中国别墅一套,还有安隆的董事、副总兼研发中心主任。副总是暂时的,如果你的管理才能一旦被证实,钟总已经表态,他立马让贤,那时你就是安隆的副董事长兼 CEO。而且你的美国绿卡可以继续拿着,来去自由,什么时候你在安隆找不到感觉了,可以抬脚就走。”

“林总的诚意令我十分感动。但这件大事我还是不能马上定下来,而且美国那边还有很多未了之事。”

“你何时能够定下来?”

“给我三个月时间吧?”

“好,我就等你三个月。三个月后你如果实在不能来,也请你考虑把你的单抗新技术转让给安隆,开价多少我都会买,我相信你不会开出天价来的,这算第二方案。”

“如果我实在不能来,我也会把单抗新技术转让给安隆,这点你放心。”

“有了你这句话我心里就踏实了,否则我睡不着觉啊。”

“林总这回可以高枕无忧了吧,安隆缺的是我的新技术,我这个人倒是次要的。”

“这我不敢苟同。安隆需要你的技术更需要你这个人。再说新技术也是你研发出来的,你毕俭就是新技术。而且新技术也需要不断改进升级,离了你行吗?我们还指望你在安隆研发中心做领军人物,更新你的新技术,研发出更多新技术,把安隆研发中心变成中国生物技术的研发重镇。有一天,安隆研发中心成为中国生物技术的研发中心,世界生物技术的研发中心,安隆能不崛起吗?在安隆这样的高科技公司,技术就是核心竞争力,技术就是一切啊。这还不是我对你期望的全部,我还期望你能成为中国的比尔·盖茨呢。"

"林总的诚意我心领了,你等我的消息吧。我在美国会通过网络跟你保持联系的。"

"一定是热线联系。"

"热线联系。"

谈完,两人紧紧握手。握手时毕俭从林磊的眼睛中看到的都是真诚期盼和衷心热盼。

7

林磊送走了毕俭之后,就飞回榕城了。

回到榕城之后,他开始认真思索下一步的行动方案。

于飞手里的股份是搞定了,单抗新技术也基本搞定了,下面急需的又是找钱了。

他还需要多少钱?购买海金的40%股份需要8000万,替于飞还债需要2000万。这就是一个亿。购买海金股份已经变成当务之急,因为协议规定的期限只剩下10个月了。况且如果不买下这40%的股份,林磊也保不住大股东的地位,因为如果毕俭加盟,他需要拿出20%来给他。这20%只能减持海金和他手中的股份,不能减持安隆研究所的,因为他们还要增持。股份重新划分的结果是林磊剩下25%,毕俭20%,安隆研究所最少增持到25%,海金减持到30%,这样林磊就不是控股大股东了而是与安隆所平起平坐的股东。如果自己放弃海金的股份,那么将来购买海金股份的人就是占有30%股份的控股大股东,那样林磊介入安隆的意义就不大了。

控股安隆是他的第一步战略,为此他必须买下海金的股份,筹集所需8000万就变成了燃眉之急。于飞的2000万债务倒是可以缓一缓,但也不能拖太长时间,因为海金的清算组急于收回所有资金。

一个亿就是全部吗?还不是。如果毕俭不能加盟只能转让技术,这又是一大笔资金,少则一个亿,多则几个亿。

这样算下来,林磊的资金缺口相当惊人,最少也是一个亿。这笔钱是必须找到的,否则林磊的安隆大业将功亏一篑。

林磊出狱之后折腾了好几个月,画了一个圈,结果又回到起点——找钱。

想要筹到一个亿资金,靠借款是不行了。向银行贷款不行,因为安隆处于亏损之中,其资产已经做过抵押;向朋友借,最多再能借到2000万,借出一个亿绝无可能,任凭林磊人缘多好友情多深都不可能。

怎么办?想来想去林磊想到了自己的老本行——上市。我是上市专家啊,我是吃上市饭的呀,除此之外,我再也找不到能够短期内筹到上亿资金的路子了。

拿定主意后,林磊开始收集八闽要上市企业的信息,并开始打电话联络过去的相关朋友。

没想到,一周之后生意居然自动送上门来了。

那一天,一位过去的房地产老板朋友来访,这位老板叫时雨,林磊当海融董事长在香港呼风唤雨时,他还是个八闽的小老板,如今几年过去了,他的恒星公司已经成为八闽名列前几位的房地产公司。

寒暄过后,两人谈起了生意。

"林总,你是八闽先行企业家,你成气候时,我们还在小打小闹呢。意外的天灾人祸让你停下来几年,给了我们赶上来的机会,没想到刚刚赶上吧,你又重新崛起了,而且起来的速度不可思议,又把我们远远地抛在了后头,我们怎么都不是你的竞争对手啊。"

林磊知道时雨为什么说我们,因为八闽的确有一批当年的中小老板在这几年间做大了,他这会儿才体会到入狱的机会成本有多大。

"时总,你崛起的速度堪称惊人啊,几年就摇身一变成了八闽大地产商,在全国也能排到前30名了吧?"

"这几年赶上房地产热,我算抓住了一次机会。和你比,我还是甘拜下风,你一出山就玩起来了高科技生物技术,引领时代风潮啊。而且短短几个月就控股安隆当上了董事长,这种人间奇迹谁能干出来?也就是你林总。"

"我那摊也是凑巧抓住了一个机会,现在还是刚刚起步,还没有崛起。"

“林总,我今天找你是有事相求。”

“什么事?”

“我想上市啊,都想了好几年了,就是上不了。你也知道我们这个行业是个砸钱的行业,不靠股市直接融资光靠银行贷款不行。现在证监会搞审核制,向高科技企业和制造业企业倾斜,对资源类地产类企业采取歧视政策,不光是我上市上不去,八闽的地产商几乎都上不去,我是干着急没办法,企业拿地等钱用啊。”

“你说的现象不止八闽,别处也一样。全国现在上市的地产企业也就十几家,可全国有几百家地产企业呢。”

“我实在没招就想起了你。你是八闽上市第一人啊,不知林总肯不肯出手相助? 如果林总能够帮助我的企业上市,我将拿出市值的2%作为回报。”

“这事可以考虑。不过这件事需要换个思路。干等,靠走关系行贿审核委员会成员都不是办法,唯一的办法就是借壳重组上市,现在股市上的壳资源还是能找到的。”

“就像当年魏祝荣重组山海那样?”

“对。路径一样,但目的和手法不一样。魏老板入主山海之后,掏空了山海,而且把山海当作纯粹的资金运作工具,这样不行。你如果借壳上市成功,要把你恒星公司变成真正的房地产上市公司。壳资源的主业可以置换,但上市公司公众公司的性质不能变,你必须把自己的房地产业务真正装进去。像万科那样老老实实做一家房地产上市公司,对股民负责,对国家负责。”

“这我能做到,我的目的就是这样,我可不是魏祝荣。”

“你要是魏祝荣,我决不会帮你。”

“这样说,林总答应帮我了?”

“可以一试。不过回报要提高到市值的3%。不是我贪婪我黑,是行规如此。市值超过50亿的企业上市,中介公司要拿1%到2%的费用,市值50亿以下的企业上市,中介公司要拿3%。你的恒星重组上市之后到不了50亿市值吧?”

“到不了,估计上市之后市值能达到30亿就不错。”

“而且这件事很复杂难度很大,要全身心操作才有希望。我帮你上市一定会影响到安隆的生意,这个损失我必须弥补,所以索取3%是合理的回报。”

“3%也可以,不过我不能全部付给你现金,因为我正缺钱用呢。我只能付给你30%的现金,另外70%用恒星的股票支付。”

“这样可以。但你还要有思想准备,借壳重组上市最快也要半年,而且还不一定一次成功。”

“这个思想准备我有,三年都等了,还等不了半年?”

“那就这样,我们事先要签订一个协议。”

“协议今天就可以签。”

“时总是急脾气啊。”

“我着急上市啊。”

当天下午,两人签订了林磊负责运作恒星重组上市的协议。就这样恒星老板时雨变成了林磊的及时雨。

这是林磊签订的第一个这样的协议。以往他为别人做上市都是不收费的。

林磊的第一单上市生意就这样接下来了。但一单是筹不到上亿资金的,他还必须寻找第二单生意。

8

毕竟林磊在企业上市这个领域的名气和资源积累太厚实了,他一旦主动寻找客户,客户很快就找到了。

第二个客户是一位八闽矿产老板,叫鲁步云,他的永昌矿产公司是专门开采八闽锌矿的,他是八闽最大的矿产老板,其规模不让山西的大煤老板。

林磊以前不认识鲁步云,是业内朋友介绍来的。鲁老板遇到的问题和时老板一样,急于上市又上不了市,因为矿产行业与地产行业一样都是限制上市的行业。

鲁老板急于上市是因为他要筹集资金投资四川一个他看中的大锌矿,因为八闽的锌矿7成已经控制他的手里了,他急于向外省扩张。

林磊与鲁步云的谈判不怎么顺利,谈了四轮才谈下来。争执的焦点是在运作重组上市的回报上,鲁老板坚持回报是市值的1%,林磊则坚持回报必须是1.5%,一点不能少。

“林总,你在业界的名望和你运作上市的能力无可置疑,兄弟我佩服得五体投地。永昌折腾上市已经四年了，在证监会那正规排队我们也排了四年了，而且我们找的都是国内最大的券商和会计师事务所，可就是排不上。借壳重组上市的路我们也走过，先后找过两家有名气的中介公司，结果都没做成。你要是不折进去我早来找你了。我算看出来了，中国之大除了你林磊，没人能把我的永昌推上股市。只是你的要价实在太高了。业界的行规就是1%，我一点没少给你啊。我听说当年林磊在财政厅咨询公司为别人做上市，只收取不到千分之一的原始股，我这可是1%啊。"

"那千分之一的原始股也不是归我个人，而是归咨询公司。我在咨询公司时是拿工资的公务员，如今我是民营企业家，这不可同日而语。"

"你知道我是大矿产商，永昌重组上市后的市值怎么也能炒到70亿，70亿的1%就是7000万啊。"

"鲁老板，行规是运作市值50亿以上的企业上市回报是1至1.5个百分点。我的要价一点没超出行规的上限。你以为7000万很多吗？你看份合同，这是我刚刚签订的。"

说完，林磊把他和恒星签订的合同递了过去。

"是时老板啊，我认识，没想到他捷足先登了。"

"按照这份合同，我可以得到9000万的回报。重组上市一个市值30亿的企业得到9000万，重组上市一个70亿的企业得到7000万的回报，而且运作后者的难度比前者高出不止三倍，你以为我会干这种赔本的买卖吗？"

"这……"

鲁步云一时语塞。

"你的永昌资产评估不过15亿，重组上市之后，永昌的市值最少能炒到80亿，算算你的资产增值多少？净增65亿啊，我拿1.5%不过1亿2，你就心疼了，这可不是大老板的气魄啊。你以为我动动嘴皮，找个壳资源老板吃几顿饭，就可以重组成功轻松拿走一个亿吗？你知道这是一件难度多么大的事情吗？且不说它的高度专业性复杂性，就说程序，要动用多少关系，疏通多少渠道，花费多少费用？地方主管部门，中央相关部门，券商，会计师事务所，律师事务所，证监会……哪个庙你磕不下来也办不下来呀。而且你这么大规模的企业，借壳重组一次成功的概率很低，至少要谈几个壳资源，其间耗掉的人力物力时间精力还有机会成本你计算过吗?如果容易操作,你找过的那两个中介公司为何没给你办成?"

"我知道不容易,所以我来找你林总。"

"鲁老板,我并非一定要做你这单生意。上市虽然是我的老本行,但我现在已经转而做实业了。其实我在山海和海融做的也是实业,我现在控股的安隆更是生物科技公司,这个公司的利润率是超过40%的,一旦做起来一年利润就是十几个亿,我怎么会希图你这点钱?老实说我重操旧业做上市只有两个目的,一是帮商界朋友的忙,二是为安隆购买美国的专利技术筹集资金。我能拿出的时间就是半年,半年之内撑死也就能操作两个企业上市,做完这个两个企业,我就再也不会接单了。因为那时安隆就起来了,我运作自己的安隆一年稳稳挣到十几亿,为何还要为别人作嫁衣裳?我就是什么都不干,像那些中介公司一样专门给人做上市,一年不过就能做三四个,收入不过三四亿。一边是一年三四亿,一边是一年十几亿,一边是人家的企业,一边是自己的企业,你说我应该干什么?我这两个名额,时雨的恒星拿走一个,就剩下一个,可后面找上门来的企业已经有好几个了。我们既然谈不拢那就算了,鲁老板还是另请高明吧。"

"别别别,1.5%就1.5%,是我没搞明白。做矿产我内行,对上市我毕竟是外行啊。我听林总的,你这第二个名额千万留给我。而且林总最好先做我这个,我比时老板急啊。"

"他也急。你放心,两个企业同时操作没问题,在咨询公司时我还同时操作过三个企业呢?"

"林总不愧中国上市第一人啊。"

"不敢当。我们都谈了四次了,该签合同了吧。"

"签,今天就可以签。"

林磊的第二单上市生意就这样搞定了。

9

林磊接下两笔借壳重组上市的大单后,就开始了紧锣密鼓地操作,也可以说是甩开膀子大干。这次又是他单枪匹马地干,因为这种操作别人是帮不上忙的。

从此,林磊开始了一生中最为繁忙紧张艰苦的工作,每天平均工作10个小时以上,三天三夜连轴转的事司空见惯。10个月中他大半时间都在全国飞来飞去,一个月能回一次家就不错了。谈判,一个接一个的谈判,没完没了的谈判。公关,一个部门接一个部门的公关,看不见头的公关。文案,一麻袋一麻袋,手机天天响个不停,邮件天天发个不停……工作强度之大,仿佛要一下子把他6年的监狱虚掷的时间都补回来,这让46岁的林磊真有点吃不消。

每次他拖着疲惫的身子回到家里时,林慧就心疼万分地规劝。

“林磊,你都是快五十的人了,这么玩命怎么行?”

“没有办法,时间紧迫啊。”

“为什么不能多找几个助手?”

“助手帮不上忙,我这不是带着一个秘书呢吗?”

“能不能让海金把期限拖后两个月?”

“期限不可更改。”

妻子无话可说了,只好赶紧下厨房为丈夫熬鸡汤。

重组一家上市公司的难度有多大?看看当年山东三联集团重组郑百文就明白了。这场重组一波三折整整折腾了两年半才尘埃落定,其间两次都差一点夭折。

林磊一下子要借壳重组两家上市公司,其难度可想而知。

林磊为恒星找到的壳资源是一家做超市的叫做家乐的上市公司,林磊用恒星重组家乐时,还算基本顺利,整个过程用了半年时间。

操作永昌时就不顺了。他一连为永昌找了两个壳资源,都重组失败,直到找到第三个壳起源——一家食品上市公司,才算重组成功,前后用去了9个多月时间。

10个月超高强度的重组上市让林磊脱了一层皮,这10个月的经历也让他终生不忘。

操作恒星和永昌借壳重组上市的过程让林磊深刻地认识了地产行业和矿业行业。

这两个行业有一个共性,那就是与政府的关联度非常高。拿地和拿矿,没有政府官员的关系是根本拿不到的。这两个行业的官商勾兑钱权交易比比皆是,行贿和腐败充斥其间,水太浑路子太野,太黑暗太龌龊,不是野心勃勃意志超强心黑手狠六亲不认黑白道通吃的企业家干不了这两个行当。

做完这两单生意后,他告诫自己永远也不要介入房地产和矿业行业。不但自己不进,也不能让自己的儿子染指。

至于林磊10个月来操作的全过程就无需浪费笔墨了,因为那个过程虽然充满曲折有时甚至惊心动魄,但细节太专业太枯燥,非专业人士是看不下去的。

林磊通过10个月艰苦卓绝的战斗,终于成功把恒星和永昌借壳重组上市,拿到了合同规定的回报。他拿到两家公司的股票后立即在股市上套现了。当时就卖肯定很亏,因为这些股票都有日后升值的空间,但他必须这样做,因为他等钱用。

恒星这一单林磊拿到了4000万,因为恒星重组上市之后的市值只炒到20亿。永昌这一单林磊收获了1.32个亿,因为永昌重组上市之后,市值被炒到了87亿。鲁步云和林磊事前都低估了永昌矿业的股市感召力,众多股民是不管矿产产业水有多浑的,他们追捧资源类企业的原因是认为开矿的企业都是暴利。

这样两单上市生意做下来,林磊赚到了1.7个亿。应该算是完成了原始积累,但林磊不这样认为,他心目中的原始积累数目远不止这些。

10

毕俭走后三个月给林磊发来一份电子邮件:

"决意加盟安隆,与你共谋大业。只是美国方面的了结还需大约半年时间,主要是技术专利的归属问题,为了彻底斩断我与安迪的关系,我不得已启动了司法程序。和自己的老东家打官司,心里很不是滋味,但为了我个人和安隆的利益与前途,为了免除后患,我只能这样操作。最后判决的结果,估计专利技术归属完全判给我个人没有问题,可能要判我向安迪支付一笔设备使用费。不会太多,应该是一两百万美元的事。一旦完结,我立即回国向你复命。毕俭。"

看了这封邮件,林磊心里的一块石头落地了。他立即给毕俭回了一封邮件:

"你决意加盟让我甚为欣慰。盼星星盼月亮,就盼你早日赴皖。安迪的设备使用费我来承当,你要尽量争取时间早日了结。对于我们来说,现在时间比金钱重要,我们就是要用金钱换时间。切记市场机会稍纵即逝。盼你佳音。林磊。”

结果毕俭用了两百多万美金与老东家私了了,年底带着没有任何争议的专利技术来到合肥。此时,林磊两单生意的收入也刚刚到账。

1.7 亿到账时离股份转让协议规定期限只差 9 天,好险啊,林磊又差一点与机遇失之交臂。

林磊如期向海金证券交付了8000 万现款,拿到了海金持有的40%股份。与此同时,林磊还替于飞归还了2000 万的债务,还了财政厅朋友的1000 万,还了侯国栋的1000 万,加上几个月前为毕俭支付的设备使用费2000 万,转眼间 1 亿 4 千万花完了。

但这还不算完,为了安隆新技术新产品的顺利投产,林磊又追加了3000 万投资。这笔钱也是必须投入的,如果不投,不但新技术的应用和新产品的问世不能实现,而且连毕俭的年薪公司也无钱支付。

千辛万苦千难万险殚精竭力挣来的 1 亿 7 千万,不到半个月就花光了,林磊的手头只剩下零头 200 万了。

林慧得知丈夫如此豪放,忍不住说:

“你真是挥金如土花钱如流水啊,一点储备都不留?也不向家里投一点?”

“林慧,创业初始,需要投资的地方很多。那 1 亿 7 千万都是必须投的,而且都是急茬,晚投一点就会误了大事。我知道你们母子俩苦了这么多年,应该改善一下生活了。可是我的原始积累还没有完成,安隆还没有起来,现在还不是消费的时候。”

“这我能理解,儿子也不会埋怨你。先紧着你的创业用吧。”

“这是一张银行卡,里面有100 万。我现在只能拿出这点钱来贴补家用。我知道这点钱也派不了什么大用场,连座大房子也买不了。再苦两年吧,钱会有的,面包会有的。”

“有这笔钱就够了,比那捉襟见肘的 6 年好多了,我知足。只是你的手头也要留点应急资金。不能再像以往那样到处去借钱了。”

“我知道。我手头还有 100 万,够周转的了。”

“不够你就从我这儿拿,这 100 万我不会轻易动的。”

林磊无限感激地吻了一下妻子。

林磊敢于如此投资花光吃净,是因为他看好安隆的盈利前景。

11

林磊的投资完成之后,他在安隆广大科技人员和工人中赢得了广泛的声誉。人们对他进来后的头三脚,驱赶于飞,挖来毕俭,追加投资,好评如潮。大家都说,安隆的背字走完了,时来运转了,遇见了真正的投资家和企业家了,他们把安隆崛起的希望完全寄托在他的身上。

时机成熟了,人才、技术和资金都到位了,林磊适时召开了安隆的股东大会。股东大会首先调整了各方的股份比例,调整的结果是大股东林磊55%,股东安隆研究所25%,股东毕俭20%。

然后选举了安隆董事会。

董事长:林磊。

董事:毕俭、钟平、刘怀远(原安隆研究所法人代表)、薛敏(独立董事)。

股东大会之后又召开了董事会。董事会任命钟平为安隆生物技术公司总裁,毕俭为副总裁兼研发中心主任。在董事长林磊的提议下,董事会确认了安隆高管人员的年薪:毕俭40万美金,钟平50万人民币,其他4位副总裁40万人民币。

董事会还决定,安隆实行全员股份制。安隆25%的股份分配如下:钟平5%,其他4位高管共2%,其余18%作为员工股。

董事会闭幕之后,紧接着召开了安隆的高管会。会议由钟平主持,林磊只是旁听没有发言。高管会研究部署了安隆的近期战略,确定了新技术单克隆抗体的上市时间和营销策略。

会后,林磊对钟平和毕俭二位说:

“以后你们的高管会我就不参加了,安隆兴衰成败就交到你们二人手中了。”

钟平说:

“董事长放心吧,这回安隆要是起不来,我一定请辞谢罪。”

毕俭也说：

“你为安隆已经做了一个堪称完美的铺垫，安隆公司的异军突起应该是顺理成章的事。”

“今后我们三人就是安隆的核心，是安隆的中常委，安隆的命运，安隆几百员工的命运，我的上亿投资的命运，毕俭专利技术的命运，钟平职业生涯的命运，往大了说，中国生物产业的命运，就都在我们三人手中了。我们这个三人团，可不要重蹈博古、李德和周恩来那个三人团的覆辙啊。那个三人团不仅葬送了数万红军战士的生命，葬送了苏区，而且差一点葬送了中国革命。那个三人团中有个德国人，我们这个三人团中也有一个美籍华人啊。”

“董事长，这不可比吧。首先博古就是一个白面书生，你可是历经商海也走过炼狱的投资家企业家。你在入主安隆之前就成功地打造了海融，博古在成为三人团头之前可没有什么经过实践检验的政绩，完全是共产国际瞎指挥的结果。而且三人团上面还有个太上皇——共产国际，你林总上面可就没人了，要是有就是你夫人。再说李德，他也是冒牌的德国军事家，有点像于飞，但是毕俭就不一样了，毕俭是真人真技术啊。这里面可能就是我差点事，周恩来不是军事天才，但是世界一流的好管家，当然他是一个大党和一个大国的管家，我这个安隆的管家可不是一流的，我现在是肩负重任心怀忐忑，随时准备让贤呢。”

钟平侃侃而谈，俨然是个党史专家。

“钟总自谦了。我相信我们三人一定能够合作好。我们这场生物技术仗一定能够打胜。”

毕俭说。

“我们三个现在是在一条船上了，是一个紧密的利益共同体。安隆做起来了，大家按股分红都发财，而且都有事业成就感，做败了，我的钱打了水漂了，你们两个也经济损失惨重，而且大家都脸上无光，在业内都名誉扫地。所以我们只能紧密合作同舟共济。再说一遍，今后我在安隆就只管公司大方向和高层人事，只管投资和上市，其余一概不管，都交给你们二位了。”

“董事长，放心吧，你一月来一次安隆就行。”

钟平笑着说。

这次林磊在安隆呆了一个月，以后他再也没有呆过这么长时间。每次都是匆匆而来匆匆而去,最多不过三五天。

从安徽回到榕城,林磊的自我感觉很好。他认为自己真正抓住了胡建业送给他的机遇,做了一个企业家应该做的事。

企业家存在的意义是什么?就是创业,就是把握市场选好项目整合资源,这个资源主要是资金资源和人力资源,最后形成生产力,创造财富,造福自己和社会。企业家之所以重要宝贵稀缺,之所以能成为改革时代的主角和英雄,其原因就在于此。

设若自己没有介入安隆,安隆会怎样?继续混乱下去打下去?一蹶不振?破产?被别人收购?总之很难有今天。创业安隆的经历让林磊更加深刻地感受到企业家的作用自己的作用。

作为一个二次创业的企业家,林磊自我评价这个创业第一仗打得还算漂亮,但这一年来的体力精力严重透支,他需要调养一段了。

几天之后,他就带着老婆儿子到香港度假去了。

12

“其兴也勃焉,其亡也忽焉。”王朝的兴衰如此,企业的兴衰更是如此。

林磊离开后两个月,安隆就使用毕俭的专利技术成功制备出来单克隆抗体产品,因为技术先进成本低,安隆的单抗一上市就极其火爆供不应求。从此,安隆单抗的销售就变得极其简单,成群结队的买家在安隆公司的营销部门口排起了长队,等待拿货。安隆的生产流水线三班倒,加足马力生产还是供不应求。

半年之后,安隆品牌的单抗就占领了国内20%的市场份额。

林磊见状喜上眉梢,果断决定投资2亿招兵买马再建三条生产线,把安隆的产能扩大三倍。

投资的钱从哪里来?林磊现在已经无需为钱发愁了,因为安隆一个月的营业额已经过亿,利润高达4000万。

一年之后,安隆单抗打入国际市场,很快就抢占5%的市场份额。而在国内市场的份额已经跃升到50%,占了国内紧俏商品单抗的半壁江山。

当年,安隆生物技术公司的营业额就突破10个亿,利润达到4个亿。

安隆的爆发和超常规崛起,林磊没有料到,钟平和毕俭也没想到。他们都料到了安隆会崛起,但谁也没有想到会崛起得这么快。

林磊知道,安隆上市的日子到了。

林磊再次单枪匹马玩起了上市,这次与以往不同的是,他玩的是一家完全属于自己的企业。

林磊只用了四个月就把安隆推上了美国纳斯达克股市。

之所以选择纳斯达克,是因为全世界高科技公司特别是IT公司与生物技术公司都往纳斯达克扎堆,而且美国上市手续简便时间快,也没有必须三年连续盈利的规定。

安隆上市之后,受到股民们的热烈追捧。原因是它是中国第一家到美国上市的生物技术公司,而且是具有世界领先的核心技术和惊人高增长的公司。

安隆生物,这是安隆在美国上市的名字,挂牌的股价是每股47美元,当天就炒到70美元,两周之后,安隆生物的股价就冲破100美元大关。

以每股100美元计算,林磊当时的身价已经达到10亿美金约合80亿人民币。

中国几乎每天都在上演一夜暴富的神话,这一次林磊成了神话中的真实人物。

安隆美国上市成功之后,林磊带着林慧去游览黄石公园,来一次彻底放松。

在黄石公园的湖边,林慧说:

“80亿,两年时间你就挣到了80亿,我们这是做梦呢吧?”

“不是做梦是真的。我不是说过了吗,钱会有的。”

“这80亿真属于咱们的了吗?”

“当然,如果我明天把手里55%的安隆股票全部抛出,就立刻能套现10亿美金也就是80亿人民币。”

“那你准备套现吗?”

“我会套现一部分,因为我还要继续投资其他产业。”

“要不你全部套现得了,然后你就退出安隆不干了,有这80亿还不够咱们花吗,干嘛还要再投资创业?”

“够花?咱们一家三口有3000万就够花了。企业家创业挣钱并不仅仅为了自己消费，而是为了事业为了回报社会。如果都是为了自己消费，首富比尔·盖茨要挣500亿美元干嘛，一个亿就够他花了呀。企业家前期大多是为了挣钱，是金钱第一事业第二，企业做得越大，钱挣得越多，企业家就越是不肯退出历史舞台，那时就是事业第一责任第一金钱第二了。你看世界第二富巴菲特，亚洲首富李嘉诚，都是快80的人了，还在商场第一线拼搏，他们为了什么？如果是为了个人和家庭消费，三辈子也花不完啊。”

“十辈子也花不完。”

“我继续创业继续干，不是为了你我消费，也不是为了儿子的未来，而是为了企业家的声誉责任和义务，为了中国的生物产业，为了中国经济的腾飞。我这不是在唱高调，而是心里话。”

“我相信。”

夫妻俩边走边聊，直到天色渐黑。

13

林磊夫妇启程回国的前一天下午，宾馆房间里来了一位不速之客，他就是于飞。

林磊一看于飞衣衫不整，面容憔悴，一副潦倒相，就知道他来干什么了。

“于飞，你怎么找到我这里来了？”

“安隆上市已经上了华尔街日报的头版，我能不知道？我费了好大劲才找到你的行踪。”

“你现在怎么样？”

“不怎么样，半年前，我又被炒了鱿鱼，现在衣食无着，找你要饭来了。”

“怎么混成这样？”

“背运啊。你现在暴富了，你手里的55%的安隆股票价值10亿美金啊。现在你是亿万富翁，我是一贫如洗，可是你别忘了，如果我不向你转让安隆45%的股份，你会有今天吗？”

“我没忘，没有咱俩的股份交易，安隆不会有今天。可你别忘了，我们的股票转让是双方自愿的买卖行为，是有合法合同的。”

“我也没忘，可是如果你当时不拿毕俭的事和安隆销售款的事要挟我，我会卖吗？我那时可是安隆的大股东和董事长啊。”

“王安破产前还是电脑巨无霸呢。我从未要挟你，我只是给你指出了你面临的残酷事实，如果我不买你的股份，安隆会怎样？你会怎样？安隆会继续混乱打斗下去直至破产，而你会有什么好结果吗？你躲得开判刑入狱吗？如果你我不交易，你即便侥幸躲开牢狱之灾，也会一贫如洗一身是债地逃回美国。你的失败是注定的，因为你盗用了毕俭的不成熟技术，你欺骗了安隆和海金，你不是一个真正的企业家，并非是个人都能成为企业家的。”

“就算你说的是事实，就算我们的股票买卖是自愿的合法的，说到底还是我成全了你，是我给了你这个暴富的机会，现在我们俩一个天上一个地下，你不认为应该给我点补偿吗？”

“于飞，我正告你，我不欠你一分钱，也不欠你的人情，我也没给你造成任何损失，因而我们之间不存在任何补偿问题。不是你成全了我，是时代和命运成全了我。反过来说倒是我成全了你。没有我的介入，你或者入狱或者身无分文一身是债逃回美国，正是我的介入和买断，使你能免于刑事诉讼并带着3000万回到美国，到底谁成全了谁难道还不清楚吗？于飞，你如果想敲诈我，我不吃这一套，我可以奉陪你对簿公堂，而且奉陪到底。”

“我没说要和你打官司啊，我也不想敲诈你，我于飞虽然倒霉背运，但还是有自己的道德底线的。林总，不提补偿，说帮助说施舍总可以了吧？如今你青云直上，我落难，你不该帮一把吗？说什么我们也是有过缘分的呀。”

“你要是这样说，我可以考虑。我林某从来就不是一个无情无义之人。”

林磊说到做到，当即给了于飞500万美金，也就是10亿身价的二百分之一。并让于飞当场立下字据：

“从此永不叨扰。”

于飞拿到钱喜出望外，他原来的期望值也就是100万而已。

“林总，你的搭救之恩我没齿不忘。我于飞今后即便流落街头沿街乞讨，也决不会再来向你要一分钱。”

“我这500万就是为了换你这个承诺。有了这笔钱，如果你不瞎折腾，这辈子够花了，怎么也到不了流落街头沿街乞讨的地步。”

“我一不赌二不嫖,只是想创业。两年前我卖股票所得再加上安隆的销售款总共3000多万人民币,要不是回美国创了一回业,也不会那么快就糟蹋光。”

“我看你还是别创业了,你不是那块料。老老实实过日子得了。”

“是,是,我的确没有林总的创业才能。从今以后我就死了心了,老老实实找一家公司继续打工吧。此生没有当老板的命,我只好认命。”

打发走于飞回到宾馆房间,林慧过来问:

“林磊,干嘛给他这么多?”

“500万美金的确不是个小数,如果能息事宁人避免以后的麻烦也值得。说心里话,这笔钱说是帮助施舍,但还是有补偿的性质。如果没有于飞回国创业,就没有安隆合资公司,也不会有我的机遇。两年前,如果于飞是个有大智慧的人,是个真正的企业家,他应该能够看出安隆的前景和拯救之路,看到他手中45%股份的价值,就不会以2000万人民币的价格卖掉全部股份,这些股份到今天就是9个亿美金。”

“你不是说了吗,他要是不卖也会入狱也会破产啊。”

林慧在卧室里听到了他们俩人的谈话。

“是有这个可能,于飞自己是做不起来安隆的,但他可以到美国去请毕俭,然后再和他平分股份,也可以暂时卖掉一部分,总之他不是一个有头脑有谋略的老板。”

“似乎一切都是命运的安排,你不入狱就遇不到胡建业,你不掺和安隆就遇不到于飞,你不买于飞的股份就不会控股安隆,你不控股安隆,安隆就不会崛起上市。”

“是啊,怎么说我和于飞也是有缘分的人,没有他我的二次创业不会这么快,也不会两年就身价10亿美金。如果一定要说这是上帝对我的补偿,那么在这个补偿过程中,于飞毕竟是个二传手。我就是念及此才给了他500万美金。这样不但避免了他以后的纠缠叨扰,让他心理平衡了,也让我心理平衡了,而且让商界同仁看到了我的仗义为人。这很重要,做生意,商人在商海中的形象很重要,它比金钱重要得多。我刚出来那会儿,一无所有,有的只是过去积累的商界形象,没有它我能那么快就借到2000万吗?”

“看来商海的水真深,这里面的道理还挺深奥的。”

“商业从来不是弱智者低能者能玩的,大企业家是需要大智慧大气魄大襟怀的。”

“你现在能算大企业家吗?”

“不能算!”

“身价10亿美金还不算大老板吗?”

“不算,身价要到100亿美金才算。也许有一天,我会成为大企业家的。”

“说到底你还是有野心的人。”

“这不是野心是雄心是抱负。”

从美国回到榕城后,林磊开始思考扩张和投资的大战略了。

山海风云

三十一、投资

CHAPTER 31

1

安隆生物公司新技术单克隆抗体投产之后一年,林磊和钟平两人几乎同时发现了毕俭这个用重金重股好不容易挖来的海归,不单是领导研发中心科研的超一流高手,而且是公司管理营销的一把好手。

他主持领导的安隆研发中心被他管理得井井有条,研发中心随着安隆的快速崛起也迅速膨胀,一年之后中心研发人员已经突破300人,而且是海内外人才荟萃,毕俭不但把国内名牌大学生物工程专业的博士生大半招至麾下,而且把美国名校培养的生物工程博士博士后一口气挖来几十名,当然其中一大半是中国留学生,不少是他的同学同事。在抢夺人才方面,毕俭的做法和华为的任正非不尽相同。任正非是国内名校电信专业毕业生一网打尽,毕俭是国内名校生物工程专业博士生一网打尽,本科生和硕士生一个不要。同时他把招揽人才的重点放在了海外主要是放在了美国,因为他深知世界上大多数生物工程高端人才都在美国。

短短一年时间,安隆的生物技术研发中心就成为国内最大最牛的研发中心,并大有压倒中科院生物所之势。中科院生物所和安隆研发中心都在抢占世界生物技术的前沿阵地,生物所的科研成果多而广,研发中心的科研成果少而专,但生物所的科技成果转化成生产力的不足20%,而研发中心的科技成果转化为生产力的比率高达80%,因而安隆研发中心的效益是生物所的数倍,这就是为什么美国生物工程的研发重镇不在大学而在企业的原因。

在毕俭的指挥下,安隆研发中心不但升级了单抗的最新技术,使安隆的单抗技术保持了领先世界三年的优势,而且把研发的领域扩展到基因技术领域。

短短一年多时间,毕俭就把安隆研发中心变成了国内名列第一的生物技术研发中心,他的雄心是用三年时间,把安隆研发中心变成世界一流的研发中心,变成和安迪研发中心并驾齐驱的研发中心。这个自信来源于安隆雄厚的人才和资金储备,来源于林磊和董事会对研发中心的高度重视和全力扶持,也来源于他过去的位势,他毕竟当过安迪的研发中心副主任,并亲手完成了安迪中心有史以来最重大的研发课题。

毕俭的研发中心这一摊是公司的绝对老大,是要人给人要钱给钱。仅在一年时间,毕俭就向林磊申请了三次资金投入,第一次1000万,第二次3000万,第三次竟然是2个亿,林磊拿起笔来就批,既不问用途,也不看毕俭送来的详细预算报告。这表明他对毕俭的信任是超乎寻常的,打造世界一流生物技术研发中心是毕俭的梦想也是林磊的战略。

毕俭对研发中心的管理是中西融通。他悄然把美国的先进管理理念移植过来,又巧妙地结合国内实际进行改造。他这棵美国管理之树是种植在中国土壤上的,灌的是中国水,施的是中国肥,按照中国水土和气候进行剪枝,所以这棵管理之树才能服水土枝叶茂。

作为公司董事和副总裁,毕俭的活动领域并没有局限于研发中心,在公司战略的制定上,在公司的营销上,特别是在公司单抗新产品抢占国际市场上,他都发挥了极其重要和不可替代的作用。

看到毕俭的所作所为,林磊欣慰万分地说:

"这个人挖对了。同是海归,毕俭和于飞真是天壤之别。"

于是,他在征得了钟平的心悦诚服的同意后,立即召开董事会,任命毕俭为安隆副董事长和CEO,钟平为安隆第一副总裁。

2

董事会开过之后,林磊先找钟平谈话。

"钟总,感谢你以大局为重主动让贤。"

"我是说到做到。实践证明毕俭比我强,他在生物技术方面的造诣高出我一大块,他现在是世界一流的生物技术科学家,我勉强算是中国一流的生物科学家,这里面差着成色呢。另外他在企业管理和运作上也比我有能力,关键是他有国际视野有美国经验,这是我望尘莫及的,所以安隆在他手里会发展得更快。"

"钟总啊,你虽然让出了总裁,但你这个第一副总的职位也很重要,我在山海就当了好几年的第一副总,谁也不能抹杀我对山海的影响力和贡献。毕俭虽然技术管理两方面都很强，但他离开中国十多年，对中国国情和中国市场没有你熟悉。一个好汉还要三个帮，毕俭还离不开你的帮助和辅佐。企业长大之后，与政府的关系就变得更为重要，在政府公关方面还是要由你来负责，毕俭在这方面没有人脉，省里的官员北京的官员他都不认识。毕俭在美国企业的经验积累很重要，这个经验你我都没有。但美国企业可以传授给他技术和管理经验，但传授不了在中国搞公关尤其是政府公关的经验。因为美国的人事关系相对简单，企业公关也相对规范。中国就不一样了，公关到了中国早变味了，请客吃饭，送钱送礼，洗桑拿美人计，无所不用其极啊。在强势政府和政府主导型市场经济的中国，企业的危机公关至关重要。别看现在安隆势如破竹如日中天，危机随时会出现，我们必须居安思危不可掉以轻心。危机一旦出现，安隆的危机公关就得你出马了，那会儿毕俭就指望不上了。他不但恐惧中国的复杂人际关系，而且连请客送礼都不会。然而在中国做企业，关系是第一位的，有时甚至比人才资金更重要。"

"这个我明白，我在安隆十几年也是什么都经历过。"

"你和毕俭换位之后，我们还是三人核心三人团。还要继续精诚合作并肩作战下去。中共三人团的秦邦宪最后也是交权了，但他是遵义会议挨批之后被迫交权的，和你的主动交权不一样啊。"

"林总怎么对党史这么感兴趣？博古交权也是交给了张闻天。遵义会议的结果张闻天是党的总书记，周恩来是军委主席，毛泽东只是被增补进政治局，职务是辅佐周恩来指挥军事。"

"但是很快军事指挥大权就落到了毛的手里。毛泽东成了军委主席之后，洛甫三次礼让，毛才当上总书记。"

"这也是历史的必然，中共当年是军事斗争第一位，谁能打仗谁当头。博古洛甫都是书生，连周恩来也不是军事天才。党内高层的军事天才只有毛泽东。刘伯承、林彪、彭德怀也都能打仗，可当时他们都不是核心层的人。"

"说得对。我研究党史和军事，是为了有所借鉴。在中国做企业离不开中国历史和文化，而历史和文化是有延续性的。钟平，你发现没有，中国当今许多著名企业家都有军旅经历，华为的任正非、万达的王健林、华远的任志强……他们的企业也都是有点半军事化，但他们都取得了巨大成功，这里面大有学问啊。

咱们安隆三人团里没人当过兵,所以安隆不会搞半军事化,但中共和军队的传统我们是应该借鉴的。”

“这一点我认同。”

“所以安隆的企业文化建设,员工的思想工作,还是要你多出力。”

“我会尽力的。”

3

与钟平谈完,林磊又来到总裁办公室。

“毕俭,祝贺你晋升。在美国是不是职务升了薪酬也都跟着涨?”

“是这样,他们是职务薪酬紧密挂钩的。”

“这是先进管理方式,我们安隆也照此办理。其实升官发财也是中国传统,我准备把你的年薪调到50万美元,你看如何?”

“调不调都可以,我现在的年薪与其他高管相距太大,再调不利于调动其他高管的积极性吧。”

“还是要调,其他高管也要相应调高,水涨船高嘛。”

“董事长决定吧。”

“毕俭,回国一年多了,感觉怎样?”

“感觉比我预想的好得多。我回国时,不少同学同事都劝我别回去。他们说国内乱糟糟的,人际关系复杂得很,而且是全方位腐败,根本干不成事业。还说,我这样完全美国化了的人,根本不可能再适应国内的生活。我说我一定要回去试试,不行再回美国。”

“你现在还想回美国吗?”

“不想了。林总你放心,美国我是不会回去了,因为我的事业在中国。一年多回国创业经历告诉我,国内是有机会的,是可以干成大事业的,而且这种重大机遇是美国无法比拟的。试想我在美国再干十年,能成为安迪的副董事长和CEO吗,可能性微乎其微。在安迪,我只有少得可怜的一点期权,绝对不会拥有20%的股权,这是想都不要想的事。”

“安隆上市之后,你的身价就是数亿美金了,在美国一年你累死也挣不到这么多钱。而且随着安隆股价的攀升,你的身价还会越来越高。这就是中国的诱惑力,有事业也有钱,否则你们这些功成名就的美籍华人是不会轻易回来的。”

“林总,我不是美籍华人,我只是像于飞一样拿到了绿卡,我没有加入美国籍,以后更不会加入了。”

“五十年代,新中国靠什么吸引海外科学家,那会儿是有事业没钱,就靠一面五星红旗的感召力。现在不同了,现在中国有改革开放大业,有创业机会,有巨大的市场,也有大把的金钱。美国有钱皆过去,中国无土不黄金啊。钱学森回国时,周总理可以给他一个七机部副院长,给他个司局级的待遇,那不过就是一套130平米的单元房和每月300块人民币工资,总理能够答应给他一座别墅、40万美金年薪和20%股份吗?不可能吧,可是我可以,那是你回国时我们就谈好的条件。你的研发中心能在短短一年时间里招来那么多海外博士,不仅有高薪和股权的诱惑,还有你的示范效应。你毕俭回国一年就发了大财,他们能不回来吗?他们一定后悔回来晚了。”

“你说的有道理。回国这一年多,不但个人的财富所得大大超出我的预期,而且我的生物科学学术研究也没有耽误,同样有很大进展,那种回国就落伍的说法已经过时了。”

“你是学术财务双丰收啊。你当了公司CEO后,我担心影响你的研发中心的科研,你可以把公司经营管理的事务继续分工给钟平,你的精力主要还放在研发中心,只是在公司战略决策和重大决策上最后拍板。”

“我拍板,那董事长你干什么?”

“我就超脱了,做甩手掌柜了。以后诸如公司重大战略、重大人事任命、上流水线、扩大产能、抢占国际市场等等大事都由你和钟总负责,我就一推六二五了。我就是每年来参加一次股东会和几次董事会,其他什么都不管了。以后我就不是每月都来一趟了,可能一年就来几趟,我把安隆彻底托付给你们俩了。”

“林总是另有大事吧?”

“对,我准备出售一部分安隆股票。这样可以让我们之间的股份比例不至于相差太多,否则安隆的巨额利润一按股分红就多数进了我的腰包,这不好,这有悖于我的共同创业共同致富的理念。同时我用套现的资金,还要做几个投资项目。在我的创业蓝图中,是打造一个拥有几家上市公司的企业集团,安隆只是其中之一,当然可能是最重要最大的一个。"

"我明白了,董事长的创业宏图大得很啊。"

"我继续投资继续创业的前提是安隆这个基地要稳定发展。安隆是我的根据地,是我继续投资和扩张的资金人才来源。没有安隆,我今后所有的投资活动都成了无源之水无本之木。"

"我明白了,林总放心吧,安隆不会出问题,安隆的发展才刚刚起步。"

"那我就放心了。毕总,再次拜托了。"

4

林磊开完董事会谈完两次话,安隆的事情算是搞定了。

安隆上市后两个月,股价又涨了不少,林磊忽略损失果断抛售13%的安隆股份,套现资金20亿人民币。

林磊套现后,手中持有的安隆股份变成了42%,其他各方的股份没变,他依然是安隆的控股大股东。

有了这20亿现金,林磊要开始扩张投资了。他开始投资时,当然不会忘记雷云的疯狂扩张盲目投资的教训。当时的雷云头脑膨胀好大喜功,把山海上市募集到的3亿资金一股脑全部投出,一下子上了好几个项目,把山海战线徒然拉长。雷云的膨胀和冲动是带有普遍性的,突然暴富的老板很多人都会犯这个错误。

为了慎重起见,林磊把先期投资限定在两个项目上,资金投入限定在2个亿以内,也就是手中资金的十分之一,投资的领域不包括房地产和矿产资,这样做是为了规避风险摸索经验。

这次投资林磊称之为试水。

林磊投资的第一个项目也是自动送上门来的。商界的规律是,但凡某位老板手头有了钱和投资意向,找上门来的人就会络驿不绝,甚至门庭若市,原因是市场上缺钱的人和项目太多了,找钱是商场上永不落幕的大戏。当年林磊手握安隆项目身无分文时,也不是经历过四处找钱的阶段吗?

第一个送上门来的项目恰好是移动通讯类,这正中林磊下怀。

在林磊入狱之前的商业活动中,他有两个心结,那就是移动通讯和网络。他很早就认定信息革命诞生的这两大产业——手机和网络——是未来的两大潮流,这两大产业的市场极其广阔。

还在雷云主导山海扩张上项目时,林磊就建议山海上手机,但雷云置若罔闻。等到他打造海融并成功上市后,他毅然决然地把海融主业置换成网络产业,可惜出师未捷身先死,他虽然没死但失去了自由,他的网络大业也就泡汤了。

虽然手机和网络都没有干成,但他并没有死心。

第一个带着项目上门的这个人叫丛敏之,三十几岁,也是个海归,不过不是美国海归而是日本海归。他在日本呆了5年,3年上学2年在企业。

丛敏之带来的项目叫"小畅通",这是他自己起的名字。它在日本的名字叫无线市话(Personal Access System),简称PAS。这是日本人发明的一种新型个人无线接入系统,它通过微蜂窝基站实现无线覆盖,将无线市话手机以无线的方式接入本地电话网,使传统意义上的固定电话不再固定在某个位置,可在无线网络覆盖范围内自由移动使用,随时随地接听、拨打本地和国内国际电话,是市话的有效延伸和补充。这种无线市话也叫穷人的蜂窝穷人的手机,它最大的优势就是话费便宜,丛敏之测算了一下,如果把小畅通引入中国,它可以实行单向收费,资费每分钟只需两毛钱,比手机便宜一大块。

"你为什么把它改名为小畅通?"

"为了生动亲切好记。手机是美国摩托罗拉公司发明的,叫移动电话,引进国内后最早叫大哥大,后来才叫手机。我把无线市话改成小畅通就是让它入乡随俗本土化。"

"这个小畅通技术专利现在属于你吗?"

"不属于,它属于一家我就职过的日本公司。我在日本也是学通讯的。如果林总有意投资,我可以把它的专利技术从日本公司买过来。"

"购买小畅通的专利技术大约需要多少钱?"

"很便宜,大约5000万人民币就够了。"

"为何这么便宜?"

"有两个原因,一是我和这家日本公司有关系,二是日本人急于向国外转移这项技术,因为这项新技术不像GSM那样是主流技术,GSM就是欧洲人发明的全球移动通讯系统。对无线市话技术,富国是不屑一顾的,只有穷国才会感兴趣。”

“小畅通技术在中国市场的前景怎样?”

“这是我做的小畅通商业计划书,里面有详细的市场调研报告。”

说完,丛敏之把商业计划书递给林磊。

“林总,我敢断定小畅通在中国市场的前景一定会非常好,极有可能一上市就出现火爆局面。因为这项技术连日本人都在使用,中国还是个发展中国家,没有不风行的道理。现在很多老百姓没有手机,原因就是用不起,双向收费,话费居高不下,这一方面是中国电信中移动垄断的结果,一方面是移动电话技术本身决定的。小畅通正好可以占领这个庞大的穷人市场。这个项目的不但可以立竿见影上马就盈利,而且利润率会极其可观,我的商业计划书中的利润估计是保守的。”

林磊大致翻完了丛敏之的商业计划书后说:

“你的这份商业计划书我还要仔细阅读和研究,对于你的小畅通项目,我还要请邮电部的有关专家论证一下。你有没有小畅通的样品?”

“有哇,这是日本生产和正在使用的小畅通。”

说完丛敏之掏出一个小巧的粉红色手机。

“这不是跟手机一样吗?”

“样子差不多,但功能少一些。无线市话小畅通也算是手机啊,只不过是简易手机罢了,它完全可以替代手机,所以才叫穷人的手机。”

“我明白了,你等我的回话吧。”

“好吧。”

这是林磊和丛敏之的第一次会谈。

5

第一次面谈之后,林磊认真研究了丛敏之的商业计划书,发现这个计划书搞得很专业很漂亮,绝非外行人所能为。

林磊重金请来的邮电部专家对小畅通技术鉴定的结果是一致认为这项技术

有操作可行性,比较适合中国国情,未来的市场前景相当乐观,而且一旦引进很有可能获得中国电信的支持。

有了这个专家组鉴定,林磊心里有底了。其实他对于这个小畅通一开始就非常感兴趣。几年前与手机失之交臂,使他的遗憾长久挥之不去。如今再上手机项目为时已晚了,因为国内的手机市场已经被国内外大品牌摩托罗拉、诺基亚、索尼、三星、联想、华为、TCL 等瓜分殆尽,留给他林磊的空间几乎没有了。而这个小畅通完全是个新技术新产品,如果投产,他在国内没有竞争对手。上小畅通项目有点像山海创业之初上终端机,都是面临市场空白,一旦成功独霸市场,其盈利前景极其诱人。

促使林磊很快下决心投资小畅通还有一个重要因素,那就是丛敏之留给他的印象。多年来挑选人才的经历已经让他有了知人善任的眼光,他自认也算得上是个伯乐了,因为宗建、严超、毕俭都是他发现的将才。虽然他与这个丛敏之只有一面之交,但第一印象很重要。林磊对丛敏之的第一印象是这是个很专业很执著很有市场眼光的人,也是一个运作能力组织能力很强且颇有人格魅力的人,一个可堪重任的将才。

丛敏之从日本归来不久,投资没找到,但他的团队和经营班子已经组建完毕。他找来的两个副总,一个是他的留日的同学,一个是中关村一家通讯产品公司的副总,他组建的 7 人团队,看简历都是人才。丛敏之这点有点像山海创始人陈帆,振臂一呼,应者云集,没有钱就能快速组建团队。

林磊与丛敏之的第二次会谈就是实质性会谈了。

"丛敏之先生,我已经基本决定投资小畅通项目,我们双方合作你有什么具体条件尽管直言。"

"我希望林总能够投资小畅通项目一个亿资金,其中 5000 万用于购买日本公司的专利技术,另外 5000 万用于公司的开创、生产和营销。"

"这没有问题。"

"公司组建以我的团队为主,其他员工从社会上高薪招聘。我希望我和我的团队能够拥有完全自主运作公司的权力,希望林总方面不要向畅通公司派人,连公司会计也不要派。"

"这个我也能答应你。看来你是技术人才全备好了,万事俱备只欠东风,这个东风就是钱,其他你什么也不需要。”

“是这样。我希望林总能够成为纯粹的投资方,放手让我们这些专业人士来经营管理畅通公司,畅通是我起的公司名字。”

“我明白。”

“我和我的团队要求持有公司20%的股权,我的年薪要求是120万人民币,两个副总是60万。”

“这一条我不能答应你。我只能给你们15%的股份,你的年薪第一年也只能定在60万人民币,其他两个副总的年薪是30万。”

“为什么?我得知安隆的毕俭也是20%股份,而且一开始就是年薪40万美金,折合人民币300多万,我的年薪要价还不到他的一半。”

“敏之先生很精明,但你和毕俭没有可比性。毕俭之所以能够拥有20%安隆股份,那是他的专利技术作价入股的结果。他的单抗专利技术是他自己的,你的小畅通专利技术是日本公司的,还要我来掏钱购买。你在畅通公司不拥有技术股,所以我最多只能给你15%的股份,至于这15%的股份在你的团队如何分配,那是你的权力。”

“我们虽然不拥有专利技术,但我和我的团队都是世界一流的通讯专业技术人才,为什么不可以占有技术股?”

“你们这是智力股,不是专利技术股。就因为你们拥有专业技术,我才给了你们15%股份。另外你所说的世界一流技术人才是没有得到验证的,毕俭的世界领先技术是得到业界承认的。”

“如果不能改变,15%的股份我们也可以接受。但你为什么还要把我们的年薪通通削减一半。”

“我现在给出的年薪,已经是国内企业包括合资企业的上限了。在年薪方面你和毕俭也不具可比性。毕先生在加盟安隆之前是美国杜克大学的生物工程博士后,后来又是美国安迪公司研发中心副主任,年薪60万美金。而你的简历上提供的信息是你是日本东京工业大学的通讯硕士,是日本佐藤通讯公司的一般员工,年薪不过折合人民币30万,我已经给你提高一倍了。”

“如果是这样我们之间的合作我还要重新考量。”

“等你考虑成熟了再来找我吧。如果我要一心投资小畅通项目,没有你和你的团队我照样可以投资上马。日本佐藤公司的无线市话技术是谁买都卖的,而且有没有关系都是要价5000万人民币。我买到技术再去招兵买马组建团队不是很容易吗?国内的通讯技术人才多得很,美国的通讯技术人才更多。别忘了我手里的安隆生物是美国的上市公司,人才团队能难得到我吗?”

“无线市话技术是日本人独有的。”

“这我知道。移动电话技术当年还是美国独有的,现在日本的索尼和松下不也在生产手机吗?既然手机的GSM技术是比无线市话技术更高的技术,美国的通讯人才难道玩不转小畅通吗?我还了解到无线市话在日本的销路并不好,日本还有可能放弃这个技术。只是因为中国比日本穷,所以这个小畅通有可能在中国市场生存下来,但这只是可能性。投资小畅通还是有不小风险的,现在所有的风险都在我一人身上,你们做的是无风险的买卖,即便小畅通最后做败了,你们的薪水也拿到手了。丛先生很精明,但我也不傻,否则我有资格坐在这里与你谈投资吗?”

林磊在拍板投资小畅通前,不但重新做了市场调研,而且派人到日本做了调研。盲目投资的事他是不会干的。

听完林磊这番话,丛敏之沉默了。

“丛先生还是回去想想吧,想好了再来找我。如果觉得我的条件太苛刻,那你们就另找投资方吧,国内现在有钱的老板多得很。”

林磊说完就站起来送客了。

6

虽然丛敏之给林磊的第一印象不错,但是第二次会谈后,林磊的感觉就不是太好了。他与丛敏之的会谈与他与毕俭的会谈之间的反差很大。第二次会谈之后,丛敏之留给林磊的印象有了某些改变。林磊仍然认为丛敏之是个可以带来实用新技术新产品的有能力的将才,他成事成功都问题不大,但他似乎很难合作和驾驭。

丛敏之在股权和年薪方面的讨价还价他并不反感,敢于讨价还价说明他有本钱有能力有自信;但丛敏之精明地算计个人团队利益,完全不顾投资方的利益,这让林磊感觉不舒服。毕俭当年基本没有讨价,如果讨价林磊也会让步。林磊当时的心理底线是股份最高是20%但年薪最高可以是50万美金。毕俭与丛敏之比较,两人都是业内强人,但是前者厚道,后者似乎不太厚道,前者拥有世界领先新技术,后者可以带来实用技术,前者是生物工程领域的世界顶尖人才,后者与之相比则差着等级呢。

林磊思考的结果是小畅通项目他不想放弃,丛敏之这个人和团队他可有可无。如果丛敏之不再来找他,林磊就会放弃他,决不会像当年挖毕俭那样求贤若渴三顾茅庐,连一顾他都不会。

然而几天之后,丛敏之又来了。

这次会谈一开始,丛敏之就完全接受了林磊给出的股份和年薪,林磊看出来他是急需林磊的投资了。

第三次会谈的内容没有了任何讨价还价,商讨的都是合作的细节和协议的签署。

一周之后,林磊与丛敏之签订了合资协议,一个月之后,南方畅通公司正式成立。南方两个字是林磊加的,因为他和丛敏之达成了共识,小畅通首先在南方几省开拓市场。

如果排除安隆,因为安隆是他半路投资接管的,这个南方畅通公司是林磊投资的第一个项目。

南方畅通公司创立之后,发展相当迅猛。三个月后就攻克了八闽和安徽两省的市场,一年之后,小畅通又一举拿下南方三省的市场,并且实现了当年盈利。

南方畅通开始运作之后,林磊就不再插手公司的运作,但是公司南方五省的变通电信牌照可是林磊亲手办下来的,这个牌照丛敏之的团队是无论如何磕不下来的。

小畅通发展迅速有两个原因,一是丛敏之的经营才干的确很突出,二是中国老百姓贪图便宜的心理力量十分强大。大家一窝蜂地抢购小畅通,就是因为它便宜,它可以让成千上万的人提前实现拥有手机的梦想,至于小畅通功能少通话质量差有延迟的缺点,都暂时被大家忽略了。

7

林磊的第二个投资项目是在丛敏之上门的一个月后就开始谈了。他当初的计划就是投资两个亿同时启动两个项目。

林磊找到的第二个投资项目是新一代代糖产品——甜菊糖(stevia sugar)。

甜菊糖是采用传统植物提取方法提纯甜菊有效成分的制成品。它具有高甜度低热能的特点,其甜度是蔗糖的200至300倍,热值仅为蔗糖的1/300。经大量科学实验及美国长期食用历史证明,甜菊糖苷无毒无副作用,无致癌物,食用安全,是一种可替代蔗糖非常理想的甜味剂。不会影响血糖水平或干扰胰岛素,不含任何卡路里,可以给糖尿病人在预算总摄入热量方面提供更多灵活选择,并有助于控制体重。无论怎样摄入甜叶菊提物,对GI即血糖生成指数都没有影响。

随着中国糖尿病病人和肥胖人的激增,市场对代糖的需求也在激增。在甜菊糖没有引进之前,中国市场的代糖产品主要是木糖醇,而甜菊糖正是木糖醇的替代产品。

带着甜菊糖项目找上门来的恰巧也是海归,而且是美国海归,此人叫陶凯,只有33岁。他在美国也只呆了4年,拿下了一个化学硕士就回国创业了。

林磊在同陶凯第一次会谈之前,详细阅读了陶凯的商业计划书和有关甜菊糖的所有资料。

“陶凯,你这么年轻,为何这么早就选择了回国创业?为何不拿下化学博士学位?”

“林总,国内现在的创业机会比美国多多了,我要是等到读完博士再回来,黄花菜都凉了。”

“尽早回来创业也是一个不错的选择。你的商业计划书我看了,写得不太专业啊。”

“希望林总见谅,我以前没有经商经历,也没有搞过这东西。”

“不过你带来的有关甜菊糖的资料倒是很全。如果甜菊糖真能取代木糖醇,那它在中国的市场前景毋庸置疑。现在国内对代糖的需要量太大了,蛋糕点心酸奶里面都用的是木糖醇,低糖低盐已经成为健康时尚,我为了控制体重已经基本不吃糖了,连我酷爱的巧克力也不吃了。"

"林总是个有毅力的人。甜菊糖取代木糖醇也毋庸置疑,因为这在美国已经成为现实。木糖醇在美国已经很少用了,因为它的热量偏高,吃多了也会发胖。从理化性质上看,它不被胃酶分解,直接进入肠道,吃多了可能引起腹部胀气肠鸣。由于木糖醇在肠道内吸收率不到20%,容易在肠壁积累造成渗透性腹泻。所以在美国含有木糖醇的食品,都会在标签上注明'过量摄取可能会导致腹泻'这样的提示。"

"国内市场上的含有木糖醇的产品上可没有这样的提示啊。"

"甜菊糖与木糖醇相比性能优越多了。它的热值比木糖醇低多了。中国人的体质一天摄入木糖醇的总量不能超过50克,而摄入甜菊糖的总量可以是其几倍都不会发胖。"

"价格呢,甜菊糖在美国市场的价格是多少?"

"它的价格只比木糖醇稍高,如果我们大批量生产,价格也有可能与木糖醇持平。"

"价格相同东西好,这样就有市场竞争力了。"

"林总,甜菊糖在中国市场的前景肯定没问题,我的商业计划书虽然不专业,但我的市场调研还是可靠的。"

"从美国引进甜菊糖专利技术的费用是多少?你的商业计划书上没写啊。"

"一分钱不用。甜菊糖在美国已经使用十多年了,它的专利技术已经过期了,这个技术现在就在我的包里,拿来就能用。"

"设备呢?"

"只有少量设备需要从美国引进,大部分设备国内都能买到,因为甜菊糖使用的设备和木糖醇差不多,都是植物提纯设备,只不过是原料不同,一个是白桦树,一个是甜菊。"

"陶凯,你现在有创业团队吗?"

"没有,我是单枪匹马。我是没钱没人,连甜菊糖技术也是从美国市场上无偿得到的。我有的是市场感觉和创意,还有就是化工知识。"

"创业就是从无到有嘛,你没有的我有啊,所以咱们才能合作。"

林磊和陶凯的第一次会谈很愉快。

8

林磊只和陶凯谈了两次就和他签订了合资协议。陶侃的要价比丛敏之低多了,林磊只给了他10%的股份和30万年薪。

陶凯留给林磊的印象是脑瓜不如丛敏之精明,商业能力也比丛敏之差一块,但人品没有问题,将来的合作和驾驭不会有问题。

第二个投资项目拍板之所以更快,是因为林磊看好中国的代糖市场。他对自己的市场感觉和眼光一直充满自信。

南方畅通公司创立两个月之后,安隆代糖公司就成立了。公司所以也叫安隆,是因为林磊认为代糖的生产与生物技术靠得比较近。

林磊对安隆代糖公司的投资也是一个亿,资金大部分用来建设厂房和购买设备。代糖公司的团队也是林磊亲手组建的,公司总经理是陶凯,执行第一副总是前任南方公司总经理宋利民。

宋利民涉案之后被判了7年徒刑,出狱之后就来投奔林磊。

林磊对宋利民委以重任之后,找他谈了一次话。

"利民啊,你到我这几个月了,一直没能派上用场。原本是想把你安插在安隆生物,可是那里是一个萝卜一个坑,没有你合适的位置。现在我投资的第二个项目正好缺人,我就想到你了。"

"林总,我过去是你的部下,现在还是你的部下。你把我放在哪我都没意见。"

"陶凯毕竟是公司的创始人,所以这个总经理还是让他当。可是他只是个刚毕业不久的化学硕士,没有美国公司工作的经历,也没有搞过企业,所以我对他不是很放心。派你去做执行副总,名义上你是二把手,实际上我是把公司交到你手上了,公司的管理和营销都要靠你,你到底是在商海中滚过十几年的老手。"

"林总,感谢你对我的信任。可是我以前一直是做进出口贸易的,没搞过化工生产啊。"

"这不要紧,从头学起嘛。我一时半会儿也找不到搞过食品化工的领军人。

你们在搭班子时,从国内的木糖醇企业挖来一个管生产的副总不就行了。别看陶凯是学化学的,他也没有搞过食品化工生产,你们俩都要从头学起。咱们都是从炼狱里走出来的人,意志早该磨炼出来了,安隆代糖这点困难是小菜一碟啊。”

“我试试看吧。”

安隆代糖公司成立之后也进展顺利。半年之后,公司生产的甜菊糖上市,市场销售也是逐月递增,不过增速有点缓慢。为了加强代糖公司的营销,尽早打开市场,林磊从安隆生物的营销部抽调了一名干将充实代糖公司。人调过去三个月,安隆代糖的销售果然有了起色。

从此林磊对安隆代糖公司业务也不再插手了。

9

两项投资完成之后,林磊自我感觉很好。他对自己扩张投资的期望值并不很高,两个投资一个成功一个失败,能有 50% 的成功概率他就满足了。他知道风投的成功概率不过 10%,也就是投 10 个成功一个,他能投两个成功一个难道还不满足吗?投资从来都是有风险的事,即便是叱咤风云的世界级企业家,即便是巴菲特和李嘉诚,也不能保证 100% 的投资成功率。投资项目个个看得准,市场个个吃得准,从不走眼,从不失手,这样的投资商是没有的,除非是神仙。

小畅通项目一年盈利 2000 万,代糖项目第一年也开始盈利,这个业绩是林磊没有料到的。

两投两中的结果是让林磊的心情格外好。两个投资项目启动一年后,林磊准备好好开个庆功会,同时他已经开始酝酿下一个投资项目了。

就在庆功会筹备就绪时,接连传来两个噩耗:南方畅通公司的老总丛敏之带着他的团队和专利技术突然失踪了,而且去向不明。

祸不单行,安隆代糖公司突然失火,一场大火把公司新建的厂房和生产线全部化为灰烬,所幸没有人员伤亡。

转瞬之间,林磊投资的两个项目全部失败,2 个亿投资都打了水漂。

林磊的好心情顿时烟消云散了。

三十二、奇遇

CHAPTER 32

1

雷云与田丹羽义断情绝之后就到飞鸣通讯公司来走马上任了。

商场和情场的双重失败让他心绪恶劣了很久，但他并没有去认真反思总结什么，而是把这一切都归结于命运，他现在终于和田丹羽一样开始信命了。

在强大而神秘的命运面前，雷云认定人生就是一场赌博，商场就是赌场。他从山海到飞鸣不过就是转换了一个赌场而已，他现在还不想下赌场。

经过一月的调整之后，雷云又成为飞鸣通讯的董事长兼总裁。飞鸣公司虽然不大，只有二百多号人，但有厂房有产品有市场，有团队有平台。雷云上任之初自我感觉良好，认为自己从山海出局之前拿下飞鸣是个英明的抉择，这使他创业的起点很高。而且不用像陈帆那样，重新招兵买马注册找地方，在飞鸣一切都是现成的，只是三层的办公楼寒酸了点。

雷云入主飞鸣后，没有动原来的高管班子。因为他是单枪匹马来到飞鸣的，没有带来一个人和一分钱。

雷云自知他在山海的日子快到头时，也想像陈帆、吴东江和彭一鸣那样拉走一支团队，可是他真的做不到。他能拉走的只有一个田丹羽，如今这个背信弃义的女人跑到加拿大后，他就再也拉不到一个人了。临走前，他也曾尝试着找了几个过去自认的亲信，但这些人全都婉拒了。

雷云再一次体验到众叛亲离孤家寡人的滋味，但他对此的反思是员工永远不会忠于老板，员工只会忠于利益。见风使舵趋利避害是人的本能，这个世界上没有忠诚只有利益。

雷云没有调整飞鸣的领导班子是因为自己手下没人，高薪招聘公司又没有钱。他对眼前的这个班子并不满意，认为整个班子就是个维持会，几个经理副经理都是平庸之辈。细想这也是必然，真正有本事有能量的人谁愿意赖在一个不死不活效益很差的企业，能人早都跳槽了，剩下的就只能是无处可去的蠢才和庸才了。

做了这么多年企业,雷云懂得没有人才团队,没有雄厚的资本,没有具有核心竞争力的产品,任何企业都是做不起来的。

刚到飞鸣的雷云,还是雄心万丈宏图在胸的,他要用三年的时间,把这个半死不活寂寂无名的小企业做起来,而且要一鸣惊人一飞冲天。

雷云首先从资金下手,开始四处奔波找钱。他的思维逻辑是有了钱才能高薪挖人聘人,才能购买专利技术。

雷云找钱的艰难和痛苦是林磊无法想象的。他先后找过七八个自认的商界朋友,都没有找到一分钱。无论他提出什么方式,投资、入股、拆借,都无济于事。万般无奈他只好硬着头皮去找吴东江和彭一鸣,吴东江还算客气,跟他见了一面,请他吃了一顿饭,但说到钱还是婉拒。彭一鸣则不讲情面,干脆借故躲开不见。

走投无路的情形下,雷云来到了山海董事长魏祝荣的办公室。

魏老板见面还是一如既往地热情,又是亲手沏茶又是削水果。但当雷云谈到钱,魏祝荣的神情顿时严肃起来。

“雷总啊,你走之后山海的形势更加严峻了。现在全国在整顿房地产行业,我有好几块地都砸在手里出不去,单是欠银行贷款就是几个亿,还有七七八八的旧债新债,加起来我头上的债务小十个亿了,压得我喘不过来气啊。不瞒你说,我现在也和你一样缺钱呀。”

雷云看得出来魏祝荣说的不是实话。

“魏总,我所需不多,只是5000万,这点钱对你是九牛一毛啊。”

“要是前两年还真是九牛一毛,现在不行了,现在就是500万我也拿不出来,我的资金链已经很紧了。”

“这笔钱不算借款也行,我可以出让我手中的飞鸣股份,就算你投资。如果魏总想控股也可以。”

“不行啊,我实在拿不出这笔钱啊。再者我也不认为飞鸣公司具有投资价值,否则我怎么会准备出售?只是当时你老弟非要换取它的股份,我就成全了你,要不当初卖掉飞鸣我还是可以回收一部分资金的。”

“你给飞鸣引进的新产品,基本上不具备什么竞争力。你整顿后的飞鸣高管班子,基本上没有什么可用之才。没有资金,我想更换团队和购买专利技术都做不到,你让我如何经营飞鸣?”

“老兄,不是我让你经营飞鸣,是你一定要拿走的。雷总啊,我劝你一句,如果飞鸣实在经营不下去,你卖掉算了,你卖不出去我帮你卖。企业卖掉后,你手上的股份怎么也能兑现上千万,有了这笔钱,你可以跑到海外过神仙日子啊。”

“谢谢魏老板的好意,我现在还不想放弃自主创业。在魏老板眼中,我雷云根本不是做企业的料,但我还没认输,还不想下赌场,还要赌一把。”

“雷总一定要再赌一把,我也不多说了。只是魏某实在不能奉陪也爱莫能助。”

“魏老板,你从山海上市公司掏走的钱少说也有几个亿吧,别忘了是谁把山海这个平台拱手相让到你的手中的,你不能过河拆桥吧?”

“雷总言重了。你这里用‘掏’字不合适啊,那是合法融资和资本运作。至于雷总的大恩大德魏某已经报答了,不然你我怎么会坐在这里谈飞鸣?”

雷云和魏祝荣谈不下去了,起身就走,这次魏祝荣没有相送。雷云没有从魏老板的兜里掏出一分钱来自然是一肚子气,他是强压怒火才没有跟魏祝荣吵翻。

雷云当时真想大骂一通,然后把这个魏祝荣告上法庭。他之所以没骂出来是因为手里没有任何证据。告魏祝荣,什么罪名?大股东挪用上市公司资金吗?证据呢?而且这种事在中国股市上司空见惯,自已不也挪用过海融的资金吗?是谁把魏祝荣变成山海大股东的?是谁把山海董事长的帽子戴到魏祝荣的头上的?想到这些,雷云心虚了。他终于尝到了自作自受的滋味。

2

雷云使出浑身解数,四处奔波八方借贷 ,就是找不来一分钱。

按说雷云和林磊找钱时位势不一样,雷云的身份是飞鸣公司的大股东和董事长,手里不但有企业还有部分流动资金,林磊的身份是判刑出狱之人,没有企业也没有职业而且身无分文,雷云的位势比林磊高得多,可是林磊不到一个月就借到了2000万,雷云费时三个多月还是颗粒无收。

这其间的奥妙是什么,雷云并不愿多想。什么信誉人脉朋友的事,他更不愿深究,认为借不到钱还是因为运气。

没钱没团队没有新技术新产品,雷云在飞鸣无所作为。转眼两年过去了,雷云在飞鸣的角色就是一个维持会会长,而且是个不称职的会长。两年后,飞鸣的高管班子又流失了一半,公司从不死不活变成了严重亏损和濒临破产,连员工工资都难以为继了。

雷云初来的雄心壮志烟消云散了,创业的愿望激情烟消云散了,他心灰意冷并又开始不自信起来,他开始怀疑自己的企业家能力和运气。

飞鸣既然做不起来还赖在这里干嘛?雷云打算一走了之了。要走就得先卖掉企业,两年前,老奸巨猾的魏祝荣劝他卖飞鸣时,那时的飞鸣还能值2000万,现在卖濒临破产的烂摊子,能卖出1000万就不错了。如果现在不卖等到企业破产,他就真的鸡飞蛋打竹篮打水一场空了。

卖掉飞鸣到哪里去呢?这时的雷云不但对飞鸣心灰意冷,而且对创业对做企业也心灰意冷了。他想到了转行,从政之路已绝他想到了教书。他想起了马云在电视上说的一句话:如果阿里巴巴成功了,我就去哈佛教书,如果阿里巴巴失败了,我就去北大教书。我没有马云那么狂,但我可以到厦大经济系当一个教授啊。

雷云想到就行动,他立即开车前往母校去见厦大经济系的汪主任。

这位汪主任是和雷云打过两次交道的。

第一次是山海上市之后,雷云成了商界风云人物,汪主任亲自上门请雷云到厦大给经济系的研究生讲一课,雷云借口工作忙给推掉了。当时雷云是愿意衣锦还乡重回厦大风光一回的,他如果回去除了演讲之外一定要去看看帮过他的副校长,并告诉他他这个厦大的学生会主席没有给厦大丢脸。当时,雷云真的忙得脚朝天,真的是没有时间,所以汪主任虽然被驳了面子但并没有怪罪雷云。

第二次是两年之后,厦大经济系组建了一个厦大经济研究会,想请雷云出任副会长,会长是厦大校长,汪主任也是副会长;并请他给研究会赞助一点经费,因为当时的山海是厦大毕业生创建的最牛的企业。这次还是老主任亲自出马,找到雷云说明来意之后,没想到雷云这样回复他:

“这种低层次的经济研究会我是不会参加的,我如果参加也必须是会长。”

汪主任听完扭头就走,从此再不与雷云来往。

这次他没想到雷云竟然亲自找上门来了,似乎这个雷云完全忘记了过去那两件事。就算雷云是个健忘的人,快要退休的老主任并不健忘。

“雷云,今天怎么想起回母校了,不忙了?”

“忙还是忙,但母校还是要回的。汪主任,我今天找您有事。企业做了这么多年了,身心憔悴,我不想干了,想回母校教书。您看可否在经济系给我安排一个教授职位,我想把这么多年的商界经验和积累传授给年轻学子。”

“安排一个厦大教授可没那么简单,系里好几个老人头发白了五十多岁了,还是副教授。还有你如果到厦大讲课,在课堂上讲什么呢?讲你是如何做败了山海集团又做败了香港海融上市公司的吗?”

老主任虽然不和雷云来往,但对雷云的“业绩”他还是了如指掌。

雷云听完有些尴尬,赶紧说:

“企业失败的教训也很宝贵呀。”

“对不起,现在我们的师生更愿意听成功企业家的成功经验,因为我们经济系的许多学生毕业之后也要出去创业的啊。”

“这我理解。”

“因而雷董事长的要求没有任何可能性,就是你去找校长,得到的肯定也是这个答复。抱歉,我马上要去开会了,恕不多陪。”

汪主任说出逐客令就站起身来,雷云见状只好起身告辞。

“那就打扰了,以后有时间再回母校来看您。”

雷云说完急忙推门而出。门关上后,老主任感叹道:

“这个人怎么还有脸回母校?”

雷云走出熟悉而陌生的厦大正门后,小声骂道:

“这个老家伙,阴阳怪气的,一个厦大破教授值几个钱,他忘了当年请我回来讲课的事了。”

雷云虽然恼怒但并不健忘。这次离开厦大之后,他此生再也没有回过母校。

3

彭一鸣听说林磊出来后,一直想见他。但他这两年多一直在北京中关村发展业务,老也抽不出时间来。当他听说安隆生物美国上市的消息后,不禁惊叹:

“神速崛起啊,林磊就是林磊,云中之龙就是云中之龙,见首不见尾啊。”

他这次一定要见林磊了。

彭一鸣回到榕城之后,偶发奇想在榕城的香格里拉组织了一个别开生面的见面会。出席见面会的主角就四个人:林磊、陈帆、吴东江和彭一鸣。四个人过去都是山海老人,现在都是上市公司老总。企业规模排列依次是陈帆的新腾第一,林磊的安隆生物第二,彭一鸣的风标第三,吴东江的旭辉第四。这是参照美国财富杂志世界500强的惯例按着公司营业额排列的结果,林磊的安隆生物公司比陈帆的新腾科技公司的营业额只差了一小块,而吴东江的旭辉公司比彭一鸣的风标公司则差了一大块。如果按利润排列结果就变了,变成了安隆第一,新腾第二,风标与旭辉的位置不变,安隆的利润也只比新腾的多了一小块。

这回彭一鸣做了一回组织部长,把这四位企业老总大忙人聚在一起着实不易,彭一鸣一连打了十几个电话才把此事搞定。

组织这样一个特殊会面,不但要找到四人共有的空闲时间,而且还要求组织人有面子。彭一鸣有这个面子,他是其他三人都能接受又都想见的人,当然大家最想见的是林磊,时隔8年,吴东江和彭一鸣都没见过林磊。

在组织见面会时,彭一鸣的脑中闪过一个念头:要不要请雷云?然而这个念头一闪而过,因为他判断即便请雷云也不会来。自作自受的事,雷云干得出,自取其辱的事,雷云是不会干的。他不知道数天之前,雷云就跑回厦大干了一件自取其辱的事。

见面会在榕城香格里拉小宴会厅隆重举行。出席见面会的主角是四个老板,但还有三个配角:林磊夫人、吴东江夫人和彭一鸣新婚不久的夫人,只缺陈帆的夫人。

七个人几乎是同时到达,准时赴约是老板的基本素质之一。

大家见面都很高兴,握手寒暄的时间很长。四人中陈帆、吴东江和彭一鸣都曾经是山海创业元老,林磊与吴东江和彭一鸣又都是雷云时代的山海高管,林磊和陈帆也是见过几面的朋友。都是熟人都是朋友又都是商界精英,他们见面的寒暄话也是三句话不离本行。

大家入座之后,发起人彭一鸣首先致辞:

“各位,今天我把大家聚到一起,首先是要给林总接风洗尘。这个接风宴虽然晚了一点,但意义重大。”

“岂止晚了一点啊,一鸣,晚了两年啊,两年前林总就吃了我的接风宴了。”陈帆插话。

“晚了一点不要紧,我们今天的接风宴搞得隆重些。同时,我们的宴会有两个主题,一是给林总接风,二是山海老人畅叙友情和事业。今天我做东,请各位老板不要跟我抢,得给我一个将功补过的机会呀。”

这次没人表示异议。吃饭买单,对于几个大老板来说,这根本就是不值一提的事。

“陈总,你的接风宴虽然及时,但不就是宴请了林总一人吗?今天出席我的接风宴的还有林磊的夫人以及我和东江的夫人,让我们对三位贤内助表示衷心欢迎。”

四个男老板一起鼓掌,三位夫人只是微笑。这三位夫人并没有坐在各自丈夫的旁边,而是自然而然地坐到了一起。她们虽然没有见过面,但一点不觉生疏。

彭一鸣致辞完就坐下了。虽然他的致辞引起了大家的共鸣,但似乎不够精彩。要说口才,四个老板的排位应该是林磊第一,陈帆第二,胸藏锦绣腹隐玑珠的吴秀才只能排第三,而从商多年已经锻炼得口若悬河巧舌如簧的彭一鸣还是最末。

世界上口拙的老板是很少的,雷云勉强算一个。这是因为老板说话的机会太多了,公司的大会小会他要说,高管的例会他要说,他要给团队训话,给员工训话,要和政府官员沟通,要在各式各样的媒体面前表态,要在名目繁多的光鲜场合做秀,如果企业上市,还要在股市上致辞,再口拙的人再没有口才的人也早就磨炼出来了。但磨炼出来之后,老板之间的口才还是能够分出伯仲来的。在中国企业领袖中,阿里巴巴的马云是公认的第一侃爷,联想的杨元庆是公认的不善言辞者。

4

致辞之后就是自由谈了。吴东江率先开口:

“陈总,我们仨的内人都来了,为何不见嫂夫人的倩影?”

“她到美国给儿子陪读去了。”

“那么徐诺呢?”

“她现在是董事长,哪有时间啊。再说她来了算怎么回事呢? 你们仨带来的都是明媒正娶的尊夫人,她不过是我的同事而已。”

“你就别而已了,世人皆知,起码闽人皆知,你俩是天下绝配人间奇迹神州楷模。”

“吴秀才,你就别瞎拽了。今天林磊是主角,你不要老把矛头对着我呀。”

“今天没主角,在座各位都是主角。”

林磊插话。

“我说彭总,三年不见,你是何时完成金屋藏娇的? 你这个娇妻可把我震住了,不但有闭月羞花沉鱼落雁倾城倾国之貌,而且含苞欲放青春妙龄。你的艳福不浅啊。”

吴东江把矛头转向彭一鸣。他俩自从分头创业后,也难得一见。

吴东江的话音刚落,众人一齐把目光转向彭夫人。一看立刻惊艳。刚进来时,大家之所以没有惊艳,并非是这些阅美女无数过眼红颜无数的老板都变得麻木了,审美细胞衰老了,而是大家的兴奋点都在老友重逢上,一时忽略了美女的存在。

应该承认,林磊的夫人林慧是很漂亮的,吴东江的夫人沈冰洁也是端庄秀丽的,只不过她俩都是不惑之年之上的人了,青春不再红颜褪色了。而这位大家不知姓名的彭夫人也就二十出头,青春逼人,美艳逼人。

众目睽睽之下,彭夫人羞涩地低下了头。

“一鸣,我听说你一心想找一个事业伴侣老板身后的红颜,怎么又改弦更张把年轻美眉揽入怀中了?”

陈帆发问。

“一鸣,你的猎艳经过一定很传奇,你要老实交代啊。”

林磊也添油加醋。

面对如此逼问,彭一鸣脸不红心不跳镇静自如地饮酒,可是没见过这种场面的彭夫人却脸红了。

林慧见状立刻仗义直言:

“我说你们这几个大老板怎么欺负人啊，什么叫美眉，什么叫猎艳，你们怎么不尊重人啊？人家彭夫人年轻美丽有什么过错？年轻美丽就不能成为事业伴侣啦？就不能成为老板身后的女人啦？我看你彭老板不管企业做得多大，也未必逃得出夫人的股掌之中。”

“林慧说得好，中国企业家的成功标志，并非只有你们成天挂在嘴边的什么销售额利润，还有人品境界和情操，尊重女性尊重夫人是你们的必修课。”

沈冰洁也出来相助。

一见两位夫人发怒，林磊和吴东江立刻收敛起来，但陈帆不为所动：

“一鸣，你今天不老实交代是逃不过去的。”

“其实我也没有什么要交代的，也没有什么传奇。我慎了那么多年就是想找一个徐诺，可是我没陈总的魅力，就是找不到啊。拖到最后，我只好顺应潮流入乡随俗找到廖芳，她以前是个模特，很单纯。我并不指望她来帮助我的事业，我只希望她相夫教子管好家务就行了。过去我也相信成功的男人身后一定要有一个成功的女人，现在我不认为这是铁律了。没有红颜知己没有身后的女人，男人一样可以成功。有谁听说过李嘉诚的夫人柳传志的夫人？比尔·盖茨的夫人也不过是搞了个慈善基金会而已，她是帮老公花钱并没帮老公创业挣钱。”

“想不到彭总的大男子主义这么厉害，我要是廖芳，一定想办法好好修理修理你。”

林慧又忍不住了。

“廖芳天天都在修理我。”

“彭总，哪有你这样当丈夫的，你要在众人面前做护花使者啊。”

沈冰洁又出口相援了。

5

“林总，你的崛起速度堪称举世第一啊，敝人浸润商界多年，闻所未闻见所未见啊。”

吴东江帮忙再次扭转了话题。

“林总，你得说说你的安隆奇迹是怎么创造的，也让我们开开眼啊。”

彭一鸣最想听的也是林磊一夜崛起的故事。

“其实也算不上什么奇迹,安隆崛起的速度还比不上 GOOGLE、EBAY 那些网络公司,我只不过是半路捡了一个洋落儿。”

“你这个洋落儿也太大了点,我们怎么捡不到这样的洋落儿?”

彭一鸣感慨。

林磊简要叙述了一下他控股安隆的过程,这个故事他还没有机会对眼前的这三位老板说。

“这简直就是一部创业小说,一部商战电视剧啊。假海归假专利、公司员工大门口阻击董事长、三请真海归、半路杀出个程咬金、美国上市……所有的情节要素都齐备了,就差一点爱恨情仇的佐料了。林总,安隆故事里不会没有女人吧?你的讲述里有重大遗漏啊,那位假海归回来三年不能是清心寡欲的正人君子吧,他连专利技术都偷了,女人能不偷吗?”

吴东江对安隆故事饶有兴味。

“吴总如有闲暇,真可以用安隆的素材编写一部商战电视剧,肯定热播。”

林磊说。

“可惜我没有这样的闲暇啊。”

“安隆的爆发式崛起虽然有点传奇,但自有其内在逻辑,归根到底这还是林总厚积薄发巧用机遇打的一场漂亮仗。没有他的介入和运作,不会有安隆生物,安隆还是林总出山二次创业的产物。如果没有林总,或者换一个企业家,换成我们在座的三位中的任何一位,都难有安隆奇迹发生。这是一部活生生的创业史,里面有许多值得我们借鉴的商业真经啊。面对林总的胆识气魄和超强运作能力,我自愧弗如。”

“陈总言过其实了,你的胆识气魄是八闽第一号啊,你的奔腾才是真正的八闽商业奇迹。”

林磊大声争辩。

“过去八闽企业界的双雄是陈帆和雷云,陈雷的争霸战一演就是十年,堪比楚汉相争,结果是陈胜雷败,你陈帆成就了八闽商界的霸业。林总是二次创业东山再起,陈总你要小心啦,我看林总来势汹汹大有后来居上之势啊。”

彭一鸣如此议论。

“林总已经后来居上了。看销售收入,新腾现在比安隆多一些,可是看利润,安隆已经超过新腾了,林总现在的身价比我高啊。”

“安隆利润超过新腾一点点,是因为生物工程尤其生物制药的利润奇高,平均利润都在40%到50%之间,超过了IT业。我听说新腾正在海外并购,如果并购成功,新腾的销售额和利润都会超过安隆一大块。”

“新腾的海外兼并刚刚开始,胜败还很难说啊。”

“说到身价,那不过是股份计算的结果。我在安隆是控股大股东,所以身价高。新腾股权比较分散,如果陈总和徐诺两人的股份加起来,陈总的身价就超过我了。”

“林总,你这个财务出身的人怎么不会算账啊,身价就是个人身价,怎么能叠加呢?”

陈帆急忙申辩。

“别的公司的一二把手的身价是不能叠加的。复兴集团郭广昌和梁信军现在都进了首富榜,要是能加,他们俩的财富加起来,那就是中国首富了。然而新腾公司非同寻常,在八闽人眼中,新腾的陈总和徐总从来就是一个人,他俩是可以叠加的。”

“吴秀才你拽得有点离谱了吧?”

陈帆抗议。

“我原来在安隆控股55%,前不久我卖掉了13%的股票,现在只剩42%了,以后我还会不断减持股份,所以的我的身价会越来越低。”

“林磊减持安隆股份是为了投资吧?”

彭一鸣问。

“对,前不久我已经投了两个项目,都不大,一个是通讯行业一个是食品化工,总共才2个亿。”

“你如果再投资,别忘了我的风标,我的软件业务也在扩张,也需要投资啊。你我当年在中关村就一起玩过一回投资,不过那时你用的是山海的钱,大数还得雷云批准,如今你再投就是用自己的钱了,咱们的合作就更容易了。”

“我对软件行业一直是看好的。在山海,要是我能作主,我会把山海上市融资的大部分砸在软件行业。投资风标软件的事,我俩以后再慢慢商议。”

“林总看来也要转向多元经营了。在山海,你可是一直反对雷云的多元经营盲目扩张的。”

吴东江问。

“我的多元经营与雷云的还不是一回事。我不会玩雷云的疯狂投资的,钱再多也不会那么玩。他是手里有3个亿,半年之内就全部投光,我是手里捏着20亿,只投2个亿,能一样吗?对了,雷云近况如何?还在商圈吗?”

“商圈倒是还在。他从山海出局后魏老板给了他一个飞鸣通讯小公司。他入主飞鸣时,飞鸣还能勉强维持,他在飞鸣折腾了两年多,现在飞鸣濒临破产了。如果飞鸣破产了,那就会成为雷云做败的第三家企业。他刚到飞鸣时,找我借过钱,我没借。我哪敢借他呀?那是肉包子打狗有去无回的事,我不能飞蛾扑火自烧身啊。”

吴东江似乎最了解雷云的信息。

“原来我设计这次见面会时,也想过是否请雷云。如果雷云来,山海的老总就算齐了。后来想请他也不会来,他可是最爱惜颜面的人。如果他来了,这个见面会弄不好就变成批雷大会了。林总,不知你是否还记得,雷云在山海可是召开过批林大会的。”

“我当然记得。彭总,你如果叫雷云,这个见面会我就不会来了。不是我气量狭小,而是我现在实在不愿见他这个人,也懒得跟他扯过去的恩怨。”

“如果雷云来了,我们三人都会向他讨还山海,他是无可置疑的毁掉山海的罪魁祸首。但林总与雷总的恩怨可就不是一个山海了,还有6年的牢狱之灾呢!”

彭一鸣说。

“我们今天难得见面,不谈雷云了,谈他令人扫兴。在座各位都成了功成名就的企业家和上市公司董事长,人人都有了一个不小的企业,当然雷云除外。从这个角度看,山海的确是八闽商界的黄埔军校,一下子就弄出来了四个上市公司董事长,不得了。这种现象在中国其他省市恐怕难得一见,不知各位想过没有,如果我们四人联手再造山海会是什么景象。”

林磊又转移了话题。

“那一定是中国商界的大动静。”

彭一鸣说。

“四龙闹海,商海翻腾啊。”

吴东江如此形容。

“我倒是想过大家联手重振山海的事情,但我看现在还不是时机。第一,中国股市的一大缺陷是只上不下只进不出,没有一个退市机制,不管多烂的企业都能在股市上挂着,山海就是这样仍然在股市挂牌的烂透了的企业。”

“陈总说得对,我介入安隆不久为了筹集大笔资金购买海金持有的安隆股份,用了将近一年的时间重操旧业做了两单借壳重组上市。当时业界就有人向我推荐山海,说魏老板不想玩了,我说,我就是从山海出来的,我还不了解山海吗?山海这个壳资源根本不能动,谁动谁倒霉。不是我对山海义断情绝,而是雷云和魏祝荣已经把山海毁到家了。山海已经是个烂透了的企业,光是它的负债就是无底洞,还不算雷魏两人弄下的巨额担保。”

“林总有眼光,你当时要是用山海这个壳,你那单借壳重组一定失败。山海还没有退市,我们怎么再造重振?山海这个名字就无法使用啊。第二,我们各位现在的产业各不相同,我和东江都没有脱离 IT,一鸣虽然还在 IT 但主要是做软件,林总的产业是生物技术,我们四人联手成立一个集团,到底以什么产业为主?还是各搞各的?那样这个集团不是形同虚设吗?第三,我们联合成一个企业集团,叫新山海也罢,另起名字也罢,谁来做集团的董事长和一把手?谁来做我们这个聚义厅里的宋江?按企业规模排座次吧,企业的营业额和利润都是变化的,说不定一两年之后,林总的安隆就远远地把我的新腾抛在后面了。所以我认为时机不成熟,最好等个两年尘埃落地再说。”

陈帆的意见似乎是思考过的。

“我也认为时机不成熟,陈总的新腾刚刚开始海外扩张,林总的安隆更是刚刚腾飞,彭总的风标也在并购,我的旭辉也在转型之中,格局还不明朗,未来还有许多变数。等到过两三年,大局已定,我们再共谋大业也为时不晚。”

吴东江附和。

“我听说证监会正在制定退市章程,等到山海退市咱们再行动也许更好。”

彭一鸣说。

“既然各位都认为时机不成熟,那咱们就以后择机再议。我的二次创业才开始,我看各位也都是正在攀高峰,都没有近期退出江湖的意思,咱们的商业生涯还长,以后再议还来得及。不过不能马上实现我们的再造山海梦,我们四人还是可以进行双方多方的合作啊,都是山海黄埔军校出来的毕业生,知根知底,合作起来容易得多啊。”

林磊可能是最积极的一个。

“我赞同林总的意见,我和林总的合作恐怕会是首开先例。”

彭一鸣的积极性次之。

“如果说山海是八闽商界的黄埔军校,那么这个黄埔军校的缔造者和校长就是你陈帆了,雷云这个第二任校长我看不算数。因而我们黄埔毕业生之间的双边多边合作还应该是校长带头啊。”

林磊还是把合作的希望寄托在陈帆身上。

“林总和彭总先行一步,我和吴总会紧随其后的。”

陈帆的表态还是留有余地的。

四个大老板在席间慷慨激昂,三位新认识的夫人也谈得很热闹,她们谈的可不是生意而是闺蜜悄悄话。

6

八闽四个重量级老板的聚会当然不止四个主角三个配角,还有司机秘书,否则老板们喝了酒怎么回去?林磊当山海副总时,还经常自己开车。他永远也忘不了他和邵建一人生中唯一的一次醉驾。随着年龄的增长和企业的做大,林磊已经不再自己开车而是使用专职司机了,其他三人也是如此。企业家拥有私人司机是身份的象征更是安全的需要。

至于秘书,那天只有陈帆带来了一个女秘书,其他三人都没带。陈帆的小秘不是小蜜,他是不怕别人说闲话的。熟悉陈帆的人都知道,他有爱妻也有红颜知己,他是不需要小蜜的人。

老板及其夫人开宴时,司机和秘书都没有上桌。四个司机都找地方吃饭去了,陈帆的秘书没有走开,她用摄像机把整个宴会拍了下来。老板并没让她拍,她主动拍是因为她认为这是一次历史性的会面,有可能改变八闽商界的格局。

会面结束回到公司后,女秘问:

“陈总,我能把录下来的视频放到新腾企业网上吗?”

“可以吧,会谈没有什么保密的内容。其中林总的安隆神话也许对新腾的员工有警示激励作用。新腾未来的竞争对手可能是安隆了,虽然不在一个行业,但企业规模和效益的竞争也是很残酷的,毕竟谁都想当八闽商界的老大。”

“好吧。”

得到老板的许可,女秘就把视频资料做了剪辑然后放在了新腾网上。女秘的剪辑主要是删除了会面中有关女人的所有谈话,因为她也是个女权主义者。

在山海与新腾竞争时,雷云是经常浏览新腾网的,同样陈帆和徐诺也时常关注山海网。收集信息了解动向是双方老板的必修课。

从厦大回来后,雷云心情沮丧意志消沉。他打开电脑,分别浏览新腾网、旭辉网和风标网,林磊的安隆网他不知道。

雷云随意浏览中突然发现了这个四个企业家会面的视频,他从头到尾看完后,不禁放声恸哭,他一生中从未这样恸哭过。

这个视频对他的刺激太大了。

都是山海创始元老,都是山海高管,而且林、吴、彭还曾经是他的手下。如今除他之外的这四个人都混成了人五人六,都成了上市公司的董事长,只有他雷云苟延残喘在一个濒临倒闭的小破企业中,没钱没团队没技术,没前途没办法没出路。欲罢不能,罢了连安身之处都没有,真是茕茕孑立形影相吊凄凄惨惨,无脸见旧友老人。

如果彭一鸣请他,他是肯定不会去的。去了他敢抬起头来吗?他敢正视这四个人吗?别说四个,一个他都不敢面对。

苍天不公命运乖张啊。

雷云哭过之后,啪的一声合上电脑,拍案而起推窗大叫:

“这决不是最后的结局!”

这个四人宴会视频对雷云来说,是一个强度电击也是一针强心剂。如果没有这段视频,雷云也许就从此淡出江湖退出商场,教书不成他可能去做别的了。但有了这段视频,雷云猛醒了反弹了,知耻而后勇了,羞愧万分无地自容的他反而无名兴奋起来。

“这不是最后的结局,这场赌博还没有见输赢,我要绝地反击拼死一搏,向这四个家伙证明自己,向八闽向世界证明自己,我雷云是龙不是虫!”

他独自在房间里反复叫喊的就是这几句话。

然后雷云推门而出,开车驶向海边。面对波涛汹涌咆哮不已的大海,他的内心更是波翻浪涌。

他独自在海边踱步,思索自己的出路,思索如何把飞鸣做大,如何实现飞鸣的奇迹崛起。

四个山海走出来的老板中还是林磊对他的刺激最大。这个对头死敌曾经的手下败将令人难以置信地暴发崛起,让他心如刀绞。

短短两年一个出狱之人就摇身一变成了大老板,身价 80 亿,手中投资资金 20 亿,这一切不是天方夜谭吗?然而这确实是摆在他眼前的最残酷最不能接受的现实。

现在雷云心中盘算的就是一条林磊之路,就是要一夜暴富一年崛起,甚至起来得比林磊还快块头还大身价还高。

然而这只是希望和梦想,路在何方?从何下手?

雷云当然不会上门向林磊借钱,他知道即便是自己负荆请罪林磊也不会见他。到哪里去寻找启动的资金呢?到哪里去寻找新项目呢?

想到这他又开始叩问命运,林磊的运气怎么这么好,是上帝对他的补偿对我的惩罚吗?

雷云在海边遛跶了两个多小时,也没能理清思路找到东山再起的途径。

天色已晚,海风呼啸,雷云已经开始打哆嗦了。他只好不情愿地离开海边开车回榕城。

离开时他想起了普希金的名诗:

“再见吧,自由的元素!
最后一次了,在我眼前
你的蓝色的浪头翻滚起伏,
你的骄傲的闪烁壮观。

仿佛友人的忧郁的絮语,
仿佛他别离一刻的招唤,

最后一次了，我听着你的

喧声呼唤，你的沉郁的吐诉……”

雷云从来就不是个诗人，但此时他却诗兴大发：

“大海，请给力量，给我勇气，给我智慧，给我运气！请让我重新站起来！”

7

雷云虽然没有写过诗，但他肚子里还是装着不少诗，古典诗词外国诗歌都有。在厦大时，他最喜欢的外国诗人是普希金、济慈和里尔克。普希金的诗中他能背下来的就两首：《致大海》和《假如生活欺骗了你》。《致大海》很长，学生时代他是能背诵全诗的，如今只能背出第一段了。《假如生活欺骗了你》很短，他还能记得。此时此刻，这首诗最能宣泄他心中的郁闷。

“假如生活欺骗了你，

不要忧郁，也不要愤慨！

不顺心时暂且克制自己，

相信吧，快乐的日子就会到来。

我们的心儿憧憬着未来，

现今总是令人悲哀：

一切都是暂时的，转瞬即逝，

而那逝去的将变为可爱。”

遥想学生时代，多愁善感的男女学生，遇到不顺心的事常常会背诵这首诗。

如今雷云也不顺心，而且忧郁，而且愤慨，而且悲哀，而且难以克制自己，但他还憧憬着未来。他毕竟有过辉煌，他还想再造辉煌。只不过他已不再相信逝去的将变为可爱，因为他逝去的更多已经变成了噩梦。

雷云一边开车一边一遍又一遍地背诵这首诗。冷风呼啸，街灯昏暗，但他的车速还是悠到了80公里。当他第N遍狂吼这首诗时，突然，哐当一声巨响，撞车了!

雷云开的是一辆陆虎,不仅车身高大,而且保险杠尤其坚固。因为车速很快所以撞击很猛烈,但雷云毫发未损。他急忙下车观看,被撞的是一辆蓝色的保时捷跑车,车身已翻,车头完全瘪了进去,车上是一位着蓝色长裙的女士。雷云赶紧上前,把女士拉出驾驶室,女士已经满脸是血。雷云慌了,立刻把女士抱到自己车内,然后猛踩油门,飞速向医院开去。

到了医院,挂了急诊,送进抢救室。半个小时后,抢救医生出来:

“你是她的家属吗?”

雷云迟疑了一下说:“是。”

“她的伤现在看不太重。脸部有撞伤,我们已经给她缝合了,肩部和腿部都有擦伤,现在还不能断定是否有骨折,需要拍片子。你先去交费吧。病人需要住院检查几天,住院期间需要家属陪同。”

雷云交费后就没有离开医院,他在病房里守候了三天。

雷云进到病房时,女士已经清醒了。她的昏迷可能是被撞晕的,更可能是被吓昏的。雷云看到她左半边脸裹着厚厚的绷带,护士说缝了7针。

此情此景让雷云暗自叫苦:这下可惨了,这个女的破相了,她非讹上我不可。本来就没钱,又平添一个无底洞的开销。

第一天,尽管雷云尽心尽力地伺候着,受伤的女士基本没怎么开口。第二天上午,女士说话了:

“你叫什么名字?”

“雷云。”

“很气魄的名字,又是雷又是云,其实没有云是不会有雷的。我叫穆丹。”

“穆旦不是诗人吗,普希金诗选的译者?”

“他是穆旦,元旦的旦,我是穆丹,牡丹的丹。穆旦是查良铮的笔名,穆丹可是我唯一的名字。穆旦死后的名气很大,早知如此我就不叫穆丹了,省得人家老是像你一样听错。”

“名字不是父母起的吗?”

“我可以改啊。你是做什么工作的?”

“我是做企业的,原来是山海集团的董事长和总裁,现在是飞鸣通讯的董事长。”

“是大老板啊。”

“原来是,现在是小老板,山海不幸被我做败了。”

“企业兴衰是寻常事。雷云,你现在很担心吧?”

“有点。”

“别担心,我不会找你麻烦的。撞车的责任肯定是你的,因为我是正常行驶,你闯红灯了。你当时在车里干什么呢?红灯都看不见。”

“是我的全责,当时我心情郁闷正在车里朗诵普希金的诗。”

“你还是个诗人?”

“不是诗人,是附庸风雅,是拿普希金的诗来宽慰自己。”

“你应负主要责任,但不是全责,因为我过路口时也超速了,而且我还喝了两大杯啤酒。”

“这些你可以不说。”

“说出来就是让你放宽心。我不会讹你,也不会让你赔偿,而且不会让你修车。”

“你让我太感动了,你是个好人。”

“你也是个好人。你撞车之后没有逃逸,而且把我送到医院,又像家人一样陪伴我。”

“那你的脸?”

“我的脸是挡风玻璃割的,拆线之后肯定会留下了一个很长的疤痕,但出院后我可以整容。整容的钱也不用你出。再说,已经青春凋谢人老珠黄,相貌对我已经不重要了。”

雷云仔细观察这位穆丹,发现她顶多三十几岁,而且相貌很好。即便半边脸裹着纱布,依然具有磁石般的魅力,尤其是那两双明亮深邃的大眼睛,有如清澈的潭水,格外动人心魄。

“医疗费我已经交了,你的修车费和整容费我一定要出。”

“你的心意我领了,我说不用就不用。”

这次雷云感动得几乎要落泪了。

8

没想到一次车祸变成了一次艳遇,莫非我要转运了?雷云不得不相信缘分了。茫茫人海,偌大榕城,如果没有这次撞车,雷云与穆丹相遇的概率不到万分之一,难道真如田丹羽所说,冥冥之中有一只上帝之手吗?

雷云与穆丹在医院里朝夕相处了三天,三天里医院的护士和旁边的病友都把他俩当成了夫妻。第三天时,穆丹已经可以下床活动了。下地四处活动的穆丹,除了脸上的纱布,已经看不出是个病人了。雷云看到一个行动自如的穆丹后,知道她的骨头没有问题,她的肩伤和腿伤都很轻。仔细观察欢蹦乱跳的穆丹,举手投足,音容笑貌,眼神神态,总有几分田丹羽的影子,他心里清楚,这两个"丹"之间没有丝毫关系。

穆丹是雷云生命中的第三个女人,她注定还要改写雷云的人生。

离开医院时,雷云的心情阴转晴了。

医院分手之后,雷云与穆丹仍然时常见面。有时在公园,有时在餐馆,有时在咖啡厅。每次两人吃饭,穆丹都不让雷云买单。

两人在一起时,总是天南地北地聊天。数次交谈之后,雷云这个城府忽深忽浅的人,把自己的老底都倒了出来,不光详细描述了他的山海岁月,而且还交代出了杨芮和田丹羽。

穆丹也说她的求学生活。她在金陵大学艺术系读了两年后,就到日本东京大学艺术系留学去了。拿到硕士学位后也没有离开日本,而是又在东京呆了8年。

但是关于她的私生活,她却守口如瓶。她不谈家庭,不谈婚姻,也不谈爱情,似乎她就是一个出家的尼姑。

穆丹回到中国已经两年了,至于她回国之后干了什么,她也是语焉不详,似乎她什么也没干,就是游山玩水。她住在榕城但不是八闽人,她似乎没有家人也没有亲友更没有朋友。

雷云与穆丹见面的次数越多,越觉得她神秘莫测,有时甚至像一个不食人间烟火的外星人。

这样断断续续来往了两个月后,穆丹突然消失了。雷云打她的手机,手机号码变成了空号,给她发邮件,总是石沉大海,雷云也不知道她的住址。

自从穆丹神秘消失后,雷云的心里空落落的。田丹羽消失之后,雷云的内心就一直是孤独寂寞的。他和杨芮已经分居了,虽然过眼的红颜不断,虽然他的性生活并没有中断,但内心的空虚和苦闷是无法排解的。巧遇穆丹之后,他不再空虚苦闷。虽然他和穆丹还没有肌肤之亲,但他的精神充实了。

谁想到一颗孤独的心刚刚落地很快又悬空了,仿佛从天而降的穆丹又神秘地从人间蒸发了。

重新陷入孤独苦闷的雷云曾经满城寻觅穆丹,他俩见面的公园、餐馆和咖啡厅他都去过,他也不止一次驾车去过海边,他甚至想再来一次撞车,然而依然不见穆丹的踪影。

有时雷云甚至认为,穆丹从来不是一个真实的人,只是他的幻觉,是他的春梦。

9

穆丹神秘消失三个月后又突然出现了。她打电话请雷云到她家来,并把地址用短信发来了。

雷云欣喜若狂,立刻驱车前往。

穆丹的家坐落在榕城西湖旁边,是一座三层豪华别墅。

雷云轻按门铃,出来开门的是保姆。雷云走到客厅,只见沙发旁一位身着一袭白色长裙的美妇人在向他微笑,皮肤雪白,脸色粉红,楚楚动人,有如洛神。

“雷云,三月不见不认识了?”

“你的伤痕完全消失了?”

“我到日本整容去了。对不起走时没有告诉你,我想你是有家有业的人,不会在乎一个萍水相逢的女人的消失。”

“我找你找得好苦!”

“真的吗?”

“真的。”

“那我很感动。也许你是这个世界上唯一记挂我的人。来,过来坐吧,说说你的企业有什么起色。晚上在我这里吃晚饭吧,我的保姆厨艺很高超的。”

雷云走过去坐在穆丹身边,开始向她汇报飞鸣通讯的近况。

他们在客厅里聊了一个多小时后,穆丹起身带雷云参观别墅。别墅位于榕城最昂贵的小区,旁边就是省市委领导的住宅。四周景色如画,推窗就可饱览湖光山色。室内的装饰华贵典雅,中西合璧,中日合璧,欧式家具不多,日本元素却随处可见。墙上有好几幅日本的浮世绘,二楼还有一间带有榻榻米的日式房间。

雷云心想,她到底是在日本呆了十余年的人啊。

晚餐很丰盛,两道闽菜,两道粤菜,还有日式烤鳗鱼,酒有两瓶,一瓶是陈年拉菲,一瓶是日本的清酒。

“雷云,喝点清酒吧,它的度数和红酒差不多。”

“好吧。”

保姆摆好饭菜就消失了,日式餐厅里只剩他们俩人。

晚餐温馨而诡秘。氛围诡秘,酒诡秘,人更诡秘。

穆丹的酒量深不见底,她和雷云一起喝了6小瓶清酒,一直喝到酩酊大醉。

清酒雷云以前喝过,的确劲不大,可是今天的清酒好像有名堂。朦胧中,雷云怀疑这酒里有蒙汗药,可眼前这个风情万种妩媚动人的女人又不像孙二娘。再一想,孙二娘干的是谋财害命的生意,我如今已是没有财产的穷人了,要命有一条,要钱没有,怕什么?再说,拥有如此豪宅的女人还会缺钱吗?

迷迷糊糊的雷云开始无边无涯的胡思乱想。不知过了多久,等他酒劲消退睁开眼睛时,发现自己赤身裸体地躺在日式房间的榻榻米上,房间里空无一人。

一切都更加诡秘。他仿佛穿越小说中的主人公一样,回到了唐朝,来到唐朝时的日本,是奈良还是京都?他不能分辨。

俄顷,一位身着艳丽和服的美艳女人,飘飘忽忽袅袅婷婷地来到他的面前。

“こんにちは(空里七哇),可以开始了吗?”

日文夹杂着中文,是日本的艺妓吗?雷云下意识地点了点头。

和服美女开始翩翩起舞,边舞边唱,歌词也是中日文混杂,雷云一句没听懂,只听出音调凄婉缠绵如诉如怨。

歌停舞罢,和服美女亭亭玉立在房中,用一双如潭如水含情带电的眼睛凝视着雷云。雷云有些慌乱,不知是应该呆下去还是离开。他扫视四周,不见衣服,想离开也不能走啊。

为什么想到离开?是因为眼前是一个日本女人。近来保钓事出,中日关系紧张,大学生已经开始反日游行,榕城一些商店也打出了抵制日货的标语。一年一次的日本经团联访华,总理没有出来接见,出面应酬的只是贸促会会长。

雷云可不想当汉奸。如果眼前是个欧洲美女,他一定想不到离开,如果是个中国美女,他兴许还会扑上去。为什么眼前偏偏是个日本女人?为什么要穿越到唐朝穿越到日本,如果让他选择,他一定选择穿越到宋朝,而且穿越到宋朝的临安。"暖风吹得游人醉,直把杭州作卞州。"

转念一想,日本女人可是天下最温柔的女人,中日关系的紧张是暂时的,中日合作是大趋势。日本离得开中国的大市场吗?同样中国的改革开放也离不开日本。没有日本,哪来的宝钢、福日、松下显像管?福日电视机厂可是八闽第一家合资企业,而且山海的针式打印机也是偷的日本人的技术。

中国和日本,有八年血债,又有千年情谊,有说不完的恩怨,又一衣带水。中国近代名人,从孙中山、蒋介石、鲁迅到郁达夫、郭沫若,都与日本相连。

想到这里,雷云又安然释然了,他也不想走了。

等到雷云再次睁开眼睛,眼前的和服美女轻解衣带,和服飘然落地,一个全裸美女展现在面前。体态丰盈,冰肌玉肤,丰乳肥臀,有如一只熟透的桃子。

雷云定睛,看见了美女左腿上有一道清晰的疤痕。

"啊,是穆丹!"

血脉偾张欲火焚烧的雷云立刻窜起来猛扑上去,一把抱起穆丹,把她轻轻地放在榻榻米上。

雷云抱起裸体穆丹时的感觉跟他第一次把她从车里抱出来的感觉一样,既轻盈又沉重。

穆丹静静地躺在榻榻米上,一动不动,只有含情放电的双眼在不停地转动。当雷云急不可耐地扑倒穆丹身上时,穆丹一个干净利索的翻转,反身把雷云压在身下。

被紧紧压在下面的雷云惊讶地问:

"你练过柔道吗?"

"练过。对不起,我只习惯女上男下,我不愿被任何男人压在下面,哪怕他是帝王,但我愿意压在世界上任何美男子的身上。"

"匪夷所思。"

穆丹又沉默了。她紧紧地压住雷云的身体和四肢,把火一样的舌头全部伸进雷云嘴里,同时用弹性十足的乳房用力地压迫雷云的胸膛。

压在下面的雷云这时的感觉奇妙无比。既有泰山压顶般的沉重,又有如棉似水般的轻柔,既有雷轰电击般的强刺激,又有水抚浪拍般的超舒适。

当穆丹突然剧烈地揉动雷云的胸部时,雷云陡然勃起了。他是不习惯这种女上男下的位置的,他从来没有这样做爱过。杨芮是想不到这种姿势的,田丹羽曾经试图尝试,被他坚决地拒绝了。当雷云兴奋得快要射出来时,他试图打个翻身仗。他突然猛推穆丹,来了一个鲤鱼打挺,企图翻身把她压在身下,但穆丹似乎早有准备,她熟练地使用寝技轻而易举就把雷云压服了。

等到雷云放弃反抗之后,穆丹用手抓住雷云坚硬如铁的武器,把它轻轻塞进自己水流不止湿润温暖的洞穴。

雷云在这个熟悉而又陌生的洞穴里剧烈抖动,上下求索,左右奔突,缠绵浸润久久不肯离去,直到最后一泄如注瘫软如泥。

在雷云猛烈喷射时,他听到了似曾相识的叫声。那声音和他在日本三级片中听到的叫声极其相似。

这是雷云一生中缠绵时间最长的洞穴,也是他一生中享受过的最大刺激和快感。

从此,穆丹的别墅成了雷云的安乐窝和避风港。

他几乎每周都要来一次。他也在这里不期而遇过两个男人,都比他年轻和英俊。

雷云虽然心中不快,但也没有过多计较。他有自知之明,他知道自己没有独占幽兰的资本,能够成为穆丹几个男友中的一个他应该满足了。

关键是雷云企盼的不仅仅是穆丹令人迷狂的肉体,还企盼她深不见底的财富,他还企盼她能够帮助他东山再起。

他已经朦胧地意识到,穆丹是上天对他的眷顾,是他命运中的贵人,是他身后的第二个女人,也是他未来事业的希望和支柱。

雷云是离不开女人的,就像他离不开商场赌博一样。

蹊跷的是雷云总能在关键时刻遇到这样的女人,上天待他并不薄。

10

雷云和穆丹水乳交融巫山云雨了两个月后,依然没能搞清穆丹的身世和私生活,但他自认大体摸清了穆丹的财力,少说也有七八个亿吧。这无疑是重大收获,因为相对于穆丹的肉体,雷云更需要她的金钱。

如何得到穆丹的投资呢?雷云始终想不出好办法。他又不敢直言,直言的结果不但可能遭拒,而且可能从此失去穆丹。失去田丹羽已经使他塌了半边天,他不能承受失去穆丹的后果了。

雷云已经体验到,穆丹是比田丹羽更为强势更难以驾驭的女人。不但夜里同床共枕时,穆丹要压在雷云的身上,而且在任何时空中,穆丹也一定要压在他头上。此时的雷云已经没有那么高傲了,夜里被她压在身下,他已毫无怨言,因为那种姿势更能带来不同寻常的刺激,而且他也渐渐习惯了。白天,被她压在头上,他也愿意屈从接受,只要她肯投资,肯帮他东山再起。

终于有一天,穆丹主动提出投资的事。

"你的企业现在这个状况,我是不会投资的,虽然你也看出我有能力投资。你必须找到有市场竞争力的新项目新产品,否则我不会帮你的。这么多天了,我知道你在等什么。"

雷云很高兴穆丹点破。

"我也知道飞鸣现有的平台不行,现有的产品没有竞争力。新项目这几年我一直在找。你也知道八闽最大的几个老板一多半是做房地产的,另外一个就是新腾的陈帆,他做的是山海的老项目,终端、POS 机和软件,还有后来上马的手机。八闽大老板中的异类是林磊,他出狱后就一头扎进了生物工程,结果让他撞着了,他的安隆生物后来居上两年就崛起了。我分析市场后,得出的结论是,房地产我不能做,没有资金不说,这个行业水太深,看魏祝荣这家伙的操作,我已经明了这个行业的凶险了,不是魏老板那样的空手道高人玩不了。生物工程也做不了,机遇被林磊拿走后,以后就轮不上我了。我未来的突破口可能还得在 IT

行业找,我熟悉的行业也只有 IT。”

“你现在有没有目标?”

“一年前有个从日本回来的海归来找我,他带来一个项目叫小畅通,是手机又不同于陈帆做的传统手机,是一种移动市话,号称穷人的手机。”

“这个人叫什么?”

“叫丛敏之。我当时认为这个项目市场潜力很大,但是如果弄不到中国电信的牌照,根本无法上市销售。我认定中国电信这种垄断霸主一定不会给小畅通开绿灯让它来分割自己的市场,一定会灭掉它。所以就没谈成。没谈成还有一个原因,这个丛敏之张口就要一个亿的投资,我当时上哪找这一个亿去啊。”

“别忘了,你现在仍然没钱。”

“当然不会忘,我没钱你有钱啊。”

“我的钱现在还和你无关。”

“这我知道。没想到这以后,这个不屈不挠的丛敏之一连找了五家投资商最后居然找到了林磊。当时林磊刚从股市上套现 20 亿正想投资,结果两人一拍即合。更没想到丛敏之和林磊合资的这个畅通公司不到半年就火起来,连下南方 5 省,而且大赚其钱,半年就盈利 300 万。”

“畅通的电信牌照是如何解决的?”

“据说是林磊搞下来的。他也没有磕下了中国电信,而是通过各省的电信局玩了一个变通。”

“这么说小畅通倒是个好项目?”

“是个绝好的项目,以后很难找到这样可以迅速崛起的好项目了,可惜它已被林磊收入囊中了。”

“这说明的你的市场眼光和魄力都不行,这个项目还有挽救的可能性吗?”

“没有,完全没有。它在林磊手里,林磊又是我的死敌。”

“我听你的创业故事中,好像有使美人计盗取 POS 机专利技术这么一段,你为什么不能故伎重演呢?”

“美人计老用就不灵了,而且美人计对林磊毫无用处,我太了解他了。”

“不用美人计,还可以用其他的计谋,不是有 36 计嘛。”

“和林磊斗,我胜算不大。”

“你以前不是胜过吗？如果你能连人带技术把小畅通挖过来，我可以投资。不就一个亿吗，我还拿得出。”

“那我就试试吧，如果不行我再找别的项目。我雷云就是踏破铁鞋走遍天涯海角也要把这个新项目找来，找不来项目你不投资呀。”

“看来你是瞄上我的钱袋了。”

“我瞄上的不仅是你的钱袋，还有的你玉体。”

“厚颜无耻。”

穆丹骂完了还是没有拒绝雷云的拥抱。

11

雷云在决定颠覆林磊的小畅通项目时，首先做了不少调研工作，目的是寻找林丛联盟的软肋。幸运的是这个软肋很快被他找到了。

这个小畅通合资项目的软肋是一方满意一方不平衡。不平衡的当然是丛敏之。丛敏之一开始就对林磊给出的股份和年薪不满，等到项目启动顺利盈利迅速而丰厚后，丛敏之的不平衡就加剧了。他认为小畅通的火爆主要是团队和小畅通专利技术之功，是他丛敏之之功，一个亿的投资并非主要因素。展望未来，一个亿投资很快就能收回，届时他手中的股份与林磊手中的股份就严重失衡了，他丛敏之做了一回亏本的买卖。

如果此时雷云不是找上门来，丛敏之也会找林磊摊牌要求增加股份和年薪，就像当年陈帆找乔山一样。

雷云来得正逢其时。两人的第二次会谈气氛不同于第一次了。

“丛总，是我有眼无珠没有看出你和你的项目的巨大价值，使我和你失之交臂，我是追悔莫及啊。”

“不能这么说，当初雷总还是出于谨慎。我这个项目现在也不能说大功告成，因为只要中国电信攻不下来，小畅通的全国市场就打不开，而且现有的南方5省市场也可能丢掉，因为只要中国电信有意封杀，小畅通必死无疑。”

“是有这个风险，但也有公关拿下中国电信的可能。到那时，小畅通必定风靡全国，市场前景不可限量啊。”

“当然,如果拿下全国牌照,我对小畅通的前景是有信心的。”

“丛总这么好的团队和技术,才换来15%的股份,60万的年薪,太不值了。如果有投资商给你30%股份120万年薪,丛总是否会改换门庭?”

“有这个可能。合资双方都是利益约束没有道德约束。如何有投资方给我的股份和年薪翻番,我当然会认真考虑。这样就省得我跟林老板艰难讨要股份了。”

“如果我给你这个价码呢,丛总是否考虑跟我的飞鸣合作?我们失之交臂也可以破镜重圆嘛。”

“作为握有项目的创始人寻找选择投资方,股份和年薪只是合作的一个条件,还有投资方的实力和背景,这很重要。如果是李嘉诚给我投资,股份和年薪少点我也愿意,因为那样畅通借势就起来了。李嘉诚身后不仅是几百亿美元的资金,还有市场和渠道啊。”

雷云已经听出了丛敏之的弦外之音。

和丛敏之谈完之后,雷云立即去找穆丹。

“这件事可能有戏,我已经看出丛敏之的不满之心。林磊太精明,只给了他15%的股份,丛敏之不会跟他长久合作的。不过这件事必须趁热打铁,因为一旦丛敏之向林磊讨要股份成功,他就会死心塌地地傍着林磊了。而林磊给丛敏之增加股份的可能性很大,讨价还价时林磊很精明,该出手时他也决不会手软,他也是一掷千金的主儿,气魄远在我之上,而且不输陈帆。”

“那你抓紧啊,现在进展怎么样?”

“我和他的谈判还算顺利,我开出的价码是林磊的一倍,他有些动心。之所以没谈下去是因为他不认可我的资金实力,看来他对我的底细也多少知道一些。我现在的实力和林磊相比太悬殊了,他的身价是80亿,我的身价接近零,难怪丛敏之嫌贫爱富,他不光是个玩技术的,还是个精明的商人。”

“现在你知道没钱什么也干不了了吧。这事好办,我跟你签署一个投资协议,协议中写清我向你的飞鸣投资10个亿,但这个协议是假的,是做给丛敏之看的。10亿也不会到你的账上。不过我可以先给你账上打过去3000万,这也是借款,除了用于策反丛敏之,其他地方不能用一分钱。”

雷云听完喜形于色。他已经知道眼前这个女人的财力远在七八个亿之上。

“太好了,这样一来我就有实力有底气了,策反丛敏之就有希望了。穆丹,你为什么对我这么好?你不怕我卷款潜逃了吗?”

“不怕。我之所以帮你,是我相信缘分。如果那天在海滨大道上你把我撞死了,我要钱还有什么用?”

“我是肇事者,是给你留下三处伤痕的罪人,结果你倒是把我当好人,你的心真善。”

“谁说你是好人了?谁说我心善了?我只是了结一个缘分,其他你别多想,也别自作多情。”

雷云听完,露出又苦又甜的笑容。

12

没有想到雷云与丛敏之的再次会谈仍然不顺利。尽管雷云拿出了那份投资协议,但丛敏之看完之后不为心动。

“祝贺雷总拿到了10个亿的投资,这样你就可以投资一个大项目了。现在IT业的好项目很多,这是个方兴未艾的产业,未来二十年,都会是新技术新项目层出不穷,令人目不暇接,技术更新和淘汰的速度难以想象。今天的IT巨无霸就可能是明日黄花,今天的小公司就可能是明天的行业霸主。”

“丛总对IT行业的发展趋势了如指掌啊。”

“在什么山唱什么歌嘛。如果雷总需要我帮忙,我可以帮你引进一个IT新项目,这对我不是什么难事,我的日本同学手里有项目有技术好几个呢。”

雷云看丛敏之顾左右而言他,心中不快。他万万没想到他拿来的这个协议弄巧成拙了。丛敏之以前并没有完全摸清雷云的底细,他原先估摸这个到处寻找新项目的雷云手中的投资资金不过几个亿,没想到雷云根本没钱,能拿出来的10个亿投资资金还是别人的投资。丛敏之是不会同这种实力的老板合作的,他要寻找的是能给他更多股份的比林磊实力还雄厚的老板。

如果丛敏之知道,就连雷云拿来的这份协议也是假的,就连这10个亿投资资金也不是他能用的,丛敏之根本不会浪费时间与雷云见面。

“谢谢丛总的好意。我还是钟情于你的小畅通,还是希望我俩能够合作一把。”

“谢谢雷总的诚意。现在看我们合作的可能性基本没有了。因为上次谈话后,我对林总做了试探,发现林总给我增加股份的可能性很大。迄今为止,我们的合作还是顺畅和愉快的,我不会轻易改换门庭的,因为那样的成本太大,而且有损我在业界的信誉。团队和专利技术一起带走这件事真要操作难度大得很,我和林总是有合资协议的,而且购买小畅通专利技术的5000万也是林总出的,团队和专利都不再属于我个人,真要分家这个账是很难算清的。”

丛敏之一下子堵死了雷云的路。

“那就从长计议吧。”

雷云说完就站起身来,这次谈判的结果是不欢而散。

雷云是乘兴而来败兴而归,心里又是一片愁云惨淡。

穆丹看到雷云满脸沮丧地进来,就知道他没谈下来。

“怎么还没谈下来?”

“弄巧成拙谈砸了。不亮出你这10亿投资,还有一线希望,亮出来反而砸锅了。丛敏之根本没把这10个亿看在眼里,他要找的是比林磊实力还雄厚的老板,也就是资本上百亿的老板,上次谈判时他还跟我提到李嘉诚,他的野心是我根本无法满足的。”

“这个丛敏之是日本什么学校毕业的?”

“东京工业大学,不算日本名校吧?他要是东京大学出来的,还不定狂到什么地步呢。”

“他多大年纪?”

“资料上好像写着32岁。”

“他长得什么样?”

雷云尽其所能描绘了一般。

“好了,这件事交给我吧,我过两天去见他。”

“丛敏之你认识吗?他是你的日本留学同学吗?”

“这你就别管了,我是飞鸣的投资人,当然有资格去跟他谈判。你在榕城等我的消息吧。”

“好。”

穆丹的话又让雷云心中燃起了希望之火。但火苗很微弱,他怀疑穆丹亲自出马能否搞定丛敏之,除非她有100亿。

此时,雷云又想起了田丹羽,想起田丹羽几次在危难中挽救他。

难道我雷云此生离不开女人了吗?

两周之后,穆丹把畅通的团队和专利一起端回来交给了雷云。雷云喜出望外简直不敢信其真。

"穆丹,你也太神了,我这是做梦吧?"

"不是梦,丛敏之和他的团队已经到飞鸣公司了。"

"你是怎么做到的? 难道你手中真有100亿?"

"我没有100亿,我的全部资产不过十几亿,我挖人不靠钱。"

"那你靠什么?"

"这你别管,这是我的秘密。这个秘密你以后也不能打听。现在你团队专利产品都有了,资金嘛,我那3000万你可以当作公司的流动资金了。畅通已经开始盈利,用不着大投资了。我们之间那10个亿投资协议从此作废,你再跟我补签一个3000万的投资协议。那3000万是投资,不是白给你的,我是要在公司占股的。"

"那当然,飞鸣的股份你要多少都成。"

"我只要3000万投资应得的股份,你送的我不要。你跟丛敏之合资后,飞鸣的股份也不是你一人说了算,丛敏之还是拥有30%股份的二股东。"

"这我明白,我会立刻重建飞鸣的股东大会和董事会,将来一切按章程办。我知道丛敏之是个非常成熟非常认真的企业家,别看他从商时间不长。"

"我把丛敏之和小畅通给你连锅端来之后,你要是再做失败,那你可就是天字第一号的大笨蛋了。"

"你放心,飞鸣的腾飞指日可待。"

13

这次雷云没有吹牛。飞鸣有了丛敏之和小畅通后三个月就起来了,半年之后的利润就突破了5000万元。公司上下和穆丹都知道这主要是丛敏之的功劳,他雷云仍然认为他是首功,因为他是飞鸣通讯的大股东和董事长。贪天之功据为己有的事雷云已经驾轻就熟。

丛敏之消失了三个月后,主动找到林磊谢罪。

“林总,对不住了,我来是向你谢罪的,顺便把畅通公司的事做个了结,也把你的补偿款项结清。”

“你再不来找我我就要起诉你,让法院通缉你了。”

“我知道,通讯商圈就这么大我能跑到哪去。”

“我们合资时,给你的股份是少了点,但股份比例是可以调整的啊。畅通效益如此惊人,别说30%,就是35%我也是可以答应你的,何必不辞而别呢。你要是攀高枝重找大靠山,我也理解,你要是投奔李嘉诚或者孙正义,我还会祝贺你。可是你跑了半天竟然投在雷云门下,你知道他是什么人吗?他可是亲手做败了三个企业的败将啊,再说他手里也没钱啊,一个亿都没有,你的这个行为我是百思不得其解啊。你是个非常精明的人啊,怎么能干出这种蠢事来?”

“如果冲着雷云,我是不会背叛你的。我是冲着雷云新找到的投资人去的。这个人在我的生命中有特殊意义,她让我走,我是不顾名誉不计损失一定会跟她走的。”

“这个投资人是个女的吧,是你的红颜知己吧?”

“比红颜知己还重要得多。这是我的一个隐私,恕我不能相告。”

“既然你有难言之隐,我就不多问了。至于补偿款项的事好谈,人都走了,我也没有必要用钱来说事了。买卖不成仁义在嘛,天下本来就有许多钱搞不定的事。”

两人经过谈判,很快签署了补偿协议。丛敏之付给林磊6000万作为补偿资金,分期交付。其实林磊在这个项目的损失是难以估量的,别说6000万,就是几个亿也打不住。

而且不单单是金钱的损失,还有时间精力和机会成本。

丛敏之与老东家了结之后,回到飞鸣开始全力冲击小畅通的市场。可是三个月后,丛敏之的团队竭尽全力只敲开南方一个省市的市场,在北方数省一无所获全是败绩。

丛敏之意识到依靠省市电信搞变通之路已经走不通了。小畅通要想在全国市场占一席之地分中国电信手机市场的一杯羹，就必须攻下中国电信，拿到全国牌照。

这件事是他无能为力的，他只好去找董事长雷云和股东穆丹。

雷云知道该他出马了，政府公关是他的强项。

这次公关他没有单枪匹马干，而是拉上了穆丹。在他眼里，中国商界的女强人没有一个不是公关高手的。

穆丹开始不愿去，但是丛敏之告诉她，没有这个中国电信的全国牌照，小畅通难以为继有半路夭折的危险，为了帮助丛敏之她只好出马与雷云一道公关。

雷云和穆丹只用了半个月时间就拿下了一位中国电信的副总，一个月后，飞鸣通讯就顺利地拿到了小畅通的全国市场牌照。

这次公关之所以这么顺畅，是因为雷云和穆丹他俩出手不凡，一出手就是3000万。

这笔钱支出后，再加上要陆续支付的林磊的补偿费，飞鸣公司出现了资金困难。不得已，穆丹追加了2000万投资，同时又为飞鸣拉来两个新股东，每人投资3000万。这样飞鸣得到的投资就达到了1.1个亿，超过了林磊当时的投资。其实这1.1亿穆丹自己也拿得出，但她不愿一个人承担风险，同时也不愿意一人独享看得见的丰厚回报。她拉来的两个新投资者，都是女的，是她的姐们儿，也是和她一样没有职业赋闲在家的富婆。这样的富婆大多扎堆在北京上海，但榕城也有不少，没人知道她们到底有多少钱，更没人知道她们的钱是怎么来的。这是私密也是商业秘密。

有了全国牌照之后，飞鸣通讯的小畅通靠着低话费迅速抢占了全国市场。一年之后，飞鸣通讯的营业额突破3个亿，利润7000万。两年之后，飞鸣通讯的营业额突破7个亿，利润1.2个亿。两年增长了100倍 。

飞鸣通讯奇迹般崛起了，而且崛起的速度并不逊于安隆生物。

雷云终于东山再起再造辉煌了。

在飞鸣通讯合资后两年的庆功宴会上，一醉方休的雷云对酒当歌：

“苍天有眼，我现在终于可以面对林、陈四人帮了。”

然而再次发迹的雷云又开始故态萌发旧病复发了。他又开始头脑膨胀忘乎所以,又开始背信弃义抛弃朋友,又开始频出昏招连下臭棋,致使如日中天的飞鸣通讯很快就陷入了危机之中。

2007 年的雷云几乎与 1997 年的雷云一模一样。

江山易改本性难移,性格决定命运。

三十三、海洋

CHAPTER 33

1

林磊两次扩张投资均以失败告终,两个亿投资扔下去,损失了一多半。两次投资失败对林磊的打击并不算重,因为不到两个亿的损失并没有伤到他的筋骨。当然这么一大笔投资打了水漂,也不能说是只伤及皮毛。

原来林磊期望的是50%的投资成功概率,结果他得到的是100%的失败概率。出师不利两次完败,教训肯定是沉痛深刻的。

为了反思投资失败总结其中的教训,林磊独自跑到武夷山中,在五曲隐屏峰下的紫阳书院里住了7天。

武夷山林磊以前来过两次,闽人哪有不游武夷的?但那两次都是来去匆匆没有住。林磊第三次到武夷山可不是来游玩的,他是来反思总结澄清开悟的。

紫阳书院是千年书院,它的前身是大名鼎鼎的朱熹建的武夷精舍,朱熹曾经在这里讲学十年。大学时代,眼睛和心灵都盯着西方的林磊对儒家的东西不怎么感冒,对程朱理学很反感,对朱熹的"存天理,灭人欲"尤其反感。如今他选择紫阳书院住宿,一是因为这里环境清幽,二是因为他对儒家和朱熹的态度已经改变了。年轻时代的林磊可以说是身心俱向西方倾,历经挫折饱经沧桑几经沉浮人到中年后的林磊,已经回归理性回归中庸了,已经是东西融合东西并重了,已经可以对西学和儒学兼收并蓄取舍扬弃了。因而在林磊的人生哲学和企业文化中西方的现代的东西不少,东方的儒家的东西也不少。虽然他并不相信什么现代商战的真经都在孙子兵法之中,什么亚洲四小龙的崛起都是儒家文化之功,但他相信剔除糟粕后的中国文化和儒家文化还是有生命力的,中国的成功企业家可以不去标榜什么儒商,但不可以不吸收儒家文化的精华。

林磊住进紫阳书院之后,先不去想投资和企业的事,而是拿出三天时间,认真研读自己带来的四本书。一本是当代西方哲学精要,一本是中国哲学史,一本是现代西方管理学,一本是四书集注。所谓研读也是择其重点读,仔细通读他是没有时间的。

每天书读累了,林磊就满山转悠。武夷山是道教佛教的胜地,千年古刹和千年道观都有。林磊在桃源洞观徘徊时想起了佛道的千年之争,他是既不信佛也不信道,相比之下,他对中国化了的佛教特别是禅宗还有点兴趣,对道教就毫无兴致了,而且总觉得它有股邪气。

其实武夷山最有名的道观是冲佑观,李商隐、辛弃疾和陆游都曾到观里来学道,可惜这个全国九大道观之一的冲佑观现在只剩下遗址了。

林磊站在冲佑观的遗址上浮想联翩。“身无彩凤双飞翼,心有灵犀一点通。”李商隐学道还可理解,怎么辛弃疾和陆游也来学道?

“醉里挑灯看剑,梦回吹角连营。”“把吴钩看了,栏杆拍遍,无人会,登临意。”豪气英姿千古一人的辛弃疾怎么会去学道?

“一身报国有万死,双鬓向人无再青。”“死去方知万事空,但悲不见九州同。”忠肝义胆浩气长存的陆游怎么会去学道?仔细想想,唐宋时代的诗人,除了佛道儒,还有什么思想精神资源?官场失意了,人生参透了,入世的儒教不灵光了,他们自然会转向出世的佛和道。

当代人的思想精神资源可谓丰富,然而在一个信仰轰毁物欲横流精神空虚的时代,眼下中国有幸爬上来的官员和有幸发了财的企业家,不少人还是求佛求道,只不过许多人都是暗中进行罢了。林磊认识的不少八闽民营老板,一旦企业成功了自己发财了,立刻跑到武夷山来烧香拜佛也拜道教真人。为何要烧香要拜?还不是要让佛祖和真人保佑他的企业和财产。

林磊在武夷山游逛时,寺庙也进了,道观也进了,就是不烧香也不跪拜。他不需要如来佛或是菩萨来保佑他的企业,也不需要太上老君或是八仙来保佑他的财产。他的信仰也曾轰毁但又重建,他的理想和梦想还在,他的心中还是装着改革开放大业的,他追求的还是中国崛起民族复兴,因而他不把自己的创业看作是完全个人的事,他创业的动机也不仅仅是为了自己发家致富。安隆生物一旦变成了上市公司和公众公司,就不再是他个人的公司家庭的财产了。将近2个亿损失了,他也心疼,但他更痛心的是投资的失败,更揪心的是失败的原因和影响,是失败的教训和启示。

2

从第四天开始,林磊开始反思投资失败。

他白天四处游山,边走边想,晚上独自面壁,冥思苦想。

住在紫阳书院里,书院里到处可见朱熹的诗文手迹。朱熹的两句名言:"唯能不为,是以可以有为,无所不为者,安能有所为耶?""知之愈明,则行之愈笃;行之愈笃,则知之益明。"对他很有启示,他把它们抄在了笔记本上。

企业家必须有所为有所不为,无所不为的企业家是一定要碰壁的。世界上没有无所不能样样精通百战百胜永远成功的企业家,我林磊不但不是全能,而且还有很多短板。商海游泳二十多年,我应该有自知之明了。财务管理、资本运作、企业上市、市场感觉、高管驾驭,这是我的长项;而企业管理、产品营销、技术研发,这是我的弱项和短板,尤其是不懂技术,是我最大的短板。

投资小畅通和甜菊糖,就是"无所不为者,安能有所为耶"。小畅通是高科技产品,自己不熟悉,甜菊糖是食品化工产品,自己更陌生。贸然同时进入两个陌生领域,风险一下子放大了许多倍。之所以轻易拍板,就是犯了过分自信和经验主义。安隆生物的大获成功,多少让自己的头脑有些膨胀,以为自己是个无比精明眼力过人的投资家,是个无所不能无所不通的企业家,以为自己可以轻松成功投资控股安隆,就可以轻松成功投资任何其他企业,有了第一次投资成功,就会有第二次第三次投资成功。人们都说,失败是成功之母,其实成功也是失败之母。祸兮福所倚 ,福兮祸所伏。正是安隆公司的成功孕育了畅通公司和代糖公司的失败。这就是我的开悟。

"知之愈明,则行之愈笃"。投资畅通和代糖还是知之不明,对通讯行业和代糖行业都没有吃透,对两个手拿项目的职业经理人都没有吃透,所以两项投资都有些盲目。

畅通公司失败的教训是什么?教训是人比项目更重要,人的职业道德和操守比能力才干更重要。小畅通项目本身是个好项目,它的潜在市场也基本看出来了,但是对于项目负责人对于丛敏之没有摸透。他的市场感觉项目运作能力管理能力以及聪明才智个人魅力都很好,而且不是一般地好,但是他的职业道德有问题,他太想做老板太计较个人利益,这样的人是很难合作很难驾驭的。投资老板如何对待有能力有野心的强势职业经理人,这是个需要很好探讨的大问题,因为在以后的投资创业中还会遇到这样的人。

代糖公司失败的教训是什么?首先是要慎重进入完全不熟悉的行业。对于通讯手机行业,我多少还有些了解,对于甜菊糖对于食品化工,我从未接触过完全陌生,怎么能贸然进入?

其次就是要慎用跨行人才。隔行如隔山,人都有局限性。行业之间有时是可以相通的,有时是难于跨越的,因为每个行业的水都很深,更别提其行业潜规则和技术含量。卖鸡蛋的是一度比搞导弹的挣得多,但你能让卖鸡蛋的老太太去玩导弹吗?

乔布斯做苹果电脑时,曾经不惜代价从百事可乐挖来一个市场总监,结果是卖糖水的就是卖不了电脑,这位市场总监不但把苹果公司推到了绝境,而且把乔布斯赶出了他自己创建的公司。所以乔布斯说,引进这位市场总监是他一生中犯的最大的错误。

代糖公司为何会一把火烧光?就是因为技术、设备、管理都不过关。实践证明我投资甜菊糖和聘用陶凯是个很大的错误,因为他完全是个不称职的职业经理人,他根本做不了经理。我使用宋利民也是个错误,宋利民是个人才干将,但他是学贸易干贸易出身的,根本玩不了食品化工,他一点都不懂,而且短时间内也学不会,我是赶着鸭子上架,结果酿成大错。这个责任在我不在宋利民。当年诸葛亮挥泪斩马谡,其实丢失街亭的主要责任在诸葛亮不在马谡,因为诸葛亮早知马谡是个不堪重任的将领。诸葛亮不该杀马谡,而应像曹操一样割掉自己的一绺头发了事。

林磊在武夷山反思总结了七天,他把自己反思总结的结果都记在了笔记本上,也铭刻在自己的心上。

七天之后林磊下山了。他是不会因为两次失败而停止投资的脚步的,他又开始寻找新的投资项目了。

3

林磊在进行第三次投资之前，做了一件大事，那就是树大旗招旧部，成立组建海山四同集团。

集团的名字当然是林磊起的，为何叫海山？首先它表明这家企业与山海集团有联系，他的创始人是原山海集团的副总，他的核心团队主要是由山海集团的老人组成的。其次它表明，这是一家有海有山的沿海企业，是一家八闽企业。叫山海肯定不成，因为苟延残喘的山海集团还没有退市，叫海山也是别有深意，表面上只是词序的颠倒，实质上它的内涵和外延也发生了变化。山海集团把山放在前面把海放在后面，意味着企业的稳定是第一位的，企业的开放是第二位的。山海公司的企业文化中也强调团队合作，陈帆的百年老店，雷云的永续辉煌，其中都有"山"的精神。可惜，山海集团并没有像山一样屹立不倒，而是撑了不到二十年就名存实亡了。林磊如今把山海掉了个个变成海山，他是有意把开放包容变化放在企业文化的第一位，把"海"的精神放在第一位，把稳定巩固的"山"的精神放在了第二位。在以后的海山集团企业文化打造中，林磊也是绝口不提百年老店，反而常说铁打的营盘流水的兵，常说做企业如同海里行船，要时刻观察风云变幻，要时刻观察潮起潮落，企业航船要随波逐流，要巧借风力善借水力，逆潮流而动必遭灭顶之灾；要乘风但不能破浪，只有顺风顺水的企业才能直挂云帆济沧海。

海山后面为何还要加上四同？林磊的四同就是同心同德同甘同苦八个大字。同心同德，无须解释，林磊用这两同强调企业高管和员工要有共同理想共同愿景共同道德共同价值观；同甘同苦，也字面清楚，但林磊赋予这两同更深的内涵：苦，是指艰苦奋斗苦拼苦搏，同时也指一同吃苦一同受穷一同负债一同负责，甚至一同破产一同跳楼。当然企业处于危难之时，跳楼的只能是老板，高管和员工是不会跳楼的，这时是不能强调田横五百壮士精神的，所以林磊的这两同，是同甘同苦而不是同生同死，所以林磊总是强调员工要有家的感觉主人公的精神但不能有人身依附。甘，这里指的是全体员工不仅要共享企业的成功辉煌，而且要共享企业创造的财富。所以林磊的"甘"里有共同创业共同富裕的精神，有不为老板打工为自己劳动的精神;“甘”里面有全员持股,有利润共享,有绩效奖金挂钩,有论功行赏重奖大赏。简言之,林磊的四同就是同心同德同甘同苦打造中国的500强企业,造就八闽的成千上万的亿万富翁。

海山精神加上四同内涵就是海山四同集团企业文化的核心。

这个海山四同的企业文化从何而来?它不单单是林磊脑子里臆想出来的,更不是从天上掉下来的,它是林磊在二十多年商海生涯中悟出的道理,它是林磊荣辱浮沉成功失败的总结,它是山海、海融、安隆、畅通和代糖多家公司实践的提炼和升华,它也是林磊6年牢狱之中的顿悟,它更是林磊人格道德信念理念的集中体现。

林磊的创建企业集团是先注册先建立企业文化然后再招兵买马的。

创建时,林磊先在榕城的黄金商圈买了一座20层的办公楼。公司在工商注册之后,这座海山四同大厦的大门口就挂出了“海山四同集团”的金字招牌。随后,林磊把以海山四同为核心的企业文化制成布告牌,钉在每间办公室的墙上,董事长的房间里有,传达室的墙上有,连走廊过道库房卫生间都有。

在林磊眼中,所有这些就是一面旗帜。当他把大旗呼啦啦树起来之后,就要重招旧部招兵买马了。

这时的林磊是真正振臂一呼应者云集,其感召力诱惑力吸引力都远大于当年的陈帆和雷云。

最先聚拢过来的是郑鸿飞、乔丽娟、袁东和程素四员大将,紧接着,又陆续过来了三十多位山海老人,中层精英,骨干员工,技术尖子,销售人才,一应俱全。当然林磊对山海老人也不是照单全收,不是任何一个山海老员工都可以轻松转变成海山新员工,林磊的甄别和重新考核是很严格的。海山四同集团创立之初,门槛就很高,等闲之人是进不来的。

跑来投奔林磊的山海老人,也都会掂量掂量自己的身价和实力,也会考虑一下自己同林磊的关系,考虑自己留给林磊的印象,不管不顾贸然跑来的人很少。他们都知道,林磊首先需要的是人才,其次才会考虑旧部的关系。他树大旗收编旧部是为了干大事业,他是求贤若渴胸襟开阔的老板,也是眼光很毒要求很高的老板,不是收容大队的队长和慈善机构的负责人。

林磊的收编旧部工作持续不到一个月,一个月后山海老人中能来的和他想要的人基本都到齐了。老领导新企业,老友重逢,大家都很兴奋。

人到齐之后,林磊给大家开了一个座谈会。他在会上说:

“今天咱们是老友重逢同创新业。人还是原来那些人,虽然几年不见,变化都不小,再变也还都认识;但企业变了,是城头变幻大王旗了,不是山海变成海山了。海山四同的企业文化大家都看到了,海山对山海会有继承,山海的好传统好精神好文化,咱们都要继承下来,但海山四同更多是创新,毕竟另起炉灶了嘛。我创建海山四同集团后为何要用山海老人,就是因为老同事老部下老朋友,大家知根知底,相互了解和磨合的时间和成本可以省去了。衣服是新的好,人还是老的好。

“几年过去了,山海从辉煌走向衰败了,几经离合聚散,大家又重新聚在了海山四同的大旗下,这是一种缘分,也是一次新机遇。天下没有什么比老友重聚再创新业更痛快的事。我们曾经在一起奋斗过合作过,现在又要在一起摸爬滚打再创辉煌了。我刚才说过,几年不见大家都变化不小,我林磊也变化不小,尤其是经历了牢狱之灾经历了二次创业之后。但无论怎么变,我的信念理想价值观没有变,而且我经过总结升华后都把它们写进海山的企业文化中了,今后希望大家和我一起高举这面文化大旗,在八闽大地再打下一片新天地。

“干企业是不能搞个人英雄主义的,我林磊再强也需要团队需要骨干需要朋友。在海山的事业中,山海的老友对我弥足珍贵,是我的一笔宝贵资源,我一定会善待大家的,也希望大家再次精诚合作同心同德同甘同苦再过一把瘾。重招旧部的工作告一段落之后,我还要立刻向社会上招聘人才,要广纳天下英才,因为海山四同的事业很大,光靠山海老人是撑不起来的。今后海山大厦中将是老人新人并存,老人少新人多。我林磊是念旧之人也是性情中人,但在海山今后的创业中,我必须不分新旧一视同仁。今后,海山新老人的升迁机会相同,被开的几率也相同。在海山,旧情老人值钱,但更值钱的个人的品格能力和贡献。

“海山四同现在只有一家企业一个上市公司,未来海山将有几家企业甚至十几家企业,几家上市公司。海山的投资扩张才刚刚开始,虽然刚开始就受挫,但我不会停止投资脚步的。将来海山要介入的产业是什么,现在还不明朗,但肯定是 IT 产业以外的产业。我们过去都是做 IT 的,将来都要面临转行跨行的考验,都要从头学习从头干起,希望大家做好思想准备。宋利民是第一个尝试转行经营的山海老人,他失败了,但这不意味着山海的老 IT 人才玩不了新产业。我以前是吃财务饭的，后来不也干了 IT 和网络，两年前又玩了一把生物产业，不是也成功了吗？既然我要凭借山海老人创新创业，那么老 IT 人才的转行就是题中应有之义。我就是要用老人创新业，我也是老人，创的也是新业。”

林磊讲完之后，大家即兴发言，气氛热烈而温馨。

4

林磊完成了海山四同集团的组建和招兵买马后，就开始着手寻找确立第三个投资项目了。

这次自动找上门的项目仍然络绎不绝，他一个也没见，而是统统推给了新组建的投资部。投资部的总监正是乔丽娟。他对乔丽娟说：

“丽娟，这些送上门的项目，你们投资部先甄别研究着，需要洽谈时你出面谈。你谈好了认可了的项目再拿给我。我不是一朝被蛇咬，十年怕草绳，也不是说上赶着没买卖，送上门的不是没有好项目，但恐怕好的少，里面的陷阱也不少，所以你要格外小心谨慎。”

“林总，你放心吧。我们先慢慢研究着，看好了看准了再拿给你。”

林磊的第三个投资项目最后还真不是送上门来的，而是他自已亲手找来的。

在投资前，林磊回了一趟老家，确切地说是他外婆家。

林磊的母亲出生在海边的一个渔村里，后来嫁到榕城郊区，做了乡村小学教员。林磊虽然不是出生在大海边，但他对大海是熟悉的。

小时候，林磊时常回外婆家，帮助外婆捞海带。他喜爱到海边玩耍，最爱去赶海。落潮时，沙滩裸露了，礁石裸露了，没来得及与潮水一齐退下去的海洋生物也裸露了。他拿着小桶和小铁铲，跑到海边一通奔忙，凿海蛎子，拣海胆和小螃蟹。每当拣到海胆，他也像大人一样塞到嘴里就吃，他最爱吃的是小螃蟹，咬起来又脆又香。

这回林磊是同母亲一起回外婆家的。外婆早已辞世，但母亲的姊妹还在。到了老家后，林磊悄悄赞助了一笔钱，用来重修渔村的小学校，他又顺便考察了村里的养殖业。村里的养殖业主要是养殖海带，也有个别养殖鲍鱼和海参的，都是个体户，规模很小不成气候，所以渔村还没有富起来。

临走的前一天,林磊一人站在海边,面对茫茫大海思绪翻滚,他不由自主地哼起了那支熟悉的歌曲:

“小时候妈妈对我讲,大海就是我故乡。海边出生,海里成长……”

八闽人不是山的儿子就是海的儿子,林磊既是山的儿子又是海的儿子,主要是海的儿子,他对海的感情远远大于山,而海对他的影响也远远大于山。

林磊极目远眺,海天相连处就是祖国宝岛台湾。台湾比大陆的经济早起飞了二十年,台湾的IT产业不仅世界领先,而且他的海洋产业也很先进。林磊跟不止一个台湾商人打过交道。山海集团兼并引资时,他跟台湾的电子制造商打过交道,控股安隆时,他也接触过台湾的水果商。这个台湾商人当时要跟林磊谈的合作是,希望林磊能够代销台湾的水果,他来代销八闽的海产品,主要是海参和鲍鱼。当时林磊的注意力都在生物产业上,对水果产业和海产品都没有兴趣。

他和这位台湾商人一起吃饭时,对台湾商人不遗余力地推销台湾水果不以为然。心中暗想,你台湾是热带水果之乡,我们八闽的漳州和泉州也都是水果之乡,我们的荔枝和龙眼世界闻名啊。

安隆上市时,林磊又在美国巧遇这位台湾商人。他告诉林磊,他已经在大陆找到了三家代理商,他的台湾水果在大陆尤其是在北京上海卖得很好。

台湾商人的话对林磊很有启示。八闽和台湾的自然禀赋是差不多的,但产业发展阶段不一样,劳动力的素质和价格不一样。台湾的电子产业离不开大陆市场,台湾的水果产业也离不开大陆市场。电子产业和水果产业都是台湾的优势产业。那么什么是八闽的优势产业呢?八闽过去没有重化工业,现在也没有,改革开放后,八闽的IT产业和房地产发展很快,但这两个产业会成为八闽的优势产业吗?中国的IT产业中心在中关村和深圳,中国房地产市场更不会是闽人的天下。广阔的海岸线富饶的大海才是八闽的最大的自然禀赋,海洋产业才应该是八闽的优势产业。

林磊站在海边思考海洋产业时,正值中央提出要建设海洋强国的口号。

八闽是海洋大省,更应该是海洋产业的大省。

我是八闽人是八闽的企业家是海的儿子,开发海洋发展海洋产业是我义不容辞的责任。

进军海洋产业,这就是林磊独立海边两个小时想出来的投资新战略。

5

回到榕城后,林磊立即召开了海山四同集团第一次高管会议。出席会议共有5位集团高管:郑鸿飞、乔丽娟、宋利民、毕俭和钟平。前三位是山海老人,后两位是安隆的老人。

林磊的开场白直奔主题。

"各位,今天海山四同集团第一次高管会主题就是研究集团下一步的投资方向。我先提出一个初步构想,然后大家议一议,看看是否有可行性。以后集团的重大战略和重大投资项目,都要走集体决策的路子,由董事长林磊一人作决策的时代已经结束了。当然如果高管会议不能达成共识,最后还是由我来拍板。关于集团下一步的投资方向,我主张进军海洋产业,第一步先整合八闽的海产养殖,从鲍鱼海参入手,然后向纵深拓展。我的这个构想的理由是:一、八闽是海洋大省,海洋是八闽最大的自然禀赋,海洋产业应该成为我省的支柱产业优势产业。二、海山集团介人海洋产业符合国家建设海洋强国的战略。三、在座各位绝大多数是八闽人,都对海洋不陌生,我本人小时候也养过海带,海产养殖对于我们不算完全陌生的行业。四、八闽现有的海产养殖业已经具有相当规模,现在就是缺资金缺龙头产业缺站出来整合的人,我们海山集团完全有能力来整合八闽的海产养殖业,建设完整的海产养殖产业链,打造八闽的海产养殖旗舰。对于这个构想,各位有什么高见,敬请端出来。"

林磊说完后,大家开始热议。

第一个发言的是郑鸿飞:

"我同意林总的构想。我虽然是卖电脑出身,但我一直有海洋情怀,因为我是在海边长大的。山海衰败时,我曾经想过回老家养鲍鱼去。整合八闽的海产养殖产业比整合八闽的IT产业和房地产产业容易得多,对资金的需求也没有那么大。"

宋利民接着说:

"我看这个构想有意思。身为八闽儿女林则徐的后代,不在经济腾飞之际开发海洋,愧对列祖列宗。各位都看新闻了吧,昨天中国的第一艘航母下水了。

虽然它的前身是前苏联的瓦良格号,可现在下水的航母已经是中国人自己全部改造的,其实就用了瓦良格号一个壳,里面的发动机和所有设备都是国产的。这说明中国已经具备了制造航母的能力。我估摸,用不了三五年,中国的核动力航母一定会下水,而且还不止一艘,至少是两艘。”

宋利民没说完,郑鸿飞就抢过话头。

“大国崛起是离不开海洋的,无论是英国还是美国的崛起都离不开海洋和海军。当年打败了西班牙的英国皇家海军天下无敌,如今的美国海军更是没有对手,全世界仅有的12艘核动力大型航母都在美国人手里,美国海军能不独霸海洋吗?现在中国终于要发展航母了,有了航母,中国海军早晚要冲破美日构建的岛链,走向太平洋,美国海军称霸海洋的时代不会太长了。说到海军,八闽才是中国海军的摇篮和故乡啊。且不说海上丝绸之路起点的泉州港,就说中国的第一所船政学校,就在八闽;大清帝国海军,就是李鸿章的北洋水师,90%的管带都是八闽人。中国人谁也忘不了甲午海战的耻辱,八闽人更忘不了。中国要崛起必须要建设强大的海军。对于建造航母,咱们闽人使不上劲,因为航母肯定要放在上海和大连建。中国要做海洋强国,单靠海军靠航母不行,还要靠海洋经济和海洋产业。搞海洋产业,咱们都能使上劲。”

“郑总说得对,玩海产养殖,咱们都不算外行。上次林总把我派去搞食品化工,做甜菊糖,我整个一个不摸门,结果工厂烧了,一个亿投资打了水漂。这回咱们要是上海产养殖,我宋利民一定不会让代糖的悲剧重演。”

没等郑鸿飞说完,宋利民又抢过话题。

“海洋面积占了地球的七成以上,海里有石油有可燃冰有矿产有生物有无尽的宝藏,人类早晚要把目光从陆地转向海洋。开发海洋产业,生物工程技术也能派上用场。如果将来集团投资海产养殖,安隆研发中心也可以使上劲。”

毕俭说。

“收购兼并海产养殖企业这个活,可以交给我们投资部,这活难度不大,只要集团把收购数量定下来,我们就开练。”

乔丽娟已经开始谈投资运作了。

会上只有钟平一人表示了异议。

“我是皖人,是搞生物技术的,对海产养殖很陌生。海洋产业虽然可以成为八闽的支柱产业,但不一定要做海山四同集团的支柱产业,因为海山不是八闽的海山,而是中国的海山,是世界的海山。海山集团应该拿生物产业作为支柱产业,因为生物产业的利润比海产养殖高多了,而且海山已经有了一个非常成功的安隆,我们应该用手上的资金再打造几个安隆。如果海山集团一定要扩张投资,我建议不投海产养殖而投资基因技术项目。”

第一次高管会开了将近 3 个小时。

6

海山四同集团高管会议之后,林磊拍板集团实施进军海洋战略。这个战略的第一步是收购兼并整合八闽的海产养殖企业,建立海产养殖完整的产业链。

行动开始后,林磊身先士卒,他带着宋利民和乔丽娟两个集团副总,开展对八闽海产养殖产业的大调研。

三个月里,他们走遍了八闽沿海的所有地方,榕城、宁德、漳州、泉州、厦门,走访了大大小小几十家海产养殖企业,重点考察了三十多家较大的鲍鱼海参养殖企业。

考察结束后,三个人坐在一起对这些企业挨个梳理筛选,最后确定了 10 家候选鲍鱼海参养殖企业。投资目标初选结束,具体收购谈判林磊就全部交给了乔丽娟的投资部。

乔丽娟带领投资部的几员干将,与 10 家养殖企业逐一展开投资合作谈判。林磊给乔丽娟的谈判原则就一条,海山四同一定要控股,至于控股的比例,原有高管班子的去留和待遇,都由乔丽娟定夺。

从此乔丽娟开始了马不停蹄的奔波谈判,三个月过去,究竟谈了多少轮,连她自己都记不清了。收购谈判有的轻松有的艰难,有的谈判三轮就可以签订意向书,有的谈判六轮也搞不定。

谈判结束后,乔丽娟掉了几斤肉,她跑到董事长办公室对林磊抱怨:

“林总,跟着你干真累啊。”

“我这是自然减肥法,你一瘦立刻徒增一倍魅力,你应该感谢我呀。”

“再这么练下去,我非瘦成麻秆不可。”

“你知道中国入世谈判谈了多少年多少轮了吗？数不胜数啊。你才谈了多少轮，不就几十轮吗？创业艰难百战多啊，当海山老总没有不累的。”

“入世谈判是国际谈判，不是钓鱼台就是日内瓦，条件待遇我们能比吗？我们的谈判多数是在渔村，面对的不少都是农民企业家。”

“你不要小瞧农民企业家，中国成气候的农民企业家不得了，八闽最大的民营老板也是农民企业家，我也是农民企业家，你也是在农民企业家手下混饭吃。”

“林总，你算什么农民企业家，你父亲是城市工人，你是北京名校的高才生，你不过就是在农村呆过几年而已。”

“我的母亲可是农村户口的小学教师，我不光小时候在农村呆过几年，而且高中毕业后还在农村插队了两年，这些农村经历对我很重要，它让我把根深扎在八闽的土地上，让我时时刻刻不忘本不忘农民兄弟，当然它也会让我留下小农意识的尾巴，我必须时时提防这条尾巴，一旦发现立刻割掉。”

“现代人长尾巴那是返祖现象，你的尾骨很正常啊，我看见的不是尾巴而是你头上的角，这个角可是西洋角，更像西班牙斗牛的角。”

“小农尾巴西洋角都不好，都是成为出色企业家的障碍。丽娟，你再坚持一个月，等到收购整合的正式协议签订之后，我放你两月假，让你到欧洲休养去。”

“此话当真？”

“当真，我一生对你对你父亲做过的承诺全部兑现了。”

“那倒是。所以我甘心情愿跟着你拼命，累死了也不抱怨。”

“你刚才不是抱怨吗？丽娟，你放心，我会减轻你的工作压力的，签订正式协议时，我会让宋利民去帮你。不然，我把海山集团唯一的美女高管累垮了，我可付负不起这个责任。”

丽娟甜甜地一笑，出去了。

乔丽娟和宋利民最后一口气收购了 7 家海产养殖企业，其中 3 家是养殖鲍鱼的，3 家是养殖海参的，另外一家最大的企业是鲍鱼海参都养。这 7 家企业的收购意向谈判是乔丽娟出面的，正式签约谈判是乔丽娟和宋利民共同出面的，林磊只是在签字仪式上露了露面。虽然是总共涉及几个亿的大投资，林磊还是敢于放权。

乔丽娟和宋利民谈不下来的只有第8家育苗企业,不收购这家企业,海山的海产养殖产业链就不完整。收购吧,这是一家隶属八闽海洋研究所的国有企业,谈投资可以谈控股根本谈不下来。

这回林磊亲自出马了。

7

这家位于漳州的蓝星海产育苗公司规模中等,只有300多人,却是整个八闽海产养殖产业的苗种主要供应商。这家企业科技人员力量不弱,技术也算先进,效益一般。蓝星公司发展不起来的原因很简单,它虽然占据了海产产业链的高端,但没有下游产品,属于单打一企业,体制束缚严重。

蓝星总经理崔天成留给林磊的第一印象很好。林磊和他谈了不到一小时,就判断出这位崔总业务精湛观念也不旧,是个有心干事业的人,只是没有遇到合适的平台和机遇。

“崔总,蓝星成立已经10年了,为何没有发展起来?”

“体制不行,蓝星虽然已经从八闽海洋研究所分离出来了,虽然已经是企业了,但还是研究所的下属企业,仍然受落后的科研体制的束缚。公司的人事任免还是研究所说了算,利润还是大部分要上交。另外,海产养殖业的源头产品苗种的利润有限,因为你卖贵了,养殖企业就不买了。育苗行业也是过度恶性竞争,全国的苗企业有上百家,八闽的养殖户的选择多得很。蓝星要发展,必须摆脱体制的束缚,加大科研投入,培育出更优良的苗种,同时必须改变单打一的现状,要建自己的养殖场,不这样蓝星是发展不起来的。”

“既然蓝星现在缺的是体制、资金和下游产业,而我们海山集团这几样都有,为什么咱们不能合作一把?”

“林总,我是愿意与海山合资的。我也看出海山志在打造八闽的海产养殖龙头企业,这对我们蓝星是个大好机遇。可是乔总和宋总一定要控股收购蓝星,这恐怕办不到。海山是民企,蓝星是国企,民企参股国企是可以的,民企控股国企怎么成?海洋研究所不会同意,国家也不会同意啊。”

“崔总,你见过国家不允许民企控股国企的明文规定吗?”

"文件倒是没看到,但精神是这样的啊。前两年国家提倡的是国退民进,是抓大放小,最近风向好像又变了,国退民进不怎么提了,反而悄悄搞起了民退国进,蒙牛等明星民企不都被国企收购了吗?"

"风向是有点变,但我看这是逆流。中国改革进展到这分上,企业的体制应该不再成为问题。国企民企并存比翼齐飞共同发展应该是中国的特色。国退民进和民退国进都应该是正常的合法的。国企民企相互参股是大方向,既然国企可以参股控股民企,为什么民企不可以参股控股国企?"

"林总的观念超前啊,可我们观念还跟不上。海洋研究所现在根本不想卖掉蓝星育苗,因为我们现在还盈利,还是所里的小金库。所里只同意和你们合资,而且你们所占股份不能超过49%。"

"还是49%,开放多少年了,还是搞这一套,这一套已经过时了。国企合资允许外资和民营资本控股是早晚的事,是不可阻挡的大趋势。现在中央虽然没有明确提,不久的将来一定会明文规定。我看上面现在采取的是默认政策,民企控股国企已有先例,虽然很少,但并没有被叫停。而且海洋研究所和蓝星育苗又不是央企,连地方大型国企都算不上,为什么不敢尝试?我们海山与蓝星合资,只能采取一种方式,那就是海山控股蓝星,不是51%,而是70%控股,也就是说只能是海山收购蓝星,其他任何合作方式我们都不予考虑。而且我们不但要控股蓝星还要进一步控股海洋研究所。如果我们同你们谈不拢,我就会去收购青岛大连的育苗企业,我们也可能去收购台湾的育苗企业。总之,海山建立海产养殖完整产业链的决心是不可动摇的。"

"林磊,我是同意海山控股的,也愿意蓝星被海山收购,关键是海洋研究所所长不同意。"

"所长不同意没关系,咱们一起做工作,实在做不通,还可以请省里出面做工作,再做不通,我们就只好去找外省和台湾的企业了。这样蓝星就与大好机遇失之交臂了。"

"这样吧,我先去给所长做做工作,然后咱们三人再谈一次。"

"好啊,我等赵总的消息。"

一周之后,林磊又和崔总和所长面谈了一次。这次面谈时间特别长,整整谈了一天。但最后的结果是林磊把蓝星育苗搞定了。

林磊通过对蓝星育苗的收购,敏锐地察觉到,育苗和品种将是海产养殖的关键环节,也是目前八闽海产养殖产业的弱项,因而林磊对于产业链高端研发企业倾注了不少心血。在成功收购了蓝星海产育苗公司后,他又用了三个月时间,先后与八闽海洋研究所三位所长(崔天成也是其中之一),进行了9轮谈判。其中他与三位所长之间进行的有关国企民企体制的讨论就费时两个月。对此林磊是乐此不疲的,并不认为这是耽误工夫,反而有了重回学术界的感觉。

自从二次创业以来,林磊在商场上纵横捭阖左右腾挪上下折腾,时间和精力都投给了生意,与学术界渐渐疏远了,最忙最较劲的时候,连书报都没时间看了。与三位所长探讨国退民进和国进民退,让林磊重新过了一把学术讨论的瘾。虽然讨论还是实用主义的,讨论的目的还是为了收购为了生意,但毕竟是学术讨论,而且是理论联系实际的学术讨论,毕竟涉及到改革理论和改革焦点,这让林磊又有了一次系统阐述自己的改革观点的机会。讨论期间,三位所长共同的感受是,坐在他们面前侃侃而谈的不是一个投资家和民企大老板,而是一个学术造诣很高的经济学家和改革理论家。

为了搞定所里的三位所长,林磊除了不遗余力地向他们灌输新观念新理论之外,也动了真格的,包括给集团股份,给高薪给别墅。

三个月过去,9轮谈判之后,林磊成功控股收购了八闽海洋研究所。这个收购是悄悄进行的,双方都没有张扬,没开新闻发布会,也没有对外公开,连双方的收购协议签字仪式都是私下进行的。

民企控股国企,这是林磊的又一个创新,又一个理论和实践的突破。当年他在香港股市首开红筹股的先例,如今他又在内地八闽首开民企控股国企的先例。

林磊毕竟在中国改革界混过,而且有一个国家体改委司长的铁哥们儿。他深知改革的艰难危险和代价,知道改革创新者开拓者先行者的下场。中国第一代改革企业家,步鑫生、马胜利、褚时健……大多纷纷落马,中国历代的改革家,商鞅、王安石、张居正……大多没有好下场,中国的改革总设计师邓小平能够寿终正寝含笑辞世名垂千古,已经是个奇迹。

林磊知道枪打出头鸟,出头的椽子先烂,知道木秀于林风必摧之,知道创新挑头的风险,所以他控股海洋研究所时采取了低调隐蔽的方式,并且只做不说。实践证明他的这个选择是明智的,他率先进行的这次民企控股国企的尝试没有给他带来任何麻烦，而中国新一轮改革的全面启动和明文规定民企可以参股控股国企则是三年以后的事。

海山四同集团斥资5个亿一口气收购8家八闽的海产养殖企业和一家海洋研究所后，成立了海山海产养殖集团，完成了八闽海产养殖产业的整合。林磊任命崔天成为养殖集团总裁，宋利民为副总裁。

从此，八闽海产养殖的龙头旗舰企业横空出世。海山海产养殖集团一出世，就拥有了海产养殖从育苗、养殖到加工、销售的完整产业链。

它一诞生就是八闽最大的海产养殖企业。

8

海山海产养殖企业的收购和整合，大部分是由乔丽娟的投资部和宋利民完成的，林磊只出面搞定了一个蓝星育苗和一个海洋研究所。集团下属的一所八企业的高管班子，也是由海山集团的HR（人力资源部）完成的，林磊只负责海产养殖集团班子的挑选和任命。

当然全部收购需要的3亿投资是林磊亲自签字批准的。

敲定项目、搭好高层班子、投资拿钱，这是林磊认定的董事长应该干的事，三件事做完之后，林磊照例给海山海产养殖集团的集团高管和各分公司高管开了一个会，会开完了，他就算把海产养殖这一摊交出去了。就像当年他把安隆公司交给毕俭和钟平一样，他这次是把海山海产集团交给了崔天成和宋利民。从此林磊不再过问海产养殖的事，他开始思考下一个投资目标了。

林磊从安隆超脱以后就真的省心了。在以后的三年里，他就是每年到安隆去开两次股东会几次董事会，此外就安心当他的甩手掌柜了。

然而林磊从海山海产超脱之后就没那么省心了。他甚至没能做到真正的超脱，甩手掌柜也当了不到一年。原因是海山海产养殖集团成立后的第一年就遭遇重大自然灾害，先是台风暴雨的袭击，后是赤潮的袭击，结果海产集团成立第一年，鲍鱼减产90%，接近绝收，海参减产70%，集团陷入严重亏损之中。

林磊的第三次大投资又将以失败告终吗？海产集团成立运作一年时，集团亏损，公司混乱，高管迷茫，员工人心惶惶，这时林磊不得不重新披挂上阵回到生产第一线。

林磊首先调研鲍鱼海参大面积减产的原因,是纯粹天灾还是天灾加人祸,然后反思投资决策和集团战略。

林磊费时一个月调查的结果是减产原因主要是天灾。

鲍鱼的养殖现状还是高收益高风险靠天吃饭。过去的一年里,罪魁祸首主要是台风。其实台风每年都要光顾八闽沿海六七次。这一年的台风有点反常。9月间,热带风暴“狮子山”和第11号台风“凡亚比”袭击八闽,已经给集团的鲍鱼养殖企业带来很大损失。热带风暴和台风带来的强降雨,使养殖场的海水盐度降低,PH值下降,大量雨水携带的泥沙又严重污染了养殖水域,结果造成鲍鱼减产。

10月底,已经过了台风肆虐的季节,特大台风“鲇鱼”突然来袭,台风最大风力达到12级,在海中掀起滔天巨浪,冲毁了养殖厂成千上万的鱼排,把鱼排下面悬挂的网箱中的成熟鲍鱼席卷而去,只剩下零星残余鲍鱼的尸体混杂在泥沙里,一片狼藉,惨不忍睹。

养殖场的员工告诉林磊,那天的狂风刮了一整天,人都要爬着走,何况鲍鱼,这是八闽十年未见的台风灾害。台风过去不久,大面积的赤潮又出现在养殖场海域,造成鲍鱼几乎绝收海参损失大半。

至于集团高管和分公司高管的责任则是对自然灾害防范意识不足,缺乏应对预案,以及灾后收拾残局不力。毕竟这些高管中有一半老人一半新人,老人是指原来养殖企业的保留高管,新人是指林磊聚集的山海老人,这些人从IT转入海产是要付出学费和代价的。

林磊调研结束后的结论是这场灾害主要是自然灾害,是不可抗拒因素,是海山海产集团的劫难,是上天给山海集团的见面礼。

海山海产第一年的惨败,招致海山四同集团高层中层的不少质疑,质疑声音主要来自安隆生物。安隆的副总钟平甚至计算出来了3个亿投资基因技术和投资海产的投入产出比。结论当然是海山四同集团投资海产养殖产业的抉择是错误的,更有甚者,集团高管层已经有人公开谈论第三次投资失败的教训和开始问责了。高管层中个别人的问责胆量来自林磊的集团决策和民主作风,并非有意挑战林磊的权威。

9

林磊面对海山海产养殖集团的惨状心情沉重。

调研的最后一天,林磊在集团最大的宁德养殖场调用了一只养殖作业船,船上只有船老大和他两个人。船老大也是企业的员工,很年轻。

"董事长,养殖场您不是巡视过了吗?"

"今天咱们不看养殖场,你往大海深处开吧,能开多远算多远,只要别开到金门马祖去就行,我想看看海景散散心。"

"我明白了。"

作业船是柴油机动力,发动后很快就"突突"地向大海深处驶去。20分钟后,作业船就把海岸线和养殖场远远地抛在了后面。眼前是一望无际的蔚蓝色的大海,水天相连处也看不见任何岛屿的痕迹。

这一天风平浪静阳光灿烂,林磊站立船头,一任海风吹面,看着船头翻滚的白色浪花,望着远方壮阔无边的大海,他开始思索变幻莫测的商海,思索二次创业的道路,思索第三次投资的成败。

林磊独立船头遐想悠悠,不知不觉船行一个小时了。

船老大问:

"董事长,还往前开吗?"

"不是还没到金门马祖吗,开!"

"好嘞。"

作业船继续乘风破浪向前开。

不知何时,天空中突然乌云密布,狂风骤起,巨浪铺天盖地,作业船开始剧烈颠簸起来。

"董事长,咱们回去吧,船的吨位太小,扛不住大风大浪。"

"台风季节已过,掀不起大浪来,再往前开会儿。"

风越刮越猛,浪头越来越高,小船在浪尖波谷沉浮颠簸。船舱已经进水了,林磊的单衣也湿透了,可他依然兴致不减。

"让暴风雨来得更猛烈些吧!"

这是林磊的呼喊,还是高尔基笔下海燕的叫声!

林磊依然挺立船头,双手紧握船舷栏杆,他感受到了搏击风浪的快意,挺立涛头的潇洒,风口浪尖穿行的过瘾。当然他也感受到了危险,触礁的危险,翻船的危险,葬身海底的危险。我今天要是触礁翻船葬身海底,海山四同集团的命运会如何?是轰然倒塌树倒猢狲散,还是会重获新生?没有我的海山靠谁获得新生,靠林慧还是毕俭?企业的创始人老板董事长对于企业命运到底有多大影响?

就在这是,作业船的发动机突然熄火了,小船只能任凭风浪摆布,风雨摧残,随波逐流。

面对乌云翻滚恶浪腾空,面对被狂风巨浪裹挟左右的小船,面对惊慌失措无能为力的舵手,林磊的内心也是阴云密布波翻浪涌。

"若夫淫雨霏霏,连月不开;阴风怒号,浊浪排空;日星隐曜,山岳潜形;商旅不行,樯倾楫摧;薄暮冥冥,虎啸猿啼。登斯楼也,则有去国怀乡,忧谗畏讥,满目萧然,感极而悲者矣。"

这是范仲淹的《岳阳楼记》,是他小时候就倒背如流至今仍然不忘的名篇。

"城上高楼接大荒,海天愁思正茫茫,惊风乱飐芙蓉水,密雨斜侵薜荔墙。岭树重遮千里目,江流曲似九回肠。共来百越文身地,犹自音书滞一乡。"

这是柳宗元的诗,也是他中学时代熟记的诗。

范仲淹和柳宗元,不仅是林磊最喜爱的诗人,而且是他最钦佩的古代改革家中的两位,此外还有一个王安石,虽然他俩都是改革成果最小失败最惨的改革家。

当年范仲淹脚下是楼,如今林磊脚下是船,但林磊眼前的台湾海峡可比范仲淹的洞庭湖浩瀚多了。当年柳宗元写诗时面对的是柳江,如今林磊面对的是大海,但今人的心与古人的心是相通的。

"忧谗畏讥,满目萧然"也好,"惊风乱飐芙蓉水,密雨斜侵薜荔墙"也罢,宋人也好,唐人也罢,他俩的最大的悲哀都是遭贬谪,而林磊的最大悲哀是投资失败。

第三次投资真的又是完败吗?海山四同进入海产养殖产业真的是错误的战略抉择吗?如果是,这个责任谁来负?当然是拍板者董事长林磊。

如果三投三败,我林磊还是个称职的投资者吗?安隆的投资控股成功是不是偶然和撞大运的结果？我还有资格坐在集团董事长的椅子上吗？

一个小时过后，暴风雨停歇了，大海又恢复了平静。太阳又从乌云里钻了出来，又是阳光明媚蓝天白云。刚才狂暴恐怖的海魔王，又变成了温柔恬静的蓝色少女。就在这时，小船的发动机又自动启动了。

“继续向前。”

林磊再次发令。

航船平稳自由地前行，发动机的声音也变得轻松起来，成群雪白的海鸥上下飞舞，发出欢快的叫声。这叫声不是在呼唤暴风雨，而是在欢庆太阳的复出和大海温情的重现。

船行不久，眼前凸显一片清晰的岛屿，那就是金门马祖。

林磊下令返航了。归程再无风雨，只有碧海蓝天。

“至若春和景明，波澜不惊，上下天光，一碧万顷；沙鸥翔集，锦鳞游泳；岸芷汀兰，郁郁青青。而或长烟一空，皓月千里，浮光耀金，静影沉璧，渔歌互答，此乐何极！登斯楼也，则有心旷神怡，宠辱皆忘，把酒临风，其喜洋洋者矣。”

还是范文正的《岳阳楼记》。

“飞来山上千寻塔，闻说鸡鸣见日升。不畏浮云遮望眼，自缘身在最高层。”

这可是王安石的诗句了。

此时此刻，林磊还做不到心旷神怡宠辱皆忘，但“不畏浮云遮望眼”，他是做到了。他已经看到乌云消散也看到航行的目标金门马祖岛。

此番海上历险给了林磊什么启示？商海创业就像大海行船。企业老板就是航船船长和舵手。作业船的舵手表面是年轻员工，实际上是他林磊，因为前进和返航的命令都是他下的。如果依着船老大，风雨一来，他早就掉头返航了。

大海航行靠舵手，企业运作靠老板。

海上行舟，风浪是避免不了的，海上无风三尺浪，暴风雨也是避免不了的，滔天巨浪也是避免不了的，但触礁沉船是可以避免的，葬身海底是可以避免的，直挂云帆济沧海也是可以做到的，关键在于舵手。当然还有船。这艘作业船的确太小了，如果是一条巨轮，刚才这点风浪是无足挂齿的。但把小船换成大船，还得靠船长和舵手。

山海并不算小的航船为什么会触礁搁浅？关键是舵手雷云不称职，新腾后发快船为什么能迎头赶上?关键是陈帆是个出色舵手。那么海山这艘最后出发的航船呢?它的舵手林磊呢?

如果畏惧风浪害怕暴风雨,那么任何航船都在海上寸步难行;如果畏惧风险害怕亏损失败,那么任何企业都在商海寸步难行。大海行船是一场命运的搏击也是一场赌博,连泰坦尼克号这样的超级巨轮都会触礁沉没,连核动力航母都会被击沉,还有什么没有风险的船只和航行?商海创业也是一场命运的搏击和赌博,连雷曼兄弟这样的巨无霸企业都会破产倒闭,还有什么永远屹立不倒的企业?

一艘航船的吨位和质量,其船长的远见卓识、掌舵技巧和抗风浪能力,决定这艘航船的海上航行命运,而一个企业的文化和愿景,其老板的眼光魄力、驾驭技巧和抗打击能力,决定了这个企业的商海航行命运。

思考到这里,林磊看清了海山四同集团的方向和目标。第三次投资的目标,进入海产产业的战略,都没有错,海产集团的收购和整合是成功的,第一年的减产和亏损是暂时的,是一次风浪的洗礼和考验,是可以挺过去的,可以扭转的。关键是集团的董事长要矢志不移坚定不动摇,要找到化解危机的途径和扭亏为盈的办法,重振高管员工的士气,打一场绝地反击的翻身仗。

海山海产养殖集团第一年的损失不过就是几千万,这点损失林磊当然承受得起。几经磨难历经沉浮的林磊已经具备了很强的抗打击能力,眼前的这场风浪吓不倒他,也不会让他迷失方向。

“长风破浪会有时,直挂云帆济沧海。”

林磊大声吟诵李白的诗句。

当作业船靠近海岸线时,林磊完成了第三次投资的反思并做出另一个重大决定:投资承包海洋。

10

林磊怎么会想到承包海洋?原来就在两个月前,八闽推行林地产权改革,有地方官员朋友向林磊建议海山四同集团承包大片林地。

“承包林地虽然见效时间比较长,但收益可观,而且现在许多经济速生林几年就能收获。”

这位县太爷说。

“承包林地的事我们以后再讨论,因为我们集团的投资战略中还没有这块。陈县长,你管辖的地方有山有海啊,我想知道你们那一大片海域可不可以承包?”

“承包大片海域的事以前还没有过,承包近海滩涂倒是搞了很多年了,县里大部分养殖专业户都是承包户。林总怎么想起要承包海洋了?”

“我们海山海产集团的成立标志着集团大规模进入海洋产业,整合收购海产养殖企业养殖鲍鱼和海参只是我们的第一步,下一步我们还要养殖海马海藻等海洋生物,还要对海洋进行深度开发,这都要求我们拥有能自主经营开发的海域。另外,你也知道,今年赤潮泛滥,给我们的海产养殖造成巨大损失,而要控制和治理海洋污染,也需要我们有海域控制权。”

“林总总是在创新啊,你们控股海洋研究所就是一个重大创新,这件事其他老板想都不敢想。如今林总又要创新了,我可不是一个保守不思进取的芝麻官,我看承包海洋的事我们可以尝试,无非就是把农民承包的滩涂近海扩大范围而已。但这件事算是第一个吃螃蟹,会有风险。”

“风险由我们企业承当,我们可以先划出一片海域搞一个20年的承包合同。我们集团承包之后,就要对这片海域进行投入了,而且是长期投入,今后如果政策有变,我们的投入打了水漂,县里不承担责任,所有的损失全算在我头上。”

“如果林总这样说,我看承包海洋这件事可以搞成。”

“海山四同集团一旦承包海洋成功,也算是为民间开发海洋探索出一条新路,而且会大大拉动县域经济,将来这都是你的政绩啊。”

“只怕你们承包海洋见效益了,我也离开宁德县了。”

“那不要紧,你高升之后,这还是你的以往政绩啊。”

林磊总共与这位陈县长谈了两次,就同县里签署了承包海洋合同。承包资金和海洋投入加起来又是1个亿。

海山的海产养殖产业全面严重亏损,林磊不但不收敛不退出,反而继续投资加大投资,他的这个举动在海山四同高管层和员工中都引发了许多非议。

有人说:“林老板撞大运暴发之后,拿钱不当钱。”

有人说:“董事长是执迷不悟一条道走到黑。”

还有人说:“世界上的成功老板大都不会否定自己,错了也不会认账。”

这些话传到林磊的耳朵里,他知道是召开大会的时候了。

11

投资承包海洋后半个月,林磊召开了海山四同集团高管中管和员工代表大会。

大会在海山大厦的大会议厅举行,出席会议的人员达到百人,这个会开了整整三天。

第一天上午是董事长林磊讲话。

“同志们,我们这个大会就是要统一思想明确战略搞出集团下一步的行动纲领和细则。我知道,集团两次投资失败和第三次投资遭受重创之后,大家的思想有些混乱,对集团的战略有些怀疑,尤其是在海山海产养殖几乎绝产亏得一塌糊涂时,我又顶风而上继续投资承包海洋,大家对我这个疯狂董事长也心生疑虑,这都很正常。

“不久前,我乘着作业船在海上兜了一圈,差一点就兜到金门马祖岛。这次海上兜风碰巧遇见了一次暴风雨,又碰巧发动机熄火,差点触礁翻船。如果真的翻了船,我就见不到大家了。我个人的安危不重要,大家现在关心的是海山四同这艘航船的航向是否正确,船长和舵手是否称职,这艘船能否经受住风浪,会不会触礁沉没。因为大家都在这条船上,大家的前途命运也都维系在这条船上。

“我现在可以告诉大家,海山四同这艘航船正在扬帆起航,它的航向没有问题,它的船长和舵手也没有问题,眼前的这个风浪奈何不了它,它不是泰坦尼克号,不是在朝着冰山和礁石驶去,而是朝着彼岸朝着海山的远景目标劈风斩浪向前。

“前两次投资失败的教训,我已经在高管会上总结过了,那是海山四同集团成立前的投资项目,集团成立后的第一个投资项目就是进军海洋整合海产养殖产业,这个战略有没有问题?我看没有。我们这个战略不但顺应国家建立海洋强国的大战略,而且发挥了八闽的优势资源,这个战略虽然是我提出来的,但它也是在集团高管会议上取得了基本共识的。现在这个进军海洋产业的战略实施一年,遇到了大面积减产和严重亏损,然而这个减产和亏损主要台风和赤潮造成的。要看到,这种十年不遇的特大台风不会每年都光顾我们的养殖场,而赤潮也不是每年都发生的。况且,我们集团不会像养殖散户那样靠天吃饭,我们正在研究应对台风和赤潮的办法。

“我这次在海上历险的最大感触是商海创业与大海行船是一样的。海上行船不能惧怕风浪,同理,商海创业也不能惧怕亏损失败。‘不畏浮云遮望眼’这是我在海上想到的王安石的诗句。企业家就是要有敏锐的市场眼光和具有前瞻性的望眼,要能透过厚厚的云层看到前面的道路,或是说判断出前面的道路,是冰山和礁石还是光辉的彼岸。说到这里,会有人说,这个董事长是个赌徒,是在拿集团的资产和员工的命运来押宝,我决不是赌徒,但我是看清方向看准道路后敢于投资敢于冒险和不怕风险和失败的人。在需要的时候,我是不怕孤注一掷赌上一把的,包括赌上自己的身家性命,自己一生的事业前途。

“做企业不但要有锐利的鹰眼,还要有铁石心肠,有坚定的意志,有抗打击的能力,也就是承受力。海上航行肯定会遇到风浪,商海创业也肯定会遇到挫折失败,创业路上没有坦途,大家可以看一看身边的企业,包括那些最成功最辉煌的企业,看看有没有一帆风顺一马平川的企业,这样的企业全世界都没有,七灾八难九死一生才是企业生存的常态。如果你的神经脆弱意志不坚定,如果你没有抵抗打击挫折和失败的定力,一遇挫折就打退堂鼓,一遇风浪就掉头返航,那么你永远不会成功,你就没有资格在商圈业界混。

“我讲这些道理就是为了集团上下统一思想坚定方向执行战略。我可以负责任地告诉大家,海山四同集团前面的路我看清了,海山安隆生物的高速增长趋势无人能挡,海山海产养殖明年就能扭亏为赢,两年之后就将称霸八闽海产养殖业,三年之后就会成为中国海产养殖产业的龙头,五年之后就会称霸世界海产养殖业,君若不信,拭目以待。

“当然,我不是让大家真的擦亮眼睛站在一边看,看我一个人玩疯狂老鼠。我说过,海山四同的全体员工都在一条船上,别忘了我们集团的企业文化,同心同德同甘同苦,现在正是我们团结一致承受失败抗击风浪的时候,正是我们坚定方向坚定目标全力执行集团战略的时候。集团的大战略是我定的,但这不是我半夜躺在床上冥思苦想出来的,也不是我在海上兜风面对大海想出来的,这是我在认真做了市场调研之后,在征求了其他高管意见后,在集中了广大员工智慧后,做出来的。它不是狂人疯人之想,而是一个企业家战略家的精心构想。

"我这个董事长只管制定集团大战略,至于二级集团和各个分公司的战略,至于具体的战略实施方案和战术细则,就是在座大家的事。我们这个会为什么要开三天,下面的时间就是为了让大家充分发表意见,集思广益,制定出战略实施方案和战术细则来。我们这个会不是海山四同的遵义会议,没有不称职的中央领导要换,也没有错误路线要纠正,我们这个也不是庐山会议也不是三中全会,而是一个务实业务会。集团的大战略是不可动摇的,就是要咬定青山不放松,就是要死磕海洋产业,至于公司的小战略和战术,战略实施的细则还是要通过这个会落实的。

"具体要落实的有这么几条:一、如何统一思想坚定方向执行战略。二、安隆生物如何保住势头再上新台阶。三、海产养殖集团如何扭亏为盈,再具体一点,就是海洋研究所和育苗公司如何尽快培育出抗暴雨和赤潮的新种苗,在新种苗的培育过程中,安隆生物要给予援手,要把世界领先的生物技术运用到海洋产业中;就是各个养殖公司如何加强管理提高抵御自然灾害的能力,就是如何实现明年和第三年的大发展。四、集团承包海洋后如何开发利用,如何开展多种生物养殖。五、海产养殖集团如何突破'北鲍南养'这个难关,如何与青岛大连海产养殖企业竞争合作,何时开展对北方海产养殖企业的收购。上述这些具体方案都要在这个会上拿出来。我的讲话到此结束,下面进入分组讨论研究实施方案阶段。"

三天之后,海山四同集团冗长的大会结束了。会议做出了"坚定不移实施海山海洋产业战略"的决议,同时拿出了十几个战略实施方案和战术细则。

这次会议算得上是海山四同集团的一个里程碑。

12

集团大会之后,林磊再次从海产养殖产业的业务中超脱了。超脱之后的林磊把全部精力投入到第四次投资也就是集团成立后的第二次投资中。安隆单抗和鲍鱼海参的事,他一概不闻不问了。

海山海产养殖集团成立后的第二年,集团的鲍鱼和海参大获丰收,不但一年扭亏为盈,而且当年盈利超过6000万元。

海产集团成立的第三年,攻克了“北鲍南养”的难题,并与大连青岛海产养殖公司展开了大规模的竞争与合作。在竞争合作中,海山海产集团一举收购两家大连海产养殖公司、一家青岛海产养殖公司。与此同时,海山海产集团的海洋开发取得了长足进展,集团下属企业养殖的高附加值的海马和海藻也成功上市。

海山海产养殖集团成立的第四年,异军突起快速崛起,成为了世界最大的海产养殖企业。产值突破10个亿,利润突破3个亿。

这时世界鲍鱼和海参的产量四分之三在中国,而中国鲍鱼和海参的产量,四分之三在八闽在海山海产养殖集团。

这年年底,林磊成功地把海山海产养殖集团推上了香港股市。

从此林磊的海天四同集团拥有了两家规模庞大的上市公司,一家在美国股市,一家在香港股市。

海山海产上市之后,林磊又出人意料地对海山集团进行了一次重大战略调整。首先他把自己手中42%的安隆生物股份中的21%转让给战略投资者中国生物集团,这是一家有中科院生物所背景的巨型央企。他这样抉择有两层考虑:第一,未来的生物产业必将替代信息产业成为全球最大产业,未来世界产业竞争的焦点,中美商战的焦点必然是生物产业。生物产业不但将成为国家的龙头产业和核心竞争力,而且涉及国家物种安全战略,这样一个高度敏感和具有战略意义的产业,单靠私企民企是不行的,必然要靠国家队,必然要用举国之力才能为之。第二,林磊是向来主张打破体制界线和束缚的,主张民企参股控股国企,也主张国企参股控股民企,主张民进国退,也主张民退国进,主张调动国家个人两个积极性,也主张两翼齐飞两个发动机同时启动。他收购八闽海洋研究所是他参股控股国企的尝试,他向中国生物集团出让股份则是他引进国企股份和战略投资者的尝试,他这个大胆举动的出发点是为了安隆生物的长远发展,也是为了国家战略和国家利益。

之后林磊用转让安隆生物股份所得这一大笔资金做了三件事:

第一件事是拿出三分之一的资金设立了面向公众的弱势群体法律援助基

金。这是林磊履行企业家责任和回报社会的方式。成功企业家回报社会是毋庸置疑的,但回报社会的方式有多种。他没有效仿比尔·盖茨、巴菲特和多数中国民营企业家成立慈善基金的做法,而是搞了一个法律援助基金,他认为弱势群体最缺的不是钱而是法律援助。他自己就曾经是锒铛入狱的弱势群体,他深知这个群体的困境和需求。

第二件事是林磊用另外三分之一的资金设立了面向林氏家族的困难救助基金。还在二次创业之初,林磊就思考过家族企业的问题。中国是一个有着几千年宗法社会传统和家族观念超强的国家,身为一个中国民营企业家,谁也不能回避家族问题。何况随着改革的深入,家族企业的温州模式已经取代了乡镇企业的苏南模式而成为了民营企业的主流,江浙99%以上的民营企业都是家族企业。

林磊树大旗招旧部组建海山四同集团团队时,并没有让多数家族成员进入集团管理层,但他也不能回避家族问题。还在安隆生物美国成功上市林磊身价数亿时,他的堪称庞大的家族成员,兄弟姐妹、近亲远亲、七大姑八大姨、混得好和混得不好的,就都纷纷涌上门来投奔了。有的想在集团捞个一官半职,有的想从林磊巨大财富中分一杯羹,有的要靠你救济,有的要靠你养老,你能统统置之不理吗?一个不能帮助家族的企业家能够帮助社会吗?

设立林氏家族困难救助基金就是林磊想出来的解决家族问题的方案。基金设立之后,他用这笔基金的一部分投资了一家林氏鸿业公司,把所有跑来投奔的家族成员集中安排在这个公司里,让他们自我运作自负盈亏,公司的业务范围就是在股市和房市上做点小投资,决不介入海山四同集团的业务。

第三件事是林磊用其余三分之一的资金充实海山集团的投资资金,并把大部分资金投向了影视产业,而且把海山集团的战略重心转向了影视产业。

其实林磊很早就进入了影视圈,海山影视公司的故事发生在海山海产集团成立后的半年。

山海风云

三十四、惨败

CHAPTER 34

1

雷云的故态萌发让穆丹和丛敏之都感到奇怪震惊和不可思议,因为他们俩都不真正了解雷云,都没见识过雷云的过去,没见过雷云在山海峰巅时的种种表现和姿态,没见过他的为人用人,没见过他的品格境界襟怀眼光,更没见过他的性格缺陷。

诚然,雷云向穆丹和丛敏之都讲过自己的过去和创业史,但他只讲过五关斩六将不讲走麦城,即便讲到山海衰败也是轻描淡写避重就轻,也是把失败的原因更多地归结到别人和外部因素,大骂林磊的背信弃义,谴责吴彭二人的不合作主义和分裂主义,痛斥魏祝荣的奸诈狡猾和倒行逆施,说到自己时,也就象征性地承担一些责任,然后把自己描述成悲剧英雄落难英才。

雷云的膨胀迷失和忘乎所以为所欲为几乎是一夜之间的变化。变化的起点就是飞鸣通讯的利润过亿。飞鸣一旦崛起,雷云立刻摆出一副不可一世的大老板的架势,飞扬跋扈独断专行颐指气使刚愎自用,瞬间变成一个谁都与之难于相处难与合作的帝王。

雷云与丛敏之也是有过蜜月期的,但这个蜜月期又是只持续了半年多,接着就是裂缝显现冲突不断。

飞鸣的二次创业刚开始时,也就是雷云和丛敏之的合作刚开始时,雷云还能善待合作伙伴和团队骨干,还能放手让丛敏之运营管理公司。这时的雷云还能履行董事长的职责,除了拉着穆丹完成了一次中国电信的公关,飞鸣的日常业务他基本不管。

然而,飞鸣起来了,利润过亿了,雷云的态度立刻来了一个180度大转弯。

雷云首先在公司员工大会上提出三年之后产值突破百亿利润突破20亿的疯狂口号,并且把这个大战略的宏伟蓝图分解成具体任务层层落实。他在山海没能实现百亿梦,抱恨终生心有不甘,如今他要在飞鸣重圆他的百亿梦。在他的心里,始终把企业的规模放在第一位,百亿是个大关,百亿就意味着企业成为巨人,而一个百亿产值的企业掌门人就是真正的成功人士,世界级的企业家。

继而他又斥资1.6个亿在榕城黄金商业圈买了一座10层的豪华办公楼,并且重新为自己装修一间100平米的超豪华董事长办公室。

在他的骨子里,他生来就是做董事长和老板的,就是享用百米豪华办公室的,魏祝荣夺走了他的山海董事长办公室,没关系,他可以再建一个。三年之后,飞鸣冲到百亿时,他还会重建一座榕城最高的飞鸣大厦。

买楼时,他既不征求股东的意见也不听董事会成员的规劝。当丛敏之听说雷云要拿出公司6000万的积累和向银行贷款一个亿买办公楼时就急了,立刻闯进雷云办公室。

“董事长,钱不能这么花呀。公司的这点少得可怜的积蓄是为了扩大再生产的。现在小畅通刚刚起步,它在全国手机市场的份额还只有1.3%,产品研发拓展市场都需要大笔资金,这个时候怎么能斥巨资买办公楼啊?”

“飞鸣这座三层办公楼太寒酸了,有损公司形象。办公楼是公司的形象也是立体广告,这笔钱必须花。至于你说的扩大再生产钱没问题,别忘了公司如今每年利润过亿啊,而且我们还有可观的银行信用额度。丛总,你放心,你要用的钱一分也少不了。”

“据我所知,没有一家艰苦创业的公司会干这种事。先生产后生活是所有初创公司的必然过程。”

“那是你没见过世面,飞鸣艰苦创业的一页已经翻过去了。10层办公楼算什么,当年我盖的山海大厦可是38层的标志性建筑。”

丛敏之见规劝没用就大惑不解地离开了。

雷云开始一掷千金地乱花钱还不算,他很快开始干涉公司的业务。小畅通的技术他不懂,所以有关技术的事他不管,但他自认是做销售起家的销售超一流高手,他要亲自介入小畅通的营销了。他对丛敏之的销售团队不满意,认为他们气魄太小能力欠缺拓展市场不力。他亲自跑到营销部下达了一年销售额翻番突破20亿的任务。他振振有词地说:

“一年不能突破20亿,三年怎能突破一百亿。我的一百亿可是硬指标,不是口号。”

“公司去年的销售额才6个亿,一年增加这么多不现实啊。”

营销总监黎征回应。

“要突破固有思维模式，要有大动作大举措，要抓大单，抓上千万的大单。当年山海的终端机就是靠大单起来的。这样吧，你们先行动着，我亲手给你们抓两个大单做个示范，业绩算你们营销部的。”

“那太好了。”

黎征满脸疑惑地说。

雷云说干就干，事隔多年重操销售旧业玩一把他觉得很过瘾。

半个月后，雷云还真抓来一个上千万的大单，其实这个大单是自己送上门来的。

东北一个经销商，从宾馆给他发来一个传真，上面说要定购10000个小畅通，货到付款，后面是发货地址。

第二天，雷云就得意洋洋地拿着订单来到营销部。

“你们看看，我是手到擒来，大单抓来了。”

营销部三个总监一看传真就满脸苦笑。

“赶快发货吧，以后就照着这个样子干，别老是小打小闹的，要抓大单，抓千万大单，营销部几十个人每人抓两个大单，任务不就完成了。”

雷云说完扬长而去。

雷云走后营销总监黎征赶紧拿着传真去找丛敏之。

“总经理，你看这是董事长接的单。”

丛敏之一看传真就说：

“这张单子可能有诈，你们千万不能发货，赶紧派人去核实发传真人的真伪。有了结果立刻向我汇报。”

黎征随后就把这个单字压下来了，然后亲自带人去调查订货人。

就在营销总监离开的这些天里，雷云又收到那个订货人的一份催货传真，他拿着传真又来到营销部。

“你们怎么还不发货，订货人都等急了。”

营销副总监赵明义不敢说出总监出去核实的事，怕激怒董事长，就说：

“我们正在包装产品，很快就发。”

“你们的办事效率也太差了，限你们三天时间发货，否则弄飞了这个大单，我撤你们三个营销总监的职。”

三天过去了,营销总监出去调查核实还没有回来,雷云再次打电话催问,副总监赵明义撑不住了,只好乖乖发货,他哪敢得罪董事长啊。

货是发出去了,但货款可就没音信了。

几天之后,营销总监黎征调查回来了,发传真人是公安部通缉的大骗子。

上千万的货款永远回不来了。

面对这么大的损失,丛敏之只能苦笑不能发火。他对黎征说:

“咱们这个董事长的智商不可思议啊,谁让咱们摊上了。赵明义这个营销副总监不能干了,我只能拿他当替罪羊,你把他辞退了吧。此事还得保密,张杨出去董事长的面子往哪放?从此你不能再让董事长插手销售,否则我就要开掉你了。”

营销总监黎征可是丛敏之的核心团队成员。

“我明白,我如果顶不住,就去搬你。”

2

从此,丛敏之与雷云之间的裂痕日益加深。他已经后悔离开林磊投奔雷云了。

终于有一天,丛敏之和雷云的正面冲突爆发了。

起因是研发资金。

拿下中国电信的全国牌照之后,飞鸣通讯狂飙突进了两年。这期间全国市场一个个被敲开,月销售额直线上升。然而,两年之后,销售额的增长开始放缓,三个月后,销售额开始下降,无论丛敏之的团队怎么玩命挽救都无济于事。

小畅通的好日子戛然而止了,原因是中国电信和中移动不断下调手机话费,小畅通的功能少通话质量差的劣势日益显现,致使越来越多用户舍弃小畅通转向手机。

面对日益严峻的形势,丛敏之果断做出投巨资砸研发,争取在半年之内升级小畅通,增加使用功能提高通话质量。丛敏之为此做出的投资预算是1个亿。

当投资预算提交董事会时,四个董事都同意,只有董事长雷云不同意,投资预算没能通过。

散会之后,丛敏之就找到了雷云。

“董事长,这笔钱是必须投的。通过研发升级是挽救小畅通颓势的唯一途径。否则,手机的话费还会一降再降,小畅通的低价优势还会日益消减,发展下去小畅通迟早会被挤出市场。”

“丛总,没那么严重吧。手机话费再降,小畅通也比它便宜,我们的竞争优势短时间消失不了。而且现在公司资金紧张啊。”

“资金再紧张,这笔钱也得投啊,就是使用银行贷款也得投。不搞研发和技术升级,小畅通只有死路一条。”

“耸人听闻吧?现在公司的银行贷款已经突破2个亿,不能再贷了。再说,我把这1个亿投到你的研发团队身上,研发不出来怎么办?技术升级失败怎么办?我的这1个亿不是打了水漂吗?”

“董事长对我的研发团队不信任啊。这个研发团队肯定是实力雄厚的,其中不光有3个我的日本同学,还有来自国内科研院所的一流通讯人才。而且只要投资到位,我们还可以继续充实人才,这个研发团队攻克小畅通的技术难关是有把握的。”

“我不懂技术,更不懂通讯技术。如果小畅通的技术可以升级,也就是说它的功能能够增加,通话质量能够改善,那个该死的延迟可以去掉,那它的发明者日本人干什么吃的了?他们为什么不去升级改善?日本公司的人才技术不是你的团队可比的吧?”

“我和我的日本同学即便是在日本公司也是一流的技术人才。小畅通肯定是可以进行技术升级的,世界上还没有不能升级提高的产品,日本人不去做升级,是应为他们想放弃小畅通技术。日本人想放弃不意味着这个技术在发展中国家没有市场,而且我听说,美国的公司正在升级改进小畅通技术,美国可是比日本更富裕的国家。”

“那就等美国人升级改进完了,咱们再去购买美国技术。”

“飞鸣不能等啊,再等市场就没了,公司就垮了。”

“又是耸人听闻。丛总,此事不议了,我说不投就不投,没什么可商量的。”

丛敏之忍无可忍了。

“雷云,飞鸣通讯不是你一个人的公司,我也是公司股东和董事。而且没有我和我的团队飞鸣能有今天吗?别忘了合资之前,你的飞鸣只是一个濒临破产的小公司,年营业额还不到200万。”

“我没有健忘症,你说这些陈糠烂谷子有什么用?我不否认你的功劳,但是任何公司的崛起都首先是大股东和董事长的功劳。资本永远是老大,你这个职业经理人的作用不必夸大。”

“没想到你是个鼠目寸光只有短期行为没有长远战略的董事长,你这是急功近利竭泽而渔,你根本不想把飞鸣通讯真正做大做强,你就是想通过小畅通捞钱,你这样做一定会毁掉我的小畅通。”

“丛敏之,你这个总经理说话要严谨啊,你的小畅通?现在是我的飞鸣通讯我的小畅通。你现在后悔了吧,后悔背叛林磊投奔我雷云了吧?可这个世界上没有后悔药。你如果不想干就悉听尊便,我另请高人,如今中国的市场上不缺职业经理人。别忘了,我这个董事长有罢免你这个总经理的权力。”

此时愤怒已极的丛敏之真想上前给雷云一个耳光,可是他最后还是忍住了,他知道现在还不是最后摊牌的时刻。

他此时能做的只是拍案而起拂袖而去。

3

研发资金不能落实,小畅通只能继续维持。无论丛敏之如何惨淡经营,无论他的团队怎样拼命努力,小畅通的市场份额还是逐渐缩减,销售额更是呈加速度下降。面对残酷的现实,丛敏之心急如焚,但董事长雷云似乎不急不躁若无其事。

而且雷云这个从前没有任何爱好和娱乐的工作狂,突然迷恋起高尔夫来了,他加入一个昂贵的高尔夫俱乐部,每周都要打一次。

更有甚者,在公司资金日益紧张之时,他还把自己只开了三年的座驾陆虎换成了新款陆虎。

丛敏之和雷云之间一场更大的冲突爆发了。

原来雷云和丛敏之签订合资协议时,除了30%股份和120万年薪之外,还有一个补充协议。协议规定:合作期满三年,公司利润达到1个亿时,从敏之及其团队的股权将从30%调整到35%,从敏之的年薪也将增加到200万人民币。

又是一个35%,和当时柳传志向中科院以及陈帆向三厅索要的股份比例相同。

35%是巧合还是黄金分割?

如今合作期满三年了,飞鸣通讯的销售虽然逐月下滑,但年利润依然是1亿多一点。从敏之找雷云兑现承诺。

“董事长,我们的合资已经三年了,飞鸣的利润也过亿了,而且是提前一年过亿,该兑现我们的补充协议了吧?”

“我现在还不能兑现。”

“为什么?”

“因为飞鸣的利润今年一年就下降了6000万,你能保证明年的利润还能过亿吗?”

“不能。”

“所以我们的补充协议就不能兑现,我要的是一个持续增长永续辉煌的飞鸣,不是一个只红火了两年就走下坡路的飞鸣,一个王小二过日子一年不如一年的飞鸣。你如果能够下一个军令状,保证今后三年的利润都能保持在1个亿之上,我现在就可以兑现承诺。”

“今后三年的利润不在我们补充协议的内容之中。这个军令状我不能下,小畅通如果不搞研发不升级换代,任何人都不能保证飞鸣的利润上亿。”

“那这个补充合同我就不能执行了。我今年给你把股份增加到35%,把年薪调到200万,明年飞鸣利润下来了,我是不是还得把你的股份和年薪减回去,这样折腾有什么意义?”

“信守承诺执行协议,这是一个企业家起码的素质。雷云,你怎么能破坏协议推翻承诺呢?”

“企业家应具备什么素质我比你清楚,我创山海大业时,你在哪?学校门还没出吧?轮得上你来教训我吗?”

“我早知你是个出尔反尔背信弃义之人,决不会同你合作。”

“我早知道你后悔了,但悔之晚矣。木已成舟生米煮成了稀饭,后悔有什么用？我劝你还是正视现实吧，还是好好想想如何扭转小畅通的下降趋势把利润搞上去吧，这才是一个称职职业经理人应有的素质。锅里有了碗里能没有吗？飞鸣冲到100亿，我会亏待你吗？"

"你回家做你的黄粱美梦去吧，100亿？飞鸣通讯已经岌岌可危，一个亿都不可能了，你还在这大谈100亿，你还有正常理智吗？"

丛敏之怒不可遏了，他再次拍起桌子来。

"在董事长办公室还轮不上你拍桌子吧，冲动暴躁可不是一个总经理必备的素质。"

"你他妈是狗屁董事长，你就是个薄情寡义见利忘义之徒，一个不讲信誉寡廉鲜耻的小人，一个不懂市场不懂技术不懂企业的笨蛋。你已经亲手毁掉了三个好端端的企业，现在又来毁飞鸣通讯。你好大喜功瞎指挥，不辨真假乱接订单，直接造成公司上千万的损失，你破坏研发贻误战机直接把小畅通推入深渊，你还有脸坐在董事长的座位上吗？我他妈的真是瞎了眼，怎么会跟你这样一个混蛋合作！"

"骂得好，我雷云就是在骂声中过日子的。"

"你他妈的等着吧，我要发动股东和董事弹劾你，你这个祸害不滚蛋，飞鸣通讯必死无疑。"

"弹劾，这个词很熟啊。你不知道吧，我雷云在山海就曾三次遭到弹劾。我是死猪不怕开水烫，你尽管弹劾，我在此恭候。"

雷云突然变得有涵养了，处乱不惊了，他似乎忘记了自己在山海董事会上大骂董事长的这回事了。

此时气坏了的丛敏之真的想动手了。他比雷云年轻力壮，要是动起手来，一定可以把雷云打得满地找牙。但他想到，如果动手会给将来弹劾带来麻烦就忍住了。

丛敏之没有挥拳，而是抄起雷云老板台上的青花瓷台灯，用尽全身之力，把它摔个粉碎。

雷云的青花瓷碎过不止一个，他自己也摔过，所以他并不心疼，因为那都是假青花，不值什么钱。

4

从敏之从董事长办公室出来之后,情绪极度低落,心情格外沮丧。他知道自己走错了人生的关键一步。他后悔不迭悔恨不已,不但把肠子悔青了,也把五脏六腑都悔青了。

如果他不走这步臭棋,如果畅通仍然在林磊旗下,他相信畅通公司一定会发展得更好。别说研发资金 1 个亿,即便是 2 个亿,林磊也会毫不含糊地投,小畅通早就升级换代了,丢失市场份额和销售额下降的事也许根本就不会发生。如果他和林磊一直合作下去,他和他的团队的股份也许早就调整到 35%,年薪升到 300 万都有可能。

真是聪明一世糊涂一时,一失足成千古恨。

一个企业的崛起需要一定的充分必要条件,资金、技术、市场、人才团队,更重要的是要有一个好的投资商一个好的董事长,没有这一条,一个合资双方反目为仇的企业,一个董事长和总经理水火不容大打出手的企业,是做起不来的,侥幸做起来也会垮掉。

他现在才明白,林磊和雷云根本不是一路人,一个是真正的企业家,是可以成就大业伟业的人;一个是丧门星和败家子,是品质道德有问题眼光能力不具备的滥竽充数的家伙,无论什么样的人才技术产品都会毁在他的手里。

从敏之没有忘记他是如何走出这步臭棋的,一切都因为穆丹,可是他不能责备穆丹,一句也不能。

他不能责备穆丹,只能责备自己,只能臭骂自己。悔恨自责之后,他开始认真考虑弹劾驱逐董事长雷云的事。

要想弹劾成功,必须在股东会议上获得多数票。飞鸣通讯的股东有 6 人,雷云、从敏之、庄启新(他是老飞鸣的总经理,飞鸣的工会主席,飞鸣员工股的代表)、穆丹、程雪红、段莹。最后两个人都是穆丹拉来的姐们儿。

从敏之要想弹劾雷云,只要争取到穆丹同意就成了,穆丹不但是飞鸣的第三大股东,而且一票顶三票,因为程雪红、段莹是从来不露面的股东,穆丹是她俩的全权代表。因而争取到穆丹,从敏之在股东会上就有了四票,表决时 4∶2 的结果就足以弹劾雷云了。

如何才能获得穆丹的同意呢?从敏之知道雷云要想保住自己的董事长,也会全力争取穆丹,如果他争取到穆丹,他就有了5票,表决的结果就会使5:1,那样从敏之弹劾董事长的动议就会流产。

穆丹成了焦点,成了从敏之和雷云争夺的焦点。然而这场生死争夺战不仅是一场商业之争权力之争利益之争,而且是一场罕见的源远流长的情感之争。

从敏之与穆丹的故事很长。没有这个故事就不会有雷云和穆丹的奇遇,也不会有雷云和从敏之的合作。

5

从敏之回国之前不叫这个名字,他叫穆健。从敏之是回国后改的名字,从是他母亲的姓。

穆丹和穆健是堂姐弟,穆丹的父亲是穆健父亲的亲哥哥。

常熟的穆家是名门望族也是书香门第。穆丹的爷爷曾经做过常熟商会的会长,也是远近有名的书画家。他的字有怀素的狂放,他的画有八大山人的风骨遗韵,在常熟,他的字和画都是能卖钱的。

穆家到了穆丹父亲和叔叔这一辈就家道中落了。穆丹的父亲穆月松接受了父亲的书画基因,从小酷爱书画,尤其喜欢绘画,少年时他的山水画已经在家乡颇有名气。50年代,穆月松是立志要报考美术学院的,后因为家庭出身问题,连考三年不被录取。高中毕业后,郁郁不得志的穆月松就在常熟一中做了图画教师,一干就是几十年。穆月松虽然没有放弃作画,即便在“文革”的荒年暴月也天天坚持作画,但后来长进不大,坚持不懈刻苦画了几十年,其成就还没有超过乃父。

穆月松唯一的弟弟穆南石似乎遗传了父亲的商业禀赋,他从小不喜欢书画而喜欢科学。50年代末他幸运地考上了苏州工业学院,毕业后分到常熟一家国营齿轮厂做了技术员,也是一干几十年,改革开放后做到了厂长。

穆家兄弟情深。穆月松比穆南石大6岁,他们的父母早逝,父母先后谢世时,穆月松13岁,穆南石只有7岁。在以后的岁月里,穆月松是又做兄长又做父母。穆南石是在哥哥的呵护下长大的,他上大学也是哥哥供的。

兄弟俩一辈子没有离开穆家的老宅,直到儿女大了都没有分家。穆丹和穆健姐弟俩是从小一起长大的,是真正的青梅竹马。

穆丹比穆健大三岁,姐弟俩感情很深。还在他俩小时候过家家时,穆健就哭着喊着要娶姐姐做媳妇。

穆家总是隔代遗传,穆丹继承了爷爷的艺术细胞,从小喜欢艺术,但她并不喜欢绘画,而是喜欢书法和篆刻。高中毕业后她如愿考上金陵女子大学艺术系,90 年代初,大学二年级的穆丹就到东京大学艺术系留学去了。

穆健也隔代遗传了爷爷的商业天赋,他从小不但像爸爸一样喜欢科学,而且像爷爷一样喜欢商业,中学时代他就立志做一个成功的企业家。穆健高中毕业后考上了东南大学电子系。大学毕业又到东京工业大学攻读通讯专业硕士。他到日本留学当然是姐姐一手操办的,穆健到东京时,穆丹已经在日本呆了三年了,仍然在读东京大学艺术系的本科。

“姐姐,你怎么还在读本科啊,我已经在读硕士啦。”

“我在金陵大学不是本科没毕业嘛,毕业了也没用,东京大学太牛,它不会承认金陵女子大学的学历的。学艺术多学几年有好处,我这三年收获很大,我的篆刻在系里很出名。”

“再过一年你就能读硕士了吧?”

“应该没问题,只要交得起学费。”

穆丹和穆健姐弟俩都是自费留学,两人的家里都拿不出多少钱来。穆丹到日本的前两年很苦,她是边学习边打工,餐馆小工和家庭保姆她都干过。为了给弟弟凑足留学费用,她还在日本的按摩院干过半年,这段经历她从未和弟弟提过。

穆丹在日本的第三年,日子好过了。原因是她可以靠篆刻挣钱了。日本人对篆刻名章的需求不小,经过两年磨炼,穆丹的篆刻已经臻于化境,非常受日本人的青睐。

每当课余,穆丹就在东京街头摆个小摊,既卖字又卖篆刻图章。穆丹就是靠着一年多风雨无阻的辛苦篆刻为弟弟攒够了学费。这些她也没有跟弟弟说。等到穆健到东京与姐姐汇合时,穆丹已经不用到街头摆摊了,她的篆刻已在东京小有名气,可以在家接活了。

姐弟俩在东京的家不过就是一间12平米的小屋。东京的房价租金都是世界上最昂贵的,穆健没来时,穆丹都是同中国同学合租一间房子。

为了支付姐弟俩的学费和房费,穆丹每天在家里都要篆刻图章到半夜。穆健看着姐姐疲倦的面容和手上厚厚的老茧,不禁心疼得落泪。

"姐姐,你别再刻了,明天我就去打工。"

"你不能去打工,日本的工科硕士是很难读下来的,你打工会影响学业的。再说你刚来还要补习日语,哪有打工的时间。"

"可我不能看着你一个人这样辛苦挣钱养活我呀。"

"别说傻话,本科第四年压力轻多了,我的时间够用。"

"那你每天晚上只能刻到10点,不能再晚了。"

"晚饭后我还要温两个小时的功课,从8点到10点只有两个小时,活干不完啊。这样吧,刻到10点半行了吧?"

"那就10点半,一分钟也不能延长。我每天早上看见你起床都很可困难,你的睡眠根本不足,长此以往你会衰老的。"

"姐姐衰老了嫁不出去就不嫁了,专门照顾弟弟不挺好吗?"

"姐姐你这样说我受不了。你不能这样糟蹋自己的青春,你这么年轻美丽,应该享受生活。"

"小健,你放心,姐姐不会那么快衰老的。留学生的日子都是艰苦的,这是我们人生不可规避的一段,等到我们毕业了,拿到学位了,一切都会改观。你没看到在日本的中国留学生,有些人已经购房买车混出来了,我们也会有那一天的。"

穆健不说话了,上前紧紧拥抱穆丹,一遍又一遍地抚摸姐姐满是厚茧的手,一任大滴大滴的泪水滴在她的手上。穆健从小就爱摸姐姐的手,穆丹的手雪白细嫩如葱似笋美丽极了,他相信杨贵妃西施林黛玉薛宝钗也不会有这样美丽的手。穆丹轻轻地抚摸弟弟的寸头,好不容易才没让泪水流出来。

6

穆丹和穆健姐弟俩的东京求学生活很艰苦也很充实。两个人都有自己明确的奋斗目标,都有依稀可见的未来。两人在物质上是贫乏的,手头总是拮据,不管穆丹怎样努力篆刻,两人还是“月光族”。捉襟见肘入不敷出的时候总是有,一旦欠下房租或学费,他俩无处借贷。家乡父老已经没有积蓄了,身边的中国留学生也几乎都是穷光蛋。最艰苦的时候,穆健还是偷偷打工了。不过他干的是学校实验室的活,每周只干10个小时,穆丹一直没有察觉。

物质贫乏但精神充盈。姐弟俩相依为命相濡以沫,相互慰藉相互鼓励。虽然所学的专业不同,一工一文,但他俩仍然能够沟通互补,仍然有说不完的话题。穆健虽然不在书画界,但他的文艺修养还是很高的,他时常能给姐姐的书法和篆刻提出很多中肯的意见,尤其在穆丹面临艺术创作和商业篆刻的冲突时。穆丹虽然对通讯专业完全陌生,但她还是能对弟弟未来的创业构想提出宝贵意见。

他俩在东京第一年的生存状态是穷且快乐着。

到了第二年,性饥渴变成了大问题。这一年,穆健23岁,正是性欲旺盛的年龄。他大学四年没有女朋友,到了日本仍然没有。从小到大,除了姐姐穆丹,他没有碰过任何女孩的手。

这一年,穆丹26岁,正是性欲成熟的年龄。她在东京4年也没有男朋友。穆健从未见过姐姐把任何中国男同学带回家中,也没见过她和任何日本男人幽会。他不知道姐姐独身在日本的三年是怎样度过的,更不知道她是如何解决性饥渴的。

或许女性的性饥渴比较容易排解,而男性的性饥渴更加难以遏制。在日本留学的第二年,在东京的花花世界中,在无处不在的性诱惑的包围之中,穆健的性压抑难以持续了。他身边的中国留学生早就各自行动了。有的跟中国女生同居了,更多的则开始光顾银座的色情场所,把每月辛苦挣来的打工钱义无反顾地扔给日本女人。毕竟性饥渴比胃饥渴更加难以忍受。

但身边同学解决性饥渴的方式,穆健不敢仿效,因为他的身边还有一个姐姐。其实穆健接受的性刺激比他的同学更加强烈。

他和姐姐同住的房间太小了,两人的床垫子相距不到半米,中间只隔一个床头柜。每当穆健夜里失眠,就把手伸出来,拉着姐姐的手入睡。

姐弟从小一起生活耳鬓厮磨如影随形的时间很长。穆丹从小就熟悉弟弟的身体,她给弟弟洗澡时,无数次看见过弟弟的小鸡鸡。同样穆健也从小熟悉姐姐的身体,他看过姐姐也抱过姐姐,姐姐就是他性启蒙的老师。

两人上中学之后,自然而然就男女授受不亲了。精神没有疏远,身体上疏远了。除了握手他俩连拥抱都不敢了。

在他俩之间,一道无形的墙越来越高大了,那就是他俩是近亲是不能结婚的。

长大之后的穆健一直对此耿耿于怀,他对穆丹开始又爱又恨。为什么你偏偏是我的姐姐,如果你是邻居的女孩,你是我的女同学,我早就可以和你恋爱结婚了。穆丹也对这堵高墙不能理解。她上中学时一度沉浸在小说的世界中。她一遍又一遍地看巴金的《家》、《春》、《秋》,为书中的男女主人公的悲剧抛洒热泪。有一次他问妈妈:

“巴金小说中主人公很多都是表亲,他们为什么能恋爱结婚?”

妈妈早知道女儿与穆健的感情。

“中国古人早就知道了近亲结婚的弊病,所以有出五服之说,你和穆健就是五服之内的。巴金那个时代,姑舅表亲结婚还能被人们接受,现在时代不同了,所有表亲结婚都不能被世人认同了。这是时代的进步啊,血缘相距越远,后代越聪明越健康,这是优生科学。”

“如果表亲结婚不要后代,他们还要背负伦理的重负吗?”

“孩子,别说傻话。哪有结婚不生孩子的?都不生就断子绝孙了。小丹,你近来怎么老看巴金的小说啊,那都是骗取三四十年代青年的眼泪的书,你们这代青年都看外国小说,‘鲁巴茅’早就过气了呀。”

“在我这没过气,您跟爸爸不是还在读鲁迅吗?”

“我们跟你不是一代人啊。”

7

在东京同住一屋的日子里,尽管穆丹穿衣洗澡都小心翼翼,尽管在炎热的夏天她也有意穿长裙,但她对穆健的刺激和诱惑还是日甚一日。毕竟他俩朝夕相处同在一室,毕竟他俩是姐弟,每天分别时要拥抱,毕竟他俩都在青春绽放期。

有一度,穆健甚至不敢正视姐姐,姐姐美丽的眼睛和面庞是那样动人心魄,扑面而来的女性青春的气息是那样让他窒息;他也不敢碰姐姐的手了,姐姐的手是那样纤细白嫩;他更不敢一瞥姐姐的胸部,虽然穆丹的衬衣口子永远都是系着的,但他偶然一瞥还是能看见姐姐的一抹酥胸和衬衫下颤动的乳房,这无意的一瞥会让他血脉喷涌心跳加速。

穆健知道姐姐为什么穿长裙,但他还是可以看见长裙下浑圆的小腿,可以想象姐姐的深深隐藏的更加动人的大腿。毕竟,他俩挨得太近了,他俩相处的时间太长了。有时半夜,穆丹因为天热蹬开了毛巾被,露出一条惊心动魄的大腿来,这时的穆健就再也无眠了。

一个春天假日,姐弟俩到郊外的公园里游玩。公园里蓝天如洗碧草如茵樱花怒放。看见樱花,姐弟俩不约而同伤感起来。樱花的花期不到10天,人的青春也不到10年。他俩的青春呢?直到这时他们才理解日本人为什么那么喜爱樱花,因为樱花就是绚烂短暂的青春。

穆健用刚买的相机为樱花树下的姐姐拍照,突然,一阵大风刮来,吹起了穆丹的长裙,穆健终于看见了姐姐露出的两条美腿。他惊呆了,忘记了按快门。

“小健,你干什么呢?快拍呀。”

穆丹说完下意识地捂住了翻飞的长裙,她知道弟弟在看什么了。

穆健猛然想起了那张梦露捂裙的著名艳照,他发现穆丹的两条腿比梦露的美许多倍。

晚上,穆健毫无睡意,他抄起从同学那拿来的《郁达夫自选集》,无意中翻到了第二篇小说:“沉沦”,小说读完了,穆健就再也睡不着了。他在被窝里折腾到下半夜才沉沉入睡。睡梦中他梦遗了。睡梦中让他梦遗的那个女人不是日本女人而是美丽如仙如幻的穆丹。

早上,穆丹收拾床铺时,看见弟弟床头上的小说和床单上那一大滩遗迹,不禁脸红了。

晚上吃饭时,穆丹说:

“小健,你怎么想起看郁达夫来了?”

“无意中翻看的,郁达夫可是现代著名作家啊,他在三十年代的名声可不逊于巴金茅盾。姐,你中学时代沉迷巴金时,没有读过郁达夫吗?”

“读了,他的小说我有的喜欢有的不喜欢。这篇‘沉沦’我就不喜欢。太颓废,还有点色情。其实小说的主人公就是他自己。”

“这我能看出来,主人公家住富春江畔,有一个当法官的哥哥,以及在日本的求学经历,这些都和郁达夫相似,只不过小说的结局是主人公自杀,郁达夫可没自杀,他是在新加坡被日本人杀害的。”

“沉沦的主人公为什么自杀?”

“还不是因为改不了的手淫恶习和日本女人。”

“小健,你看这样的小说没好处。”

“姐,你放心吧,我可不是郁达夫那类的酸文人,我是学工的,身心健康得很。郁达夫哥哥的女儿郁风后来嫁给了黄苗子,她是画家呀,是你的同行。黄苗子的字现在名气不小。”

“我很喜欢黄苗子的隶书。”

“我在伯父的书房里见到过他的字。”

“小键,你应该找个女朋友了。”

“那你为什么不找男朋友?”

穆丹无言以对赶紧转移了话题。

穆丹的提醒毫无用处,穆健一连几天都沉浸在小说的氛围中。70年过去了,郁达夫留学时的日本已经和今天的日本不可同日而语,但日本的女人没怎么变,东京的氛围没怎么变。

一个周末的下午,天气闷热。姐弟俩的房间里没有空调也没有电扇。穆丹打扫房间时无意中脱落了一个衬衫纽扣,这让穆健第一次看见了姐姐露出一半的乳房。穆丹的乳房比穆健梦中无数次梦见的乳房美许多倍。这无意中的一瞥,又让穆健有了触电的感觉。

穆丹擦完地板,就去淋浴了。面红气喘的穆健一听到哗哗的水声,眼前立刻出现了穆丹裸体的幻觉。他再也忍受不住诱惑了,悄悄地趴在浴室的门上,从缝隙中清楚地看见了穆丹的裸体,这是穆健第一次看见姐姐成熟的裸体。

穆健心脏一阵阵狂跳,周身热血奔涌,那个委屈了多年的东西瞬间勃起,几乎顶破了薄薄的短裤。在穆丹关水转身时,穆健看见了姐姐那个朝思暮想的神秘的私处,他的短裤立刻湿了。

穆丹穿上浴衣推门而出时,看见弟弟瘫软在浴室门外,她赶忙扶起弟弟:

"小健,小健,你怎么了?"

"姐,我再也忍受不了,我要去找日本女人了。"

穆健说着扑到穆丹的身上大哭起来。

穆丹也哭了,她一遍遍抚摸着弟弟汗津津的头,长长地叹了口气。

"小键,你不能去找日本女人,姐姐给你,但只给你一次。"

"就一次,就一次。"

等到穆丹把健壮的穆健扶到床垫上时,她的浴衣已经完全脱落在地。穆健呆呆痴痴地凝视着站在床垫旁的姐姐的一丝不挂的身体,一动也不动。

穆丹轻轻地躺在弟弟身边,小声说:

"小键,把衣服脱了吧。"

"姐,我不敢,我害怕。"

穆健还是一动也不动。

"别怕,是姐姐答应你的。"

穆丹说完轻轻地帮助弟弟脱掉裤衩背心,然后又轻轻地把全裸的弟弟拉到自己身上。

紧紧压在穆丹身上的穆健,一边动作一边落泪。他把泪水都涂在了穆丹的乳房和胸口上。

不知过了多久,穆健不哭了。他双手攥住穆丹的乳房,用嘴猛烈吮吸她的乳头,就像孩子吮吸妈妈的乳头。

"小健,轻点,你弄疼了我。"

穆健放开乳头,抬起头,无限迷醉地看着姐姐粉红的脸庞。突然他开始狂吻穆丹的全身,最后拼命地吮吸她的私处,让口水和分泌液奔流在一起。

吮吸持续了许久许久,突然,穆健起身把蓄积多年能量的男根猛然插进梦中的极乐之地。

“啊!”

穆丹痛苦而快乐地叫起来。

穆健似乎没有听见姐姐的叫声,依然猛烈穿插迂回,拔出来又插进去,然后是一连数十下的猛攻,直至热泉喷涌全身瘫软。

穆健在姐姐的身上一直趴到了天黑。等他依依不舍地下来时,看见姐姐用枕巾擦拭两腿中间。他一把夺过枕巾,看见上面殷红的血迹,穆健再次流泪了。

“姐,你怎么不告诉我?”

“没关系,开始疼一会,后来就不疼了。”

“你为什么要把自己折磨得这么久?”

“姐姐的处女宝就是留给小健的,世界上的男人谁也不能享用。”

“姐姐!”

穆健喊完又号啕大哭。

从那天起,穆丹和穆健这对姐弟就真正地同居了。他们谁也不能也不愿信守就一次的诺言。第二天夜里,他俩就大战了四个回合。以后的一个月中,几乎天天战火不断。再以后烽火连三月,直到穆健毕业前夕,他俩仍然保持一周三次的战斗记录。

每次战斗结束,他俩都有一种负罪感。但到了第二天,这种负罪感就变成了紧迫感和兴奋感。

或许姐弟俩都知道,他俩的幸福和快乐不会长久。

穆丹和穆健不同寻常的爱情生活持续了三年。直到他俩携手回家探亲,看见家人亲友同学异样的眼神,听到来自四面八方的无情议论时,他俩才明白他们必须分手了。

那是怎样的生离死别啊。

为了分开,弟弟穆健断然辞掉了日本公司的工作,回国创业。为了分开,姐姐穆丹不情愿地嫁给了一个比自己大16岁的日本大老板。

东京一别就是数年。从此姐弟俩天各一方不能相见。

8

穆丹和日本老板的婚姻只维持了两年。

这个老板虽然是亿万富翁,但金钱不是万能的。巨大的年龄落差、代沟、中日文化的差异,都给这桩婚姻蒙上了重重的阴影。老板结过两次婚,两次婚姻的结果就是留下三男两女大大小小的一群孩子,仅仅这些孩子就把穆丹搞得焦头烂额,她天生就不是做后妈的料。最让穆丹难以忍受的是,日本老板的身体江河日下,性功能日益低下,尽管他每周都打高尔夫,天天都吃十全大补,也无济于事。老板每月只能勉强维持一次性生活,而且每次阳具都不怎么硬,还时常早泄。穆丹是迟开鲜花,一旦怒放,分外灿烂。她的性欲之火早已被穆健点燃且熊熊燃烧。她在日本老板身上根本得不到快感,更甭提性高潮了。老板不能满足她的性欲之百分之一。每当他俩的一月一次的性生活草草收场,穆丹都要转过身去偷偷流泪。此时此刻,她不能不想起弟弟,想起穆健那健美的身材,蓬勃的朝气,坚硬挺拔的阳具,想起他的刚健威猛,他的山摇地动,他的似水柔情,他的一往情深。

穆丹这时流下的是悲哀和悔恨的泪,她懂得了这场婚姻的惨重代价,懂得了用青春和美丽换取金钱是女人最大的悲哀。

穆丹忍辱负重度日如年地忍受了两年,终于忍无可忍,断然离婚。

离婚时穆丹分到了一笔财产,折合人民币12亿元。这场失败的婚姻彻底地改变了穆丹。她不再是穆健眼里那个单纯善良温柔的姐姐了,她变了,变成了一个看破红尘玩世不恭的女人,一个无所追求及时行乐的女人,苦学多年的书法和篆刻也被她仍在了一边。

穆丹离婚后不久就离开日本回国了。日本已经成了她的伤心地,成了她青春的埋葬地,她再也不愿呆在那里了。

穆丹回国后没有回老家常熟,也没有去看望父母,而是独自一人在鼓浪屿买了一座海边的别墅,过起了隐居生活。为什么选择鼓浪屿?是因为她喜欢这里的景色和琴声,喜欢大海的壮阔和喧嚣。她就是要躲在天涯海角,永远不见穆健,从家人和亲友的视线中永远消失。

穆丹在鼓浪屿隐居了半年多后就忍受不了了,因为这地方太小,太寂寞太孤独。风景再美,天天饱览也就麻木了;大海再美,天天面对也会厌烦。她离开还有一个原因,那就是怕海风把她吹黑了。

离开鼓浪屿后穆丹就住到了榕城西湖边的别墅里。如果她不定居榕城也就不会奇遇雷云。

当她听完雷云对丛敏之的描述之后,她就断定这个丛敏之就是穆健。

穆丹是下了几番决心之后才去找穆健的。她犹豫是因为她怕触动那个已经结疤的伤口,怕搅动已经尘封的记忆。她最终还是决定去见穆健,不单单为了雷云,更主要是为了自己。因为她自从知道了那个永远无法忘怀的弟弟与她同城而居时,就再也无法入睡了,每天吃两次安眠药都睡不着。

结疤的伤口顿时鲜血流淌,尘封的记忆顷刻全部恢复。往事历历在目,弟弟老是浮现眼前,挥之不去驱之不散。穆丹知道,如果再不去见穆健她会抑郁而死的。

当穆丹走进穆健的办公室时,穆健惊呆了,他拼命地揉眼睛,怀疑这是在梦境中。

“小健,忘了姐姐了吧?”

“除非我的生命终结,我一时一刻都忘不了你。你虽然离开了我,但你一直在我的脑海里睡梦中。”

“我也不能忘掉你。本来我是下决心一辈子不见你的,可是我做不到。再见不到你,你的姐姐恐怕就要香消玉殒了。”

“如果你真的永远走了,我也会自杀。创业、财富、成功,这些都不重要。这个世界上没有任何东西能够取代你。”

说完,姐弟俩旁若无人地紧紧地拥抱在一起,让重逢的泪水尽情地流淌。

“你回国之后事业进展得怎样?”

穆丹吻干了弟弟眼泪,坐在穆健老板台的对面。

“还算可以吧,回国之后东奔西走找钱找人,折腾了好几年总算把业创起来了。”

“你成家了吗?”

穆健摇了摇头。

“为什么拖到这会儿?”

“为什么只有姐姐知道。”

穆健说完眼泪又下来了。穆健绝不是个软弱的人,相反他是个丈夫有泪不轻弹的男子汉,他在别人面前从不落泪,在父母面前也没有一滴眼泪,他一生一世的眼泪都是留给姐姐的。

两人沉默许久,穆健擦干了眼泪问:

“姐,姐夫还好吗?你们有孩子吗?”

“没有孩子,我和他离婚了。”

“为什么?”

“为什么只有弟弟知道。”

两人再次沉默。

当天晚上,穆丹没有住宾馆而是住在了穆健的四居室里,房子是林磊给穆健买的。

穆丹见房间家具不全到处凌乱不堪,就不由自主地收拾期房间来。两人几乎同时回想起东京那间12平米的小屋来,回想起那段如醉如梦刻骨铭心的岁月。

晚饭是穆丹亲手烧的。开饭时,穆健打开了一瓶珍藏多年的红酒。

“好久没有吃姐姐烧的菜了。”

穆丹苦笑了一声,然后夹起一大块穆健最爱吃的锅塌豆腐放到他的盘子里。

“你真是雷云的投资人啊?”

“是的。”

“你是怎么认识雷总的?”

穆丹讲述了她和雷云的撞车奇遇,说完给弟弟看腿上的伤痕。穆健轻轻摩抚姐姐的腿,心疼地说:

“给这条腿留下伤痕的人,我应该把他揍个半死,可姐姐现在却让我这跟个人合作,这个雷云可占了大便宜。”

“是否跟他合作,是否要改换投资人,最后还是你来定夺。”

“姐姐既然要我过去,我当然要过去。我跟林老板合作还可以,但我和他是萍水相逢。如果我过去了,就是跟姐姐合作了,姐姐就变成了我的投资人,我能不过去吗?”

“过去了也好,我们姐弟俩无缘一起生活,但可以一起创业啊。”

穆健改换门庭投奔雷云的事情就是这样搞定的。实际上穆健投奔的不是雷云而是穆丹,他是要重回姐姐的怀抱。有这样强大的动力,林磊就是知道了也无法阻挡,世界上任何力量都无法阻挡。

当天晚上,穆丹就睡在了穆健的大席梦思上。姐弟俩重温旧梦,旧梦依然温馨。两个既熟悉又陌生的肉体一旦相遇,立刻轻车熟路水乳交融,立刻配合默契激情四射。穆健很快就找到了姐姐那条熟悉的小路和那个温热的巢穴,穆丹也很快就熟悉了弟弟那突起的肌肉和坚硬如昨的擎天柱,两个肉体虽然分别很久,但两个灵魂始终没离,灵与肉同时碰撞肯定会火花四溅。

两人激战了一夜之后,天明时分紧紧搂抱在一起沉入了梦乡。

穆丹是穆健一生中唯一拥抱过痴迷过陶醉过的女人,一生一世有这样一个女人就足矣了。这个女人不在身边时,穆健宁愿独守空房做苦行僧。在这样一个物欲横流肉欲也横流的时代,一个老板可以轻而易举地找到一大串女人,但穆健就是穆健,他一个也不要,他只要穆丹。再苦再无望他也要等,天荒地老他也要等。

穆健是穆丹第一个献身的男人,她一生只爱这个灵魂这个肉体。她结过婚,尝试过日本人男人的滋味,她也同包括雷云在内的好几个男人上过床,她是曾经沧海难为水,经过尝试和比较后她最终回归了弟弟的怀抱,一旦回归就再也不会离开了。

穆丹把穆健与雷云撮合在一起后,就再也不过问飞鸣公司的事了。公司有穆健在,根本用不着她来操心。

从此穆丹湖边别墅的大门就永远对雷云关闭了,同时永远地对除了穆健之外的所有男人关闭了。不过雷云倒无所谓 ,因为再次暴发之后的他已经不缺少任何年龄任何风韵的女人了。

穆健从此有了自己的家,虽然并不名正言顺,但那是他真正的家永久的家。

9

第二天,穆健跟姐姐谈起了飞鸣公司的事,这是他与雷云合资后的第一次。他向姐姐汇报了雷云在公司的所作所为,详细描述了他和雷云的分歧裂痕和冲突。

“姐,我差一点就把雷云这家伙狠揍一顿。”

“打人是不对的,总经理打董事长更不在理。”

“他是狗屁董事长,姐,你完全被他蒙骗了。”

愤慨激昂的穆健又把雷云的罪状历数了一遍,然后端出了他的弹劾董事长的计划。

“没想到雷云是这么一块料,我还以为他是个能成事的企业家呢。”

“姐,你是艺术家,你弄不清商界的浑水。”

“姐姐早不是艺术家了,书法和篆刻在让我扔了多年了。”

“太可惜了,姐姐可是遗传了爷爷的艺术天分的。等到我搞定飞鸣公司后,姐姐就安心在家篆刻写字吧。”

“有你在我身边,我会捡起来的。”

“姐,你看我这个弹劾方案可行吗?”

“弹劾雷云很容易,我跟我的两个女友打声招呼,然后咱们开个股东会就解决了。可是,小健,你想过没有,拿掉了雷云的董事长就解决问题了吗?他不当董事长了,可还是飞鸣的第一大股东啊。他被弹劾了超脱了,你千辛万苦把飞鸣再做起来,到时候分红最大的利润还不是归他吗?”

“这倒是,看来我还是一时冲动,没有把问题想透。”

“如果弹劾了雷云,你来出任董事长和总经理,飞鸣就一定能重新起来吗?小畅通的升级换代就一定能成功吗?飞鸣的市场份额就真能挽救吗?”

“对于小畅通的研发和技术更新,我有7成把握,对于保住小畅通的市场,我只有5成把握,因为中国电信和中移动的手机何时再降价,降价的幅度是多少,都不好预测。不过如果雷云仍然在董事长的位子上,飞鸣重振是不可能的,飞鸣破产失败的命运是不可避免的。”

"既然这样,还不如我们召开一个股东大会,逼迫雷云分红,我把我的钱和女友的钱拿回来,你也把你应得的股份分红钱拿到手,然后放弃飞鸣,远走他乡。"

"走到哪里?"

"到美国去,到硅谷去。我把手里的这十几亿全部给你当投资,你到硅谷重新找项目重新创业。山不转水转,干嘛要在小畅通一棵树上吊死。经济动物日本人抛弃的技术不会有太大的前途。"

"这倒是个好主意。一旦硅谷创业成功,我们就杀他个回马枪,把企业再搬到中国来。"

"对呀,而且我看成功的概率很大。硅谷那的中国留学生很多,很多都是有项目有技术没资金,到处找风投和天使资金,你跟他们起点不一样,你在国内成功过,而且手里有10个亿资金,为什么不能再次成功?"

"能,一定能!我们一到美国,就到拉斯维加斯去登记结婚。既然祖国不能接受我们的结合,我们就到异国他乡去,到不拆散我们姐弟俩的地方去。我们俩要名正言顺地成为夫妻永远居住在一起,永远不分离,顶多我们不要孩子就是了。"

"小健,不管结婚不结婚,我不会让你离开我了,永远不会!"

穆丹说完紧紧把穆健抱在怀里,两人再次哭成一团。

10

飞鸣股东分红之后,穆丹和穆健两人就神秘失踪了。雷云对他俩的突然消失百思不得其解。

穆丹和丛敏之怎么会搞到一起?丛敏之离开我可以理解,我知道他早晚要走,因为他早就跟我离心离德了。他天生不是做职业经理人的料,而是要做老板的人,一山不容二虎,他不会长期认可我这个董事长和老板身份的,再合作多少年,他也不会成为我的死党和左膀右臂。即便他不走,我也会在适当的时机换掉他。

可是穆丹这个神秘女人到底是怎么回事?她的10个亿财富到底是怎么来

的？我在她心中到底是算个什么？是个萍水相逢逢场作戏可有可无的男人，还是一见钟情的情人，是事业的搭档和伙伴？说实话我对她是认真的也是用过情的，我是爱过她的，如果她愿意，我是会娶她并和她相伴终生的，可直到现在我都不知道她是否曾经爱过我，都不知道我在她心目中的确切位置。

穆丹一个人离开，我也能理解。因为她是个心性更高欲望更强的女强人，恐怕世界任何男人都不可能拴住他的心。但是她和丛敏之一起消失我就真的不能理解了。丛敏之是比我年轻，但出入她别墅之中的那些帅哥更年轻啊。丛敏之真的比我优秀比我有魅力吗？我还真没看出来。

雷云虽然怎么也不能理解他俩的失踪，但他不恨穆丹。穆丹毕竟帮了他大忙。没有穆丹，就没有小畅通，就没有他的二次崛起。

丛敏之和穆丹走后，飞鸣通讯团队骨干和人才丧失殆尽。这些人都是丛敏之的人，树倒猢狲散，领军人一旦离开，他们也就各奔东西了。平心而论，丛敏之苦心经营的这支团队是很出色的，是拉到哪里都能打大仗并战而胜之的。他们离开并非是对小畅通项目丧失信心，而是对雷云独霸的飞鸣通讯没有信心，他们只认可丛敏之，从来不认可不接受雷云，因为雷云的确没有让他们信服认可接受的东西，因为雷云的眼光能力经营之道和用人之道都不能服众。

创业者和领军人走了，骨干团队走了，刚刚矗立起来的飞鸣大厦岌岌可危了。无奈之中，雷云只好自己出任飞鸣董事长兼总经理，并立刻开始从社会上高薪招聘人才，竭尽全力修补东倒西歪摇摇欲坠的飞鸣大厦。

雷云已经意识到飞鸣通讯已经是他此生最后一个企业最后一个平台了，是他的商海生涯的最后一站，是商场赌博的最后一注，他输不起也败不起了。如果飞鸣做败了破产了，他就真的永世不得翻身了。失败的后果结局，他连想都不敢想。

面对飞鸣投资人领军人和核心团队的出走，面对这晴天霹雳沉重一击，雷云只能把打碎了的牙吞到肚子里，只能调动全身气力孤注一掷做困兽犹斗的最后一搏。

然而祸不单行，屋漏偏逢连夜雨，这种巧合生活中常见，商场上也常有。

就在飞鸣通讯销售直线下滑，企业年利润下降到6000万时，一场猛烈的暴风雨又骤然袭来。为飞鸣搞定全国牌照的中国电信的那位副总突然被抓，罪名是贪污受贿5000万巨款。

这位银铛入狱的副总很快就交代出了所有贪污受贿事实,其中雷云和穆丹那笔3000万的行贿款是最大的一笔。

对于这个大行贿案件,公安机关已经立案调查,等待雷云的将是因行贿罪入狱。

面对企业危机和牢狱之灾,雷云只能垂死挣扎。这时,不是他的政治智慧而是他与政法委打交道的经验挽救了他。

他知道重大行贿罪是要判刑入狱的,但行贿罪的确立是要有证据的。当时,对这位副总的公关是雷云和穆丹一起进行的,但当面谈的都是冠冕堂皇的话,给钱也是暗示。真正操作时,是穆丹从银行取出了3000万现金,因为当时雷云没有钱,只能用穆丹的钱。然后他和穆丹开车到副总家门前,派穆丹的保姆把钱送进去的。交接时只有这位副总和保姆两人,没有留下任何字据。

案发之后,雷云立刻从银行调取了穆丹当时取款的记录,并火速找到穆丹的保姆,给了她30万封口费,让她对专案组说,送钱时只有穆丹和她,雷云不在车上。

雷云完成了这一系列操作,还不放心。又带着重礼去看望即将退休的省政法委何副书记。他对副书记说:

“飞鸣行贿中国电信副总裁的事我从头到尾不知情,这都是飞鸣投资人穆丹一手操作的。”

“你是董事长,这么大一笔现金拿出去,你会不知道?”

“何书记,我真的不知道。当时飞鸣刚刚合资,总经理丛敏之只带来了项目和技术,没有带来一分钱;而合资前飞鸣处于亏损状态,也没有钱。合资公司的启动就全靠投资人穆丹投资的3000万。等到公司急于拿下全国牌照要公关中国电信时,账上只有几百万。我当时把公关的任务托给了投资人穆丹,并嘱咐她千万不要直接对副总行贿,只要动用关系做中国电信老总的工作就行。动用关系时可以使钱。”

“企业公关怎么会是投资人的事?”

“企业刚合资,一切都很混乱,许多事都是大家一起干的。您也知道,女性在公关方面有优势。再有,动用关系时需要花钱,而企业没钱,只有投资人有钱,我就顺势就把这件事交给投资人。我这样做一来是发挥她的特长,二来是促使她追加投资。后来公关结束后,她真的追加投资了。穆丹当时能够亲自出马做公关,也是因为当时我和她的关系比较好,还有她是飞鸣唯一的投资人和股东,飞鸣的命运直接关系到她的利益。”

“一下子行贿3000万可是大案,你手里穆丹行贿的证据吗?”

“有,证据和证人都有。证据就是这份穆丹银行提款的银行对账单,上面的时间地点都吻合。证人就是穆丹的保姆,专案组可以直接找保姆取证。”

雷云说完把银行对账单递给何副书记。

“既然你不知情,又有穆丹行贿的证据,事情就好办些。你的情况我会跟专案组打招呼的,不过管用不管用就不好说了。我是马上就要退下来的人,人走茶凉,人将走茶也凉啊。”

“那就谢谢何书记了。”

雷云的努力没有白费,行贿案结案时,他金蝉脱壳逃过了一劫。

雷云出卖穆丹时,没有任何道德羁绊和心理负担。穆丹在飞鸣危难之中的不辞而别,已经让他俩扯平了。既然你不仁,我也不义。而且他知道穆丹是具有日本和中国双重国籍的人,而且人远在美国,司法界历来重受贿轻行贿,专案组不会动用国际刑警通缉穆丹的。

案情发展果然如雷云所料,专案组结案之后,法院把中国电信的副总判了无期徒刑,之后根本没人再去追究穆丹。

这是雷云第二次成功躲过牢狱之灾。

11

雷云躲过了牢狱之灾,但躲不过公司日益严重的危机。行贿案出来之后,中国电信并没有完全取消飞鸣的牌照,而是把它的全国牌照变成了南方10省的牌照,小畅通的市场份额顿时减少了一半。

这无疑是雪上加霜。

随着时间的推移,公司的能用之人越来越少,管理越来越混乱,人员而不是人才的流失越来越严重,飞鸣通讯衰败之相越来越明显了。这年年底,飞鸣的利润只剩下了3000万了。

辉煌不再雄心也不再了,此时雷云已经不做百亿大梦了,他日夜焦虑的就是如何拯救飞鸣。

他不禁联想起当年拯救山海的情景,联想起麦肯锡兵败山海,当时他还有田丹羽帮忙,如今他只能单枪匹马实施拯救方案了。

他思来想去找到的拯救途径就是上市。

他认为飞鸣通讯毕竟有过三年连续盈利的业绩,毕竟还占有小畅通的半壁江山(飞鸣崛起后,全国先后出现了七八家生产小畅通的厂家),在中国A股主板上市应该没有问题。只要飞鸣能够上市,眼前的一切难题就迎刃而解,飞鸣的销售下降趋势就可以遏制,公司的颓势和混乱就可以打住。只要飞鸣上市,只要他手里有了股市融资,他就可以重新招兵买马再造团队,就可以购买美国的小畅通升级换代技术,就可以重振飞鸣再创辉煌。

上市寄托了雷云所有的希望和梦想,上市成了拯救飞鸣的灵丹妙药,上市才是他的最后一赌最后一搏。

找到上市这个拯救方案后,雷云的精神为之一振,希望之火立刻点燃。

怎样让飞鸣成功上市呢?雷云当然不会去找八闽上市第一人林磊,他知道就是去找林磊,林磊也不会帮忙。雷云辗转奔波四处托人,终于找到一家江苏的公司。这家名为江苏融通的公司是一家实力雄厚专门操作企业上市的投资公司。

为了能让融通公司一揽子承揽飞鸣的上市业务,雷云煞费苦心。他请人重做了飞鸣的账,并请业内高人下大力气重新包装了飞鸣,至于包装过程中掺了多少水,贴了多少金,做了多少假,他一概不管。

雷云把重新包装的飞鸣摆在融通老总的面前后,又不厌其烦向这位屈总讲解飞鸣的创业史和辉煌史,讲解飞鸣现有的优势和潜力,顺便也讲述了自己的山海辉煌史。

这样努力了两个多月,诚心所至金石为开,雷云终于打动了屈总的心。

不久飞鸣公司与融通公司签订了一个对赌协议。协议规定:融资公司投资1个亿买断飞鸣公司的上市经营权。飞鸣公司上市成功,融资公司将拥有飞鸣35%股权。飞鸣公司上市失败,融通公司无权收回1个亿投资。

这份协议完完全全是个赌博协议。上市成功,融通公司大赚几个亿,上市失败,融通公司白扔1个亿。

原来融通公司的屈总和雷云一样是个大赌徒。

这份对赌协议的签订,让雷云心中一阵狂喜。他自认是打了一个漂亮的翻身仗,飞鸣公司的厄运从此有望结束了。

协议签订的当天晚上,雷云在榕城南都饭店大宴宾客。应邀赴宴的不少商界朋友都以为大难不死的雷云又将东山再起再造辉煌了。

在庆祝宴会上,融通的屈总喝高了,竟然借酒壮胆,在众人面前唱起了京戏空城计名段;

"我站在城头观山那景,耳听得城外乱纷纷,旌旗招展空翻影,却原来……"

屈总是老票友,虽有几分醉意,戏还是唱得有板有眼,绝非荒腔走板。

12

融通公司接手飞鸣上市后,立即紧锣密鼓开始运作。然而无论融通公司如何运作,飞鸣通讯就是上不了市。证监会对飞鸣通讯上市申请的答复是:不予考虑。通融使尽浑身解数,又砸进上百万,连飞鸣通讯进入证监会的审核委员会都办不到。

现在回想飞鸣公司不能上市的原因可能有三个:一是中国电信副总的受贿案对飞鸣通讯的巨大影响。二是飞鸣通讯盈利的直线下降,从1.2亿跌到不足3000万。三是金融危机的影响。

一年之后,中国主板上市的形势更为严峻,而且飞鸣通讯的业绩每况愈下,利润已经只剩下300万,已经到了亏损的边缘了。融通公司的屈总脱皮吐血折腾了一年,不得不忍痛放弃了飞鸣上市的操作。

对赌协议签订后的庆祝宴上,屈总曾经对酒当歌,当时他是觉得自己胜算在握,拣了一个大便宜。

他不知道居然上了雷云的当,钻进了雷云设定的套,更不知道自己接手的不但是一个烫手的山芋,而且是一个金玉其外败絮其中的烂摊子。在当前形势下能够把这样一个烂企业操作上市的人还没有诞生。

这桩买卖不但让江苏融通损失了1个亿,而且丢了屈总在业界的颜面。这单生意失败之后,屈总自己也被董事会炒了鱿鱼。

当年北京南岳地产投资山海上市公司,的确是魏老板给雷云设下的套,但说融通和飞鸣的这个对赌协议是雷云有意设下的套,这有点言过其实。说这是雷云一半有意一半无意造成的套,更为确切。因为雷云当时与屈总签订对赌协议时,的确做了假账,也对飞鸣进行了过度包装,但他自己对飞鸣的上市是有一半信心的。如果说那没信心的一半是个套也说得过去。

飞鸣通讯在大陆主板上市失败之后,雷云并没有死心。他立刻移师香港,企图把飞鸣通讯推到香港股市上。然而雷云忘掉了他不是林磊,也忘掉了飞鸣公司的日趋衰败的现状,他在香港竭尽全力折腾了半年,最后还是以失败告终。

雷云无奈灰心丧气地回到榕城。正当他上市无门求助无人时,一个台湾券商的副总上门了。来人叫鲁源,四十岁出头,是台大的金融硕士,北大的金融博士,并且有10年的券商从业经历。

“雷总,听说飞鸣正在香港运作上市,雷总是否想过到台湾上市?”

“没有想过。”

“我们博大证券公司是专门做大陆企业台湾上市的,业务开展几年来,我们已经成功地把3家大陆企业搬上台湾股市,其中2家都是八闽的企业。飞鸣也是八闽的企业,台湾股民对八闽企业有亲切感的。”

“贵公司运作的这3家大陆企业在台湾股市的融资情况如何?”

“很好哇,比香港股市还好。3家企业中有2家企业在台湾股市的股价都上涨了30%。雷总可能以前没有关注过台湾股市,台湾股市既规范又国际化,最近10年,股价指数上涨了50%。我以为,对于大陆成长性公司,台湾股市是比香港股市更为理想的上市地方。台湾股市偏重高科技企业,尤其偏爱IT企业,雷总的飞鸣正好是IT企业,何不到台湾股市上一试?”

“到台湾上市手续繁杂吗?上市的周期是多少?”

“台湾上市的手续比大陆简便多了,而且也快得多,最多半年时间足矣。现在海峡两岸经济已经水乳交融密不可分,台湾企业离开大陆市场已经不能生存,同时台湾股市也是大陆企业投融资的好地方。”

“如果是这样,我可以考虑。”

“建议雷总到台湾考察一番,一看就明白了。如果飞鸣有意在台湾上市,我们博大公司可以全权负责。保证半年之后雷总可以到台湾股市上挂牌敲锣演讲。”

送走了鲁源之后不久,雷云就到台湾走了一圈,回来之后很快就跟台湾博大证券公司签订了协议。这回的协议不是对赌协议,而且一个委托协议。协议规定:飞鸣通讯支付现金800万,由博大证券全权负责飞鸣通讯的台湾上市事宜。

半年时间转眼过去了,飞鸣通讯在台湾上市又失败了,预先支付的800万费用也打了水漂。雷云这次是被这个鲁源忽悠了。因为规范的台湾股市是不会接受造假的,也不会接受一个处于下降通道的烂企业。

飞鸣通讯两岸三地上市全部失败后,雷云彻底绝望了。

飞鸣上市失败后,企业已经陷入了亏损,当年的亏损额就高达1000万。与此同时,飞鸣公司债台高筑,单是欠下的银行贷款就是2个亿。

辉煌了三年的飞鸣通讯又一次濒临破产的边缘,二次创业的雷云又一次遭遇惨败,而且是一败涂地惨不忍睹。

三十五、影视(上)

CHAPTER 35

1

在海山四同海产养殖集团成立之后半年,林磊又开始考虑新投资新项目了。显然,海山四同集团仅仅进入生物工程和海洋养殖两大产业,还不能满足林磊的胃口。他设想的集团大战略,至少要拥有三大产业。刚刚砸出去几个亿,显然也不能满足林磊的投资欲望,手里还握有十几亿投资资金的他,不投出去心里痒痒。花钱会上瘾,投资同样也会上瘾。但他还是把自己的投资界定为理性投资,与雷云当年的疯狂无理性投资还不是一回事。

如果投资控股安隆算作林磊的第一次投资的话,那么即将展开的投资就是他的第五次投资了,也是海山四同集团成立后的第二次投资。

再投投向哪个方向呢?还向哪个产业进军呢?这次林磊依然没有留心投资部乔丽娟那里的堆积如山的送上门来的投资项目,而是又开始认真思考起国家战略和产业政策来。

林磊说过,创业要看清风向和潮流,要顺风顺水而动而不能顶风开船逆水行舟。老实说,他进入生物技术产业和单抗项目时,并没有想到国家的产业政策。中央早提出科技兴国的战略口号,而且生物技术产业也一直是国家提倡鼓励扶持的产业,但他进入生物技术产业控股安隆,完全是无心插柳柳成荫,因为当时胡建业给他提供的机遇就这么一个,他无法选择,只能孤注一掷。没想到这第一次就让林磊蒙着了,让他一开始创业就进入了符合国家战略和产业政策的产业。

他不由得想起了侯国栋。侯国栋出来创业时,只能从自己的老本行入手,但他这个老本行建材产业却正是国家要控制的产能严重过剩的产业。林磊想到这不禁庆幸自己的幸运。

然而,林磊进入海洋产业却是自己在国家建设海洋强国战略的大背景下的主动选择,是他第一次顺应潮流顺应国家产业政策的结果,是他第一次把国家利益与企业利益自身利益有机结合的结果。

林磊在考虑集团成立后的第二次投资时,首先想到的还是国家战略和产业政策。其原因一是他有改革情节爱国情怀，二是他认为顺应潮流可以借国家之力，这样容易成功容易赚钱。当然他也不是一味赶时髦，所有国家的产业导向都要跟，他还要看自己的实力和自己企业的实际情况。在国家要大力发展的新兴产业中，还有航天产业、新能源产业、新材料产业和环保产业，这些产业他都没有考虑，因为他认为这些产业不适合他和他的集团。

林磊认为一个企业家能够有幸有可能有能力跟随国家战略和产业政策创业，是一种责任担当和使命，也是一种幸运和幸福，是国家之幸也是企业之幸企业家之幸，并非所有的企业家都有这个条件机遇和福气的。

林磊是企业家也是经济学家。作为经济学家，他在研究经济改革时也关注过产业政策。

产业政策这个词在西方发达国家不时髦，因为那里是新自由主义的天下。在他们眼中，产业兴起发展完全是市场选择的结果，是生产要素在市场机制引导下向利润空间自由流动的结果，关你国家什么事？根本用不着政府来引导甚至出面挑选“冠军”。无论是比尔·盖茨的软件产业还是乔布斯的手机产业，都是企业家创新激情的产物，这两个天才企业家创业之时，决不会考虑什么美国政府的产业政策。产业政策一词出自最先崛起的亚洲国家日本，风行于亚洲四小龙。可以说靠国家产业政策崛起是日本和四小龙经济奇迹的秘诀之一。

当日本经济泡沫破灭时，产业政策被西方经济学界诟病。然而，中国人不理这一套，依然搞的是政府主导型市场经济，依然走的是靠国家产业政策引导实现经济起飞之路。

在林磊看来，西方的新自由主义和市场原教旨主义是值得反思的，靠国家产业政策引导实现经济起飞是发展中国家现代化的必由之路，只不过政府产业政策的出台和引导的重点，应当是政府和市场主体合作发现新制度和组织以矫正市场失灵，决不能走上政府取代和摧毁市场机制的错路。

作为企业家，林磊在寻找投资方向和进入新的产业之前，格外关注国家产业政策的目的也是为了利润，因为进入符合国家产业政策的产业，就能得到国家的优惠政策和资金扶持。林磊是个精明而敏感的企业家，他早已看出中国改革的一个没人预料到的结果是国富民穷，在中国，最有钱的是政府。所以他关注国家产业政策的目的也是为了挣政府的钱，挣政府的钱比挣市场的钱容易得多，既挣政府的钱又挣市场的钱的企业利润空间要大得多。

这次林磊注意到了国家打出来的新牌:振兴文化产业战略。

林磊虽然从来不是诗人也不是文人,他没写过诗,没发表过散文和小说,他写过的文章都是政论和经济文章,但这并不表明他没有文采和没有文化情结。他还是从小看过不少文学作品的,他的文采也是被陶捷认可的,他的口才也是被商界认可的。如果胸无点墨能成为商界的侃爷吗?就是企业文化的制定和员工大会上的演讲,也需要文采。

文化产业进入的门槛并不高,图书出版的投入不高,演艺和动漫的投入也不高,一部电视剧的投资不过几千万,一部大制作的电影投入不过一两亿而已,这点钱林磊掏得出来。而且政府对文化产业的优惠和扶持政策是相当到位的,不光有税收政策的优惠,更重要的是可以优先上市。

林磊对国家发展文化产业战略的理解颇深。

大国崛起的标志不光是经济起飞军力上升,还有文化的振兴和走向世界。历史上所有的经济大国都是军事大国和文化大国。冷战之后的世界的竞争焦点,正在从商业战争转变为文化战争。要问当今世界谁主沉浮,你就看世界流行谁家文化就知道了。一个好莱坞居然年产值占了 GDP 20% 以上,占据了全世界电影市场份额的 90% 以上,当今谁是世界霸主谁是超级大国不是一清二楚了吗?

应该承认,无论是日本还是美国都是有强大文化产业的,美国有好莱坞,日本有动漫。他们征服世界不单单是靠金钱,还靠文化和价值观。美国佬不遗余力向全世界推行的美国梦和美国生活方式,那里面是包含文化和价值观的。

中国单靠经济奇迹单靠中国制造和中国创造征服不了世界,还要靠文化和价值观,靠中国模式。古人是讲究立身立德立言,一个国家也必须立身立德立言的,身是经济,德和言就是文化。

中国当下的支柱产业是汽车和地产,可是美国一个好莱坞的产值就超过了汽车行业的产值。中国文化产业的产值在 GDP 中所占比例很低的现实正预示着中国的文化产业未来巨大的发展空间。其他不提,只要中国电影能够从好莱坞手中抢占 5% 的市场份额,那就不得了了。

中国经济起飞之后,文化产业没有跟上来,图书出口影视出口的比例与大国身份不符。弹丸小国的韩国居然能在中国掀起“韩流”来,岂不是太伤我大国国格了吗?

平日里,林磊是难得有时间看电视剧的,但他要看也是看国产剧和西方剧,从来不看日韩剧,他对林慧近来迷上韩剧既不解又恼火。

“你怎么也赶时髦看起韩剧来了?”

“韩剧比国产电视剧好看多了,很真切很细腻,能够打动我。”

“真是匪夷所思。婆婆妈妈哭哭啼啼煽情吊胃又臭又长,有什么好看的?”

“韩剧你一部都没看过,你有什么发言权?”

林磊无言以对。

还在举国上下追捧美国大片时,林磊就基本不看好莱坞电影了,他只看英法德意西的电影,更关注文化小国伊朗、土耳其、泰国的电影,只不过难得一见。但他也不喜欢印度的歌舞电影,在他眼里,经济总量不到中国一半的印度已不能算文化小国了,因为它有一个“宝莱坞”。

对于林磊的电影口味,林慧嗤之以鼻:

“世界上90%以上的优秀电影都出自好莱坞,你拒绝好莱坞,就是拒绝电影。你这是鸵鸟政策,是狭隘民族主义,是狐狸吃不着葡萄就说葡萄酸。”

“我就不信中国拍不出好电影。”

“中国电影要想同好莱坞电影较量,那是二十年以后的事。”

“都没人拍我自己拍。”

林慧对于丈夫随口说出来的这句话并没有当真,她怎么也想不到林磊几个月后会真的玩起影视来。

2

文化产业很大,从何处介入,林磊开始并没有拿定主意。

集团副总兼投资部总监乔丽娟知道林总打算进入文化产业之后,就把一位找上门来的动漫企业的老板介绍过来。这位老板姓韩。

林磊和韩老板谈了一个小时。

“韩总,你是怎么找到我的?”

“我是八闽人,林总一口气投资了两大产业,你的名字在八闽商界如雷贯耳啊,我怎么会不知道?”

“你的企业也在榕城吗?”

“不在,在北京中关村。我是北京工业大学毕业的,10年前毕业后就留在北京创业了,一创业就一头就扎进了动漫产业,我应该算是中国动漫产业的先行者之一。”

“韩总的商业计划书我看了,从材料上看你的动漫企业发展还不错。”

“我们时空动漫公司在中关村能排到前10名了。日本是世界数一数二的动漫大国,但我们的游戏‘三国战将勇’已经打进日本市场并且风靡一时。林总,现在国家在大力推动文化产业,地方政府更是不遗余力扶植,北京一年拿出来扶植动漫产业资金就有十几亿,而且还免费给地皮,现在可是进入动漫产业的绝好机会。”

“你得到北京政府的扶植了吗?”

“我们拿到了石景山区的一块地皮,在上面建了时空动漫城,还拿到1000万元扶植资金,这些钱都是政府白给的,你说爽不爽。”

“既然韩总有地有资金,为何还来找我?”

“1000万哪够啊,我的企业现在的发展瓶颈就是缺资金,如果有大资金投入,用不了三年就能崛起。”

“你需要多少资金?”

“一个亿,我知道林总是大手笔投资家,这点钱对你不算什么吧?”

“一个亿我当然拿得出,但是海山四同集团是否进入动漫产业还没有确定,我们还要认真做市场调研和进行可行性分析。过些天我可能会去中关村考察动漫产业。”

“那太好了,我可以全程陪同。”

“全程陪同就不必了,但我会去看看你的时空动漫城。”

会谈结束时,林磊是有点动心的。纵观整个文化产业,图书出版面临网络的竞争前途难料,演艺团体正在进行改制,市场前景一时半会儿还看不透,影视产业门槛最高,剩下的就只有动漫产业了。

所谓动漫主要是软件开发,游戏也好动画片也好,不就是个软件程序吗?搞软件我可不陌生，山海一度是靠彭一鸣的软件项目支撑的，我也曾经主张把山海股市融资大部分投入软件业，可惜雷云没有眼光。而且陈帆的新腾早在十年前就重建了软件产业，如今规模已经发展得很大了。思考动漫产业投资时，林磊自然要联想到彭一鸣。当年我可是同他在中关村成功收购了两家软件公司，其中有一家就是游戏公司，电子游戏不就是动漫的衍生产品吗，如果后来不卖掉，早在十年前山海就拥有动漫产业了。

林磊在心中斟酌：软件开发是老本行，对于我和海山集团中的山海老将来说都不能算陌生领域，也算不上跨行，这样进入陌生领域的风险和转行成本就可以大大降低。而且彭一鸣一直希望得到我的投资，我也一直想同彭一鸣合作一把。当年我入狱后曾经打算把海融和海融的网络产业交给彭一鸣，被雷云搅黄了。如今如果进入动漫产业，就可以同彭一鸣再续前缘了，海山和风标联合成立一家动漫公司，我出资金，彭一鸣出人才和技术，这不是海山集团进入动漫产业的一条捷径吗？而且是两全其美一石两鸟的好事。

思考到这里，林磊已经基本上有了从动漫入手进入文化产业的意向。但意向是意向，市场调研还得做，中关村的考察还得去。

3

几天之后，集团董事长林磊和副总兼投资部老总乔丽娟一起坐上了飞往北京的航班。

这是两人第一次一起出差，在飞机上他俩聊了一路。

“丽娟，你看韩总的这个动漫企业咱们能不能投，集团投资可是你要先拿主意的。”

“我还看不准，我总觉得这个韩总的话里有水分。而且我对动漫这个行业很陌生，在山海集团时，我也主要是负责金融领域的投资，和彭总的软件项目不沾边。”

“我现在有点投资动漫的冲动，但一切要看我们这次调研考察的结果。搞投资是不能冲动的，更不能头脑膨胀。投资项目的确定和拍板一定要在非常冷静和理智的时候，否则投资风险很难控制。雷云当年的教训我们都要记取。”

“我在香港做投资时也冲动发热过,要不是你后来帮我纠正投资方向和堵上那个2000万的窟窿,我在香港投资界早就混不下去了。”

“我给你补窟窿的钱拨出时还是晚了点,结果造成了你父亲对我的误解。其实我和乔老爷是很投脾气的,我们是有可能成为好搭档干成大事业的。”

“如果那次换帅成功,你和我爸也许真的可能挽救山海再造辉煌。”

“是啊,有这个可能,只是历史不能假设啊。你老爸对我误解有三个,一是换帅时我的软弱和临阵退缩,他以为我是个没有血性和胆量难当大任的人,二是我的私有化改造他长期不能理解,三也是最关键的是老爷子以为我无视他的嘱托没有帮你。你在他心目中位置太重要了,远远超过了掌上明珠和千金小姐的分量。”

“爸爸对我不但有养育之恩而且恩重如山,可惜我是个不孝之子,没能报答他一丝一毫。林总,了解一个人真是太难了,爸爸很长时间没能真正了解你,我们大家也很长时间没能真正了解雷云。爸爸在把我托付给你之前,也曾托付给雷云,那是我刚接手香港投资公司的时候。雷云也真的帮过我,我一直是叫他雷哥的,可是我从来不敢这么叫你。”

“我就这么不好接近不通人情吗?”

“你有时是这样,你把集团事业看得太重,把原则看得太重,后来想想,你这样做也是对的。在你和雷云争帅位时,我可是站在雷云一边的,我还劝说老爸别把雷云拿下去,但老爸没听,他对我也不是什么时候都言听计从的,我爸还是有原则性的,他丧失原则的时候几乎都是为了我。老爸的溺爱和雷云无原则的呵护实际上害了我。让我变成了一个大小姐,一棵温室中的花草。其实我爸混了一辈子就是一个大校,一个挂名的董事长,我真不知那些将军的孩子那些中央首长的孩子都怎么养。”

“自古穷家出贵子,纨绔子弟没出息。”

“后来我爸走了,你也进大牢了,雷云也出局了,我反而自己闯荡出来了,也真正成熟了。”

“丽娟,听说你一直跟一个老外交往,你们结婚了吗?”

“没有。他是个德意志银行香港分行的部门经理,是个帅哥,也很有钱,他爸就是银行家。我们一起同居了三年。原本我是打算嫁给他的,但这家伙就是不提结婚的事。后来我才知道德国盛产这样的‘畏婚夫’,他们怕将来结婚后你分他的财产,其实我才不希罕他的钱呢。”

“你和他分手后,就一直独身吗?”

“是啊,我对婚姻已经没有兴趣了,对爱情也不敢奢望了。”

“这不正常,你才三十几岁,应该重新恋爱结婚。事业和家庭同等重要,没有婚姻的人生是残缺的。”

林磊说这话时眼前又浮现出陶捷的音容笑貌。

“职业女性的婚姻之路是很艰难的。”

“是不是你的眼光太高了。”

“不高,我就想嫁一个你这样的真正的企业家金融家,可我找得着吗?你会理睬我吗?”

乔丽娟说完向林磊投来凄婉哀怨的目光,林磊的心不禁微微一颤。他一直不知道,乔丽娟暗恋他已经有年头了,具体从何时开始的很难说,可以说这是打出来斗出来的情感。乔丽娟还算不上女强人,但她是名副其实的有个性的职场成功女性,对于巴结她追求她的男人,甚至对于像妹妹一样呵护她的雷云,她都没有感觉,反而对林磊这样严厉无情整过她也帮过他用过她的人一往情深。她对林磊从敬畏提防到信服钦佩到倾倒暗恋,是个不知不觉的过程。不但林磊浑然不知,而且她自己也是长时间说不清道不明。当然,乔丽娟对林磊的爱恋从一开始就是暗恋就是单相思,因为林磊当时不但有妻子林慧而且还有红颜知己陶捷,乔丽娟从来就不在他的视野中。

“我是有家室的人,已经没有结婚的权利了。如果我现在是个单身汉,我一定要你。即便是成功企业家是大老板也很难找到你这样才貌双全的金融精英。”

“是啊,你的前提是如果,可这个如果是根本不存在的。林哥,我现在可以这样叫你吗?”

“当然可以。”

“我听说你在海融上市之后,本来是要同你的红颜知已陶捷在香港大干一番的。”

“有这事,当时她的调动已经办得差不多了。”

“你会和她在香港结婚吗?”

“有这种可能。”

“那你真会抛弃林慧和你的儿子吗?”

“我说是有可能,但真到抉择时,会是个两难的痛苦的抉择。陶捷是我的初恋情人,她为了我独身半生,我爱陶捷也欠了她很多;但我对林慧的感情还在,我真不知到时候我如何化解这道难题,做出什么样的抉择,因为这两个女人我都不能也不愿伤害。”

“后来你入狱了,陶捷也走了,两难的难题也迎刃而解。”

“是啊,经过那场牢狱之灾,危难见真情,我才知道林慧的忠贞坚强和宝贵。如果没有那场灾难,如果真的选择了陶捷抛弃了林慧,我将毁掉她的一生。其实我已经毁掉了陶捷的一生,她是因我而早逝的。每当想起她,我的心还隐隐作痛。丽娟,男人对爱情远没有女人那样执著和忠诚。男人在这方面多数是自私和多变的,有时还很残忍,有钱有官有事业的男人更是如此,所以你要提防啊。”

“我不需要提防,因为我此生不会再有爱情和婚姻了。”

“干嘛那么悲观?”

乔丽娟沉默了,把头转向了舷窗。林磊依稀看见了她脸上的淡淡的泪痕。

4

林磊和乔丽娟在北京调研考察了一个星期。他们不但考察了韩总的时空动漫城,而且考察了中关村和石景山两地十几家动漫企业。

调研考察结束后,林磊和乔丽娟的感觉都不好。

“丽娟,你调研考察后的感觉怎样?”

“我的感觉不好。”

“我的感觉也不好。”

“时空动漫城的实力被韩总放大了许多倍,那款风靡日本的游戏《三国战将勇》也不是时空动漫一家开发的,是两家合作的结果,而且时空动漫还是其中的配角。他们公司折腾了这么多年,只有这一款游戏赚了钱,其他的游戏和动画片都是粗制滥造的东西,没卖出什么钱。”

“你的目光很敏锐。看来国内的动漫产业还处在起步阶段,业态不成熟,关键是没有盈利的商业模式。动漫公司开发出来的动画片只有一条出路,那就是放到电视台播,可是央视和地方电视台不但不掏钱买片,反而都要收钱播出,这和电视剧正好反着。播出要交钱,然而动漫企业又没钱,于是就找关系走后门,就变相行贿。国家出台扶植动漫产业的政策后,许多动漫公司把主要精力都放在了政府公关上,想方设法不择手段地要拿到政府的补贴。一个没有盈利模式靠政府补贴过日子的产业不会有前途。”

“这些动漫企业都是小公司,超过百人的企业都难得一见,北京是这样,其他城市可想而知。”

“丽娟,不知你发现没有,北京的动漫产业有很多猫腻,最大的猫腻就是企业以动漫科技城为由头,从政府那里拿地,然后变相搞房地产,挂羊头卖狗肉。”

“我也发现了,韩总的那个时空动漫科技城里,实际上从事动漫开发的就一座小楼,其他的楼盘都是高档住宅楼,都在偷着卖。我还发现了他们暗中售楼的资料,房价比旁边的楼盘低了四分之一,但将来业主的电费是工业电费。”

“你的眼光已经很毒了。他们拿地的成本几乎是零,主要是行贿政府官员的费用,所以他们可以低价售楼,可是他们的利润一定比周边正规地产开发商高得多,高出一倍都不止。那些正规开发商已经是暴利了,你算算他们获得的是什么利润,是暴暴利。中国的事情就是这样,政府扶持动漫产业的政策是好政策,但一个好政策的出台却造就了一个新的寻租平台和一帮贪官,也造就一批不务正业骗钱骗地的奸商,上演了一出官商勾兑的新戏。”

“林总,你对房地产行业怎么门儿清啊。”

“我为房地产企业做过借壳上市,从那以后我定出了一个原则,海山四同集团永远不沾房地产。”

“如果我们现在投资进入动漫,不就等于变相进入房地产了吗?”

“是啊,因而我们必须小心谨慎。当然不会所有拿到政府补贴和地皮的动漫企业都敢这么干。敢在光天化日之下偷梁换柱挂羊头卖狗肉的动漫企业一定都是有背景有后台的,否则他们不敢这样胆大包天,因为这些地面上的建筑都是秃子头上的虱子,单摆浮搁着的,真有人查,一查一个准。”

“这么说这个其貌不扬的韩老板也是有背景的了?”

“当然,你以为呢。有背景的老板不一定都是北京人,魏祝荣也是八闽人,可他在北京商圈也是个左右逢源呼风唤雨的人,也是个有背景有后台的人,不然他能分文不掏就把那么大的山海集团收入囊中吗?要知道背景和后台是可以用金钱打造的啊。”

“商海的水真浑浊。”

“全世界的商海都一样,无商不奸,天下乌鸦一般黑,只不过我们眼前的这个不成熟的市场经济的海洋水更浑浊一点罢了。商海就是江湖啊,人在江湖身不由己,我们只能在商言商。然而,你也不必悲观感叹,水至清无鱼,没有投机就没有股市,没有奸商就没有了商海,而没有了商海就没有了财富,没有了国家支柱。任何不成熟不规范的市场都会慢慢成熟规范起来,中国的商业环境比起二十年前来好多了,以后会更好。”

“林总说到底还是个乐观主义者。也许任何新生产业都要经历幼稚混乱这个阶段,动漫产业也一样。也许最大投资机会就存在的这个阶段,等到产业成熟了规范了盈利模式清晰了,就轮不到我们了。”

“你说的是真理。”

“那这个动漫产业我们还投不投进不进?”

“不着急定,明天你跟我一起去见彭总,他是软件业内人士,听听他怎么说。我们要是进入动漫产业也是要与彭总的风标合作进入,没有彭总的软件高手和技术,我们这些人玩不转动漫。”

第二天林磊和乔丽娟来到位于中关村核心商业区的风标公司总部。彭一鸣为他们举行了盛大的欢迎仪式,让公司全体员工在大门口夹道欢迎了一把。

“彭总,干嘛这么隆重,我又不是总统。”

“你是财神爷啊,自然要奉为上宾。上次你来中关村,我未能远迎,甚感遗憾。实践告诉我,林总就是钱,生意人谁跟钱过不去?欢迎款待林总永远没错。”

“你欢迎的是钱吧?”

“我还没这么功利,你就是分文不带,我也会把你奉为上宾。”

“那你们俩聊吧,我回去了,彭总欢迎的是林总,没我什么事。”

彭一鸣一把拉住乔丽娟的手。

“我哪敢慢待美女啊,现官不如现管,你是投资部的大拿,听说不久前海山投资海产养殖企业,拍板的都是你啊。”

“说了半天,你欢迎的还是投资。”

三个人在贵宾室坐定之后,彭一鸣说:

“你们到北京一个多星期了,怎么才到我这来啊?”

“考察动漫产业一周时间不算多。”

“怎么林总又想玩动漫啦?”

“正在调研考察阶段,有这个可能。不过我要是进入动漫产业,一定要拉着你彭总。你是软件行业的元老和大拿啊,‘谁敢横刀立马,唯有彭大将军’。”

“我对动漫产业可不感兴趣,别看政府现在给钱给地,中关村不少企业蜂拥而上,但我是不会凑这个热闹的。”

“彭总不看好动漫产业?”

“也不是,别看现在中国的动漫产业乱糟糟的,十年之后一定会超越日韩。”

“市场前景这么好为何不进入?动漫不就是软件开发吗,这是你的领域啊。”

“林总你有所不知,动漫表面上玩的是软件开发,但本质是创意,软件技术在动漫产业中是第二位的,内容创意才是第一位的。如果要找一流的软件开发人员,我这里有一大把,中关村更是一大堆,但要是找到好的创意人员可就难了。风标的优势是软件开发人才和软件技术,不是创意。我们开发财务软件行业软件,创意不重要,技术最重要。创意是我们的短板,因而我不会染指动漫。动漫现在已经成为香饽饽,人们争相涌入,就像当年网络兴起时一样,这块香饽饽谁爱抢就抢,我决不眼馋嘴馋,我劝林总也别贸然进入,风险太大。”

“如果你彭一鸣都不沾动漫产业,我是不会轻易进入的。但海山四同是一定要进入文化产业的,这个大战略不会改变。”

“那么林总打算从哪里切入文化产业?文化产业现在也热得很。”

“原来我以为动漫产业门槛低一些,而且又有国家的扶植优惠政策,想先从这里介入,然后转向影视。我投资文化产业主要是冲着影视产业去的。”

“别看影视产业的门槛高,而且跟咱们都不搭界,但我不反对海山四同进入影视。”

“为什么?”

“因为现在是影视娱乐时代,文化产业中影视肯定是龙头是影响力最大的一块,而且这个行业中民营公司已经成了气候。国家对影视产业的扶植力度也相当大,华谊兄弟和小马奔腾等这些先行者都已经上市了。江浙许多民营影视公司的老板原来都是房地产商和做服装的,不也成功了吗?林总怎么说也算是儒商和文化人,离影视行当的距离并不遥远。”

“彭总的话对我很有启发。原来我想曲线救国,现在看我可能要直奔主题直捣龙门了。要进入一个产业,肯定要抓这个产业的龙头项目。”

“如果林总做影视拍职场商战片,女主角都是现成的。说实话,现在当红的这些女影星中,没有一个人能演女企业家,长相气质阅历积累都不行,当今中国能演女企业家主角的就一人,这个人远在天边近在眼前。”

“彭总,你干嘛拿我开涮啊?”

乔丽娟不干了。

“我说的是真心话。”

彭一鸣一脸无辜和真诚。

5

当天中午,彭一鸣在中关村最昂贵的酒楼宴请林磊和乔丽娟。

酒过三巡,林磊说:

“一鸣,如果你我不能在动漫产业上合作一把,那你还有什么打算?”

“我打算让林总投资我的外包软件公司。软件外包可是世界大趋势,如今全球软件行业的销售额是7000亿美元,软件外包的销售额就是1000亿,七分之一啊。现在美欧的这些软件外包业务大部分被印度人抢走了,一个班加罗尔居然成了美国办公室世界办公室,我是非把这笔软件外包业务从印度人手中抢过来不可。中国现在已经是世界工厂世界制造业中心了,但还没有成为世界办公室成为世界软件开发中心外包业务中心。”

“你这个外包软件项目需要多少投资?”

“软件外包的成本70%以上都是人力资源成本,我的项目总投资预算是6个亿,我的自有资金可以拿出2个亿,我又从美国投行那谈妥了2个亿,缺口也就是2个亿。”

“你彭一鸣看好的软件项目,我信得过,我也不需再调研。这样吧,投行那笔钱你就别要了,因为他们比较黑,要占你很多股份,剩下的那4个亿我来出。咱们山海四人帮的合作总要拉开大幕啊。”

“林总,你让我说什么好,可你这么做不符合商业惯例啊,项目的风险评估总要做吧。”

“不做。我知道它不符合商业惯例,但符合我的人才第一信用第一合作共赢第一的投资原则。你彭一鸣几斤几两我心里有数,你的信用早就储存在我的硬盘里了。具体投资意向和协议由你和乔总谈,谈好了我就签字。”

一天之后,林磊和彭一鸣的合作就谈妥了。海山四同集团向风标公司投资4个亿,占有风标21%的股份。

签字仪式之后在回宾馆的路上,乔丽娟对林磊说:

“我在投资界打拼了这么多年,从来没见过你这样投资的。4个亿的大项目,只谈了一次,一天就签协议,这可真是大手笔大气魄一掷千金啊,好像这些钱不是你自己的一样。我负责收购海产养殖企业时,不过就是几千万的项目,平均每个项目都要洽谈四五次,洽谈了七八次的也不少,前后费时三个月才搞定。”

“这些钱可都是我的血汗钱,是我用6年牢狱之灾换来的。我这样做一点不盲目,因为彭一鸣是软件业难得的人才,可以说是少有的天才,而且他的人品眼光感觉都是一流的。软件界的彭一鸣就是网络界的马云,当年马云创建阿里巴巴时,也是几家风投公司争着投,他和孙正义也是只见了一面只谈了5分钟,就搞定了几千万美金的投资。马云说得好,5分钟的背后是马云的团队和项目,天下有钱的老板很多,可阿里巴巴就一个。同样,愿意投资彭一鸣的风标的老板也会很多,陈帆就是一个,但彭一鸣只有一个。我们投资彭总的风标不会错,几年之后,风标的21%股份绝不止值4个亿,10个亿也打不住。这绝对是个风险接近零和投资回报巨大的项目,这个项目我们能进入,钱不重要,友情和信任最重要。换一个比我更有钱的老板,彭总还不一定要他的钱。当然,我投资彭总,并非是只是为了投资回报,可以说主要不是为了赚钱,而是为了抓住彭一鸣,为了山海四个老板的合作,这只是我们四人合作的序幕。”

“你这样说我就明白了。看来投资家不光有钱有眼光就行,还得有境界有朋友有人脉。”

“你已经开窍了。”

6

林磊和乔丽娟离开彭一鸣的风标公司回到下榻的中关村五洲酒店时已经下午6点多了,晚餐时乔丽娟说:

“中午彭总的签字庆祝宴会太丰盛了,晚上我都没什么胃口了。”

“那咱们就少喝点酒,不吃主食。”

“好吧。”

于是,林磊点了几个清谈的菜,要了一瓶澳大利亚红酒。

“林总,你真打算进入影视产业啊?”

“从一开始我决定进入文化产业时,想到的就是影视。调研动漫不过是想拿它做个踏脚板而已,如今这个踏脚板不能沾,咱们就直接进入影视。丽娟,你看这个投资方向可行不可行?”

“我看可行。我从小就爱看电影,此生能跟着你玩一把影视当然过瘾,不过我担心的是风险控制。我们对动漫中的软件开发,多少还熟悉一些,对影视都很陌生,集团中也没有这样的人才储备。我判断影视领域的水也会很深,咱们面对的跨行转型的风险不小。”

“这也是我忧虑的。不过我听说前不久国内最大的商业地产商也进入了影视行业,他们采取的是挖人建立专业团队的办法,我估计江浙那些老板进入这个领域也是采取的这种办法,我们也可以照此办理,先请猎头公司挖人。”

“这个办法可行,不过即便我们挖来包括制片人和导演的专业团队,影视公司的老总还得是集团的人,拍板的恐怕还得是你,因为挖来的制片人是不会为我们承当风险的。”

“对。我打算影视公司成立后,我出任董事长。丽娟,既然你是个电影迷,调你过来做影视怎么样?海山四同集团进入文化产业之后,起码十年之内不会染指其他产业了。现在生物产业和海洋产业两大块江山初定,集团今后的投资主要集中在文化产业了,你即便继续负责投资部,也是主要负责影视产业的投资,也得学习熟悉影视行当,不如过来兼任影视公司的副总,跟我一块过把瘾。”

“那当然好了,就怕我不能胜任。”

“在干中学嘛,在战争中学习战争。我估计你我真进去了,肯定是要交学费付代价的,我已经做好了两年之内亏损两个亿的心理准备。”

“如果是这样我愿意试一把。”

“那太好了。今晚早点休息,明天上午你跟我去看一位老朋友,他虽然不是影视界的人,但对我们涉足影视会有帮助,下午咱们就打道回府。”

“好吧。”

第二天上午,林磊再次在大三元酒楼宴请邵建一。

“哥们儿,老合同又生效了?”

“对,你这辈子的酒席我包了。”

“怎么,还带来一位美女,也不给我介绍介绍。”

“她叫乔丽娟,是原来山海集团董事长的女儿,现在是海山集团的副总。”

“原来是美女企业家,乔总请坐。”

“邵总,老听林总说起你,今天第一次见面。”

“我可不是什么总。”

“他是发改委的正司长,位高权重。”

“那是老皇历了,半年前我就离开发改委调到体改研究会去了。”

“这么大的事你为何不告诉我?”

“你这个大老板日理万机日进斗金,每小时都值上万元,我怎敢拿这种无足挂齿的小事来叨扰你。”

“发改委太重要了,那是中国最重要的经济决策实权部门,多少资金项目都在你们手里,你怎么能离开呢?”

“我要实权有什么用?我又不搞权钱交易。在发改委干了几年干烦了,因为这个发改委虽是计委和体改委合并的,但它只搞计划批项目,基本不搞改革。不过是老计委的改头换面而已,体改委只剩下一个改字,名存实亡了。”

“你还是改革情结放不下啊。”

“那当然。国家体改委成立的第一年我就进去了,一直干到它被取消,它的辉煌和没落我都经历了。问题不在于我的体改情结,而是在于体改委应不应该撤销,中国的改革是不是完成了。"

"愿听高见。"

"中国的计划经济也是部门经济,条块分割,权力资金利益都集中在各个部委。如果没有体改委这样一个凌驾于各部委之上又超脱部委利益的部门,中国的经济改革是不可思议的。为什么要撤销体改委,无非是中央决策者认为改革的任务基本完成了,不需要一个专门的协调统筹决策部门了。中国三十年的改革有许多做对了的地方,否则不会有中国奇迹,但也有许多做错了的地方,就是失误。政治改革滞后,破解二元结构滞后,建立社会保障滞后,环境污染治理滞后,这些都是失误,但还有一个失误就是过早撤销解散体改委和放慢甚至停顿了改革。"

"你这个观点我倒是第一次听说。"

"中国改革了三十年后,究竟还要不要继续改革?改革有没有时间表?我看改革无止境,至少也要改革五十年。其实体改委撤销的这些年,正是中国改革进入深水区的关键时刻,因为前二十年,能改的容易改的都改了,剩下的都是硬骨头都是攻坚战了。政治改革、社会改革、政府职能改革,打破国企垄断,弱化利益集团,破解二元结构,缩小贫富差距,哪个都不是好练的活。改革要打攻坚战了,要硬碰硬了,要触及利益集团利益了,你却把改革的智囊团和参谋部给取消了,那还怎么改?"

"言之有理,我看这些年的改革是只闻其声不见其人,真正的实质性的改革,真正的改革大动作几乎没有,所以才造成今天这个局面,政府和市场的关系迟迟不能理顺,利益集团做大固化,贫富差距拉大,社会矛盾激化。就说反国企垄断吧,喊了快十年了,垄断依然如故,甚至更加厉害。民企进入金融、电信、石油、铁路、民航等垄断领域依然是一句空话。前些年是'玻璃门'和'弹簧门',现在又添了一个'旋转门',民企进去了又出来了。前几年进入加油站、民航和铁路的民企,现在还有活着的吗?一个都没有,全部是体无完肤铩羽而归。面对这种大势,我是对所有垄断产业退避三舍。"

"中国重启改革是大趋势,不改没出路,不改过去的成果也保不住。但我等不到那一天了,我都知天命了,等到改革重启我也该退休了。所以我干脆先退出,到体改研究会养老去。"

"你到研究会干什么?"

"挂了副会长,做点研究,种点自留地。改革停滞了,研究改革总可以吧。"

"你这是平调啊。"

"不一样,发改委是权力机构,是公务员,研究会是事业单位,待遇差远了。"

"那你这是挂冠而去退隐山林啊。"

"就算吧。"

说到这,邵建一从包里掏出一本书,递给林磊。

"这是我自留地里收获的庄稼,有空翻翻。"

"《委里岁月》,长篇小说啊,你这是要给体改委树碑立传铭刻史册啊,我一定要好拜读。"

"从未碰过小说,连短篇小说都没写过,上来就不自量力地鼓捣长篇,也许算不上东西,但体改委的历史和我的大半生都被我装在里面了,有没有艺术价值我就不管了。"

"你在班里就有'文豪'的绰号,你的文学天赋和底蕴可是让我望尘莫及啊。"

"你他妈的别捧我,看完再说,给我提点意见。"

"一定一定。"

"邵会长,你也得给我一本啊,我看的小说可比林总多。"

"抱歉,今天不知美女驾到,只带了一本,以后给你寄一本吧。"

"我可是要带签名的。"

"那当然,我的名字一钱不值。"

"老兄,我正要杀入文化产业,你就玩起文学来,咱俩是不谋而合啊。"

"你进入文化产业想搞什么?"

"我们这次就是到北京来考察文化产业来了,原来想先进入动漫,前几天被我们否定了,现在决定直接杀入影视,玩一把电影电视剧。"

"你她妈的就是胃口大野心勃勃,两大产业还不够你做的,还要做第三个,小心多元经营的风险,别重蹈雷云的覆辙。"

"不会的,今非昔比了。"

"你要真有志于文化产业,现在倒是大好时机。中国打文化牌也晚了,致使国家形象单薄。当年日本经济崛起后,捞到了一个经济动物的绰号,中国自古就是文化大国,绝不能单腿起跳单维改革。没有政治改革配套的单向经济改革不行,没有文化支撑的单独经济起飞也不行。你要杀入文化产业,就要进入影视业,搞动漫还是小打小闹,只有做影视才能出大动静,才能真正把中国文化传播到世界。但是你真要玩文化玩影视,在八闽不行,得把公司搬到文化中心北京来。"

"这个我会考虑的,离开北京玩文化肯定不行,再说北京还有你呢。我下次来京,一定要找你好好聊聊影视公司的事,这次时间不够了。"

"你来请饭就行,用酒席换创意。"

"你的创意百年酒席也换不来。你他妈的现在无权无钱了,以后你出面的宴请拿来我给你报销吧。"

"早该如此,企业家暴富之后就要想到回馈社会。"

"你能代表社会吗?"

"当然能。我就是社会的良心和良知,是中国改革的活化石,也是体改委仅存的硕果。你把钱往我身上仍,准没错。"

那顿饭三个人吃了两个小时。

7

在飞回榕城的飞机上,乔丽娟感慨道:

"林总,你和这个邵建一真够铁的,他是不是你最铁的铁哥们儿。"

"当然是。"

"那你现在还有女哥们儿?"

"有啊,你就是啊。一个没有朋友没有知己没有社会关系的老板是注定要失败的。在中国这个人情社会是如此,在美国这个不讲人情的社会也是如此。对于企业家来说,朋友就是资源,知己就是资本。"

"我现在慢慢领悟到林总成功的秘密了。"

"你很聪明,比你老爸聪明。"

"你这不是挤兑我老爸吗?"

“不是,乔董事长不缺智慧才能胆魄和军人的钢铁意志,但缺乏企业家的大智慧。”

乔丽娟点点头,算是认可了。她也知道老爸要是不靠三厅不靠陈帆不靠雷云和林磊,自己单独创业,是成不了大老板的。

回到榕城之后,乔丽娟开始制定集团进入影视产业的投资方案,林磊则呆在家里看邵建一的小说。他闭门谢客看了4天才看完了这部40万字的长篇小说,看完之后他拍案叫绝:

“太棒了,没想到我这个哥们儿还是一个隐藏多年的大作家,这本小说在垃圾成堆的当代文学界可是绝品,它就是中国三十年改革的缩影,完全可以影视化,拍成电视剧和电影都行。”

林磊掩卷长叹难以释怀兴奋不已,突然心生一念,第二天,他就一人又飞往北京了。

见到邵建一之后,他把那本已经揉皱皮的小说放在老朋友的面前。

“大作拜读,读后感都在书中的眉批中。”

邵建一一边翻看书中红笔批注,一边说。

“这么快就看完了?”

“一天10万字不算快,我可是逐字逐句拜读的,读时闭门谢客废寝忘食。”

“还有红袖添香吧?你他妈的堂堂董事长一天到晚什么都不干了光看小说?”

“那是,这就叫潇洒。大老板就是要拿得起放得下,就是要四两拨千斤,就是要一年拍几回板然后就去当甩手掌柜的。那些整天忙忙碌碌事必躬亲累得要死的都是小老板。”

“你他妈的也太牛了,还做起眉批了,你以为你是谁,你是金圣叹吗?”

“你他妈的别分神,先好好拜读哥们儿的眉批,看完了咱们再讨论。”

邵建一不说话了,仔细翻看所有的批注。林磊在一旁独酌。

10分钟后,邵建一看完了批注,林磊也喝完了半瓶女儿红。

“哥们儿这本书只炮制了一年多,怎么能成为当代绝品呢?你写批注时是不是喝多了?”

“我读大作时,虽未焚香但也没喝酒,四天闭门读书,喝的都是我们八闽的半干不稀的粥。我的眉批都是肺腑之言,绝无半点吹捧奉承。再说,我他妈的吹捧奉承你干嘛?我吹捧你也没用啊,你要是想多赚点版税,你得找那些无耻文人写评论。不过我倒是能帮你点忙,你跟出版社打个招呼,我买800本,我要给我的企业员工每人发一本。"

"值得吗?"

"当然值得,这是中国改革教科书啊。我纳闷你这本书出版社怎么敢出,这里面不但牵涉到许多在位高官,而且披露了许多鲜为人知的高层决策秘密,你小子也不怕新闻出版署找你麻烦。"

"新闻出版署至今没人找我麻烦,书中涉及到的要人我用的都是笔名,写高层决策过程也不是写实,而是有许多虚构。文字狱的时代已经过去了,写小说的自由已经降临了。而且图书出版现在审查得比较松,要不那么多官场小说怎么出来的?但是影视的审查可就严多了。"

"我今天找你来不是单纯说你的小说的,而是有大事相商。"

"什么大事?"

"我要请你加盟我的影视公司,出任副董事长,而且我还给你10%的干股,不用你掏一分钱,我知道你他妈的是两袖清风的清官,兜里没钱。"

"我又不是影视圈里人,不会导也不会演,你拉我干嘛?"

"你是作家小说家啊。现在大多数优秀影视作品都是从小说改编的,《亮剑》、《蜗居》、《唐山大地震》都是。搞影视,本子很重要,有你就有小说就有本子啊。我的影视公司正在注册筹备中,一旦开练,我们就先改编你这本《委里岁月》,把它拍成30集电视剧。"

"这种改革题材的电视剧有人看吗?"

"我相信会有的。中国这三十年干什么了?就是改革啊。改革就是我们的时代主旋律,就是当今最大的题材,改革改变了中国也改变了每一个中国人,是国家的顶天大事又与每个人息息相关,怎么会没人看?不但中国人要看,外国人也要看啊。现在荧屏上充斥着谍战片爱情片,打开电视机,满屏都是特务,都是卿卿我我结婚离婚,好像中国人别的什么都不干了,一天到晚谈恋爱,天天谈恋爱能谈出中国经济奇迹来吗?"

"我跟你说过,电视剧的审查是最严格的,这都是审查管制的结果。拍婚恋片情感片远离政治没有风险,所以大家趋之若鹜。影视界不是没有有历史责任和远大追求的人。”

“我承认我也是资本家,进入影视后我就是出品人投资人,但我是有理想有抱负有责任有担当的影视资方,我有自己的价值取向,有良心有追求。”

“你不怕风险吗,不怕颗粒无收血本无归吗?不怕成千上亿的资金投入打水漂吗?影视界比你有钱的大老板多的是,但是基本没人敢这么玩。”

“我虽然钱不多,也就十几亿,但我会反其道而行之,决不跟风赶潮流,决不拍那些清宫谍战婚恋片,一部都不拍,赚钱也不拍,只拍改革片财经或商战片职场片。我要用影视反映时代的脉搏,反映时代的两大主角——改革家和企业家。”

“你的志向高远境界超凡,但只怕曲高和寡,有一天,你的片子都被毙了,你赔不起了,还会入乡随俗随波逐流,还会去拍烂片拍垃圾。为什么现在烂片垃圾片充斥银屏,因为这些东西能给投资商带来利润。”

“哥们儿你还信不过我吗?我不是唱高调,我说的可是我的影视公司战略,战略已定不可改变。”

“那你可要成为影视界的异类啦。”

“你的小说就是文学界的异类呀。哥们儿就是要剑走偏锋独辟蹊径杀出一条血路来,即便赔个稀里哗啦也决不后悔,即便过把瘾就死我也认了。”

“你要是有这样的底气,我可以考虑跟着你掺和掺和。不过我只能兼职干,那个副董事长我就不当了,干股我也不要,我只负责帮你写写剧本找找剧本,至于拍戏的事我一概不管。我就这点能量,不能勉强。”

“你的能量我还不知道?你不但可以写剧本找剧本审定剧本,还可以参与影视公司的战略制定。你他妈的不但是隐藏多年的小说家,而且电视台还有认识的人,北京的政界文学界都有朋友,我怎么会放过你?你也不用跟我客气,影视公司的副董事长你必须当,股份你也得要。这个影视公司从某种意义上讲,就是咱俩的公司。我早就想跟大学同学朋友合作一把,现在终于有了机会。同学联合起来是可以干大事的,你看复旦的五剑客,如今纵横商海啊。今后你就跟我摽着干影视吧,体改研究会那摊给它应付一下就得了。”

“你他妈的拉人入伙还不容商量。”

“跟别人可以商量,跟你不能商量,谁让咱们是铁哥们儿来着?我的影视公司注册一个月内就能完成,注册资本为10个亿。你这边也得启动,赶紧把你的小说改编成剧本。你看你是自己动手还是请专业编剧来改。”

“要改还是我自己来吧,我怕别人糟蹋我的东西。我没玩过编剧,只能干中学。我搞出一个初稿来,你再请专业编剧高手加工吧。”

“那你需要多少时间?”

“怎么也得一年吧。”

“太长了,我等米下锅呢,给你半年时间。”

“你他妈的当颐指气使的大老板当惯了,哪有董事长这么逼副董事长的?”

“那我求你行吧,求你半年之内拿出剧本来。”

“我试试看吧。”

这回他俩的酒喝了小半天。这次酒席之后,林磊和邵建一就不再是单纯的老同学老朋友老哥们儿了,而是成了影视公司合伙人和搭档,成了共同事业的创始人。

8

一个月后,海山四同影视公司正式成立。影视公司的班子也搭好了,集团中只有林磊和乔丽娟过去了,其他人都没有介入,影视公司两个副总和项目总监都是从别处挖来的和从社会上招聘来的。林磊没有让更多的山海旧将过来是因为他认为从IT行业转到海产养殖行业的跨度并不太,但从IT行业转到影视行业,跨度就太大了,而且山海老人都是学技术玩技术的,身上的文艺细胞都没多少。

班子主要是乔丽娟搭的。为什么一个月就把人马基本配备齐了?那是因为影视人才遍地都是很好找。这些玩影视的人,无论是制片人、导演、编剧、统筹、演员,还是各种后台人员,大多处于流动状态,固定在电视台和影视公司的都是少数,大多数人都是哪里有投资哪里有好本子就往哪扎,说白了就是跟着钱流动,哪里有钱哪里给的报酬高就往哪里去。

海山四同影视注册资本就是10个亿,给出的薪酬也高于业界平均水平,当然人好招。然而班子搭好之后,林磊和乔丽娟发现,班子中真正的顶尖人才,也就是大腕,一个都没有。

“丽娟,影视人才的聚拢需要时间也需要机遇,不是一日之功。你想我们这个海山四同影视公司人家都没听说过,掌门的又是两个外行,手里又没有本子,将来能否拍出好片子来还是未知数,真正的影视大腕怎么会过来?先搭个草台班子干起来再说。”

“也只能这样了。”

招兵买马结束后,林磊在北京玉渊潭附近租了一个古色古香的四合院,海山四同影视公司的大牌子就挂在大红门旁,办公用品配齐,人马进驻,公司开始运作了。

开始两个月,林磊、乔丽娟以及十几个影视公司的高管和员工就在四合院过起日子来。每天开会讨论剧本,烧火做饭,湖边漫步。时值金秋,天高云淡,秋风送爽,湖波荡漾,树木婆娑,湖边的景色不用说,就是四合院的景致也分外迷人。这是个三进院,虽比不上王府的气魄,但也是雕梁画栋、假山鱼池、古木参天。尤其是后院中有一棵高大粗壮的银杏树,少说也有三百年的树龄。此时,落叶缤纷,满地金黄,这种景色只有在钓鱼台才能看到。

此时,林磊正和乔丽娟坐在庭院树下赏秋。

“这套院子也不知是哪位高官的旧宅,我想至少是正部以上的高官才能享用,它一点不逊色于郭沫若的故居,我是用每年一百万的租金租下来的。”

“这么大院子,几十间住房,要是一家人住当然舒适,北京的四合院还是比咱们八闽的民宅气魄豪华。”

“乔大小姐,这可是不是民宅,这是官府,皇城根下的老百姓可住不起这种豪宅。你没见过北京老百姓的大杂院吧,一个院子里塞进了十几户,又挤又乱,几乎没有容身落脚之地,把北京四合院的情致糟蹋殆尽。”

“不就是电视剧《贫嘴张大民》里的那种院子吗?”

“对啊。咱们住在这里真是享清福了,饱食终日无所事事游湖赏景,一天花销可观,可海山四同的几千员工都在第一线打拼呢!”

“我知道你闲不住,可那些送上门的本子基本上都是垃圾,邵建一的本子短时间出不来,别的好本子又找不到,没有剧本拍什么呀?干脆咱们回榕城吧,让其他人在这里留守。”

“还不能回去,咱俩回去影视公司就更开不了张了。进入一个崭新的产业拓荒总是艰难的,荜路蓝缕披荆斩棘,是避免不了的。”

“咱们这叫什么荜路蓝缕披荆斩棘,是饱食终日无所事事无从下手。”

“别着急,再坚持两个月,转机就来了。”

几天之后,林磊到全国工商联开民营企业家年会,结识了一个江苏老板。开了三天会,两人混熟了,就谈起了合作事宜。

“林老板,听说你新近又搞了一个影视公司,是有意大举进军影视产业吗?”

“是有这个意图,不过我的影视公司才成立两个月,正在找本子,还没真正启动。”

“我这有一个现成的本子,不知林总是否感兴趣?”

“傅老板,你不是做服装的吗,怎么也玩起影视来了?”

“国内现有的几十家民营影视公司多一半在江浙,我也是跟风跟进来的。你知道这几年服装出口下滑,我不得不转行转产,身边有两个老板前几年进入了影视行业,都赚了个盆满钵满,我也就顺势进来了。进来一看,这个行当水还真深。两年前,我抢到一个电视剧好本子,名叫《启航》,是写50年代工商业改造的,我一看这是主旋律啊,而且是没人拍过的题材。当时为了迎接国庆60周年,《开国大典》、《建国伟业》等一系列主旋律影视作品都在筹拍,我就投资赌了一把。”

“时间来得及吗?”

“正常情况拍一部三十集的电视剧,半年时间就够了,当时我还有11个月,应该来得及。可谁知老弟我运气不好,也缺乏经验,拍摄过程中老是出岔子,结果拍了11个月才拍了一半,60年国庆没赶上。”

“后来呢?”

“后来我这个电视剧《启航》就成了烂尾工程了,漓漓拉拉,拍拍停停,拍了两年才拍了三分之二,现在又停下来。”

“怎么又停了?”

“没钱了,两年里我陆续投入了6000多万,我是个小老板,就这点家底,再投我没力量了。你别看剧没拍完,可那帮演员的薪水你不能欠,他们一天到晚追着你要。为了这个电视剧我是倾家荡产啊,每当想起来,我真想跳楼。”

“一部三十集的电视剧,怎么需要这么多投资?”

“你不知道,我请的都是明星大腕,演领袖人物和主要首长的,都是所谓的一号演员,他们每集的片酬都要到了30万,那位演领袖的当红大碗更是要按小时收费。现在我才知道这帮明星大腕有多么贪婪,才知道投资电视剧就是为这帮演员打工,钱都让他们挣去了,还不承担任何风险,你的电视剧能不能拍完,能不能播出,能不能盈利,他们都不管,你都得给他们钱!”

“傅老板打算如何收场?是继续拍还是退出?”

“我跳楼不成只能继续拍啊,所以我现在就是要找一个合伙人,我的合作条件非常优越,谁愿意投入2000万把这部电视剧拍完,我保证他能够收回投资并获利30%。”

“你怎么保证?”

“我让这个投资者变成合作拍片人,将来片子出来署名是两家合拍,而且电视剧卖出的收入先归还后续投资人的投资和利润。”

“傅老板开出的条件倒是很诱人,你能不能先让我看看剧本?”

“能啊,我把剧本和拍好的片花都给你。林总,我不是拉你下水进泥潭,咱们都是工商联的理事,我不能坑你,你看完剧本和片花再做定夺。感觉值得投,咱们就是有缘,就合作一把,感觉风险太大不值得投入,就回绝我,就算听了一个先行者讲了一个投资影视的故事,我再去别处融资。不管怎么样,不管盈还是亏,是将来呆下去还是退出,我总得把拍子拍完啊,扔下一个烂尾片,对社会对演员对我自己都不负责任,你说是不是?”

“是应该了结,既然是好本子又是一流演员,更应该把它拍完。傅老板,你等我回话吧。”

“好吧。”

9

当林磊把投资《启航》的项目方案摆到影视公司的高管会上时,没有想到在座的所有人都表示反对。

“投给这个不靠谱的傅老板2000万,帮他收拾烂摊子,我看这个项目不可行。谁知这个傅老板是个什么人?谁知这个片子里有什么猫腻陷阱?他也是商界人士,商圈里的朋友也会很多,如果这是个好项目,怎么两年来都找不来区区2000万?愣是让剧组停摆了好几个月,让导演演员追着他讨工钱?我只听说过农民工讨要工钱的,还没听说过导演演员讨要工钱的。”

乔丽娟在林磊面前一向直言。

“我看了剧本和片花,剧本倒是写得不错,但片子拍得一般般。总理和几个副总理演得很好,毕竟都是真正的一号演员,但领袖演得很砸锅。这个演员不是一号,连三号都算不上。我听说当时导演找的是一号演员,可傅老板为了省钱给换了。但这部戏真正的男主角是主席啊,男主角撑不起来,整个戏也就上不来档次。我建议最好不介入,因为即使我们的投资进去了,片子拍完了,也不会卖出好价钱,我们收回投资有风险。”

挖来的影视公司副总秦志扬也反对。

“我也不同意搅这滩浑水。理由有两个,第一60周年大庆已过,这种重大历史题材的电视剧的热度已消,即便播出也不会火。第二,也是最重要的是我担心它蕴含的政治风险。如今政界风云变幻,片子中的一个副总理的是非功过都没有定评,我担心片子拍完了也通不过片审,拿不到发行许可证,如果那样咱们就血本无归了。林总一直说海山影视要在影视界有大作为大动静,如果一开始公司的处女作就是一个与人合拍的二流片子,不会有大动静,更不会竖起咱们海山影视的形象和旗帜来。我主张我们的第一部电视剧一定要是我们独立操作的精品,这样才能一鸣惊人一炮走红。”

招聘来的副总兼制片人纪云飞如是说。

听了大家的发言,林磊这样总结。

“大家都发表了很好的意见,这些意见我会认真考虑的。我着急和傅老板合作一把,主要目的是为了练练兵探探路积累点实战经验,并非为了挂个合拍的名字和赚钱。对于一个全新的影视公司,一个大多数由外行组成的团队,一开始就想一鸣惊人一炮走红,就想赚大钱,不现实。我说过海山影视要在影视界弄个风生水起,要有大作为大动静,但不是一开始而是两年之内。我的预算是向影视公司投资10个亿,前两年容许亏损2个亿。第三年开始盈利。这个项目就讨论到这,大家散会后抓紧找剧本,不能干等那部《委里岁月》,也不能天天吃闲饭,这样闲散下去,队伍人心都会垮掉。”

会后不久,林磊又单独见了一次傅老板,并到还没有解散的剧组转了一圈,见了几个主要演员。

一周后,林磊就把2000万打到了傅老板的账上,很快电视剧《启航》恢复了拍摄。

林磊这样决定主要基于两个理由,一是他不能再等下去不能再容忍影视团队迟迟不能进入战斗状态,二是他对自己的投资眼光有信心,毕竟过去几个大投资都投对了,而且反对投资的高管们都没有这样的投资业绩。他想起了,前不久投资承包海洋时,也是所有高管都反对,只有他一人坚持,最后证明这个投资很英明。

林磊说过集团重大战略要集体决策,但也说过意见不同不能达成共识时,他最后拍板。投资《启航》项目就是意见不同,几个副总反对,但正总赞成,所以他最后拍板了。

这是林磊在影视产业上的第一笔投资。他投资傅老板时只附加了一个条件,电视剧的发行和销售以海山四同影视公司为主。

投资下去了,海山影视团队还是无事可干,因为《启航》的剧组是现成的,他们不缺人只缺钱。寻找可拍剧本的工作也没有实质进展,林磊急于达到的锻炼队伍积累经验的目的还是没有达到。

就在这时,一位毛遂自荐的不速之客找上门来了。

10

来人叫曹魁,5年前从中央戏剧学院毕业,现任导演。

“林总,是您的一位中学同学介绍我来的,我知道您正在寻找剧本,准备投拍电视剧,我没有好电视剧剧本,但有一个好的现成的舞台剧,不知林总是否感兴趣?”

“舞台剧我不熟悉。”

“舞台剧是近几年火起来的剧种,它把话剧舞剧京剧武打和现代声光电技术结合在一起,给人以全新的视觉享受。林总听说过舞台剧《功夫》了吗?”

“好像听说过,但没有看过。”

“您有时间一定要看一次。这是近来涌现出来的最成功最赚钱的舞台剧,它把中国武术和戏剧舞蹈音乐巧妙结合起来,一出世就火遍大江南北,很快走向全世界,这个剧从美洲演到欧洲,演到哪火到哪。如今这部舞台剧已经演了两年了,长盛不衰,纯收入早已过亿,远远超过一般影视片。”

“是这样。”

“我从中央戏剧学院研究生毕业之后,没有像我的多数同学那样一窝蜂扎进影视圈,虽然话剧导演和影视导演我都学过,而是一头扎进了舞台剧,我的志向就是打造中国第二部《功夫》舞台剧。我和我的团队已经艰苦卓绝地干了三年,说艰苦卓绝是因为我们没有投资没有钱,只能东拼西凑东挪西借来维持排练。好在我们这个团队心齐有理想,要不真坚持不下来。您想要是不搞舞台剧,而且去搞电视剧电影,三年我们能赚多少钱?”

“你们为何找不到投资?”

“运气不好,我们遇不到像您这样的有眼光有实力的大老板。”

“既然你是我的老同学介绍过来的,我也对你坦诚相告,我也是文化产业中的新人,我在影视界的眼光还没有被证实。”

“您以往的传奇投资经历已经证实了一切。”

“以往的成功不能证明现在,世界上没有永远成功永远不败的企业家。”

“林总愿意有空去看看我们的剧照,看看我们的排练吗?”

“这可以,虽然我们公司的目标是做影视,但舞台剧离影视不远,把你们的舞台剧拍下来不就成了影视作品了吗?去看看学习学习有好处。”

“太好了,那我就立刻给您安排。”

一周之后,林磊在小剧场观看了这部名为《神功出神州》的舞台剧,观后的感觉不错。

演出结束后,林磊又和几个主要演员在剧场的咖啡厅聊了聊。

第二天,曹魁又来到四合院找林磊。

“林总,您观后的感觉如何?”

“感觉还可以,挺新颖,有武打有歌唱还有剧情,把古代和现代揉在了一起,里面好像还有现代派先锋派的东西。”

“有啊,这些是为了迎合国内的青年观众和老外,因为这个舞台剧的目标是走向国际。”

“你是内行,你预测这个剧的市场前景怎么样?”

“我预测市场前景会很好,因为有《功夫》的示范和先例。中国的文化博大精深,只有一个《功夫》是不能让年轻观众的国外观众满足的。”

“你的目标观众是哪些人?”

“国内的年轻人,主要是70后80后,国外喜爱中国文化的人,这两个观众群体加在一起可就大了。如果这个舞台剧能够得到投资顺利演出,我打算在北京先演三十场,然后移师上海、广州等一线城市,每个城市演出二十场,半年之后,杀向海外,首先登陆美国的百老汇,美国巡演结束后,杀向欧洲。”

“你这个舞台剧如果正式演出需要多少资金投入?”

“我的舞台剧已经打磨了三年了,现在已进入尾声,只需两个月时间再修改完善一下换几个主角就可以了,排练费用,演员薪酬,再加上这三年来的借款和租用剧场费,有500万应该能打住了。”

“你这个项目我再考虑考虑,过几天给你答复。”

“我期盼林总的佳音。”

几天之后,林磊就把480万现金打到了舞台剧剧组的账号上。这次他又是自我决断独自拍板,连影视公司的高管会议都没开。

投资下去后,林磊指派纪云飞带领4个公司员工负责运作这个项目。

“云飞,这个舞台剧交给你了。这个项目就由你和曹魁负责,是以你为主以他为辅,因为他就是个导演,你是资方和影视公司的代表,又是内行。舞台剧最后的审定,何时演出,演出多少场次,何时到外地,何时到海外,票价多少,都由你定。你带去的4个人中有一个是公司财务,让她过去立刻接管剧组财务。”

“可是我以前一直是做电视剧的,舞台剧没搞过啊。”

“艺术是相通的嘛,舞台剧和电视剧不都是剧吗?”

“是都是剧,但运作方式和盈利模式都不一样。电视剧的前期运作主要是找剧本找投资找导演和演员,后期销售就是卖给中央省市三级电视台;而舞台剧的前期运作和电视剧差不多,但后期销售主要是靠票房收入。演出卖票前,要打广告作宣传推介,我对这些都很陌生。”

“陌生就学,我说过要在战争中学习战争,整个影视公司高管都有个在实践中学习锤炼的过程,包括你们这些业内人士,这就是我之所以着急进入《启航》进入舞台剧的原因,不这样我们这支影视团队锤炼不出来,而且我还要通过实战来检验这支队伍。”

“那我就去试试吧。”

纪云飞一脸严肃地离开了林磊的办公室。

11

完成了这两个影视投资强行启动了这两个项目之后,林磊就回榕城了,他把影视公司这摊子全部交给了乔丽娟和两个副总。

影视公司成立 10 个月时,两个投资项目都有了结果。

电视剧《启航》在得到林磊的后续投资后只用了三个月就顺利拍完了全剧,又用了一个月完成了后期制作,然而片子拿到广电部审片时被枪毙了。广电部不发放发行许可证的原因是因为该片政治上有问题。

第一笔投资 2000 万打了水漂。

舞台剧在得到林磊的 480 万投资后,也用了三个月时间完成了修改和预排。三个月后,舞台剧《神功出神州》在北京天桥剧场隆重首演。本来林磊是答应同夫人一起出席观看首演的,纪云飞把两张贵宾票都送到了林磊家中。然而,首演前一天,纪云飞向林磊报告首演票务销售情况。

“林总,首演票总共只卖出了 21 张。”

“你说多少?是 21 张还是 210 张?”

“是 21 张。”

林磊的心一下子沉了下去。

“那首演怎么收场?”

“我不知道。”

“把没卖出的票全部当成赠票送给北京艺术院校的师生。首演结束后,立即解散剧组,然后把投资亏损数报告我。”

“那您首演还出席吗?”

"出席个屁,你让我去看空剧场吗?"

两周之后林磊飞到北京时,舞台剧的账目结清了,480万投资花得只剩下不到20万,林磊第一次领略了艺术家的良心。

影视公司的两笔投资全部血本无归,面对这两次投资失败,林磊又开始反思了。这次他没有上武夷山,而是带着乔丽娟登上了香山的鬼见愁。

时值夏末,香山的红叶还没有红,山上的游客稀疏,林磊站在鬼见愁峰巅那块熟悉的岩石上,迎风而立仰天长啸。

气喘吁吁的乔丽娟也终于爬了上来。

"林总,有你这样对待女士的吗?自顾自往上冲,也不拉人家一把。"

"你比我年轻那么多,怎么体力还不如我啊?"

"你天天跑步锻炼,我又没锻炼。"

"我在北京上大学时,就爬过鬼见愁,那时不是爬山而是跑山,一口气跑上山顶。转眼快三十年了,再过两年就是我的知天命之年了,今不如昔,跑不动了,但还爬得动。"

"你看上去可不像五十岁的人,像不到四十岁的人。"

"谁也无法抗拒岁月的雕琢。"

"回望来路,又浮想联翩了吧?林总,你不会忘记雷云当年站立峰巅时的样子吧?"

"当然不会忘,你是说我也像当年的雷云一样,在事业的峰巅上忘乎所以头脑膨胀吗?"

"你还没有到他那个程度,但也开始有点刚愎自用独断专行了。"

"真的吗?"

"真的。投资《启航》,所有人都反对,所有人都看出了里面的风险,可你就是听不进去,就是要我行我素。到了投资舞台剧,你干脆连商量都不商量了,被那个无名导演曹魁一忽悠,就扔出几百万给他做实验了。我知道此事时,你的钱都打到剧组的账号上了。你这样做是不是有点过了,我和几个高管在你眼里还有分量吗?集团刚成立时,你曾经对我们几个高管宣称,林磊个人拍板的时代已经结束,海山四同集团从此进入集体决策时代。这些话我还记忆犹新,你恐怕早就忘了。"

“我没忘,集团成立之后这两年,我也在摸索集体决策和个人拍板之间的协调关系。”

“我也知道在强势老板的公司,大主意都是老板拿的,华为的任正非,联想的柳传志,阿里巴巴的马云,万达的王健林,莫不如此。你和他们一样是强势老板,很难走集体决策的道路,因为我们这些集团副总的眼光悟性气魄都和你相差很远。我并不反对集团大事大投资你来拍板,但拍板之前听听高管们的意见总有好处,智者千虑必有一失啊。”

“丽娟你说得对,智者千虑不是必有一失,而是必有几失啊,我就失了四次了。世界上赫赫有名的大老板出昏招的事司空见惯,我二次创业总共不到10次投资,就失败了四次,成功的投资也就是生物、海产养殖和海洋承包这三次,我的投资成功率还不到50%啊。”

“你成功的都是决定命运的大投资,你失败的都是相对较小和不关键的投资,所以你和海山四同集团会有今天。你的预算是影视公司前两年亏损2个亿,如今公司运作不到一年,亏损2500万,不算多,也伤不到你的筋骨。我知道咱们进入影视产业是要交学费的,可这两笔学费交得比较冤枉,你要是能多听听我们的意见,多问问资深业内人士,这两次投资失败是可以避免的。”

“是啊,所以我要反思反省,要重登香山闭门思过啊。”

“你这哪是闭门思过,你这是迎风长啸啊。”

“今晚我们下榻香山饭店时,我就要闭门思过了。”

林磊和乔丽娟下山后就住进了山脚下的香山饭店。

香山饭店是贝聿铭设计的庭院式五星饭店。下榻的第一天,林磊真的把自己关在房门里闭门思过,乔丽娟一人无聊,就跑到饭店酒吧听钢琴演奏去了。

第二天晚餐前,林磊说:

“我的闭门思过结束了。别管多牛的企业家都要每日三省吾身,否则很难永远保持清醒的头脑。昨晚我特意在房间里冲了一个冷水澡。这个习惯是我在大牢里养成了,出来之后又坚持了几年,最近一年没坚持,所以头脑不清醒了,频出昏招了。”

“就是夏天洗冷水澡也是够冷的,我可不敢尝试。”

“冬泳和冷水浴都需要意志和坚持,女性很难参与这两项活动。”

“林总,你反思的成果是什么啊?”

“第一,今后集团重大决策还是要坚持集体决策的路子,即便是走过场也要坚持。第二,影视公司必须不惜代价重金招聘业内大腕,全靠我们这些外行不行。先招一个成功拍过两部很火电视剧的制片人,年薪和利润分成都可以多给四分之一。影视公司的人力资源部归你管辖,这件大事由你负责。第三,当初我们制定的影视公司战略不能动摇,心无旁骛专心致志做电视剧和电影,其他演艺话剧舞台剧等文化项目一概不沾。我们做影视只做改革和商战两大题材,其他题材,诸如婚恋、情感、谍战、清宫、武打,都不沾。其实《神功出神州》就是个武打片。第四,中国的企业家不能远离政治,但也不能靠政治太近,只能若即若离,始终保持一定的距离。《启航》这部电视剧就是离政治离敏感政治人物太近了,所以才会被枪毙。第五,影视公司下一步集中财力物力人力,筹拍电视剧《委里岁月》,这个剧的剧本下个月就可以定稿了。以上就是我的反思成果,请丽娟女士批评指正。”

“这个世界上能够批评指正你的人还没有出世。”

“不对吧,那天在鬼见愁,你劈头盖脸的一通声讨是什么?”

“那天我也是即兴发挥脱口而出,没控制住嘴。也就是对你,如果是对别的大老板,我早就被炒鱿鱼了。”

“对了,我反思的另一个成果就是,要有诤友听诤言。良药苦口,忠言逆耳,不重视反对意见的老板一定要栽跟头。我的身边不能都是阿谀奉承之徒,要有你这样的诤友良师益友。”

“你这个反思成果最宝贵,现在集团各级高管中阿谀奉承之徒太多了。将来你的集团越大你的名声越大,这样的人就会越多。”

“我不要阿谀奉承之徒,也不要平庸无能之辈。你回公司后让那个纪云飞走人吧,他不是我们要找的业内高人。一个投资几百万的舞台剧,居然只卖出21张票,他的运作能力可想而知。即便那个曹魁是个骗子,都不应该有这个悲惨结果。”

“好吧,我也不看好他,他没什么大才华,也算不上业界的腕。”

“在电视剧《委里岁月》开拍之前,重组影视公司班子,重建团队,这事都交给你,时间只有一个多月,你还得抓紧。”

“回公司我就行动。”

“晚餐我们上点红酒吧。”

“什么由头,庆祝两次投资失败吗?”

“庆祝反思成果,庆祝即将开始扬帆远航,庆祝我们向影视产业亏欠的学费已经交完了。”

“你对这个《委里岁月》信心满满啊。”

“对。这部电视剧即便再白扔几千万,我也心甘情愿,也不认为它是学费,因为这是我们公司的开山之作,是经过深思熟虑选择的题材,是体现我们公司价值取向的重头戏,我们所有的理想和追求都在它上面。”

“前几天你还在榕城时,又有一个送上门的电视剧剧本,名叫《爱情传奇》,是个爱情喜剧片,我看了一遍本子,质量比以前咱们讨论过那些都好得多,有点《武林外传》的风格。推荐者说,这个电视剧一定会火,会赚大钱。”

“火也不拍,赚大钱也不拍。现在的影视市场导向就是娱乐致死,搞笑第一,煽情赚泪,控制影视市场的投资商一味逐利,唯利是图,什么精神、操守、责任、是非、追求,全都抛到脑后。结果就是满屏乱搞、恶搞、瞎搞,一片低俗、恶俗、庸俗。我们面临的是什么时代?这是两千年未有的大变局,这是百年不遇的大机遇,这是个改革时代,是个商业时代,是个大国崛起民族复兴的时代,面对这样一个大时代,文化人影视人的良心责任义务担当都让狗吃了吗?不管影视市场的潮流是什么,不管政治风险有多大,也不管赚钱赔钱,我们海山四同影视公司的理想使命和价值取向不能变,我们就是要抓住时代的脉搏,再现时代的旋律,就是要把改革商战大题材片做下去做到底,否则我就不来趟影视这滩浑水了,海山集团可以进入的产业多的是。”

“你的反思还是很深刻的。有了上两回失败的教训,我们不会轻易失败了。不过我觉得《委里岁月》这个名字不好,太严肃,不如叫《在委里的日子》,这样亲切些。姜文他们那个很火的电影就叫《阳光灿烂的日子》。”

“好,我们就叫《在委里的日子》,将来把片头的那句话——根据邵建一同名小说改编——改成根据邵建一小说《委里岁月》改编,不就行了。邵建一如果不高兴,我去应付。”

“邵建一不会不高兴的,因为这样不会影响小说的发行高潮。”

“邵建一的小说非常精彩,不但内容丰富深刻,而且文笔也是上乘的,改编成电视剧也一定会精彩。这个剧的关键是控制好政治风险,我们一定要记取《启航》的教训。我已经再三嘱咐邵建一,要忍痛割爱,把敏感情节全部拿掉;而且我也反复叮嘱专业编剧,修改加工时要再把一次政治关。这个编剧可是个大腕,几部名片都是出自他的手中,他也编写过重大题材的电视剧,对广电部审片时掌握的尺度心中有数。”

“有这两道关,估计这部剧不会在政治上翻船了。”

“不是两道关,是三道关,最后一关是我。剧本要过我这道关,片子也要过我这道关,我这里通过了,才能送审。”

“有三道关当然更保险。”

当晚,两人一起喝了两瓶法国红酒,都没有醉而是微醺。林磊和乔丽娟从未单独在一起喝过酒,这次香山饭店的对饮,两人的感觉都有些新鲜和异样。

山海风云

三十六、影视(中)

CHAPTER 36

1

林磊与乔丽娟在香山饭店的最后的晚餐吃完时才8点钟。

“林哥,时间还早,咱们去唱一会儿卡拉OK吧,放松放松,我看你闭门思过的强度挺大的。”

“那都是年轻人的娱乐。”

“你不到五十还算中青年,歌声会让你重返青春的。”

“好吧,今晚你说了算。”

乔丽娟拉着林磊进入一间K厅包房。开唱之后,乔丽娟唱的都是当下流行歌曲,林磊没想到丽娟的嗓音这么甜美,歌唱得这么好。

“丽娟,你这是专业水准啊,唱得比那英都好。”

“我在业余歌手中可以算一流,当红女歌星你可能就知道一个那英吧。”

“还知道一个刘欢。”

“刘欢是男的。”

“我知道,我是男女歌星各知道一个,不算太落伍吧?”

“在老板队伍里还行。”

轮到林磊唱了,他唱的几首都是七八十年代的老歌,还有一首苏联歌曲《莫斯科郊外的晚上》。

“林哥,你的嗓子真好,就是有点走调。”

“我从小就五音不全。”

“唱这些老歌,是不是能让你忆起青春。”

“歌声是可以怀旧。”

“咱俩合唱一曲吧。”

“你唱的那些流行歌曲我都不会,怎么合唱?”

“你唱的老歌我会呀,那些歌都是我爸爱唱的。我爸可不是土老帽,他在军中也是文艺骨干。”

“你说唱什么?”

“就唱这首《莫斯科郊外的晚上》。”

“试试吧。”

两人合唱的效果当然不佳,林磊的嗓门太大,而且老走调,不但盖过了丽娟的好声音,而且还拐走了她的准调。

唱完之后,丽娟感慨道:

“你真是天生的大老板,做企业强势,唱歌也强势,给你当手下,不但要工作跟人,唱歌也得跟调。”

“我的调不准,你为什么还要跟?”

“身不由己啊,你不光声音大,而且还高八度。”

“你是女中音,我是男高音,能不高八度吗?”

乔丽娟唱的最后一首歌是《情怨》:

“每一次无眠,你都浮现。你驾你的小船,云里雾间。每一次危难,你都相援。你无私的体贴,暖我心田。多少年情不断,多么想抱你怀间。过眼的红颜风吹云散,唯有你的双眼印我心间。相爱人最怕有情无缘,常相思却不能常相依恋。放眼望,天水蓝,你就在天水之间。这绵绵情怨今又重现。”

乔丽娟唱得很投入,唱到最后,眼睛都湿润了。

歌声刚落,林磊使劲鼓掌。

“这首歌我听过,这是电视剧《胡雪岩》中的插曲,这是刘欢的歌呀,应该是男的唱的,抒发的也是胡雪岩的情感。”

“那你唱啊。”

丽娟说完把话筒递过去。

“可惜我学了许多遍都没学会,这么多年我认真去学的歌只有这一首,因为这首歌我很喜欢,里面有京剧的曲调,刘欢唱时也是京胡伴奏的。”

“歌里的歌词也应该是你的情感吧,你和胡雪岩的心也应该是相通的。”

林磊沉默了。

“‘过眼的红颜风吹云散’,应该是古今老板的共同经历。古往今来,红颜美女都是跟着财富走的,过眼红颜无数也是老板的专利和特权,只恐怕天下的老板大多绝情,能唱出‘相爱人最怕有情无缘’的老板凤毛麟角。”

林磊还是沉默。过了一会,他下意识地小声哼起这首歌的后半段。

歌哼完了,丽娟惊叫起来:

“原来你并非唱所有的歌都跑调啊。”

“我哼的调准吗?”

“八九不离十,这说明你唱出了心声。”

林磊再次沉默。

两人唱完歌回到房间时,已经11点多了。

2

林磊和乔丽娟下榻的房间是紧挨着的两套客房,房门前分手时,林磊说了一句“晚安”,但乔丽娟没有回话,而是给了他一个谜一般的眼神。

林磊进屋之后就径直上床了,他有一丝倦意,也有一丝睡意,但却不能入睡。乔丽娟分手时那谜一般的眼神又浮现在他的眼前,他又想起了那首《情怨》:“多少年情不断,多么想抱你怀间。”这真是我的心声吗?他不能肯定。自从他觉察到了丽娟的一往情深,已经反复叩问自己多次:我对她有情吗?她会成为我的第二个红颜知己吗?

自从陶捷辞世之后,自从他和林慧的患难之情升华之后,他已经断定自己的家庭生活不会再有波澜了,也相信自己不再需要什么红颜知己和老板身后的女人了。然而,人的情感是复杂而矛盾的,而且情感常常不可控。

在乔丽娟加盟海山四同集团之后的两年中,他和丽娟相处的时间比同妻子相处的时间多多了。一方面是因为投资总是集团和老板的大事,另一方面,林磊也高度信任丽娟,无论考察项目还是谈判,他总愿意带上她,在投资收购养殖企业时,他甚至离不开她。

仔细回想,丽娟爱上他可能还是在她担任海融上市公司董事的时候,那是他们俩第一次并肩战斗密切接触的时候。但那时候,林磊的确对她没有感觉,他甚至想不到他们俩之间会产生感情,因为乔山父女俩一直误解他,而且乔丽娟一直是把雷云当作靠山和知己。

乔丽娟到集团的第一年,虽然他俩朝夕相处,虽然丽娟的一往情深不断流露,但林磊还是没有动情。然而,自从他俩到北京四合院一起折腾影视的这一年来,他已经渐渐察觉到自己对丽娟的感情。虽然他不敢承认,虽然他极力掩饰,但多少也会有所流露,否则他反思投资失败就不会把乔丽娟带上山来。丽娟是个感情炽烈而又细腻的人,她不会察觉不到,否则,她也不会唱这首《情怨》,也不会唱得那样投入那样动情,更不会说出"只恐怕天下的老板大多绝情,能唱出'相爱人最怕有情无缘'的老板凤毛麟角"这句话,这已经不是旁敲侧击了,而是直诉衷肠和直吐怨恨了,而那首胡雪岩的情怨早已转化成她乔丽娟的情怨了。

林磊在床上辗转反侧难以成眠。理智的声音告诉他:你已经没有权利拥有红颜知己了,你再不能放纵自己了,你再也不能伤害林慧了。情感的声音告诉他:企业家真的离得开红颜知己吗?你真的这么绝情这么残酷吗?你能忍心让一往情深的丽娟永远失望痛苦流泪吗?

乔丽娟回屋之后冲了个澡就上床了。她躺在床上也无法平抑感情的波涛。往事历历在目,林磊哼歌时的神情总在眼前浮现。他对我真的无情无义吗?他的心中真的只有陶捷和林慧再也装不下其他的女人了吗?他如今是身价几十亿的大老板,仰慕他追求他傍他缠他的年轻美眉无数,他身边的那个妖艳的花瓶女秘不就是一天到晚跟他起腻抛媚眼送秋波吗?真不知他为什么要找这样一个女秘,也不注意集团和自己的形象。

乔丽娟对林磊的感情是不知不觉中产生的,也是想控制也控制不了的,男女情感的发生或许从来是神秘不可测的。她一开始就知道这是无望而痛苦的单相思和苦恋,她取代不了陶捷的位置,即便后来陶捷驾鹤西去,她也无法填补陶捷留下的空白,她更不敢奢望林磊会放弃患难之妻而与她结合。

当她对林磊的情感油然而生而又日见浓烈时,她企盼什么呢?结合不可能,做情妇和二奶又有损她的高傲的人格,还能怎样?永远的暗恋和单相思吗?一夜情吗?她想不清楚,她感到迷茫和困惑。

林磊入狱后,正是失恋和孤独让她与那个德国人同居了三年。德国猛男可以满足她的性欲却填补不了她内心的空虚,那场迷乱疯狂的异国恋结束之后,丽娟以为自己不再需要爱情和婚姻了,不再需要任何男人了,有事业就足够了。

然而,她控制不住自己的情感,甚至控制不住自己的身体。林磊出来之后,他俩重逢又工作在一起之后,从未真正死灭的旧情又复燃了,而且一天比一天炽烈。丽娟拼命压抑控制自己,她不敢流露也不敢表达。在职场上在金融投资领域,她素以胆大干练著称,但在情场上在感情的世界里,她从来是怯懦和优柔寡断的。

这次上山反思总结,她本来不想来,她想有意减少两人单独相处的机会,因为她怕那驱之不散的情感折磨她,更怕那汹涌的感情潮水冲破闸门。

但她还是来了。不想来为什么还来?这正是她矛盾困惑的地方,她抑制不住与林磊山中独享时光的诱惑,哪怕这种时光只有一两天。

作为集团董事长和灵魂的林磊的时间是极其宝贵的,他能拿出两天时间与一个人共同分享,这个人不应该是他心中无足轻重的人。可我在他心中到底是什么分量呢?是过眼的很快就会烟消云散的红颜中的一个,还是连红颜知己都算不上,只是工作伙伴已故董事长的女儿和用得顺手看得顺眼的副总?

乔丽娟想累了,决定翻身睡觉,她要设定手机上的闹铃时,发现手机不见了,她想起手机一定是落在了林磊的房间里了。她起身想过去拿,看了看手表已经12点了,她知道林磊有熬夜的习惯,不过12点是不会睡的,不在床上看一个小时的书是不会睡的,可是万一他睡了怎么办?一个下属吵醒刚刚入睡的老板可是天大的罪过。

乔丽娟披着睡衣在房间里踱步,最后一横心还是过去了。

她敲开了林磊的房门,林磊果然没睡,也没在床上看书。

“我的手机忘在你这了,没有手机上的闹铃,我明早起不来。”

“哦,没关系,我是不到1点不会睡的,习惯养成了就改不了啦。”

丽娟拿起茶几上的手机装在睡衣兜里,抬头看着站在房间中央穿着裤衩背心的林磊,感觉他的形象很古怪很可笑。

“天这么热,你为何不开中央空调?”

“我是个农民,从来不怕热,也没有穿睡衣睡觉的习惯,比不了你这个大家闺秀。”

“又用农民打马虎眼。”

“你怎么这么晚还不睡,你不是没有熬夜的习惯吗?”

“我睡不着。”

“为何?”

丽娟沉默了,只是用一双含情脉脉凄婉哀怨的眼睛凝视着林磊。

两人在房间中央就这样站了很久,虽然无语,但彼此心涛拍岸的声响都能听到。

“林哥,你吻我一下吧,就一下,一生就一下,可以吗?”

林磊看着楚楚动人又令人爱怜的丽娟,没有说话,而是轻轻走过去,轻轻把已是满脸泪水的丽娟抱在怀间,轻轻给了她一个无限温存意味深长的吻。

一切尽在不言中,此时无声胜有声。

突然,丽娟趴在林磊的怀中抽泣起来,林磊的心碎了,他下意识地把丽娟抱到了床上。

以后发生的事情是可以想象的。一切都不是精神和意志的产物,也不仅仅是本能的产物,而是蓄积太久培育太深的情感的产物。

冲破闸门的情感洪流湮没了一切,也湮没了身体和神经的反应,甚至湮没了喷发和叫声。

如梦如幻如诗如画如水如海的一夜,那是他俩一生中仅有的一夜。是开始也是结束。

3

林磊和乔丽娟回到四合院后,电视剧《委里的日子》的第二稿剧本已经放在林磊的办公桌上了。林磊仔细看了一遍,提出了几处修改意见,然后又返还给了编剧。

乔丽娟带领影视公司人力资源部的两个员工开始四处奔波重新挖人。不到一个月,乔丽娟就从小马奔腾影视公司那里挖来一个大腕导演——翟涛。翟涛已过不惑之年,属于北京电影学院第四代导演的代表人物,曾经导演过获得过金鸡奖的电影和两部很火的电视剧。

搞定翟涛之后,乔丽娟向林磊复命。

“林总,你要找的影视界大腕我给你挖来了,这是他的详细资料。”

林磊翻过之后说:

“基本是符合咱们设定的条件,但这个翟涛好像还不是顶尖大腕,他拍火的那两部电视剧我都没听说过。”

“当然不是顶级,但肯定够得上腕。影视界的顶级大腕冯小刚、张艺谋、陈凯歌,咱们挖不来啊,把薪酬翻一倍也挖不来。”

“这倒是,不过这个翟涛比纪云飞还是高一个档次,有了他,咱们海山影视的班子就不再是草台班子了。”

“翟涛也是咱们的签约导演,他也只跟咱们签了两年的合约。”

“两年就够了,你是怎么搞定这个翟涛的?”

“我只把他的年薪提高了五分之一,但把利润分成提高了三分之一,他对自己片子的经济效益信心满满。”

“这样更好,只要片子盈利,我不怕他多分。”

“他能来,主要是看上了咱们公司的投资实力,还有他碰巧和小马奔腾的老板发生了隔阂。”

“导演我们有了,那制片人呢?”

“有了这个导演就足够了,他也可以做制片人,他也兼过制片人。我这次跑了几家影视公司,总算弄明白了影视这滩水。影视公司运作主要就是三个关键人物,出品人、制片人和导演,其他什么监制、制片主任、统筹、演员、摄影、剪辑等等都不重要。其中出品人是投资方的法人代表,在中国片子上署名的出品人都是投资方老板或影视公司老板。华谊兄弟的片子的出品人都是王中军,他就是华谊兄弟的大老板啊。小马奔腾的副总告诉我,其实出品人是中国影视界的特产,美国的影片都署的是出品公司。”

“这么说中国的投资老板爱出风头,雁过留声,人过留名,投了一笔钱,总要在片头留下自己的名字。”

“是这样,这就是中国老板的心态。咱们海山影视的出品人当然是你,将来你愿不愿在片头留名那是你的事。”

“这事我还真得琢磨琢磨。那制片人呢?”

“这回我才搞明白,制片人,实际就是香港影视界的监制,他不仅要懂创作,还要懂财务控制、商业运作,最重要的是他应该是一部影视作为商业项目运作的发起者。在好莱坞,真正的大佬制片人的权力仅次于出品人,远大于绝大多数导演和演员。在中国,是导演中心制,中国的导演自己经常不挂制片人头衔却做着制片人的事儿。尤其是大牌导演,本人就是影视公司的老板,除了钱不是自己掏的,整个班子都是自己搭的,实质上中国导演大都是兼任制片人的职责。”

“原来如此,看来你比我学习得深入,我连制片人都没搞懂,就稀里糊涂投了两个项目。”

“国内一些小影视公司,就二三十人,老板就是个制片人,公司也没有投资的钱。这个制片人找到好剧本之后,就拿着剧本大纲去找四大卫视和四大网视的购片主任。”

“两个四大都是什么?”

“四大卫视是北京卫视、湖南卫视、上海卫视和浙江卫视,四大网视是搜狐、优酷、乐视和土豆。”

“那央视呢?”

“央视只播主旋律,主旋律的片子有的赚钱有的赔钱。制片人拿去的剧本大纲如果两个四大的购片主任都不看好,他就立刻放弃这个剧本,如果四大的购片主任认可这个剧本并同意购买,然后双方就谈价钱。假定这个制片人测算出来的电视剧每集成本是160万,如果购买方能出到180万到200万,就OK了,制片人就立刻去找投资建剧组,然后再去找导演和演员。往往电视剧拍到5、6集,四大60%的预付款就到账了。国内许多‘大发’的电视剧就是这些小影视公司做出来的。”

“那像华谊兄弟和小马奔腾这些大影视公司呢?”

“大影视公司制片人的运作方式也是这样,只不过投资时是以影视公司为主,因为他们财大气粗。国内大小影视公司都没有像咱们这么运作的,海山影视公司的出品人是你,制片人也是你,上两个项目,包括这个《委里的日子》,从创意、立项到商业运作和财务把控,不都是你吗?现在的影视市场是买方市场,是四大购片主任说了算,在咱们这是你一人说了算。所以咱们不需要制片人,挖来一个导演就足够了。”

“看来海山影视公司的运作机制要调整。丽娟,我看你对影视很有灵性,进入行业比我还快,今后公司的这个制片人就由你来当吧,先不要让导演兼,他现在还不算自己人,把财务权交给他我不放心。”

“我可以一试,财务控制商业运作我不怵,和四大购片主任打交道我也不怕,但我不懂创作,也拿不出创意啊。"

"创作也没有那么神秘,邵建一是个多年政府官员,不也一个华丽转身就变成了大作家了吗?创意你慢慢就会有的,因为你有灵性也有灵感。国内影视公司的运行机制和影视市场规律我们要遵守,但也不能死守,否则我们海山影视的理想追求和价值取向如何体现?"

"国内新起的影视公司一般都是拿资金人力的20%来投主旋律片子,赔钱也要在央视1频道播出一部电视剧,为的是在业界建立名声,然后用60%来运作市场化的片子,剩下20%来做自己有兴趣有追求的片子。现在影视市场,80%是爱情和谍战的天下,留给其他题材的空间只有20%。可你却要用100%的资金人力去砸主旋律,这怎么是尊重市场规律?"

"市场规律要尊重,但这个潮流我也要反。我们就是要用60%来投主旋律,另外40%投市场化的片子。这40%市场化的片子也是以商战题材为主,我们就是要拍出既赚钱又有社会价值和关注的商战片。"

"这种尝试和探索是要付出代价的。"

"付代价不怕,学费没交够咱们就继续交。"

海山影视公司的高管团队重建之后,电视剧《委里的日子》剧组正式成立。林磊当即把5000万投资打到了剧组的账上。这次投资林磊很放心,因为剧组的制片人是乔丽娟。

4

专业编剧丁伟按照林磊的意见又修改出第三稿剧本,林磊看过这个第三稿,基本满意了,就把剧本的复印件交给了导演翟涛和乔丽娟。

"丽娟,这个剧本我这通过了,你再看看,再把把关,提点修改意见。这部电视剧的名字你都给改了,剧本你也得改呀。"

"林总,我看不看不打紧,关键是导演翟涛看,剧本不能通过他这关,电视剧还是没法开拍。"

"这个导演中心制这么厉害?"

"你以为呢?国内一些最火的电视剧的剧本就是出自导演之手,那部火得一塌糊涂的电视剧《潜伏》,就是导演根据一部短篇小说自己编剧的,更多的剧本都是导演和编剧共同完成的,再好的剧本,你要想不让导演动刀子没门,不这样怎么能体现他的创作思想?电视剧的核心和主创是导演,编剧、演员、摄影、剪辑、统筹等等都是为导演的创作服务的。”

“剧本我也给了导演一份。导演这关要过,你这关也要过,你是制片人啊。”

“我这算不上一个关,我的意见也无足轻重,但我会认真看,看完也会提出自己的意见。林总,我还得提醒你,在剧组中,导演不但是大爷,而且导演和编剧往往是一对矛盾体,导演枪毙编剧剧本的事是家常便饭。更多时候是导演让编剧反复修改,直到他满意为止。电视剧前期的筹拍,导演与编剧的磨合最费时间。”

“磨合再费时间一个月够了吧?”

“一个月?三个月是他,半年一载是他,三年五年也是他。前不久不推荐给你的电视剧《青瓷》你看了吧?”

“看了,我认为这部电视剧是商战片中难得的精品,超越《青瓷》是我们下一步拍商战片的目标。”

“你知道这部电视剧的剧本磨合了多长时间吗?”

“多长?”

“整整四年。”

“这么长时间?我可等不起。”

“青瓷的小说比电视剧精彩多了,因为小说写的就是作者的亲身经历。小说的作者叫什么我忘了,他原来是个大学副教授,后来下海做拍卖行,一直做到业界前十名,身价数亿。再后来他因为行贿法官被判入狱三年。他做的是房地产拍卖,这个行业不行贿法院一笔生意也做不成。这个拍卖公司老板出狱后,没有像你一样东山再起,而是潜心创作费时两年写出了小说《青瓷》。小说一出就很火,被影视公司老板看中了,这个影视公司老板叫什么我也忘了。”

“你年轻轻的记忆力怎么这么差?”

“还不是跟着你干,体力脑力同时透支的结果。影视老板高薪请来大腕导演,投巨资要拍《青瓷》。导演接了活后就找来一个金牌编剧来改编剧本。改编前得向小说作者购买电视剧改编版权,可这位作者跟邵建一一样,死活不卖非要自己动手,理由也是怕别人糟蹋了他的作品。出品人和导演无奈只好让作者亲自改编,谁也没想到,这一改编就是四年。其实这位作者一年就把剧本改编出来了,但是导演那通不过,于是就一遍遍地改,一共改了七遍才通过。改得这位作者快发疯了,他说,我的小说才写了两年,一个电视剧本却改了四年,早知如此我打死也不揽这个活。结果电视剧只拍了7个月就完成了。"

"一个本子改了四年,都改什么了?"

"后来我把小说和剧本比较了一下,发现改动的原因都是为了规避政治风险。"

"这一点不光作者知道,导演也知道,读者也知道。"

"丽娟,这么说咱们这部电视剧不光要过导演这一关,而且还要给导演动刀子的权力?"

"这就是现实,除非你撤掉导演。这个剧本经过编剧、你和导演三人修改后,我担心的是你的哥们儿邵建一能否接受。"

"是有这个问题,可我们已经走到这一步,还得硬着头皮走下去啊。丽娟,你催促一下导演,让他尽快拿出剧本修改意见来,他要是一定要动手改,也尽快改出来。我不想让电视剧在剧本这道程序卡壳,我们一年之内推出首部电视剧的计划不能改变。"

"我明白,我会催他的。"

5

半个月后,导演翟涛把他亲手改过的电视剧剧本交给了林磊。

"翟导,你看这个剧本能用了吗?"

"本子没有问题了,内容精彩震撼,估计通过审查也没什么问题,因为敏感地方我都删掉了,我又增加了两个爱恨情仇的故事。"

"小说里原来就有爱恨情仇的故事,专业编剧又增加了一个,还不够吗?"

"不够,林总,你知道,一个戏里没这些东西,我没法拍呀。这些不单是佐料,而且是必不可少的主料,因为观众就爱看这些。"

"你是业内人士,你认为需要加就加吧。只不过不要本末倒置喧宾夺主,把一部严肃的改革大片变成言情片。让爱恨情仇成为主戏,让改革成为背景和佐料。”

“不会的,我删改后的剧本仍然是一部改革力作,改革的内容充实得很。”

“那就好,我最后还要把这个定稿拿去跟小说作者沟通一下,因为他拿来的是第一稿,后面三稿他都没看到。”

“林总,给他看和沟通可以,但不能恢复删掉的东西。我和很多小说剧本作者都打过交道,他们都是敝帚自珍,都是很难忍痛割爱,因为那是他们的心血结晶。但作家是上帝视角,手中握有小说中人物的生杀予夺大权,怎么痛快怎么写,可编导必须是观众视角,人物命运情节发展高潮布置都要服从观众口味,都要为收视率服务,所以编导改出来的剧本,作家很难认同,但我们决不能迁就作家,只能让编剧和导演定稿。”

“沟通后的结果我会告诉你的,你可以往下推进了。”

“剧组的统筹、摄影和剪辑我都找好了,一般演员也找齐了,现在只差男女主角了。现在有两个选择,启用一等知名度演员,就是明星演员,价码会高一些,要是启用二等知名度的演员,价码会低一点。”

“明星演员的价码是多少?”

“我接触过的两个都是每集20万到30万。”

“我拨下去的5000万投资预算不够用吗?”

“5000万当然够用。”

“那就请明星请大腕演员。这部电视剧是海山影视的开山之作,一定要拍出质量拍成经典,一定要拍出震撼效益。”

“林磊,这部戏拍出质量和拍成经典没有问题,能不能取得震撼效益能不能大发,不好说,因为现在的电视剧观众素质不高,他们中绝大多数人就爱看爱情片和谍战片,改革这类重大题材的电视剧取得轰动效应的先例还没有。”

“没有先例我们就开创先例。”

“我尽力而为吧。”

当邵建一看完第四稿剧本后,就直接杀到了林磊的四合院。

“哥们儿,你们这么干可不行。你们这样删改不但是糟蹋原作,而且是篡改历史。如果你们非要用这个本子,我他妈的根本不会在这个本子上署名,而且我也不会把小说的电视剧改编版权卖给你,我宁愿我的小说不影视化。你这个小子也是心口不一,什么责任追求价值取向,都他妈的是扯蛋,到头来还是奔着利润去的。我现在算是明白了,中国的商海就是一大染缸,什么鸟进去了都会变成黑的,你那个破公司,和那个烂副董事长从此跟我无关了!"

"哥们儿你先别激愤好不好,你先坐下,听我慢慢跟你说。"

林磊事先已经预料到邵建一会翻脸。

"本子都糟蹋成这样了你还有什么说的?"

"你先冷静冷静,你混迹官场这么多年,怎么连涵养都没修炼出来?你骂我可以,咱们三十年生死之交不能因为一个本子一笔勾销吧?你也不必忙着辞职,咱们就事说事,只说本子。你我不干这个影视公司,不把你的大作影视化,能产生社会影响吗?你的小说不就卖了几千本吗?你书里那么多宝贵思想和真知灼见让几千人了解你就满足了?小说影视化后,最少能卖到十万本,那时你邵建一的伟大思想才能传遍神州啊。所以,你得先整明白,小说是小说,电视剧是电视剧。电视剧忍痛割爱删掉的宝贵东西,人们还可以从小说中看到。你不也说电视剧要审查的吗,我们既然要拍电视剧总得以通过审查能够发行为第一前提吧?"

"电视剧审查是审查,但也没有到这个程度,连改革都不许说,连历史都不能讲。"

"说实话,哥们儿也动了一下刀子,但只删掉了一处,其他那几处都是专职编剧和导演删的,爱恨情仇的故事也是他俩添的。"

"那些爱恨情仇的东西你们添多少我都不管,但剧本中几个重大历史情节绝对不能删,删掉整个戏就没戏了。"

"老兄,你总算平静了一点,我这辈子还没见你发这么大的火,你刚才差点把我吃了,感谢你虎口留情。建一,这个本子也不是最后定稿,不是板上钉钉,还可商量,还可以改。你说都有那些地方不能删?"

"一个是巴山轮那场戏。那是体改委召开的一次最重要的国际会议,那是中国改革理论界第一次与国际经济界接轨,正是那次会议,中国的改革者把西方当代经济理论的精华融入了中国改革理论体系中,在这之前我们的经济理论除了斯大林那一套就是鸟笼经济。"

“这场戏编剧和我都没删,是导演删的,理由是这场戏把中国经济学家和经济官员描写得太土了,连个听懂美国经济学家英语讲话的人都没有,用西方经济理论指导中国改革这样的提法太危险。”

“你请的什么烂导演,他懂改革吗?”

“他只有四十出头,当然不懂改革。”

“你得找一个五十岁出头的,懂点经济和改革的导演。”

“这样导演中国压根就没有,你这不是难为我吗?这个导演拍过商战题材,可以让他一试。补救的办法我已经有了,那就是开机之后,让你来充当副导演,导演给演员说戏,你给导演说戏。”

“你那个副董我还指不定干不干呢,又塞给我一个副导演,哥们儿这辈子玩的就是经济改革,没玩过影视。”

“我也没玩过了,咱们如今不是进入了吗?进去之后就得参与啊。影视没有你想象的那么神秘,姜文的弟弟没学过影视,不也照样演电影吗?还有那个叫孙丽的女演员,原来就是个跳舞的,现在不也成了影视明星了吗?”

“你他妈的当了影视老板之后还挺投入,你说的这两个演员我都不知道。”

“干什么吆喝什么啊。这场戏我可以恢复,还有哪些不能删?”

“还有莫干山那场戏,没有莫干山的这次青年经济学家研讨会,就没有中国的价格双轨制,中国的城市改革就没有突破口。这是历史,是不能篡改和删除的。老百姓可能不知道这个会,但他们知道双轨制,知道倒爷。”

“这场戏是编剧删掉的,我当初也觉得可惜。编剧删掉的理由是当时接见青年提案代表的总理是赵某某。而且他认为双轨制造成倒爷横行腐败泛滥,最后引发动乱,所以不能写。”

“你找的是什么编剧啊,什么都不懂。双轨制理论已经得到国际经济理论界的高度评价,双轨制也决非动乱之因。从某种意义上说,中国的三十年改革是可以用双轨制来描述的。我们搞过价格双轨制,也搞过股市双轨制,不然,哪来的流通股和非流通股?在单轨行不通时,我们用双轨推进改革,时机成熟时,再来并轨,这是中国改革走过的真实道路,也是我们改革成功的宝贵经验,为什么不能写?而且戏里面的总理也没有提名字啊。”

“这场戏我也可以恢复,还有什么地方?”

“还有就是动乱之后改革重启的那场戏,那也是历史,中国的物价放开和股市建立都是那会儿完成的。”

“这场戏是我删掉的。股市建立的故事不是给你挪到后面去了吗?老兄,你以大局为重就做点让步吧。”

“我没说不能动,你们删了七八处,我只坚持恢复三处,其他几处我不是都认了吗?”

“这样吧,我们恢复两处,恢复后的剧本再让你审定,怎么样?”

“行吧,到时我看了剧本再说。”

“你就别端着了,这可是你的小说你的剧本你的电视剧啊。”

“我总得看看你们恢复成什么样啊。”

“好,就这么说定了,你看后快点放行,我等着本子开机呢?”

“哥们儿答应你。”

来时怒火中烧的邵建一总算露出了勉强的笑容,林磊也终于松了一口气。

重新恢复修改剧本时,林磊在专职编剧那没有遇到阻力,在导演翟涛那又费了不少口舌,最后是连说带压逼迫导演同意了。

那场谈话持续了一个小时,最后极不情愿让步的翟涛说:

“恢复后的剧本拍出来,如果不能通过片审,责任谁负?”

“当然是我负。审片通不过的结果不就是5000万投资血本无归吗?这个彩我认了。”

“如果是这样我可以同意。”

两周后,经过恢复修改的电视剧剧本第五稿出来了,这次邵建一看完之后勉强同意了。乔丽娟拿着剧本大纲同两个四大的购片主任周旋了半个月,结果得到半数购片主任的认可。

筹备了一年的的电视剧《委里的日子》终于开机了。

6

电视剧《委里的日子》开机之后,林磊就把这部剧全权交给了乔丽娟和翟涛,他再次超脱了。但这次他没有去安徽也没有回榕城,因为安隆生物和海产养殖这两大产业已经没有让他操心的事了,他的心思还在影视,他开始思考第二部电视剧拍什么。

这回林磊又上山了,他独自在香山白皮松下苦思冥想了一天,没有结果。第二天,他又打电话把乔丽娟叫上了山。

在半山亭里,两人对坐。

“林总,电视剧刚开机,千头万绪,忙得我四脚朝天,你为什么又把我叫来?”

“我只占用你半天时间,下午就送你回剧组。不是导演中心制吗,你为何那么忙?”

“你不是让我做制片人吗?让我把控财务吗?能不忙吗?”

“既然许多电视剧的制片人都是导演兼的,你就让翟导兼任一半制片人,你只管财务控制。疑人不用,用人不疑,我们既然请人家加盟做导演,就要放权给他。修改剧本时,我已经强行剥夺了他的权力,把他删掉的部分愣是恢复了,拍戏的时候,咱们就不要干预太多了,即便是财权也要放给他一部分。”

“你早这么说我就不用这么操心了,整天在翟导旁边转悠,像个监工的。”

“这样不好,我们不能因为有钱就目空一切蛮横无理,还是要尊重艺术规律,尊重导演。”

“有钱的是你林老板,我不过是你的代理人而已。”

“此言谬矣,你是副董还是股东,海山海产上市之后,你已经是千万富翁了,海山影视再上市,你就是亿万富翁,还哭什么穷?”

“不跟你扯这些,赶紧说正事。”

“规划下一步电视剧不但是正事还是大事。海山影视不能靠一部电视剧吃饭,我制定的影视公司规划至少每年拍两到三部电视剧。咱们现在又回到了公司创业之初的状况,钱有了,人有了,就是没本子。我发现好剧本已经越来越成为制约海山影视发展的关键因素,这种守株待兔等米下锅找米下锅的日子我过够了。”

“本子早已成为制约中国影视产业的关键因素,现在许多影视公司也和咱们一样,手里握着大把资金,团队齐整,就是找不到好本子,就是干等着。现在是影视公司多,好本子少,成了稀缺资源,抢本子已经成为影视业态。你知道那个写《蜗居》的上海女作家六六吧,听说她将有新作,影视公司老板、投资人和导演,全都跑到她家里等剧本。"

"我现在已经摸清楚,电视剧剧本的产生主要有两种模式:一种是闭门造车,也就是好莱坞的工业化生产模式。先确定一个创意,然后找来一帮职业编剧,分工合作开始编剧,编出几集就开始拍摄演播,然后根据观众反应再继续编。香港的 TVB 也是这种模式,他们的百集电视剧《地产风云》就是这么出笼的。这种模式的好处就是效率高贴近观众人物个性鲜明不容易雷同,因为每个剧中的主要人物都出自不同的编剧之手,千人一面几个主人公说一种风格的话的现象很难出现。"

"是这样,大家看王朔的小说和根据他的小说拍成的影视作品《甲方乙方》等,会发现剧中的人物都是一个腔调,都一样调侃妙语连珠,因为他们都出自王朔之手,这些人物其实说的都是王朔的话。"

"但是这种闭门造车命题作文定制生产的模式也有弊病,那就是造出来的精品少烂俗的东西多,因为影视公司旗下的这帮职业编剧的生活积累有局限,他们不可能同时拥有政界、商界、军界、教育界和科技界的生活积累。没有生活积累也要编,那就是愣编了,很难有精品问世。"

"的确如此,香港 TVB 产量巨大效率惊人,他们有时两个月就可以编出来一个电视剧剧本,三个月就能拍出一部几十集的电视剧。但平心而论,他们难得有精品,多数都是娱乐商业片,爱恨情仇打打杀杀。你摸清的第二种模式是什么?"

"第二种模式是根据小说改编,其中包括由职业编剧改编,或是作家自己动手改编,或是作家和编剧联合改编,也包括作家剧作家直接写成的剧本。这种模式的优点是,经典小说的作者是有丰富生活积累的,许多名著写的都是作家的亲身经历,这样出来的剧本有生活有内涵。"

"中国最成功最火的电视剧多数是小说改编的,《亮剑》、《血色浪漫》、《蜗居》、《潜伏》、《青瓷》都是。林总,你现在的影视学习成绩超过我了,在影视之海你已经扎得比我深了。"

"这完全可能,因为我呛过水,所以扎得深。我琢磨这种闭门造车的模式尤其不适于改革财经题材的电视剧。《委里的日子》这样的剧本这些职业编剧编得出来吗?他们根本不知道'委里'是怎么回事。同样财经片或曰职场片商战片,也不是关在屋子里就能炮制出来的。你根本不知道商海是咸是淡,不知道商人是怎么做生意的,不知道创业、投资、合同,编什么编?”

“你的意思是海山影视公司的剧本来源只能是找小说改编?”

“对。”

“这种题材的好小说找不到怎么办?像邵建一《委里岁月》的小说,都是文坛难得一见的孤品绝品啊。”

“找不到好小说改编,就找有生活积累的作家为我们创作,先写成小说再改编可以,直接写成剧本也可以。”

“这样我们影视公司找本子的途径就变成了找作家了。”

“对,因为我们影视公司的题材是确定的,就是改革和商战,我们就找有这样生活积累的作家来创作。说白了,就是再找出几个邵建一,咱们的剧本荒就解决了,你看怎么样?”

“我看也只有这条路,别无他途。”

“咱们俩达成共识就好办,但找作家不是我一人的事,你要参与进来,翟导也要参与找。”

“我可以跟你一起去找,翟导现在还顾不上。”

“翟导先让他专心拍片子,片子拍完了再参与找作家。”

“不过我认识的都是女作家啊。”

“女作家也很厉害呀,六六也是女的呀。中国第一部写改革的长篇小说就是出自女作家之手,改革之初,女作家张洁的小说《沉重的翅膀》拨动了多少人的心弦,现在纵横驰骋商海的女老板也是很厉害的。”

“那我就试试看,林总,咱们下一部电视剧还拍改革啊?”

“不,拍商战拍财经。丽娟,我跟你们说过不止一次,中国的大舞台上就两个主角,政治家和企业家,或曰官员和老板。中国三十年来的是是非非成败兴衰都是这两大主角的作品。改革的主角是官员,我们这部电视剧已经把他们定格在荧屏上了,商战的主角当然是老板,我们下一部电视剧就是要把老板的形象固化在荧屏上。你我都是老板,老板的形象就是我们的形象。眼下中国民众对老板的认可度不高,还有不少人总把老板与走私行贿偷漏税联系在一起。在美国当老板很风光,美国的大老板都是民众仰慕仿效的对象;在中国当老板既风光又丑陋,既有钱又危险。"

"每当说到企业家,你总是滔滔不绝。既然我们下一部电视剧要拍商战拍老板,何不找人写写我们自己,写写山海兴衰,写写你和陈帆、雷云,这都是真人真事啊,是摆在眼前的活生生的故事,跌宕起伏,惊心动魄,编都编不出来。"

"是啊,如果拿山海集团和山海的老板做原型,创造一部电视剧,一定有意义。因为山海的兴衰具有典型性和代表性,甚至有教科书式的作用,山海的历史就是中国企业的历史,就是中国改革的缩影,山海的几个老板也都个性鲜明,写成小说编成电视剧一定有人看。"

"但是不能完全写实。写实,那些恩怨是非也说不清,一定要写成小说,要有虚构,要变成艺术品。前几年,也有写海尔的张瑞敏和阿里巴巴的马云的文学作品问世,因为太写实,都不成功,人们宁愿去看他们的传记也不去看这些文学作品。当然那些作者也不行,都是商圈之外的人,就是作协那帮人写的,他们根本没有商业生活的积累。"

"如果我们要写山海,最好先写成长篇小说,然后再改编成电视剧剧本。"

"这个作者可不好找,中国成名作家中就没有这样的人。要不干脆你自己动笔,自己写自己一定能成功。"

"我自己动手不行,第一我没有这么多时间,第二我也没有这样的文学天赋。上帝放到我的摇篮中的只有一点财商,但没有文学天赋。一个农民的孩子,他的生活离艺术是很遥远的。"

"又来了,你平时挺能侃的呀,讲起话都成套成套的,还经常引经据典夹诗带词的,怎么不可以一试?邵建一可以成功,你为什么不成?"

"不一样,邵建一是个隐而不露的文学天才,上帝让他前半生远离文学搞改革,就是为了让他积累生活,就是为了让他厚积薄发写出这部《委里岁月》。我是文学天赋没有,文学修养有一点,那一点修养都被我用到讲话里去了。"

"能不能在咱们山海老人中找一个文笔好的?"

"也不行,自己企业里的人写,故事倒是熟悉,但跳不出来,不是歌功颂德就是充满偏见,这种事是当事者迷,旁观者清。"

"要不动员邵建一写?他既熟悉改革也熟悉商业,而且还了解你,既不是商圈中人,又离商圈不远。"

“这是个好主意,我明天就去找他商量。看来不叫你山上不行,你不来,谁跟我碰撞,不碰撞,哪来这些灿烂的思想火花?”

“碰撞也碰撞了,火花也出来了,第二部电视剧的大模样也定下来了,我可以回去了吧?”

“可以了。”

乔丽娟扔给林磊一个并不神秘的微笑,然后径直下山去了。林磊恋恋不舍地目送着乔丽娟远去的身影,心中泛起无以名状的波澜。

7

第二天,林磊把邵建一请到了四合院。

“哥们儿,你这个副导演当得挺过瘾吧?你上任之前,我就对剧组人员说了,你不但是副导演,而且是公司副董事长和股东,我估摸剧组中的人不敢慢待你。”

“慢待倒是没有,但有点热情过分。我给导演单独讲了一次改革,又给全体剧组人员做了一个《中国改革三十年》的报告,至此,我的使命完成了,以后就不去瞎掺和了。”

“你这个副导演就干几天啊?”

“几天就够了。外行就是外行,我只懂改革不懂演戏,去多了就只能添乱。”

“不去也行,正好我又给你找了一个新差使。”

“你他妈的又给我派活?”

“这个活非你莫属,别人玩不转啊。”

“什么活?”

“创作你的第二部长篇小说《山海风云》,然后再和专职编剧一起把它改编成电视剧剧本。”

“这个活我练不了,我又不是你们山海集团的人,也不是商界的人,写不了你这部书,况且我也没有写第二部小说的计划,我不是专业作家,哥们儿是改革家。”

“你是改革家也是作家,写了第一本小说之后再写第二本就是轻车熟路。

既然你拿起如椽大笔来,就要一发而不可收,怎么能写一本就封笔收山呢?一本书主义是要不得的啊。”

“你他妈的臭拽什么。”

“老兄,哥们儿跟你说真格的呢。影视公司下一部电视剧要拍商战片,拍山海的故事是捷径。不是我一定要自吹自擂给自己树碑立传,而是山海的故事的确有得写值得写。写山海,山海企业的人写不了,作协那帮人写不了,只能你来操刀。你熟悉改革也熟悉企业啊,你在体改委那么多年不是天天跟企业打交道吗?再说你也了解我了解山海。我的那点事山海那点事,我不都向你随时汇报了吗?这个世界上能把我搞个底掉的人,除了你之外还有谁?”

“你他妈的烧成灰我也认识,这部《山海风云》小说就写你啊?”

“不,写三个老板,陈帆、雷云和我。这部小说不是我的自传,我还没有那么自恋。不过哥们儿肯定是三大主角之一,我的坎坷商海路难道不具有典型性吗?中国成功商人中经过如此大起大伏,经过牢狱之灾而又东山再起的,也不是很多。”

“这倒是。”

“《山海风云》不是简单地再现山海集团二十多年来的商战故事,而是通过描写山海的创业、辉煌、磨难、涅磐与再生,反思中华文化背景下的中国企业与中国企业家的历史必然与悲怆命运。”

“可是小说就是虚构,就是胡编乱造,是不能完全写实的。”

“我构想的《山海风云》就是地地道道的小说,不是传记,也不是纪实文学。山海集团的故事,我们三个老板的故事,只是原型是你的创造素材,你有任意虚构自由想象的巨大空间,说白了就是我们把山海素材摆在你面前,你就当它是个大面团,如何取舍如何利用如何改造如何揉捏,都是你的事。最后你炮制出来的是法式面包还是中式馒头,我都欣然接受。”

“我还没答应接这个活呢。”

“算我第二次求你了。你不出山不动笔,咱们的影视公司就无米下锅,这可是咱俩的公司啊。《委里的日子》拍完了,没有新本子,整个公司几十号人马就得歇工。像以往那样漫天撒网找吧,找来的都是没人要的垃圾,找一帮编剧闭门造车吧,又造不出来商战题材的精品,剩下只有一条路,找有生活积累的作家创造。既然是商战剧就是写企业和企业家,与其写别人不如写自己;既然要找有生活积累的能胜任的一流作家,那就不能在作协签约作家中找,因为他们都没有商业生活积累,都不能胜任。中国的作家队伍你又不是不了解,王蒙、张贤亮那帮‘右派’作家老了写不动了,张承志、王安忆、李锐、梁晓声这帮知青作家方阵,他们只有插队生活的积累,知青题材一写就是三十年还没写够,他们真写不了商业题材。成名作家都不行,你让我去找谁?踏破铁靴无觅处,得来全不费工夫,远在天边近在眼前,一个现成的最有资格最合适的文坛新星巨擘就坐在我面前,我能放过你吗?”

“你他妈的就这么用我啊,我是这么好用的吗?”

“我知道你是个人物,不好用,以前是改革骁将委里重臣,现在是天字第一号的改革作家,当然不好用。”

“你甭给我戴高帽。”

“老兄,我这不是用你,而是合作分工啊。当初我拉你入伙时就说好了,影视公司的剧本归你负责,负责找也负责写,你不能只管一个剧本啊,只拍一部电视剧的影视公司叫什么影视公司?无足轻重不值一提啊。哥们儿玩企业从来就是玩大家伙,我的安隆生物是中国生物产业的翘楚,我的海山海产是中国海产养殖产业的旗舰,我的影视公司不能做得太小吧,不能没有大动静吧?哥们儿从扎进影视之海的第一天起,就是要做哪吒的,就是来闹海的,不把影视大海搅得四海翻腾云水怒,我能善罢甘休吗?”

“还是你的公司。”

“赎罪赎罪,我说错了,安隆生物和海山海产是我的公司,这个海山影视是咱俩的公司,既然如此,你就更不能推托了。”

“你他妈的在商海里越混越油,真是铁嘴钢牙橡皮腮帮子,是墨索里尼,怎么说都有理。”

林磊已经看出邵建一被说动了。

“老兄,何时动笔?我为你创造一切条件。你虽然了解我,但还不了解其他两位老总,也不了解山海的员工。你一旦决定写,我就安排你到榕城住上一个月,跟海山集团中的山海老人聊聊,看看公司旧址新址,体验体验生活。如果你愿意,我也可以给你安排访谈我在山海的对头和敌人,包括雷云。我希望你能站在一个作家一个第三者的立场上,写出一个真实的山海创业史小说来,写出中国财经小说的经典传世之作来。"

"到榕城的事可以安排在一周后,我在那呆不了一个月,能呆两周就足够了。我写的是小说,不是纪实文学,不需要那么多真人真事,真实的东西多了,虚构想象的空间就小了。我的小说不会为你树碑立传的,你即便成为小说中的一个主角,我也会把解剖得入木三分,决不会笔下留情。如果有一天你想修补自己的形象,那你就找人给你写传好了。"

"我不怕你在小说里糟改我,我有这个思想准备。你邵建一是谁呀,是伟大的作家和秉笔直书的史家,你手中的笔就是董狐笔,是千金难买万金不卖的,中央那么大的官,你都敢在书中如实褒贬,我这个无足挂齿的小人物就更随你摆布了。"

"你有这个思想准备就好。"

"你从榕城回来动笔时,我在香山脚下给你找一座独体别墅,再给你配备一个天姿绝色的女秘,不光是红袖添香,而且能帮你打字。到时候你构想好一章,就在厅中踱着方步,然后金口一开抛玉吐珠,女秘负责用电脑给你记录下来,这样可以给你节省很多时间,大大减轻你的劳作强度。随便说一句,我给你配的是女秘不是小蜜,当然如果你要她兼做小蜜也可以。堂堂副董事长和大牌作家金牌编剧,拥有一个小蜜也是不会让人意外的。"

"你这是为达目的不择手段,动之以情,晓之以利,诱之以色,无所不用其极啊。"

"随你怎么说,只要你动笔就行。"

林磊与邵建一还是成交了。

第二部电视剧的剧本落实之后,林磊就暂时超脱了一段时间,他回榕城了。他要在老家迎接邵建一。

8

电视剧《委里的日子》拍了9个月拍完了,林磊看完片子后比较满意,片子基本再现了小说的精华,出彩的地方不少,导演的功力的确不凡,男主角也曾是

《血色浪漫》的男一号,把剧中的主人公演得很到位,某些地方已经达到出神入化的地步。

邵建一看完片子后不太满意但勉强可以接受。他还是认为电视剧舍弃了太多小说中的精华,而且男女主角太年轻了,对演绎他们的父辈故事拿捏得不到位,关键是他们对于那个特殊时代的精神理解太浅。

林磊激赏男主角的表演,而邵建一最不满意的就是这个男主角。

"翟导选的这个男主角没有选对,他虽然已是个不小的腕,演情感片战争片都还可以,但演这种改革片不行。"

"你说具体点,哪些地方不行?"

"首先演员的气质不行,太痞,说话也太油滑,有损主人公的形象。"

"那个主人公的原型不就是你吗? 你有时也有点痞劲,而且你平时说话一口一个国骂,还不油滑?"

"你哪凉快哪歇会儿,我也就是跟你说话要带上国骂,在领导面前,我敢说他妈的吗? 本人在委里形象甚佳,举止文雅谈吐不俗。"

"你在委里什么样我又没看见。"

"这个男主角在领导面前的表演尤其失败,太拘谨太谦卑。现实生活中的主人公尊重领导,但决不巴结奉承领导,他又不想让领导提拔拍马屁干嘛? 因而他在领导面前的形象应当是不卑不亢自自然然大大方方,对混熟的领导,亲热一点也无妨。那个年代的中央领导,不但求贤若渴礼贤下士,而且平易近人没有架子,决不像现在的某些政治暴发户。"

"你就别求全责备了,几乎是你儿女辈的演员,能把你演成这样就可以了。真想在荧屏上再现你的光辉形象,这个主人公除非你自己演,你演得了吗? 你会演戏吗? 就是你硬着头皮上去,也演不了青年邵建一啊,秃了顶怎么化妆也不灵啊。"

"你歇着去吧。"

"你能勉强接受就行了,影视艺术本身就是个遗憾的艺术,不能过分追求完美。这部电视部,不管请谁来导来演,我估计你都不会满意。"

"既然已经拍完了,那就只能这样了。什么时候送审,我还担心片子通不过审查呢。"

"应该不会吧,咱们这部戏主基调还是弘扬歌颂改革呀,虽然写了改革的曲折和艰难,写了改革的失误和弯路,但都是有分寸的啊。"

"但愿不会。"

电视剧《委里的日子》通过了林磊和邵建一这两关后,就送到广电部审片。正如林磊所料,片子顺利通过了审查拿到了发行许可证。

作为商人的林磊,对营销不陌生。为了发行这部电视剧,林磊特意让乔丽娟挂帅,组建了一个完全由业内人士组成的堪称强大的发行部,并且特批了100万宣传推广费。

发行的结果出人所料,不但四大卫视和四大网视中的一多半接受了,而且央视也接受了,其他省市两级电视台也有购买的,原因是他们很久不见这种冷门题材的精品了。

电视剧《委里的日子》小火了一把,算不上大火。播出后的反响也很大,尤其是在政界、商界和知识界,反响堪称强烈。

播出半年后一算账,这部电视剧不但收回了成本,而且还净赚了2000万,这更是林磊没有预料到的。他已经做好了再次赔上几千万的准备,为了中国的改革事业,为了邵建一,为了海山影视的长远发展,赔上几千万他也心甘情愿。

首战告捷,林磊很兴奋,他和乔丽娟一起在影视公司举行一个盛大的庆功会。

影视之海对于他俩已经不那么陌生冰凉可怕了,他俩都不由自主地玩上了瘾。

这时,邵建一的小说《山海风云》的第一部已经出版了,林磊立即请专业编剧开始改编电视剧剧本。影视公司上下全部投入到筹拍第二部电视剧《山海风云》之中,海山影视的第二场硬仗拉开了序幕。

9

正当大家紧锣密鼓地筹拍第二部电视剧时,林磊却突然杀进了电影领域。

起因是乔丽娟拿来一部女作家写的16万字的长篇小说《丽人行》。

"丽娟,16万字就算长篇吗?"

“当然算,过去的行规是 3 万以上算中篇,10 万以上就算长篇。现在小说越写越长,于是长篇的概念就变成 15 万以上了。”

“小说我看了,很精彩,也可以说出乎意料,这位作者有生活吧?”

“当然有,这位女作家谢楚英是我的一个老朋友,比我大几岁,不是你们那代人,你们那代人中的女老板不多。她以前也在商界,和他老公一起开了一家卖书的网站,后来网站做火了,她就退出商海专心写作了。小说里的三个女老板主人公,一个就是她自己,另外两个也都确有其人。就因为有生活底蕴,所以小说才精彩。”

“邵建一写了三个男老板,你这就整出了三个女老板,真是巾帼不让须眉啊。”

“那当然,你以为你很牛吧,现在国内比你的生意做得大的女老板有好些了。当今的世界风潮是女性崛起,女性进入政界和商界已经蔚然成风,而且往往一进入就是女总统女大老板,你不服不行。”

“我服,我早就服了。你看这部小说改编成什么合适?”

“当然是改编成电影更合适,不仅仅因为篇幅小故事少,而且因为小说的戏剧性太强了,矛盾冲突非常集中。三个女主人公始终纠结缠绕在一起,又争斗又合作,分分合合,两个女人为一个男人大打出手,又为一个企业争斗十年,太有意思了,拍成电影一定能火。”

“我也认为这本小说适于拍电影。不过要拍电影,这个名字不好,上世纪四十年代就有一部电影叫《丽人行》,咱们再叫就重名了。”

“其实重名也不要紧,这是新时代的丽人行嘛,改名也很容易,可以叫《商海丽人》,也可以叫《三个女老板》。”

“名字以后再议,估计最后还是出自你之手,你已经渐入佳境了。”

“影视这潭水深了去了,我只是在水边湿了湿鞋,要学的东西还很多,我要是早知道影视这么有魅力,当初就不该去学金融,应该去考北京电影学院,如果那会儿就扎进影视圈,没准现在都成了中国著名女导演了。”

“应该是当红影星吧?你考北电兴许有戏,相貌出众,气质高雅,聪明伶俐。”

“北电考的不单单是长相,还有艺术才能,否则选美就行了。我对表演没兴趣,我对导演有兴趣。”

“我看不单北电在选美,众多导演也在选美,要不荧屏银幕上怎么到处都是帅哥美女?”

“这的确是当今影视潮流。林总,你真打算拍电影了吗?”

“说拍咱就拍呀,原本我打算两部电视剧推出之后再进入电影行当,现在被你这本小说一刺激,决定提前进入了。电视剧和电影是姊妹艺术,而且这本小说写的就是商战,符合公司的战略。”

“太好了,我总觉得玩电影比玩电视剧还过瘾,而且要振兴文化产业,重头戏还是电影,美国也是靠电影不是靠电视剧占领世界影视市场的。”

“对,电影肯定比电视剧有更大的影响力和冲击力。将来海山影视的电影和电视剧要一同发展,但重点在电影上。咱们进入电影的第一仗可是先有本子后搭班子了,你准备怎么改编这个电影剧本?”

“我打算让专业编剧和小说作者一起合作改编,以专业编剧为主。公司专职编剧已经有两个了,小说作者那边我去动员,估计三个月后电影剧本就可以诞生。如果我们马上筹拍电影,现在就要赶紧去找导演了。”

“翟导不行吗?”

“翟导虽然也拍过得奖电影,但他主要还是吃电视剧这碗饭的,而且他也分身无术,他已经和编剧一起在改编《山海风云》第一部了。我想,拍《商海丽人》——这是暂定名——最好请一位女导演,因为男导演很难吃透女主人公的细腻情感。”

“丽娟,你可要小心变成女权主义者了。”

“女权主义者也没什么不好,在男人把持的商界和影视界,就是缺少女性的声音。”

“当红女影星的风头可一点不让男影星啊。”

“可导演绝大多数都是男的,世界大导演中一个女的没有。更重要的是主宰中国影视市场的投资商或叫出品人,都是男的,你说影视天下是谁的天下?”

“这种状况正在发生变化,正在崛起的海山影视可是男女共同把持的天下,而且那个女二号的风头常常盖过男一号。”

“你的意思是不是让我收敛一点啊?”

“恰恰相反,我的意思是让你更张狂一点。如果你能完全盖过我,我就把影视公司的董事长让给你。”

“我没这个野心。还是说这个电影导演谁来找吧。”

“当然是你,现在你在影视圈的人脉比我强。”

“那我就行动了,我找到了就推荐给你,最后由你定夺。”

“是我俩一起定夺。”

山海风云

三十七、影视（下）

CHAPTER 37

1

不到四个月,《商海丽人》的电影剧本就出来了,乔丽娟也找到了一位女导演。导演田依萍是功成名就的中国第三代导演中唯一的女导演,她的名声虽然比不上张艺谋和陈凯歌,但在中国女导演中肯定是坐第一把交椅的人。

田依萍之所以欣然接片,是因为她看好这个剧本。

“乔总,我许久没见过这样出色的小说和剧本了。剧本对女性心理的刻画很成功,也写出了新时代女性的风采。我已经快十年没有接戏了,就因为碰不到让我动心的本子。这个本子好像就是为我准备的一样。不过,现在这个本子我还要亲自改一下。”

“田导,你现在就可以动手改,改完后就开始搭班子找演员了,同四大卫视接洽的事我来办。”

“这个影视公司你能做主吗?它的董事长和出品人不是林磊吗?”

“我能做主,你就往下走吧。资金我很快就会给你打到剧组的账号上,你改好剧本找好三个女主角后,跟林总见一面交流一下就行了。”

“那我就行动了。”

乔丽娟的自信是因为她搬来的是中国最好的女导演,她相信林磊不会有异议。果然,林磊听完乔丽娟的汇报后,满口赞成。

“丽娟,你办事我放心。这个电影的制片人还是你,你说了算。”

乔丽娟听完脸上露出胜利的笑容。

一个半月后,田导改定了剧本也基本敲定了三个女主角。她和林磊和乔丽娟进行了一次沟通。

“田导,你的效率够高的。”

乔丽娟说。

“这是我导的第四部电影,我在影视界是有积累的,我也是‘文革’后北电首批导演系毕业生,北电出来的演员我都熟,找演员不会太费事。现在就是女一号没有最后定,其他演员都定了。”

“田导,你这部片子的投资预算是多少?”

林磊问。

“7000 万。”

“怎么这么少?我们的第一部电视剧还花了 5000 万呢,拍电影不是更费钱吗?我心里的预算可是一个亿,你可不要为我省钱,因为我们的第一部电影也必须是精品,必须让影坛风生水起。”

“这部电影不是大制作,因为拍女老板的戏,多数是室内剧,不是酒店就是办公室,外景不多。最关键的是我要剑走偏锋独辟蹊径。”

“什么意思?”

“眼下影视界把女影星的片酬炒得离谱,章子怡、周迅、赵薇等人的片酬已是天文数字,我可不想为影星打工,我要尝试一条不用影星只用未出名新秀的道路。”

“成名影星一个不用,片子的质量能保证吗?没有影星的电影也没有号召力啊,将来的票房能保证吗?”

“林总,我知道你们会有这个担心。我们这部电影是第一部反映女企业家创业故事的电影,这在中国的影视作品中没有先例。这部片子要靠内容取胜靠艺术取胜,不靠影星的明星效应,国内当红影星中还真没有能演女企业家的。另外,许多未拱出来的新秀,素质很好潜力很大,就是缺少机会,用她们照样能拍出好电影来,而且用得好,还会收到奇效。当红影星第一次演主角也是新人,许多影星都是一炮走红的,相信我们这部片子也会造就不止一个新星。”

“新秀和新星有什么区别?”

“新秀是没有出大名还没有拱出来的新人,说他们是秀,那是因为他们已经演过一些角色而且展露出才华,但没有演过主角,没有变成影星。影视界的一般规律是没演过主角是不能成为影星的。”

“既然这样,这个 7000 万投资预算我批准了。做老板的都要进行成本核算,投资当然是越少越好,但前提是保证片子的质量和拍摄需要。”

“林总,你放心,片子的质量绝对没有问题,我是不会故意为你省钱的。如果我们这部片子获得成功,那我们就在电影界开辟了一条新路,刹住恶炒影星的歪风,把更多的投资用在刀刃上,用在剧本导演一般演员和后期制作上。以往一部电影的大部分投资被影星占用了,其他重要环节得不到资金的保证,这样反而有损片子的质量。”

“你说的有道理,就按你说的办。毕竟你是内行是大腕,我俩都是外行。”

“乔总已经不算外行了。”

“但我还算外行。”

2

田导几乎同时物色了两个女一号。

这部《商海丽人》中虽然是三个女老板的戏,三个女老板也都算是女主角,但其中的女一号比其他两人的戏多了很多,是名副其实的女主角。这个女一号的原型就是小说作者谢楚英,因而她在写小说和改编电视剧中,对这个人物倾注了巨大的热情,可谓呕心沥血不余遗力浓墨重彩。这个女一号也是全剧中形象最丰满塑造最成功的人物,因而田导对选择这个剧中灵魂人物的女一号格外慎重。她甚至一度想选择影星赵薇,后来想到她的纯粹非明星战略,就放弃了。

田导物色到的这两个候选女一号,一个叫姚紫,一个叫邓雪,巧合的是她俩都是北电05届表演系的毕业生,而且是同班同学。姚紫和邓雪都是班上的尖子生,两人从一入学就成了竞争对手,后来又成了情敌。她俩的恩怨持续了大学四年。

姚紫是北京人,父亲原来是中国民营书商的前三甲,后来又成为中关村最大的动漫公司老板。姚紫的文艺才华从幼儿园时就显露出来,她美丽活泼,能歌善舞,从小就会眉目传情,肢体语言极为丰富。她小学四年级时就当过童星,在一部儿童片中当过小演员。从那时起,她幼小的心灵就埋下了影星的种子,她要做中国的英格丽·褒曼。姚紫考北京电影学院时,过五关斩六将,一路顺风,是那届考生中最无争议的人。

邓雪来自江南小镇,父母都是中学教师。她没有姚紫漂亮,但形象富有内涵和特殊魅力。她从小也喜爱表演,在中学时代演过话剧也得过朗诵奖。她唱歌跳舞都不行,但嗓音有磁性,语言功力超过姚紫。报考大学时,她曾在北京电影学院和中央戏剧学院之间徘徊过,她知道自己的特长适于演话剧,可又非常想当电影明星,直到报考志愿的最后一天,她才选择了北京电影学院。

她考北电可没有姚紫那么顺利,而是一波三折,磕磕绊绊,最后靠朗诵勉强过关。

大学二年级时,她俩同时爱上了导演系的罗冰。罗冰来自大西北的兰州,人长得很帅,比表演系的男生都帅,才华横溢性格内向而倔强,用北京话说,就是有时有点轴。

三个人是在学院里一次自编自演的汇报演出中相识的。那个汇报演出的获奖小品,创作和导演是罗冰,小品中的两个主要演员是姚紫和邓雪。

两个女生对一个男生的争夺,也可以说是两个未来的女影星对一个未来的大导演的争夺,惊心动魄风云变幻峰回路转催人泪下,其中有欢乐也有痛苦,有笑声也有泪水,有纯情也有功利,有唯美也有世俗,那是 21 世纪初典型的中国恋。

开始姚紫几乎在各方面都占有优势,长相、身高、家世、财富、关系、门路,就连学习成绩,姚紫也压倒邓雪。姚紫对罗冰是明目张胆的进攻,而且是没有遮掩没有迂回没有顾忌的疯狂进攻,完全是名门闺秀现代豪放女式的风格。

她献给罗冰的是热烈而疯狂的爱情,是肉体和灵魂,是财富和前途。她热恋罗冰三个月后就把自己的处女宝献给了罗冰。那是罗冰想拒绝也拒绝不了的,因为被姚紫灌醉后的罗冰,根本无法抵御一个性感肉体一连串的诱惑。当时的姚紫还是个处女,但她的性表演像久经沙场的情场老手,这就是她的表演功底。

与其说是罗冰终于占有了姚紫,不如说是姚紫终于占有了罗冰,虽然新世纪开放的北电学生早不把性当成一回事了,早就把性生活的最后一层神秘面纱撕掉了,上床就是他们的即兴周末晚餐或即兴表演。

从一开始就处于下风的邓雪,只是默默地深深地执著地爱着罗冰。她没有主动进攻,甚至连表白都是间接委婉的,完全是小家碧玉旧式淑女的风格,腼腆羞涩缠绵,但她不能说服自己放弃刻骨铭心的初恋,也不能让自己退出看似无望的竞争。

罗冰究竟用什么迷住了北电 05 届的两朵奇葩? 其实就两样,貌和才。罗冰的相貌的确充满男性的魅力,他长得有点像王心刚,但比王心刚棱角鲜明,绝非奶油小生也不是粗犷硬汉,是那种最能让女生倾倒的帅气男子汉形象。再就是艺术才华,罗冰是那届导演系中最有才华的学生,他的才华在实习小品和短片中显露无遗。无论是豪放的姚紫还是婉约的邓雪,都无法抵御罗冰相貌和才华的强大诱惑力,不是情感内敛的罗冰拜倒在罗裙之下,而是一放一收的两个罗裙拜倒在一个西北后生的脚下。当事者迷得她俩都没有想到,长相对于一个导演不重要,而罗冰的才华是没有经过社会验证的,他内向敏感脆弱的性格是蕴藏着危险的,他的前途也不只是国际知名大导演一条路。

在罗冰面前,如果说姚紫是热烈如火,那么邓雪就是柔情似水,水火不能相容,而两份情感也是罗冰的不能承受之轻,无可躲避的抉择摆在了他的面前。

毕业前,姚紫对罗冰说:

“毕业咱俩就结婚,我爸已经在北京的三环路边为我们买下一套四居室,他还给你在曙光影视公司安排了一个导演职位,保证你一毕业就有戏可拍。怎么样?你这个未来的岳父泰山够可以的吧?”

罗冰听完笑而不答。

毕业前,邓雪对罗冰说:

“毕业后我想在北京做几年北漂,如果在影视界实在混不出来,我就回家乡乌镇做导游。你呢?你要做导演总不能回西北吧?”

“我死也不回西北。”

“那我俩就一起做北漂了?”

罗冰还是笑而不答。

是要火还是要水?是要紫还是要雪?是要四居室还是要合租平房?是要京城导演还是要北漂一族?

罗冰必须抉择。此时他才意识到,抉择是如此痛苦如此艰难,抉择可能是幸福的开始,也可能是悲剧的揭幕,抉择就是赌博,他抉择的不仅仅是未来的伴侣,而且是未来的命运。此刻他还短暂地握有命运,一旦抉择,就只能听凭命运的摆布了。

谁也没有想到,罗冰最后抉择了邓雪。

3

田依萍在挑选影片《商海丽人》女一号时,最先找到的是邓雪。邓雪是北电表演系主任也是田依萍老同学郑重推荐过来的。田导调看了邓雪出演过的唯一一部片子,她在这部片中饰演女三号,感觉这个演员素质和功底都很好,可挖掘的潜力很大,就是得到的拍片机会太少,毕业四年才有一次上戏的机会,经验积累不够。

田导在见过了邓雪之后,感觉她的形象、气质和谈吐很适于演女企业家。试镜之后,她虽然给邓雪的是活话,但在她内心中已经基本选中了她。

就在这时,姚紫自己找上门来了。

毕业时罗冰突然拒绝了姚紫选择了邓雪,并同她一起搬出了学院宿舍住进了五环外一间租来的简陋的平房里,这个结局是姚紫做梦也想不到的。她开始怎么也想不通,罗冰这小子吃错药了吗,还是喝了邓雪的迷魂汤?我哪点比不上邓雪,你这个未来的导演还有正常的审美观和价值判断吗?

这场漫长竞争夺战的失败,一度让姚紫痛苦万分百思不得其解,她怎么也无法接受这个现实,怎么也不能容忍自己三年的心血和真情投入付之东流,她想到过当面去质问罗冰,也想到过报复,但后来又都放弃了。

姚紫从小心性高傲争强好胜,但她的性格中也有刚强和放达的一面。面对人生第一次沉重的打击,她痛哭了一次,痛苦了三天,就缓过来了。

不就是一个西北的土帽吗,不就是个前途未卜的无名导演吗,有什么呀,等我成了影星影后,我一定把一个好莱坞的美男子带到你面前。

姚紫从失恋的痛苦中走出来后,就立马把罗冰从自己的记忆硬盘中彻底删除,然后全身心投入到电影事业中。

毕业后的四年中,靠着姚紫超强的活动能力,靠着老爸的鼎力相助,她先后出演了四部电影一部电视剧。她事业的高峰是演过一部爱情片中的女二号,她对这个得来不易的角色投入了自己的全部热情和才华,片子拍完后,她自我感觉良好,自认为这个女二号演得很成功,可惜那帮导演们有眼无珠,还是没有发现她这个未来的巨星,还是没有给她一次出演女主角的机会。电影界对于女主角的争夺太惨烈了。

她知道不能出演女主角,就永远在影视圈中拱不出来,就无法圆她的影星梦。她继续不屈不挠地寻找机会,当她从影视界朋友那听说蛰伏了十年的田导要出山导演一部女老板的电影,立刻意识到自己的机会来了。

姚紫对《商海丽人》这部女老板戏很看好,对大牌女导演田依萍也很崇拜。她朦胧地意识到,这部田导等了十年的片子很可能大获成功,甚至有可能获得奥斯卡最佳外语片奖,而片中的女主角很可能一炮走红,甚至有可能获得奥斯卡最佳女主角。

中国大陆电影人奋斗了几十年,国际著名电影奖,包括法国戛纳的金棕榈奖、德国柏林的金熊奖、意大利威尼斯的金狮奖,都拿到了,就缺一个美国的奥斯卡金像奖。大导演张艺谋、陈凯歌都冲击过这个奖,都未成功,结果倒是被台湾的《卧虎藏龙》捷足先登。《卧虎藏龙》虽然获得了奥斯卡最佳外语片奖,但导演李安并未获得最佳导演奖,章子怡也没有获得最佳女主角,但她依然靠着这部片子红遍国内外影坛。

面对这个千载难逢的机遇,姚紫说什么也不能放弃,她万万没有想到的是,与她竞争女主角的竟然是邓雪,真是冤家路窄啊。为了争到《商海丽人》的女一号,为了彻底战胜邓雪报一箭之仇,姚紫使出了浑身解数,动用了几年来积累的所有影坛关系,也动用了老爸的全部社会关系。

田导看过姚紫的演出录像和同她见面之后,还真有些心动,原因之一是姚紫的形象比邓雪更美丽。

影视界的女明星可以分成两类,一类是色艺双全的美女派明星,国外老一代的代表就是英格丽·褒曼、玛丽莲·梦露、奥黛丽·赫本,新一代就是妮可·基曼、凯瑟琳·泽塔琼斯、苏菲·玛索;国内老一代代表就是秦怡、夏梦、刘晓庆,新一代就是章子怡、赵薇、周迅。另一类是相貌有特色的演技派,国外就是简·芳达、凯瑟琳·赫本、斯特里普、索菲亚·罗兰,国内就是谢芳、吕中、白百合、王珞丹。

邓雪属于演技派,姚紫属于美女派。现在美女企业家蔚然成风,出名的就有一大串。《商海丽人》小说中的三个女老板都是美女,电影剧本中是两个美女一个准美女,而田依萍选定的女二号和女三号都是准美女,如果邓雪当女一号,那整个片子就没有美女了,这不但背离了小说和剧本,而且会影响上座率。

原因之二就是邓雪和姚紫的演技基本在一个水平线上,都是可塑之才,都有很大潜力。相比之下,姚紫因为演得多经验多潜力释放得也多,用她演女主角不确定因素更少一些。

田导动心是动心,但还不能一下子确定用姚紫替代邓雪,因为姚紫的气质不如邓雪,她的气质离女企业家更远一些。当然这是可以弥补的,因为还有导演呢。

就在田导为了一个女主角在邓雪与姚紫之间徘徊时,姚紫托一个影视圈的朋友送来一张价值二十万的高尔夫会员卡。这个礼不轻不重正中下怀,因为田导三年前就迷上了高尔夫,她现在全靠高尔夫运动来控制体重。

田依萍经过一番思想斗争最后还是收下了这张卡。

这张卡的收下就意味着一直在邓雪与姚紫之间徘徊的田依萍,心中的天平已经有些倾斜了。

4

姚紫经过两次面试之后,心里燃起了希望。当田导终于收下了高尔夫会员卡时,她的希望之火燃烧得更旺了。但她仍然没有胜券在握的感觉,因为这个田导是历来只认才华不认关系的,而且她也深知邓雪的实力和潜力。

晚饭之后,她向爸爸汇报女主角争夺战的进展。

"爸,我虽然是后来者,但我已经比邓雪多了一次面试,而且田导也收下了那张卡。"

"姚紫,你还不能掉以轻心。这个田导早就成名,她这部电影的片酬少说也有二百万,你这张卡不过是二十万的事,对她不算什么。"

"要不要再送点别的?"

"不行,攻下田导光靠送礼不行,她不是个贪婪的导演。而且我听说你那个对头邓雪的推荐者可是你们学院的表演系主任,这个主任不光面子很大而且跟田导的关系非常近。"

"爸,你怎么对影视圈的事了如指掌?"

“还不都是为了你,本来我们做动漫的和影视界还是有距离的,就是你这丫头的影星梦把我搅进了影视圈。”

“我在母校也托了人,可推荐我的老师没有系主任硬气。如果搞不定田导,那就悬了,因为女主角的确定就是导演一句话。”

姚紫急得快要哭出来了。

“姚紫,你别着急。在别的影视公司,挑选主角可能都是导演一句话,但在海山影视未必。他们那个林老板虽然是影视产业的新人,但大权独揽,找项目定项目定投资找导演都是他说了算。海山影视是私人公司,现在私人影视公司的老板都是一手遮天,只要他想管女主角的事,导演最后也得听他的。过两天,我去会会这个林老板。”

“那你怎么跟他谈呢?”

“我准备参与投资,用投资为你换来这个女主角。”

“真的呀,投资会不会有风险。”

“风险很小,林老板是大投资商,在投资界他的眼光又准又毒,跟着他一起投不会有大风险。而且田导和你不都看好这个片子吗?只要片子赚钱,我的投资不但能够收回,而且还能分红盈利啊。”

“太好了,关键时刻还得靠老爸。”

姚紫说完扑倒爸爸的怀里,使近亲了一下老爸的腮帮子,然后亲昵地叫了一声:

“爸!”

姚老板无限爱怜地搂着女儿。

“你是我们家的公主啊,为了你我从来没有心疼过钱,将来这些钱还不都是你的。”

女儿这回可真哭了。

5

林磊本来并不打算过问干涉田导选女主角的,因为他觉得这是导演分内的事。既然是导演中心制,他就要按照行规办事维护这个中心,所以两部电视剧选演员的事都是翟导一人说了算,他连问都不问。在影视公司,他只履行董事长和出品人的职责,只负责找钱投钱。目前他这个董事长兼出品人还负责找本子定本子定项目,他连这件大事都认为应该是制片人和导演的职责,而且他们都是业内高人,对影视市场的感觉比自己强。

林磊一向认为自己的市场感觉很好,这也是他创业成功重要因素,但对于眼前的影视市场,他还没有完全吃透,在这个市场,他的感觉和嗅觉还没有锤炼出来,所以才会有前两次的投资失败。但现在还不能把定项目定片子这件大事交给导演,因为这两个导演还不是冯小刚,他信任他们的导演能力,但对他们的市场眼光还不完全信任;也不能马上交给副董事长兼制片人乔丽娟,因为她也还没有完全锤炼出来。

林磊出面干涉公司第一部电影女主角的选定是迫不得已的事。

就在田导对姚紫和邓雪两人进行最后的比较和筛选时,姚紫的爸爸突然登门拜访林磊。

"林总,我是早闻你的大名,缘悭一面啊。"

"姚总,我在考察时空动漫城时也听说过你的大名,那款风靡日本的游戏《三国战将勇》不就主要是贵公司开发出来的吗?"

"那倒是,那次合作开发我们是主角,时空动漫是配角。如此说来我俩的缘分还是没到,如果你当时投资进入动漫产业,我们可能早就合作一把了。"

"动漫我没敢进,水太深了。"

"可你进入影视了,影视的水也很深,这个产业可比动漫大多了,而且是文化产业中的龙头产业,林总向来是大手笔大气魄,一旦进入就抓龙头,而且抓住龙头就不放,你的第一部电视剧《委里的日子》就震动了影视界。"

"我是刚起步,听说姚总的云创动漫公司这两年发展神速啊。"

"可以这么说吧。《三国战将勇》是我盈利的开始,以后我的游戏和动画片几乎个个盈利,现在我是国内动漫出口的第一名。不过目前国内动漫公司还没有成长起来,我这个动漫产业的龙头规模还不足你海山影视的十分之一。你的公司注册资金就10个亿,一部电视剧就投资5000万,我还在千万级里晃荡呢,上亿还是梦呢。"

"从千万级到亿级会很快。姚总今天是为了女儿的事来的吧?"

“不光是为她,还想和林总合作一把,把咱俩的缘分续上。”

“如何合作?”

“自从小女从北电毕业后,我就一直关注影视产业,我现在还无力独立操作一家影视公司,但跟跟风起起哄合作投资一把还是可以的。说实话我也看好《商海丽人》这部片子,又是美女又是企业家,就凭这两个亮点,将来这个片子肯定能创造票房奇迹,海外票房也会很可观,西方观众关注中国的经济奇迹,也会关注中国女企业家的故事。”

“你也想投资这部影片吗?”

“正是,我想和你一起投。你占大头,我占小头,我投1000万。”

“这是好事啊,我当然欢迎。理想的投资状况当然是共同投资,这样可以分散风险。据我了解,国内影视投资独家投的很少,都是两家或几家共同投资。”

“是这样。”

“姚总投资有什么条件吗?对将来的利润分成有什么要求吗?”

“利润分成就按投资比例来,我没有特殊要求。我只有一个要求,就是让我女儿出演女一号。我想我这个要求不算过分,姚紫现在也是两个候选人之一,而且她是非常合适的演女企业家的人选,因为她有生活积累啊,他爸就是企业家啊。”

“姚总真是父女情深父爱如海啊,为了女儿一个主角,就扔出1000万。”

“没办法,都是独生女。姚紫这几年做梦都想演一次女主角,她太想成为影星了,而且她相信只要命运给她一次机会,她就一定能脱颖而出。我能帮当然要帮她,我们这代人商场打拼一生,最后还不是为了孩子?”

“姚总可怜天下父母心啊,你的合作投资和姚紫的女主角这两件事,我都会认真考虑。等我与田导商议后再答复你。”

“那就拜托了。”

“都是商界朋友,不必客气。随便说一句,那天姚紫在四合院试镜,我和她见了一面,你的女儿长得真是漂亮,而且长得像你,女儿都像爸爸。”

“林总过誉了,我可算不上美男子,女儿长得漂亮主要是她妈妈的遗传。”

“这么说你是金屋藏娇了?而且是两娇,美妻美女,好福气啊。”

“还是林总的福气大,听业内朋友说,尊夫人不但国色天香,而且你的公子还是个帅哥。什么时候让两个年轻人见个面,咱们无缘也许他俩有缘呢。”

“怎么姚总还要攀亲家吗?”

“我当然想高攀,但这种事我们做不了主,父母之命媒妁之言的时代早已过去,我们即便想干涉都干涉不了。”

“是啊,80 后的青春他们自己做主。”

送走了姚老板后,林磊沉思起来。其实他一开始做影视就想走共同投资的路,控制风险是投资家的本能。然而,公司的第一部电视剧《委里的日子》是个冷门题材,业内认可度不高,敢于尝试投资的人不好找,于是林磊只好自己投了。到了筹拍电影《山海丽人》时,他一开始就确定了共同投资的战略,只是还没来得及去找投资,现在投资主动送上门了,他当然愿意欣然接受,只不过这笔投资有附加条件,要用投资换女主角,林磊必须认真考虑考虑。他知道这种现象在影视界司空见惯,不少投资商在投资影片时都往片子里塞人,甚至塞没演过戏的人。好在姚老板这个条件不算苛刻,他要塞的是候选人之一。

林磊不禁想到,如果田导要用邓雪而我要用姚紫怎么办?出品人一旦与导演发生分歧,当然导演会屈从,因为出品人不但可以选主角也可以选导演,但是这样做对吗?我对女主角的干涉会不会影响导演的工作?为了1000 万投资值得这样做吗?

林磊没想清楚就去找田导了。

“田导,《商海丽人》的女一号定了吗?”

“女一号肯定是在姚紫和邓雪之间选一个,我现在倾向用姚紫。等她再次试镜之后,这件事就能定下来。”

“你为何倾向姚紫?”

“因为咱们这部电影叫《商海丽人》,不能一个美女都没有。姚紫是美女演员,但她各方面的条件和邓雪旗鼓相当。”

“这个姚紫还有一些生活积累,因为她父亲就是动漫公司的老板。”

“哦,这我还不知道。”

“我也是刚听说。那个邓雪有商业生活的积累吗?”

“没有,她的父母都是教师。”

“演女老板生活积累很重要,否则很难入戏。这个女主角敲定之后告我一声。”

“好吧。”

田导不知道为什么林老板会突然过问起女主角的事,林磊也不知道田导为什么突然倾向姚紫。林磊不会对田导提姚紫父亲投资的事,田导更不会泄露高尔夫会员卡的事,其实这张卡的作用有限。

田导和林磊谈话之后,又把姚紫叫来试了一次镜头,试镜前她告诉姚紫,要注意拿出女企业家的气质和做派来,有了这句叮嘱,姚紫这次试镜果然有了不小改观。

试镜之后,田导向林磊汇报:

“林总,我已经决定用姚紫作为片子的女一号了。”

“好啊,定了就好,那你就可以开拍了。”

“两周之后开机。”

“好,预祝你获得成功。”

“谢谢!”

田导走后林磊也松心了。预想的分歧没有发生,女主角的选定结果是两全其美皆大欢喜,有了这个结果他就可以和那个姚老板交代了。于是他拿起电话,通知乔丽娟拟定一份合作投资的合同。

6

林磊二次创业之后,一直有两个办公中心:香港和榕城,他在两地都购置了房产,大部分时间往返于两地间。自从他把战略重心转向影视转到北京之后,他就想到了要在北京置业,因为不能老是住宾馆,那样太奢侈了。

在北京置业还有一个家庭因素,儿子在清华读书,他和林慧不能老是劳燕分飞,他们一家要在北京有个窝。

林磊最后还是在红螺寺山下买了一幢别墅。红螺寺也在西山,寺庙就建在山上,山脚下有一个清幽的红螺湖,湖边的别墅群是北京难得的依山傍水的住宅,也是北京最贵的别墅。

别墅两月前就装修好了,林磊自己先住了进去,林慧要一周后才能把家搬过来。

这是一个盛夏的傍晚,湖面无人,湖中的莲花开得很艳,但林磊最喜欢的是湖中心那一大片盛开的睡莲。虽然《爱莲说》中的莲应该是莲花,出淤泥而不染嘛,但他始终感觉睡莲比莲花更美更圣洁。

落日的余晖把红螺湖变成了金色池塘,浮光跃金,静影沉璧。林磊登上自己别墅前的一条小船,独自向湖心划去,忽然他想起了德国作家斯托谟的小说《茵梦湖》,他在上大学时看的是郭沫若的译文。小说中的茵梦湖很像眼前的红螺湖,小说中的男主人公赖哈始终碰不到湖中的睡莲花。小说中的睡莲是一个象征,象征着赖哈心中的理想恋人伊丽莎白。此时此刻,红螺湖中睡莲又象征着什么呢?是我的理想和梦想吗?

林磊慢悠悠地划着桨,不一会就划到了睡莲旁,紫色的睡莲花刚刚绽放,唾手可得,但他没有去摘。

林磊收起船桨,躺在船上,一任小船随波飘荡,他开始思考进军好莱坞的战略。

突然,从紫色睡莲花丛中钻出来一个穿着紫色三点式泳衣的姑娘,紫色泳帽,满脸水花,向他微笑。

林磊愣住了。“这湖里怎么会有美人鱼?”

“林总,您不认识我了,我是姚紫啊。”

“你怎么会在这里?”

“我住这啊,对面那个小别墅就是我爸十年前买的,每到夏天,我都会到这里住上几个月,这是天堂之湖啊。”

“你爸也住这吗?”

“他不住,他住中关村,守着他那摊动漫,我和保姆住这。”

“这可太巧了。”

“巧吗,这是缘分。那么大的影视圈,你怎么会找到我?偌大的北京城,你怎么会在湖上碰见我?这不是缘份是什么?”

“你每天都游泳吗?”

“每天下午7点到8点是我的游泳时间,游完了就吃饭,食欲特别好。林总,我可以到你的船上歇一会儿吗?”

“当然可以。”

林磊说完把水淋淋的姚紫拉上了小船,坐着他对面的姚紫此时真像一条有腿的美人鱼,迷人的大腿,雪白的肌肤,优美的曲线,浮凸颤动的乳房,如花如莲的脸庞……这一切都让林磊仿佛置身梦中。

“林总,您一定是在这里买房了。”

“对,那个带码头的就是。”

“那可是这里最好最贵的别墅。”

“可能是吧。”

“林总,我虽然只见过您一面,但印象深刻,您特有大老板的风度,不像我爸,只有小老板的风度。”

“女不嫌父丑,何况你爸还是个风度翩翩的美男子,老板中有他这种形象的不多啊。”

“我说的是风度,不是长相。”

“你一个人住在这里整天做什么?”

“琢磨角色啊。如果我能选上女主角,这对我可是个挑战,因为在我从影生涯中还没有演过女老板。林总,您接触的女老板一定很多,您说女企业家应该具有什么样的气质?”

“女老板也各不相同,她们从商之前也是干什么的都有,不过,一旦做了企业家,身上总会显现出某些特质来,这些特质需要你认真观察认真体会,才能把握得住。”

“如果女主角定的是我,您能给我介绍几个女老板吗,让我体验一下生活。”

“没问题。”

这时,天色渐黑,微风渐起。

“我们该回去了。”

“我可以到您的大别墅参观一下吗?”

“当然可以。”

林磊把这个意外邂逅的美女演员扶下船,带进家中。

保姆沏茶时,林磊带着姚紫参观了一下房子。

“这套别墅真大啊,至少是我家的两倍。”

“你家的别墅多大?”

“只有200平米。我爸买得早,那会儿别墅很便宜,那会儿我爸还是书商,他还给我出了一本散文集呢。”

“你的散文写的是什么?”

“都是学生时代的伤感小事,您是不屑一顾的。”

两人坐在客厅里,一起喝八闽的大红袍,边喝边聊。姚紫说得多,林磊说得少,林磊对姚紫的初恋失恋故事和影视圈中的新鲜事颇感兴趣。

暮色四合华灯初上的时候,姚紫停住了嘴。

“林总,我可以在您这冲个澡换换衣服吗?”

“可以。”

姚紫拎着裙子走进了楼下的卫生间。几分钟后她就出来了。澡是冲了,但衣服没换,而是裹着浴巾跑了出来,好像她在卫生间遇到了鬼。

姚紫冲到林磊面前,让浴巾自然滑落,把艳丽性感的裸体完全展示出来。没等林磊反应过来,她又冲上前去,坐在林磊的怀中,把浑圆的乳房压在他的胸前,把火热的嘴唇印在他的嘴上。

美女坐怀,而且是裸体美女坐怀,林磊不是坐怀不乱的柳下惠,而是一个情欲颇旺的中年男子,面对这难以抵挡的诱惑和刺激,他也血脉偾张,他的腰下也剑拔弩张,但他很快抑制住自己镇定下来,他轻轻地推开姚紫,小声说:

“去把衣服换上吧。”

姚紫一生中没有经历过这样不可思议的失败,只好满脸不解眼圈含泪地站起来穿上裙子。心想,这个林老板是不是性无能啊,要么是同性恋?

“姚紫,你很美丽,而且很有前途,要学会珍重自己。北京不是好莱坞,海山影视的女主角也不需要用身体来换取。”

“我……可是北京影视圈的女演员早就跟好莱坞女星一样了,我是说对性的态度一样了,女演员和导演上床早就变成家常便饭了。”

“可我不是导演。”

“但您是影视公司老板和出品人。”

“我是另类老板和出品人,我送你回家吧。”

“不用了,只有不到一百米的路,这个小区很安全。”

姚紫郁郁不乐心怀忐忑地离开了林磊的别墅。她其实并不住这里,这里的别墅也不是他爸买的,而是老爸朋友的空房子。湖面偶遇,出水芙蓉,美女坐怀,这一切都是她的精心设计,目的只有一个,就是拿下女主角。她还不知道田导和林总已经内定了她,她想来个双保险,爸爸的投资加自己的身体。

目送姚紫远去的身影,林磊的心中不禁泛起了嘀咕:“这个姚紫怎么这么不自信呢?”

林磊站起来凭窗远眺,心涛起伏。姚紫美丽年轻的胴体并没有马上消失,他的眼前又浮现出丽娟美丽成熟的身体,接着是陶捷满身泪水的身体,最后定格在林慧熟悉而陌生的身体上。此时,林磊的勃起还没有平复,欲念还没有完全消失。

“过几天林慧就要过来了。”

他小声自言自语。

“我此生也算不乏红颜知己不缺美女相伴了,可林慧此生只拥有我一个,这太不公平了。天命已知,该收敛身心守身如玉了。”

林磊推开落地窗,面向一湖碧水,轻声喊道:

“回归家庭,回到林慧身边!”

7

还差三天海山影视的第一部电影《商海丽人》就要开机了,林磊打开电脑,突然发现了一封邓雪发来的长长的邮件:

“林老板:你没见过我但会知道我的名字,我就是那两个女主角候选人之一邓雪。影片《商海丽人》女主角筛选的结果田导已经通知我了,我再次落选了,这个结果是我意料之中的,我本来也没有抱多大的希望,因为中国影坛的黑暗和投资商的丑恶我早已领教过了。

“我想把我的故事和我的前男友的故事告诉你,目的没有别的,就是想让你这个大投资商听听我们影视圈小人物的声音,就是想让你把我们的悲惨命运当成一面镜子,从中照见一下自己的高大形象。至于你看完后不屑一顾也好几声冷笑也好,对我都无所谓了,反正明天我就要离开这个令我憎恶和伤心的京城,回到我的家乡小镇去了,从此永远退出这个肮脏龌龊的影视圈,去做一个乌镇导游了此残生。

“我的故事很平凡。我和你们选定的女主角姚紫是北京电影学院05级的同班同学,我俩在校时就是竞争对手和情敌,我和她同时爱上一个导演系的男生罗冰,为了他我和姚紫争斗纠结了三年,最后罗冰出人意料地选择了我。毕业后,姚紫靠着父亲的帮助,在影视圈如鱼得水。她毕业后第二个月就得到了上镜的机会,四年中总共演了四部电影还演过一次女二号,就差出演一回女主角从而脱颖而出一炮走红了,这次你们终于让她如愿以偿了,影坛的一颗新星就要冉冉升起了。我对她没有羡慕忌妒恨,我只诅咒命运,但我认命。

“毕业后我和罗冰都成了北漂,我俩都满怀着献身艺术的理想,想在影视界做出一番事业,然而等待我们的现实却是令人难以置信的残酷。我四处奔波到处试镜,一个接一个去叩影视公司和制片厂的大门,学院老师也找过,先前毕业的老校友也找过,影视公司的老板见过一个又一个,知名的和不知名的导演见过一个又一个,就是得不到一次上镜的机会,连一个配角和小角色都得不到。我是北电05届的优秀学生,可是在影视公司老板和导演眼中,我一钱不值不屑一顾。我知道我不是美女演员,但银屏和银幕不应该是美女和帅哥的堆砌,还有艺术呢,还有演技呢。我就这样奔波寻找挣扎了三年,迎接我的是一个接一个的失败。为了生存,我这三年里只能一边找角色找机会,一边四处打工,摄影模特,画家模特,饭店女招待,公司前台,我都干过,就是没拍过电影电视剧。这几年正是中国影视的黄金时代,是中国的演员严重过剩了吗?是北电的毕业生贬值了吗?是我的形象太差素质太差吗?我知道现在的海归都变成了海带了,难道北电的毕业生也变成大白菜了吗?我搞不懂。我一直怪自己命苦运气不好,后来在一家咖啡厅遇见一位女经理,她是8年前毕业的北电学姐,是那届北电的高才生,毕业8年了,她也一部电影都没拍过。她对我说,在中国影视圈上戏,不靠科班学历,不靠艺术才华,全靠脸蛋屁股关系金钱。听了她的话,我才稍稍有了一点心理平衡。这就是我的平淡无奇的故事,而我并不是北电毕业生中的特例和唯一的倒霉蛋。

“再讲讲我的前男友罗冰的故事。罗冰在校时就比我志向高远,他立志要成为国际知名大导演。毕业后,他就蒙头创作了一个电影剧本,他一开始就想走自编自导的路子。他这个剧名叫《青春的记忆》,是部青春爱情片。剧中描写的是一群意气风发的北电青年男女学生的故事,是他们的考学之路、学习生活、艺术追求和校园爱情的故事。剧本中三个主角的原型就是他、我和姚紫。罗冰为了这个剧本倾注了一年的心血,十易其稿,最后的定稿我认为非常精彩,拍出来一定是一部优秀处女作。剧本完成之后,我俩就蜗居在小平房里做我们的美梦:等我们找到投资后,就立马开拍,他来做导演,我来演女主角,最好能劝说姚紫来演女二号,她肯定不会来,那就从我们班里的女生中找一个。

“为了实现我们的共同梦想,我俩开始四处奔波寻找投资,我们就是从那时起开始跟你们这些有钱的老板投资商打交道的,开始认识领教资本的残暴和血腥。我们先后找了5个投资商,第一个是北京数一数二的大书商,他是儒雅的文化人,两年前就投资过一部情景喜剧《股民的故事》,据说第一次投资就赚了钱。我们找到他时,他对影视投资的兴趣正浓。这位老板看了我们的本子后说:‘人们为什么要花上百块钱进电影院,就是为了寻求刺激找乐子,你们这部片子是个纯情片,里面既没有刺激也没有乐子,拍出来给谁看?给电影学院戏剧学院的学生看吧,那总共才有多少人?连本都赚不回来,我投资影视是要回本赚钱的。’罗冰说:‘邱总。您说怎么改我就怎么改。’这个邱老板说:‘首先要把它改成喜剧,加进黑色幽默,冯氏喜剧为什么会火遍大江南北?就是里面有黑色幽默啊。其次要有刺激情节,里面不是有三角恋吗,要让那两个女主角中的失败者死,怎么死都成,越刺激越好,这就是爱恨情仇啊,情仇发展到极致就是杀人死人。你片子中所有的看点兴奋点和高潮都要把它推向极致,这个时代就是娱乐致死刺激到死的时代,艺术必须顺应时代潮流。’

“第一次见面结束后,罗冰就回家改剧本,他用了两个月时间,生生把一个纯情片改成了喜剧片,并且把剧中的女二号改死了。我俩拿着新剧本再次找到邱老板,他看完剧本后说:‘现在这个本子的路子对了,但力度不够。要增加打斗和追杀,情仇也是仇啊。’罗冰只好乖乖地回家再改。一个月后,我们又拿去了第二稿,这次邱老板看后还是不满意:‘刺激力度还是不够,我建议你们好好看看美国大片和香港片,必须写出他们那种夺人魂胆的效果来。为了增加力度,要在片子中增加黑社会,要让女一号指使黑社会杀掉女二号。’罗冰反驳说:‘剧中人都是大学生,他们不会接触黑社会。’‘不会接触也得接触,创造就是虚构嘛,否则我不会投资的。’邱老板的语气不容置疑。我和罗冰只好回去再改,等罗冰改好第三稿时,拿给我看,我看完感觉不好。罗冰一把从我手中夺过剧本说:‘你以为这个第三稿邱老板就会满意吗?就会投资吗?他还会不满意,他根本就不想投,他是拿我们开涮。这个第三稿纯粹是个不伦不类的烂玩意儿,完全毁掉了原稿中的生活积累和人生追求,这样的本子就是他投我也不拍!’说完,罗冰把打印稿撕个粉碎。我知道电脑里有备份,就劝他:‘罗冰,别灰心,现在是本子多投资少,2000万的大投资不是一次就可以搞定的,邱老板没有诚意,我们再找别人。我们不能放弃。’罗冰听完只好长叹一声。

“我们找到的第二个投资商是个房地产商,我们拿去的是原来的定稿。这个地产老板看后说:‘本子不错,对话很有味道。但是内容单薄。现在什么是年轻人关注的焦点,是房子啊。无论你是刚需,是啃老,是房奴,总之你得解决住房这个最大的问题,不解决,你就结不成婚,就不能安居乐业,因为你不能住在马路上。电视剧《蜗居》为什么火?就因为它写了上海青年男女的买房故事。所以,你们这个剧本必须增加房子的主题,就是三角恋,就是同居,也得有个窝呀。’无奈,罗冰只好回家改。这一次他生生加进去了一场租房戏,但分量不大,没有伤害剧本的纯情风格。第二次见房地产商,那个脑满肠肥的老板看完剧本后直摇头:‘不行,只写租房不行,要有买房的戏,而且要成为主戏。与房地产不沾边的片子我为什么要投资?’再回到家里,罗冰拒绝改了。他对我说:‘这个本子改不成买房戏,再改还会像上次一样面目皆非不成东西。’我也觉得房地产商的要求过分而无理,就不劝他了。

“我们找到的第三个投资商是个附庸风雅的山西煤老板,他看了本子后倒是不提任何修改意见,而只提出一个投资条件,就是要让他的女儿出演女主角。后来我和罗冰还真见了这位煤老板的千金,她是个刚毕业不久学食品学的大学生,长相还可以,但和他老爸一样土得掉渣,一口山西话不说,根本不懂艺术也不懂表演,别说是演女主角,连群众演员都演不了。面对这样全中国都难找的女主角,我俩啼笑皆非。

“我们见到的第四个投资商,是个做电子商务的大老板,他的购物网站短短几年就异军突起逼近了行业龙头淘宝网。我俩是在他的私人公馆被接见的,公馆里的豪华和奢侈让我们咋舌,里面的一切都在宣示这位日进斗金的老板不缺钱。

“这位拥有硕士学位四十岁出头的电商老板看完剧本说:‘爱情片现在满屏都是已经臭大街了,你们要拍就拍新颖的出奇制胜的片子。如果你们愿意把这个本子改成一个同性恋的片子,钱我肯定投,而且投3000万。’

“我们不知道这位暴发的年轻老板是不是个GAY,但我们再也不敢登他的府上了。”

8

“第五个投资商是北电老师帮助介绍的,这位黄老板是个南方小影视公司的老板,已经投资拍过两部低成本的电影。

“同黄老板谈投资是我一人去的,因为此时罗冰已经心灰意冷近于绝望,死活不肯再见任何投资商了。

“我和黄老板只谈过两回就谈下了我们苦苦盼望的2000万投资。第一回我们只谈剧本,黄老板仔细看过剧本后只提出一个意见,就是把三个女主角写成两个美女一个准美女。这个改动罗冰两个小时就完成了。

“第二回见面是在黄老板的北京郊区别墅里。那天黄老板不跟我谈剧本也不谈投资合同,只是请我赴家宴陪他喝酒,喝酒时我们谈的都是影视圈中的奇闻轶事,他毕竟是圈里人,知道的影星新鲜事比我都多,社会上流行的黄段子,他更是张口就来。

“酒喝到天黑,黄老板拿出一份拟好的投资合同,上面写着黄老板的星光影视公司向《青春的记忆》电影剧组投资2000万,分三期投入,第一期800万。我拿着这份合同欣喜若狂双手颤抖,小声说:‘黄总,现在可以签吗?’‘还不行,你今晚别走了,好好陪陪我,我很孤独,明天上午合同就可以签了。’黄总醉眼惺忪地说。我一听就全明白了,原来这份投资合同是需要用我的身体来交换的。开始我真有点犹豫,我倒不在乎什么贞操,80后的女生早已比西方女生更开放了,早把性当成游戏了;我也不是舍不得用一夜情和一次情场做戏来换取罗冰的导演机会,我爱罗冰爱得发狂,我是可以为他牺牲生命的;我犹豫不决是因为我感觉到恶心,感觉到这种交易的无耻和肮脏,它大大伤害了我的自尊和人格。黄老板见我犹豫不决,就说:‘邓小姐如果不愿意我也不勉强,我现在就可以叫司机送你回家。我并非花心老板,我是为邓小姐的气质和风韵所倾倒,你虽算不上美女,但你的身材和皮肤无与伦比。最让我着迷的是你的眼睛,那真是秋水碧波风情无限。你的眼睛像苏菲·玛索的眼睛,你自己不知道它有多美,尤其是你回眸一笑时,那真是千媚万媚生。请相信我这这个影视专业人士的审美,那真是世界上最美的眼睛。’

“那天晚上我最后还是留下了,我倒不是被黄老板的甜言蜜语所迷惑,我不是那种被男人奉承几句就找不着北的轻薄女子,我留下是因为我太需要这笔投资了,我知道这笔投资对我和罗冰意味着什么,那几乎就是救命钱,因为我想象不出一个当不成导演的罗冰会怎样生活。

“第二天,我带着那份合同和一张 800 万元的银行卡回到了我们的小平房。罗冰见我一脸惊异:‘你昨晚到哪里去了?’‘昨天谈判进行得太晚了,我就住在女友家了,我不是给你发短信了吗?’‘呃,我没看见,你的眼睛怎么红肿了?’‘啊,昨夜和女友同床夜话,没怎么睡。’我必须极力掩饰,因为我更怕伤害罗冰的自尊,他的自尊比我强许多倍。‘亲爱的,你猜我给你带来了什么?’‘猜不着。’我把合同和卡往桌上一摔,罗冰看见后,不禁泪如雨下。‘这是真的吗?这是做梦吧?’‘是真的,合同上有老板的签名和图章。’罗冰又把合同看了一遍,然后一遍又一遍地狂喊:‘我们有钱了!我们有钱了!’”然后我们俩抱头痛哭,让欢喜的眼泪流个够。当时,我俩谁也没有意识到,这些钱根本不是我们的,这是黄老板的钱,是投资,而老板的投资是有条件的。

“有了这 800 万投资,我们立刻成立了剧组并很快开机了。拍戏时有几个演员都是我俩的同学,他们都同意先拍戏后拿钱,而且接受了很低的片酬。为了节省开支,我们的场地是租的,拍摄器材也是租的。

“片子拍到一半之前,一切都很顺利。罗冰那几个月真是玩命,一天工作 10 个小时,他紧紧抓住这个难得的机会,把全部身心和所有才华都扑了上去,甚至忘了做爱。

“电影拍到一半时,黄老板又打电话把我叫到他的别墅。我太天真了,我以为这笔投资的代价就是那一夜情,那知那只是第一笔代价。等到该按合同支付第二期投资款时,黄老板不但要我第二次跟他上床,而且上床之后对我说,我必须从此做他的情妇,而且还要从此断绝同罗冰的关系,我怒了,告诉他这永远办不到。他冷笑着说:'那我只能撤资了。'说完就扬长而去。

"黄老板撤资之后我们又坚持了一个月,很快就弹尽粮绝了,而且欠下的器材费场地费和演员工作人员片酬总共300万。到了这会儿,我只能把事情真相告诉罗冰,他听完之后,一脸阴沉一言不发。很快债主们就来逼债了,片子也不得不停拍了。300万的巨额债务,我们哪里还得出,我俩全部积蓄加起来还不到3万块。

"几天以后,我们欠了80万的器材商找了一帮打手把罗冰打了,打得鼻青脸肿。又过了几天,一帮来追讨场地费的家伙又抄了我们的家,其实我们家里值钱的东西就是那两个笔记本电脑。

"抄家的人走后,我俩再次抱头痛哭。我说:'罗冰,咱们回兰州吧,回去避避风头。'他摇摇头说:'我说过,就是死我也不会离开北京。离开北京还当什么导演?'我无话可说只能流泪。第二天我回老家乌镇借钱去了,三天之后,当我带着借到的20万回到北京推开房门时,罗冰已经躺在浴缸中的血泊里了,桌子上放着他的遗书。看到这一切,我悲痛欲绝欲哭无泪,我也想到过死,但我不甘心。我不知道是我杀死了罗冰还是那个黄老板和那些投资商。

"罗冰的遗书是写给我的也是写给投资商的,所以我有责任把它公布给你们这些影视投资商。

"下面就是罗冰的遗书:

'邓雪:我走了。这个世界太黑暗太腐烂了,充满了铜臭血腥虚伪欺诈,没有诗歌没有电影没有艺术,物欲横流性欲横流,到处是末世景象。这个时代太不可思议了,到处是一夜暴富的老板,到处是高楼大厦,却没有两个心怀理想的真正艺术家的立锥之地。我努力过了,也奋斗过了,但命里注定我此生当不成导演,拍不成一部电影,原因就是找不到钱。我已经厌恶了那些投资商的丑恶嘴脸,厌恶了那个被资本控制的黑暗龌龊的影视市场,厌恶了所谓的文化中心京城,甚至厌恶了我们已不纯洁的爱情。中国影坛没有艺术和良心只有金钱和性交易。

"我感谢你为我所做的牺牲,但我不能接受你的性交易。我从小就是一个唯美主义者,我向往和追求一切美好的东西,不能容忍一切丑恶虚伪和扭曲。这个世界不属于我,这个时代不属我,我只好到另一个世界去。

‘永别之际,我只能说一声对不起。你和我在一起是个错误,我没能带给你幸福,只给你留下一身债务。

‘忘掉我,走你自己的路。罗冰。’

“罗冰的死不过就是半年前的事。他死之后,我又用身体换来一次出演女三号的机会,戏拍完后又没有任何机会了。我已经完全绝望了,打算回老家了。就在这时我的北电老师又把我推荐给你们,这个过去最赏识我的老师现在的系主任对我说,这次希望很大,一定全力争取。我的信心并不足,但我还是全力争取了一次,结果还是失败。我已经知道了我出局的原因,不是因为艺术,而是因为田导接受了姚紫的高尔夫卡,你接受了姚紫的身体和她爸的1000万投资。所有这些再次验证了罗冰的遗言:中国影坛没有艺术和良心只有金钱和性交易!所谓中国第一女导的田导和所谓影坛黑马的林老板也是如此,天下乌鸦一般黑。

“我的故事讲完了,要说的话也说完了。其实我早知道说了也没用也没人听,但我还是想在临走之前一吐为快。如果我的宣泄和诉苦打扰了你的好梦,那就请你立即删除吧。一个你不屑一顾的小演员邓雪。”

9

林磊看完邓雪的邮件,心头一阵剧烈的震颤,眼眶也湿润了。他没有删除这个邮件,而是立刻做了存盘。合上笔记本,林磊陷入了长久的深思中。一个小时后,他打电话给女秘书:

“你立刻去找那个叫邓雪的女演员,田导那有她的手机号和地址,如果她回老家了,就坐飞机到老家去找,不管怎样都要把她请到四合院来,我要和她面谈。”

三个小时后,女秘书在火车站找到了邓雪并把她请到了四合院。

在董事长办公室里,林磊和邓雪进行了一场长长的谈话。

“邓雪,你的电子邮件我看了,看完之后我思考了很多,也想和你好好谈谈。你是邮件也发了,故事也讲了,宣泄也宣泄了,声讨也声讨了,不能就一走了之啊,总要听听你声讨的对象辩白几句吧?”

“我以为你这个日理万机的大老板扫了一眼邮件后就删除了,怎么会有时间理我这个幼稚的无名演员?”

“没删除,不单存盘了而且复制了。我没把它当作故事和小说读,而是当作你们俩人的血泪史和心声认真读了三遍。”

“读了三遍?”

“没想到吧?这说明投资老板并非都是恶魔,里面还有好人,也会有良心发现。”

“我写邮件时可没想到会有这个结果。”

“你们两个人的故事让我很震撼,甚至让我流泪。看完之后,我一直在反思影视投资商的作用和形象,反思影视市场上资本与艺术,出品人与导演演员之间的关系,也反思自己作为影视投资商的形象。投资商真的就是大爷吗?兜里有几个钱真的就可以在影视圈为所欲为横行霸道吗?可以不尊重艺术规律不爱惜艺术人才吗?可以做影视界的南霸天和黄世仁把导演当摧巴儿把演员当艺妓吗?我进入影视产业时间不长,以往还真没有过这样的反思。”

“你是不是认为我写的很偏激?”

“偏激有一点,但主要还是触目惊心的真实,是你们的心声。首先我要澄清一下事实,第一田导决定用姚紫作女主角,并非因为那张卡,也可以说主要不是因为那张卡,而是因为三个女主角中缺少美女演员。第二,姚紫是用身体诱惑过我,但被我拒绝了。我同意田导用姚紫,也并非因为姚紫父亲的1000万投资,因为我不缺钱,而且想参与共同投资的老板还有好几个。我同意姚紫做女主角主要是尊重导演的选择和她的间接商业生活积累,因为他父亲是企业家。”

“原来是这样啊。”

“你毕业后的经历让我很震惊,罗冰的遭遇和他的遗书给我的震撼更大,但我并不能同意他的观点。”

“他遗书上话不是事实吗?”

“不完全是,他因为个人遭遇而变得太悲观太偏执了。这个世界并非像他说的那样黑暗和龌龊,而是阳光比黑暗多,生活的主流还是美好的。这个时代更是千载难逢的大时代,是翻天覆地的大变革时代,是再造中国改写历史的时代。尽管这个时代给了我机遇也给了我苦难,但我始终感激这个时代,庆幸我赶上了这个时代。”

“你们成功大老板都是这个时代的骄子和幸运儿,你们当然会感激这个时代,这就是你们的商业时代啊。”

“你只看到了我成功和发财的一面,但你不知道我曾经在大牢里呆了6年,现在关在大牢里的著名企业家还有很多。”

“这我不知道。”

“你在邮件里用血泪控诉声讨的投资商,也就是老板和企业家,其中也包括我。你的声讨有道理但过于偏激。这牵扯到如何看待企业家,在改革大潮中应运而生的中国企业家,到底是这个时代的英雄还是罪人?是社会的脊梁和财富创造者还是社会的渣滓和财富掠夺者?我承认企业家中鱼龙混杂,其中走私偷税者,胆大包天巧取豪夺者,权钱勾兑者,素质低下者,都有,而且数量还不少,但大多数企业家是这个时代的英雄和社会的脊梁,没有他们就没有中国的经济奇迹,更没有泉涌的财富。人人都是企业家创富的受益者,连你都是,没有他们,你连手机都用不上。”

“那影视投资商呢?”

“影视投资商也一样。你邮件说到的那5个投资商我相信都真有其人,而且和他们是一丘之貉的还有不少。然而绝非所有的影视投资商都是利欲熏心谋求私利毁灭艺术的刽子手,是贪婪蛮横的色魔和坏蛋。许多投资商和出品人是有理想有责任有价值取向和社会关注的,他们为了社会责任和艺术追求是敢于冒风险敢于担责任的,不然怎么有那么多社会效益和经济效益双丰收的影视作品问世。”

“这事我没想过。”

“当然影视投资商投资影视主要是奔着钱去的,我也一样,天下的投资商都一样,这是资本的属性决定。资本生来就是逐利的,而且要追逐最大的利润。因为要逐利,很多投资商都会干出你故事中的丑事。马克思说资本是从头到脚都流着血和肮脏的东西,但这只是资本的一面。另一面,资本又是最重要的生产要素和社会资源。我们现在搞市场经济,其核心就是以市场为主配置资源,而最大的资源就是资本和劳动力。离开资本行吗?没有资本就搞不成开发区,没有资本就不能扩大再生产,没有资本连一部电影都拍不成。资本是什么?资本就是钱啊,而钱就是物化的劳动和时间啊。哪个投资商口袋里钱都不是白来的,都是血汗钱,甚至是用各种风险和牢狱之灾换来的。"

"可是一个资本控制的影视市场是不会有艺术的,投资商出品人操控的电影,必然是媚俗追风娱乐至死的烂片子,有风险的重大题材和精品是没人投没人拍的。"

"你说的是事实,逐利就要规避风险,所以银屏银幕上充斥着低俗的爱情片搞笑片,粗制滥造的清宫片和谍战片。我对影视界的现状也是极为不满的,所以我要反其道而行之,要拍改革片和商战片,要反映时代的脉动。"

"影视界像你这样有理想有责任的投资商是难得一见的。"

"难得一见也是有,否则《蜗居》和《青瓷》这样的精品就出不来。"

"这我不否认。"

"所以罗冰的结论——中国影坛没有艺术和良心只有金钱和性交易——值得商榷。他的逻辑是,为什么没有艺术和良心?是因为影视市场是被资本控制的,是被我们这些可恶的民营资本家控制的。这牵扯到一个大问题,那就是影视产业文化产业能不能产业化市场化?"

"影视市场化的结果你也看到了。"

"当然看到了。市场化或曰市场经济,是人类迄今为止找到的唯一可行的发展途径。它也许不是最优选择但一定是次优选择,因为世界上没有最优。除了市场经济,人类再也找不到一种能够最大限度激发人的积极性和最合理配置资源的途径。那么,文化产业是不是个例外,是不是就不能市场化?美国著名作家诺贝尔文学奖得主贝娄曾经说过,市场化的文化产业又聋又瞎。这个结论跟你们那个资本控制下的影视市场没有艺术是一样的,但这两个结论都有些偏激。就是在文化艺术完全市场化的美国,贝娄的代表作《洪堡的礼物》一路畅销,就是在影视完全市场化的美国,好莱坞电影中的经典之作层出不穷。同样就是在资本控制的中国影视市场,也有好东西,也有艺术票房都好的精品。最新的《致青春》和《中国合伙人》就是这样的代表作,两部片子的票房收入都超过了5个亿。而且赵薇导演的《致青春》和你俩那个《青春的记忆》是一样的校园青春片。"

"是我俩生不逢时没碰上好投资商吗?"

“从某种意义上可以这么说,你们当时如果不放弃,继续寻找下去,如果你们找到的第6个投资商是我,也许罗冰的悲剧就不会发生。”

“还是我俩的命不好。”

“年轻人不应该相信宿命论,要敬畏命运也要抗争命运,要像贝多芬那样扼住命运的喉咙。”

“也许我们太年轻太不成熟了。”

“年轻人遇到挫折并非都是坏事,不经风浪的考验任何人都不能真正成熟。”

“也许是吧。”

邓雪陷入了沉思。

“邓雪,你和罗冰的名字起得都不好,一个冰一个雪,都太冷了,没有温暖和光明。冰雪碰到一起,想抱团取暖都不能,你的火车票退了吗?”

“没有,作废了。”

“没关系,我这里有一个机会,如果你愿意再试一把就留在北京,北京不单是文化中心,而且是中国最有魅力的城市,我扎在这都乐不思蜀了。如果不愿意还想回老家,我会派人给你买机票。”

“什么机会?”

“我决定让你出演《山海丽人》的女一号。”

“这是真的吗?”

“是真的。”

邓雪再也抑制不住了情感的潮水了,郁积了许久的泪水夺眶而出。

10

送走了邓雪之后,林磊叫来了田依萍。

“田导,邓雪的邮件你看过了吗?”

“你刚发来我就看了。”

“有何感想?”

“百感交集发人深省。”

“我决定让邓雪替代姚紫出演女主角。”

“我同意。不过美女演员怎么办?”

“让姚紫演女二号,如果她不愿意,你再找一个美女演员来演女二号。你把这封邮件立即转发给姚紫,让她看完之后来找我一趟。”

“好吧。”

“田导,主角更换后,你把那张高尔夫会员卡还给姚紫吧,我会送你一张同样的卡。你是大导演,我早该送你一个见面礼了。”

“林总……”

“小事一桩你别在意,演员找齐了就准备开机吧,这部影片全靠你了。”

“你放心吧,我会尽全力的。”

第二天,姚紫来到林磊的办公室。

“怎么眼圈还是红的,是为了一个女主角吗?”

“不是,我是为罗冰流泪,他的死我刚知道,世道对他俩太不公平了。”

“这个女二号你愿意演吗?”

“我愿意,我会好好演的,也会和邓雪好好合作的,她比我更合适演女主角。”

“那太好了,你们这两个冤家对头在戏里可是合作伙伴。回家问问你爸,这个片子他还投不投,不投我就另找别人了。”

“好,我会劝老爸继续投的。”

“姚紫,感谢你的通情达理和恻隐之心。你还年轻,今后出演女主角的机会多得很。如果你我真有缘分,你在海山影视以后的影片中出演女主角的机会也是存在的。”

“我相信你的话。”

《山海丽人》的三个女主角就这样定下来了,三天之后,影片开机拍摄。

11

经过两年艰苦卓绝呕心沥血的写作,邵建一百万字的鸿篇巨制《山海风云》三部曲总算出齐了。

邵建一开始写这部创业史小说时,不算太投入,也没有太多激情。毕竟这是写山海集团的创业史,写林磊等三个老板的奋斗史和悲欢离合,不是写自己和写自己熟知的改革史,所以他只是把小说写作当成了完成哥们儿托付的任务和解决影视公司的剧本问题,写作小说第一部时,总也调动不起来情绪来,当年写作《委里岁月》时那种全身心的投入,那种激情四射,那种痴迷疯狂忘我,那种含泪泣血而书的状态不复出现。

然而小说写到第二部,邵建一的情绪渐渐来了。因为山海的创业史和三个老板的恩怨情仇,太曲折太生动太惊心动魄了,这不仅是中国企业的典型历史,也是中国改革大背景的折射,邵建一写着写着就渐入佳境,激情也来了,泪水也来了,神来之笔也来了。这时他已经不再置身其外,不再把它当作别人的故事,而是把它当作自己的第二部企业改革史小说。写作过程中,他往里面掺杂了不少自己的"私货",因为他信奉任何作家的小说都是写自己。

《山海风云》第二部出版后,林磊等人都说第二部比第一部好,等到《山海风云》第三部问世之后,大家又都说第三部比第二部还好。

按照林磊制定的流程,《山海风云》小说出一部,专业编剧就动手改编 20 集,等到三部小说出齐一个月,60 集电视剧《山海风云》的电视剧本第一稿已经脱稿了。这回虽然也是小说作者和专业编剧共同改编,但是以编剧为主,小说作者邵建一只是对编剧的剧本进行了一次修改。

等到小说和剧本全部搞定之后,林磊让秘书把它们分别寄给了陈帆、吴东江和彭一鸣。一个月后,林磊估摸这三个人大概看完了,于是发起了山海"四条汉子"的第二次聚餐。

这次聚餐当然是林磊做东。人齐入座之后,林磊说:

"今天咱们山海四杰或曰山海四龙第二次聚会的主题是这部《山海风云》电视剧。我建议开始请三位老板谈谈对小说和剧本的意见,你们可都是小说剧本中的人物,咱们只谈半小时,具体详细批评和修改意见,请三位用电子邮件发来。剩下时间我们一起讨论这部电视剧的共同投资问题。咱们边吃边聊。"

大家碰杯之后,吴东江先开口了:

"小说和剧本我都看了,小说比剧本精彩多了。电视剧本舍弃的小说精华太多了,令人扼腕长叹啊。"

“东江,这是无奈之举啊。电视剧的审查太严了,我投资的第一部电视剧《启航》,写的是主旋律,结果还是被枪毙了。小说虽然虚构了不少,但也算是基本写实,当然精彩,因为咱的故事本身就精彩。可电视剧必须忍痛割爱啊,三厅和军方能拍吗?走私案能拍吗?监狱生活能拍吗?都不能拍不能涉及啊。”

“影视界的事我不熟。这个电视剧剧本要是拍出来肯定遗憾不少。值得庆幸的是小说删节得不多顺利出版了,山海的历史各位的历史都变成了文字,所以我建议林总花大力气宣传推广一下这三本小说,把这个三部曲的发行量炒到一百万,山海集团和在座各位就都载入史册了。”

彭一鸣接着说。

“小说应该说是很成功,小说中的三个主角可是陈、林、雷呀,我和彭总都是配角。配角就配角吧,着墨不多我也能接受,但小说对我和彭一鸣的描写可是有损我们形象的。小说作者把你们三个主角拔高了,把我们两个配角贬低了,尤其是敝人的形象贬低得太过了。我跟这个作者素昧平生无怨无仇,他为何要糟改我呀?”

“吴总,这是小说,你不能对号入座啊。”

“我知道这是小说,可这本小说是基本写实啊,在座各位在书中只是被换了名字,所作所为可基本照搬啊。”

“不对吧,吴秀才,小说中虚构成分还是不少,小说中的周东方的原型肯定是你,但小说中的周东方可是够花的,单是红颜知已就有好几个,然而众所周知现实中的吴东江可是正人君子,你干嘛非要对号入座呢?”

陈帆笑着说。

“陈总,你在小说中的形象可是够高大的,因此你心满意足。当然书中形象最高大是林总,这也有情可原,小说和电视剧都是林磊投资的嘛。”

“吴总,此言谬矣。电视剧当然是我策划的,但投资要共同投,这就是我们今天的主题。但小说可是作者独立创作的,没拿我林磊一分钱,绝非御用文学商业写作。”

“林总,电视剧投资这几千万对你还不是小菜一碟,为什么还非要拉上我们?我那个软件外包项目中的4个亿已经是你的钱了,我再从中拿出几千万来投资影视有什么意义?”

“彭总,这可不一样,咱们是一码说一码。目前影视投资的模式基本都是共同投资,因为这样不但能分散风险,还能利润共享。电视剧《山海风云》这几千万,我当然可以自己投,但这部电视剧写的是山海集团的创业史,是与在座各位息息相关的,把山海的兴衰写进书中搬上银屏也是我们大家的责任。当然投资电视剧完全是自愿原则,你要是觉得这部电视剧编得不好,或者歪曲丑化了自己的形象,你要是觉得投资这部电视剧有风险,可能亏本,都可以不投。我今天不是来向各位敛钱来了,我现在还不缺钱,我是诚挚地邀请大家共同投资共同参与。”

“林磊已经说得很透彻了,这部电视剧的投资总预算是多少?”

陈帆问。

“不多,只有6000万。”

“我投2000万吧。”

“我比不了陈总,我投1000万吧。”

彭一鸣也表态了。

“不瞒各位,近来我的公司资金吃紧,我就不投了。”

吴东江成了唯一一个不参与的人。

“那好,吴总不投也可以,剩下的3000万我来投。投资敲定之后,电视剧就要马上开拍了,还请各位老总把修改意见尽快发来,我会让编剧根据你们的意见再最后修改一次剧本。吴总,你不投资也要发来意见啊。”

“钱我暂时拿不出来,但修改意见是现成的,而且还是一大堆,我过两天就发给你。”

山海四杰的第二次聚餐之后不久,电视剧《山海风云》的投资落实了。海山影视的第一部电影《商海丽人》正式开机之后三个月,海山影视的第二部60集电视剧《山海风云》开拍。

山海风云

三十八、跑路

CHAPTER 38

1

飞鸣通讯公司三地上市失败之后，雷云已经意识到上市这条路走不通了，他也意识到飞鸣通讯难于避免的破产倒闭结局。

雷云再次陷入痛苦绝望和心理失衡中。他早年投身山海创业时，思想相对单纯。下海创业就是为了实现自己的企业家梦想，然后由企转政，实现自己的政治抱负。至于为什么要当老板当官员，为自己也是为国家，为自己的前程，也为了中国的改革大业，毕竟雷云也是改革大潮中应运而生的一代佼佼者。

山海最后在他手里做败了，他的企业家和政治家的梦想都破灭了。他借助飞鸣二次创业时，想的已经不是国家和改革了，而是要向山海元老向八闽父老向世人证明自己，证明他雷云还是一块企业家的料，证明山海的衰败并非他一人的责任。他要像林磊陈帆之流向八闽商界证明他雷云是一条龙不是一条虫。

雷云利用飞鸣这个平台重建他的商业帝国时，他的身份已经是个纯粹的民企老板了。除了要向世人证明自己要在商界挽回名誉之外，他要攫取财富了，他要像陈帆、林磊、魏祝荣那样成为亿万富翁，对于财富的渴求早就压倒了理想和事业。

他已经看出，在当今中国，在改革开放时代，只有做民企老板才能致富才能成为亿万富翁，做国企老总做政府高官都不行。

雷云呕心沥血全心全意做了十几年山海，除了一堆并不值钱的飞鸣股份外，基本上没捞到钱，这就是做国企老板的结果，这就是一心奔事业奔名誉的结果。这回他华丽转身做民企老板，自然而然把挣钱把聚敛财富放在首位。

正是在这种观念指导下，雷云才一开始就在飞鸣死死把住大股东的地位，攥住手中的股份，并紧紧控制住公司财务。他稀释股份给穆丹，那是为了换取她的投资，他忍痛拿出30%的股份给丛敏之，是欲要取之必先予之，是为了放长线钓大鱼，是为了用小利换暴利。等到飞鸣公司做起来了，利润过亿了，他就立刻翻脸不认人，立刻心黑手辣起来。为了丛敏之索要的仅仅5%应得的股份，他可以推翻承诺撕毁协议。在他的眼里,这5%的股份可是一大笔钱。

平心而论,山海时代的总裁雷云,从不贪钱,从不看重钱,他那时的的确确是个不贪不占敬业献身的企业家,是个把公司事业看得重于个人财富的企业家,而且心不黑手不辣。

但人是会变的,命运环境都会改变人。飞鸣时代的雷云再也不是山海时代的雷云了,他变了,变得唯利是图心黑手辣六亲不认了,变得只认股份和钱了,其他什么道德诚信亲情真情,都被他一股脑抛到九霄云外去了。

正因为此,雷云与丛敏之的裂痕和冲突不可避免,董事长与总经理再次上演反目成仇誓不两立的好戏就是历史的必然。正因为此,雷云保不住幸运眷顾给他的贵人穆丹,穆丹从爱他帮他到恨他抛弃他也是符合逻辑的结果。正因为此,雷云不可能善待飞鸣的股东和董事,善待所有跟他一起艰苦打下飞鸣天下的功臣和团队骨干,这些人最后都离他而去致使他再次变成孤家寡人也是历史的必然。

飞鸣通讯的迅速崛起是个商业奇迹,这个奇迹怎么会出现在雷云手中?自从雷云亲手做败了两家上市公司并从山海狼狈出局后,八闽商界人士普遍不看好他,普遍不认同他的眼光和能力,普遍质疑他的人格缺陷。飞鸣的奇迹发生在雷云的手中,大家都觉得不可思议。

雷云是个自恋又不自信的人,是个经常不自信偶尔自信过度的人,是个内心不自信外表妄自尊大刚愎自用甚至蛮横霸道的人。

一开始,雷云对自己的掌控驾驭能力,对于自己的企业家天赋,是不太自信的,因为他毕竟败过,身上所有致命的弱点都曾经一览无余地暴露在山海众人面前。而且他知道自己不懂技术,也不真懂销售,市场眼光和前瞻性都是问号,人格魅力和团队的亲和力都可质疑。他是不甘心不死心,他是决心再赌一把再搏一回,然而对于能否成功能否把飞鸣做起来实现东山再起梦,他心里并没有多少底气。也可以说他是凭着一口气一股劲闭眼往前冲的,然后他居然侥幸成功了。

后来研究飞鸣通讯兴衰史的业内人士都知道,没有穆丹的投资,没有丛敏之的小畅通项目技术和人才团队,飞鸣奇迹不会出现。

然而,雷云就是雷云,雷云永远有女人缘和桃花运,雷云总能在危难之中靠女人翻盘,在困境之中靠女人翻身。

天下就是有雷云这样的男人,如同任何时代都会有唐璜一样。

雷云的幸运并非是帅哥美男的幸运,而是一个对女人独具魅力而又置身商界的人,一个性格有缺陷又有特点的人,一个软弱矛盾复杂的人,所特有的幸运。这种幸运是不可仿效不可复制的,这种幸运可能多次发生,但决不会永远发生。

历史学家中研究女人对王朝兴衰的影响的人,研究吕后、武则天、慈禧的人,大有人在;然而,经济史专家鲜有人研究女人特别是老板身后的女人对于企业兴衰的影响。在我们的故事中,徐诺、田丹羽、陶捷和穆丹对于企业的影响已经历历在目,也许今后会有一本《老板身后的女人》的专著,对我们的女主人公做深入的研究和探讨。

2

雷云聚敛财富的欲望从他接受飞鸣的第一天起就有了,当飞鸣利润过亿时,他的这种欲望升级了,当飞鸣上市失败陷入危机濒临破产之时,他的这种欲望反而更为强烈了。他意识到机不可失时不再来,过了这村没这店,再不动手就晚了。

为了达到敛财的目的,雷云下了两步棋。

第一步棋就是套住股东和董事。自从穆丹和丛敏之出走之后,飞鸣公司团队骨干基本流失,经营层的骨干也没能保住,如果再保不住股东和董事,那么飞鸣通讯这个公司平台就保不住了,没有这个平台,雷云敛财的目的就无法达到。

穆丹和丛敏之撤出后,穆丹的两个股东女友也跟着撤出了,雷云不得不重找股东重组董事会。

飞鸣新股东共有5人,除了雷云和庄启新,另外三个新股东都是投资人。当时飞鸣还有几千万的利润,所以企业还有投资价值,所以还能找到投资人。但这三个投资人都是中小老板,投资的金额都不多,两个2000万,一个只有1000万。投资少一是投资人的实力有限,二是当时飞鸣的下降趋势使然。这三个新股东之所以会投资飞鸣,主要还是飞鸣上市的诱惑。飞鸣上市失败后,三个新股东都很沮丧且有离意。雷云要想拴住他们,只有一个办法,那就是动员他们追加投资。投资多了,要想抽身就难了。

在股东会议上,雷云又端出了一个飞鸣半年之内美国上市的方案。股东们看后都一致追问这个方案的可行性,雷云从容应答:

"飞鸣美国上市的方案完全可行。大家知道,飞鸣在三地上市受挫主要是因为金融危机,没有这个金融危机,飞鸣早就上市了。金融危机是天灾人祸,是不可抗拒因素,不光飞鸣因此倒霉,一大堆企业也跟着倒霉,很多企业比飞鸣还惨,因为这个危机是全球性的。"

"现在金融危机还没有过去,飞鸣此时到美国上市有几成把握?"

一个股东问。

"我看至少有八成。金融危机虽然还没有完全消退,但美国已经率先复苏,复苏的程度仅次于中国。金融危机的一个重要标志是股市暴跌,危机的始作俑者美国股市一度跌到7000多点,现在已经重回一万点了。倒是受到危机冲击最小的中国,股市还在2000点那挣扎,这说明中国股市结构有问题。所以飞鸣要放弃在国内主板上市的方案,断然决定到美国上市去。"

"半年时间在美国上市成功,这有可能吗?"

另一个股东发问。

"完全可能,如果顺利,三个月飞鸣就在纳斯达克挂牌啦,届时飞鸣的股价翻一倍都不止,各位股东投资人就等着分红吧。"

雷云又开始画大饼。

"我可没有雷总这么乐观,我已经不指望投资飞鸣赚钱了,能让我如数收回投资资金我就烧高香了。"

投资最少的一位股东如是说。

"王总也太悲观了。大家都知道闽商又出了一位后起之秀林磊吧,他就是只用了四个月的时间就把他的安隆生物公司推上了美国的纳斯达克。他能做到的,我们也一定能做到。"

自从雷云与林磊交恶之后,雷云在公开场合是绝口不提林磊的,今天他有意搬出林磊来,就是要借林磊说事。因为林磊上市第一人的大名,在座的股东都知道。

但雷云忘记了一点,那就是他不是林磊,他用林磊说事的结果并不理想。

那天雷云和股东们讨论完飞鸣的美国上市计划后,就开始游说股东们追加投资。他反复向股东们说明，飞鸣眼前的亏损和资金困难都是暂时的，一旦飞鸣美国上市，飞鸣的现状立马改观，那个年利润过亿的飞鸣就会立马重现。

雷云苦口婆心游说了两个小时，三个新股东中两个竟然被他说动了，居然每人又追加了1000万投资。那个投资最少最悲观的小老板股东一分钱也没有追加。

股东大会开完之后，雷云自我感觉良好。2000万追加投资，不但能解雷云的燃眉之急，而且能够把这两个股东和董事牢牢栓在雷云的飞鸣战车上。两个股东根本不知道他们的追加投资大多被用来还债了，压根就没有用在企业生产上。被雷云紧紧套牢的股东们将来的命运只能是，要么与飞鸣一同起飞，要么与飞鸣同归于尽，抽身的可能性已经很小了。

至此，雷云下完了他的第一步棋。

3

雷云的第二步棋是回购员工股份。

飞鸣通讯原来是山海旗下的子公司，所以它的股权结构与母公司基本相同，除了控股的大股东二股东之外，飞鸣高管及其员工还持有30%的股份，这些股份都在工会的名下。雷云从山海出局时用自己的山海股份置换的飞鸣股份只是魏祝荣手中的飞鸣股份，总共70%。

雷云策反丛敏之时，拿出来的30%股份也是稀释自己股份的结果，后来穆丹等三个投资者和股东又稀释了他8%的股份。他之所以不敢稀释飞鸣的员工股份，就是怕引起内乱，因为老飞鸣从高管团队到员工骨干中都没有他的人。

两次稀释后雷云手中只剩下32%的股份了，勉强控股。他之所以推翻承诺撕毁协议不兑现丛敏之的5%股份，也是为了保住自己的控股大股东的位置。当然他要是真心兑现也是可以办到的。因为在这之前飞鸣合资公司所有股权分配都可视作原始状态。公司已经盈利，而且年利润过亿，这时他再给丛敏之增加股份，就完全可以同时稀释自己手中的股份、股东股份和员工股了。但他没有这样做，就是舍不得这5%。

回购员工股的事雷云在山海集团时就干过一次。不过他那次回购完全是为了置换大股东为了请魏老板入主山海,尽管这个行为是引狼入室,但他用魏祝荣的钱回购员工股然后再卖给魏祝荣的行为还是公司行为,不是个人行为。

雷云这次回购飞鸣员工股的大环境和大氛围与当年回购山海员工股时有些相似,都是公司日暮途穷危机重重,员工对公司和公司的掌门人都失去了信心,对手中公司股票都不抱希望,都有心出售急于出售。

加之飞鸣三地上市失败,员工手中的股票已经失去增值和在市场上出售的可能,此时雷云用公司的钱回购员工股份依然可算积德行善之事,依然算得上是为员工着想为员工排忧解难,至于雷云回购的真实目的和内心打算,他是深藏不露的。雷云公开说出来的回购员工股原因是飞鸣要在美国纳斯达克上市,上市要求公司减少员工持股。这时的雷云依然给全体员工画飞鸣美国上市的大饼,不过他向员工画的大饼没有他向股东画的大,因为他怕给员工太多的希望从而造成员工惜售股份。

雷云回购飞鸣员工股份的大事基本顺利,他只用了两个月的时间就几乎回购了所有的员工股。至于员工纷纷抛售股份意味着什么,他已经不去关心了。

雷云用来回购员工股份的依然不是现金而是白条,他跟员工签订的协议依然是股份出让两月后拿到现金。协议中的定价是每股10元。两个月的时间不算长,10块一股的价格还可以接受,所以一个愿打一个愿挨,回购工作得以顺利完成。

这件事搞定之后,雷云心中暗喜但面无表露。每天上班,员工们看到的董事长兼总经理雷云依然是一脸威严和忧心忡忡的样子。

雷云回购了30%的员工股份后,一转手就把它卖给一家投资公司,卖价是每股30元,雷云能够如愿卖出这些飞鸣股份,还是靠了他那张美国上市的大饼。

这笔交易是秘密进行的,直到一年之后飞鸣的股东高管和员工才知道事情的真相。

这笔交易里外里让雷云赚到了一个亿真金白银,他把这一个亿全部存进自己的银行卡中。

至此,雷云的第二步棋下完了,他如愿以偿地敛财一个亿。

雷云聚敛了这笔财富此后,心中狂喜又感慨万端。他感谢苍天不负有心人,感谢命运没有对他一味残酷。他纵横山海二十年,第一次见到这么多个人财产。

他雷云现在也算是亿万富翁了，不过他这个晚到的一个亿，比起吴东江和彭一鸣他们的十几亿，比起陈帆和林磊他们的几十亿，还是寒酸了点。真是相见恨晚啊。

以后还有敛财的机会吗？他不知道，他的前面还是一片渺茫。他知道的是飞鸣通讯这个平台已经没有多少油水了，要从这个平台再聚敛财富，除非飞鸣出现奇迹，然而这个奇迹的出现已经非常渺茫了。

这个奇迹是什么？当然是上市，具体说就是美国上市。尽管雷云到处画大饼，给股东画，给员工画，给购买飞鸣员工的投资老板画，然而他自己早就知道这是一张完全虚幻的大饼，一个不可能出现的大饼。雷云不是弱智，他知道美国纳斯达克也不会接受一个亏损严重濒临倒闭的企业，尽管美国股市不是审核制而是登记制，尽管还可以请人再次包装飞鸣，然而，美国股市是讲究申请上市企业信息披露真实透明的，再包装也不能把飞鸣的亏损变成盈利，何况还有瞒不住的巨额债务。

雷云虽然偶尔拿林磊说事，但他知道林磊的安隆和他的飞鸣根本没有可比性。林磊拿到美国股市上的安隆是个产值10个亿、利润4个亿的火得不得了的企业，而且林磊又是上市高手。不可比为什么还要提，雷云不过是为自己画出来的大饼加一点盐而已。

到处兜售自己都不相信的东西，对于雷云来说这是第一次。虽然他是形势所迫不得已而为之，但这也涉嫌欺诈了。

大厦将倾一柱难撑，即将遭遇灭顶之灾的雷云已经顾不得那么多了。

4

雷云下完两步高棋个人敛财成功后，飞鸣企业的状况却危如累卵了。企业的年亏损额已经跃升到2000万，欠下的银行贷款已经达到2.4亿，此外，飞鸣公司还欠供应商6000万，欠同行拆借的一位通讯老板8000万，欠员工工资奖金600万。名副其实的债台高筑负债累累。

雷云个人敛财成功暗自欢喜了没几天，就开始面临债主上门讨债了。首先是银行的信贷员一周跑来三次，催交到期银行贷款和利息，其次是供应商老板的轮番轰炸,最后是曾经拆借给雷云8000万的迅达通讯的蒋老板,不但派人天天上门逼债,而且亲自上门掀翻了雷云的老板台,砸碎了雷云第三个青花台灯。

欠债还钱天经地义,谁的钱都不是白来的。雷云被逼无奈,只好卖掉飞鸣的十层办公大厦。当年,魏祝荣卖掉山海大厦时,雷云曾经痛心疾首拍案大骂,如今他亲手卖掉飞鸣大厦时,骂他的飞鸣高管和员工也不少,但他装着听不见。

办公楼卖了1.9个亿。雷云拿这笔钱还了1.2亿银行到期贷款,还了供应商3000万,还了通讯蒋老板4000万,欠债还一半,这是雷云的还债原则。拖欠的员工工资奖金一分没还,1.9个亿卖楼款已经告罄。

雷云还了这几笔债务,暂时消停了几个月。他利用这几个月开始秘密下他的第三步棋。

雷云的消停日子只过了几个月,之后债主们又纷纷上门讨债了。

银行另外一个多亿的贷款又到期了,上亿的贷款不收回,银行的当事人交得了差吗?于是信贷员和营业部主任,又轮番上门了。

只还了一半的供应商和蒋老板能善罢甘休吗?剩余债务还都是几千万的大数,他们能不要了吗?于是供应商的代表和蒋老板的代表又开始天天上门讨债了。

债主逼门的日子不好过,焦头烂额的雷云无计可施借贷无门。再向银行贷款已经不可能,因为飞鸣已经没有可用来抵押的资产,再向商界老板借钱也不可能了,因为雷云在商界的信誉已经随风而去。

走投无路的雷云最后想到了民间借贷,所谓民间借贷,就是地下钱庄,就是民间的高利贷公司。

找民间高利贷公司借钱这种事,雷云不好出面,因为这太掉价太没面子,而且有巨大风险。此时雷云想到了飞鸣的财务总监夏芸。

夏芸可以算雷云的第四个女人,也是他在飞鸣通讯公司中唯一的自己人。

飞鸣与丛敏之合资时,雷云出于控制公司财务的目的,一定要找一个信得过的自己人。

在雷云与穆丹蜜月时,穆丹是公开同时与几个男人来往,雷云也是暗中与几个女人来往,夏芸就是这几个女人中的一个,也是雷云用情最多的一个。

夏芸比穆丹还年轻,只有31岁,她是离异后的独身女人,相貌平平但身材很好。夏芸是个痴情女子,她自从跟雷云上床之后,就死心塌地地爱上了雷云。她的爱当然是自私的也是排他的,但在相当长的时间里,她必须接受她只是雷云几个上床女友中的一个这个残酷的事实,她唯一的梦想和心愿就是让雷云与她一个人相伴终生。

等到穆丹消失后,夏芸这个愿望终于实现了。在以后的岁月里,雷云生活中的女人就只有夏芸一个人了。

夏芸对雷云的痴情和忠诚是毋庸置疑的,她是个能为雷云赴汤蹈火的人。因而由她掌管飞鸣财务,雷云是百分百放心。正是因为有夏芸在,所以雷云可以两次轻松做假账。

雷云危难之时总是想到女人,这次他又把向地下钱庄借高利贷的艰巨任务交给了夏芸。

"公司实在揭不开锅了,那些混账债主们让我的神经快要崩溃了。我想来想去只好走民间借贷之路,江浙的私企老板们资金链断了时,也都是走的这条路。"

"雷总,民间借贷的利息可是银行利息的数倍啊?"

"我知道民间借贷都是高利贷,利息再高也得借,我要用它来解燃眉之急啊。"

"别的路都没有了吗?"

"都堵死了,但凡有路我绝不走此路。我不傻,被那帮家伙狠宰一刀我也心疼。可这是无路之路不走不行。这件事还得交给你去办。"

"你要借多少?"

"借4000万吧,借少了没用。我要用这笔钱再还供应商1500万,再还蒋老板2000万,估计这样他们能消停一年半载了。银行的贷款好办些,先拖着 ,欠银行钱的企业多了去了,而且我已经还了银行一半的贷款了。"

"银行贷款再拖两年问题不大,银行那边我可以去做做工作。只是这笔地下钱庄的高利贷将来怎么还呀?那帮人可惹不起。"

"走一步算一步吧,天无绝人之路。夏芸,我雷云不怕失败,我可以东山再起一次,就可以东山再起两次,你要相信我。"

"我相信你。"

“那你就加紧办吧,越快越好。”

“可是向地下钱庄借钱,光有我的信用不行,还得有你的担保。”

“我担保可以,但我不能出面。”

“你不用出面,只要你把公司图章和你的图章给我就行。”

“夏芸,我对你的真情你是知道的,无论我将来走到哪一步,我都不会抛弃你。”

“我要的就是你这句话。”

夏芸说完扑到雷云怀里,尽情流泪。

一周之后,夏芸为雷云从民间高利贷公司那里借到了4000万。雷云用这笔钱堵住了供应商和蒋老板的嘴。雷云走投无路拆东墙补西墙时,都没想到动用自己账上的一个亿,因为他认为那是他自己的钱,一分钱也不能用来堵公司的窟窿。没人知道飞鸣通讯公司此时在雷云心中是什么位置。是一家可以挽救的公司还是一个已经报废的平台?

第二次还债之后,飞鸣公司和雷云又消停了。但几乎所有人都知道这一切都是暂时的。

5

暂时平静的飞鸣通讯公司,气氛诡异压抑,公司上下弥漫着失望迷茫的情绪,高管们还在正常上班,员工还在照样干活,但每月的薪水只能拿到一半。

因为市场萎缩销售下降,生产出来的小畅通有一半都积压在库房里,但雷云还是不让压缩生产停下一条流水线。

雷云用民间借贷的钱打发了两大债主之后,手中还剩下500万,他又断然决定从中拿出300万来,还了一半的员工欠薪。雷云的这一举动,让一些员工依稀看见了一丝希望,但员工们并不知道他们拿到的欠薪钱的来路。

员工情绪稍有稳定后,雷云适时召开了一次公司全员大会。雷云在大会上发表了一通演说。这是雷云入主飞鸣通讯公司后召开的的第一次也是最后一次员工大会。大会在飞鸣租来的三层办公楼狭窄的楼厅里举行。这座办公楼原来就是飞鸣公司的老楼。雷云暴发后卖掉了这座寒酸的三层老楼,买了一座十层的豪华新楼。飞鸣的员工搬进新楼时还是兴奋了一回，乔迁的鞭炮也放了不少。谁也没有想到，新楼启用不到两年，屁股还没坐热，又被雷云卖掉还债了。但卖掉新楼的钱连还债都不够，因而雷云根本无钱买回老楼，只好勉强把老楼租了下来。

飞鸣员工搬回老楼时的感觉可就不好了。公司兴旺发达，员工自然精神振奋，公司衰败没落，员工自然心情沮丧。睹物思人，一些员工竟然潸然泪下。因为飞鸣搬回老楼时，穆丹和丛敏之及其团队已经不在了，公司的许多创始人老人也都不在了。

然而雷云在破败老楼狭窄楼厅里的演讲却依然慷慨激昂。

“员工们，今天的飞鸣通讯正处在一个历史的转折点上。我们飞鸣曾经辉煌过，曾经一鸣惊人一飞冲天过，我们曾经创造了三年崛起业绩翻百倍的人间奇迹，这个奇迹至今八闽企业界无人可及，这个奇迹的创造是飞鸣广大员工的功劳。

“然而天有不测风云，飞鸣现在遇到了困难，并处于创业以来最艰难的时期。造成飞鸣衰落和困境的原因有两个，一是金融危机，二是中国电信生变取消了我们的全国牌照。这两个打击对飞鸣来说都是致命的。仔细分析飞鸣迅速衰落的原因，都是外因，是无妄之灾，是不可抗拒因素，是我们的人力无可奈何的事，谋事在人成事在天啊。让我们放开眼界，全世界在金融危机中倒闭的企业，包括有百年历史的巨无霸企业，有多少？不胜枚举。再看我们四周，因为金融危机处于困境中的中国企业也为数众多，仅在广东，倒闭的中小型企业就有成百上千。所以飞鸣眼前的困境不是孤立的。覆巢之下岂有完卵，风暴之中岂有不湿人！比起广东江浙那些倒闭的企业，我们飞鸣还算好的，我们还没有倒下，我们还在苦苦支撑着。

“老实说，企业现在的确很困难，生产亏损，欠债很多，员工弟兄们的工资都不能全额发放，作为董事长，我难辞其咎心里非常难过。但是，大家应该看到，飞鸣眼前的困难是暂时的，飞鸣的危机也会过去。我为什么敢这样说，那是因为飞鸣的自我拯救之路就在前方。出路有三个，一是我们正在全力争取飞鸣到美国上市。二是我们正在积极公关重新拿回飞鸣的全国牌照。三是我们正在筹集资金准备购买美国的小畅通升级技术专利。

“我们眼前的三条路只要有一条路走通了,飞鸣的转机也就来了,因而我们飞鸣的全体员工在困难的时刻一定要坚持住,要坚守岗位,积极工作,等待转机。胜利就在最后的坚持之中。

“我对大家提出的要求就一个:坚持,坚持,再坚持。曙光就在前面。凡是能够在公司困难危机之际坚持下来的员工,都是飞鸣的功臣,也都是飞鸣再次崛起后最大的受益者。

“我再说一遍,坚持。坚持就是希望,坚持就是胜利。”

雷云讲完后,底下的员工中传来掌声,但掌声很稀落。也有小声的议论:

“都什么时候了,还他妈的唱高调。”

“都是外因,你们当头儿的一点责任没有?”

“揪出造成公司衰败的罪魁祸首。”

“别听他瞎掰,他讲的这些连他自己都不相信,找他要工资去。”

这些掌声和议论雷云都听见了,他似乎并不在意。而是讲完之后就起身离开了老楼。

这是雷云一生中最后一次也是最精彩的一次演讲。精彩之处就在于他可以信口开河言不由衷,可以把自己都不相信的东西讲得有鼻子有眼,可以把虚无缥缈的未来描绘得有声有色。

雷云画大饼的功夫炉火纯青了。

6

雷云在发表了慷慨激昂精采绝伦既煽情又鼓劲的演讲后的第二天,就神秘失踪了,从人间蒸发了。用台湾商界的流行语说就是“跑路”。金融危机中,一些广东和江浙的小老板借了高利贷后无力归还,只好选择了跑路。老板跑掉之后,老板下面的企业也就随之破产倒闭了。

谁也想不到并非小老板的雷云最后也选择了跑路。

雷云的跑路对于飞鸣公司是个晴天霹雳,对于八闽商界是个意料之中的事,对于八闽新闻界,是个重大新闻。

雷云跑路后不久,人们就发现,飞鸣公司已经神不知鬼不觉地被改组了。飞鸣改组后的结果是公司董事长从雷云变成了雷云的七旬老父,公司监事会主席换成了雷云的七旬老母,最出人意料的是公司的法人代表竟然也由雷云换成了夏芸。

所有这些改动都是悄悄进行并完成的,公司的所有股东和董事及其高管都不知情。而且所有这些改组都是合法的,都在工商部门备了案。后来股东和董事们查阅工商局的备案,竟然发现手续齐备完全符合章程。

例如在改组董事长的文案中写到:鉴于飞鸣公司重组的需要,股东大会和董事会一致同意雷云辞去飞鸣公司董事长的请求,推选雷之诚出任飞鸣公司董事长。

文案下面不但有雷云和雷之诚的签名,还有公司的图章,可是飞鸣的股东会和董事会根本没有开过这样的会议。

最不可思议的是那份更换公司法人的文案,文案中不但有公司图章而且有雷云和夏芸的签名,可是夏芸根本不知此事,也没有签过名。

雷云的行动不可谓不诡秘,雷云的手段不可谓不高超。

当人们看到这些两个月前就完成的改组文件时,都明白了雷云的跑路和失踪是早有预谋的了。

的确,雷云的跑路是蓄谋已久的。

早在几个月前,雷云看到飞鸣上市无望扭亏无望还债无望拯救无望时,他开始谋划跑路了。

为了跑路雷云先下了两步棋,第一步追加投资套住股东,第二步倒卖员工股聚敛财富。当一个亿的财富捞到手后,飞鸣公司这个平台对于他已经失去价值没有意义了。他后来的卖楼还债和借高利贷还钱,都是为了稳住公司稳住员工,都是为了出逃做准备。

直到两月前,雷云开始偷偷改组公司。这是他的第三步棋。改组的目的很明显,就是要和飞鸣脱离干系,就是要摆脱沉重的债务。他以为换掉了董事长和法人代表,那些银行贷款、供应商和蒋老板的债务以及地下钱庄的钱,就和自己无关了,他就可以金蝉脱壳远走他乡了。

在换董事长和法人代表时,雷云的心里有些伤感和悲哀。当年在山海,为了一个董事长,他付出了怎样惨重的代价才得到,如今为了躲债和跑路,他不得不千方百计扔掉这个董事长和法人代表。

雷云私自改组公司的行动之所以能够顺利完成,是因为他贿赂了榕城工商局的副局长。雷云自认这个活干得很漂亮,至于改组后的结果和影响他根本不去想。改组后可怜而无辜的七旬父母将要为此背负怎样的重负,那个更加可怜而无辜的夏芸将要为此付出什么代价,他跑路后飞鸣企业和员工将要遭受怎样的重创,飞鸣的股东和董事将要承担怎样的伤害,那些债权人银行和供应商及蒋老板将遭受怎样的损失,以及整个社会将因此引起多少动乱,他一概不考虑。

此时的雷云已经完全变成了一个极端利己主义者,一个丧失理智丧失良心丧失道德责任的人。他是如何变化的,是如何走到这一步的,他自己都说不清。

雷云满脑子想的就是一件事,如何带着一个亿金蝉脱壳逃之夭夭。此时他脑子里回荡的就是法国国王的名言:“我死后哪怕洪水滔天!”

“我跑后哪怕天塌地陷!”这是雷云心中鸣响的声音。

此时的雷云只有一个梦想一个希冀,那就是带着一个亿的巨款到天涯海角去安度晚年。

7

雷云的跑路,立刻引发了一场不小的地震。首先是飞鸣通讯公司更加惨不忍睹了,亏损日重债台高筑弹尽粮绝走投无路。员工不但再也领不到薪水,不但剩余的欠薪再也无处讨回,而且面临着企业破产和失业的威胁。

其次是飞鸣的债主,银行、供应商、蒋老板和地下钱庄愤怒已极。银行扬言要追究雷云的法律责任,供应商和蒋老板则破口大骂对天起誓不讨回债务誓不罢休,最愤怒最不能容忍的当然是地下钱庄,他们说就是挖地三尺也要把雷云挖出来。

再其次是飞鸣的投资商和股东,他们知道自己的投资再也无法收回了,坚决要找到雷云算账。

雷云跑路后,飞鸣的残留的高管层想宣布飞鸣通讯破产,可是谈何容易?股东们银行债主们不会让飞鸣破产,因为飞鸣破产,他们的钱找谁要?飞鸣只剩下两条破烂不堪的流水线了,连厂房和办公楼都是租的,一旦破产清算,债权人什么也拿不着。

飞鸣所有的债权人除了愤怒暴怒之外,就开始各自采取行动了了。他们的讨债行为五花八门各行其是,但目的都是一个,就是要钱。在一时找不到雷云的时候,他们先后把矛头对准了夏芸。

最先找来的是银行的代表,他们拿着飞鸣的新工商执照对夏芸说:

“既然飞鸣公司的工商执照上的法人代表已经改成了你,那就由你来归还所欠的1.2亿银行贷款了。”

一向忍辱负重的夏芸,并未对银行的人说更换公司法人代表的事她不知情,直到这时她还要维护雷云,而只是说:

“可公司账上现在没有钱啊!”

“那你必须告诉我们雷云的去处,他现在虽然不是公司董事长和法人了,但他是飞鸣公司的实际控制人,银行的债务他是躲不掉的,这是国家的钱,是必须归还的,恶意拖欠银行贷款是要负法律责任的。”

“我真的不知道雷云的去处,公司里也没人知道。”

“如果你有意隐瞒雷云的藏身之处,我们将诉诸法律请公安出面了。”

“你就是叫公安局的人把我抓起来也没用,因为我真的不知道,雷云走之前没有跟我打过招呼。”

银行代表第一次向夏芸讨债无果后,并没有放弃。他们后来从飞鸣员工口中得知夏芸不但是飞鸣的财务总监而且是雷云的情妇,就三天两头地派人上门讨债和追问雷云的下落。

单是应付银行的人,夏芸已经焦头烂额了。但这还不是最难对付的。

供应商和蒋老板都没有来找她,是因为他们认为找她也要不来钱,但地下钱庄很快就找上门来了。地下钱庄是决不能容忍4000万借债飞了的,别说4000万,就是100万,他们也不能容忍,否则这些地下钱庄早就破产了。

榕城最大的地下钱庄的老板实际上是温州人。这位温州老板听说债务人雷云跑路之后,立刻找来有香港黑社会背景的讨债公司,把讨还债务的事全权交给讨债公司。温州老板和讨债公司当场签订协议,4000万债务和利息全数讨回,讨债公司净得200万。重赏之下必有勇夫,何况黑社会的讨债公司养的几乎都是彪形大汉和不怕死的勇夫。

讨债公司找到夏芸之后,立刻向她出示了那份4000万借款的借据,那上面有夏芸的签名,也有雷云的担保图章。

“夏女士,还钱吧。”

“我没有钱。”

“这上面可有你的签名。当初借钱时,你就应该知道我们都是做的舔血的买卖,你也应该知道我们的手段,你敢不还钱?”

“我不敢,可我现在没钱,公司也没钱。”

“你也知道我们的规矩,不还钱就得拿命来。”

“要钱没有,要命有一条。”

“你这个小娘们儿嘴还挺硬,我们要是连你这么个小女人都对付不了就不开公司了。”

第一次讨债,讨债公司的四条大汉面对一个弱女人手下留情了,他们没有动手打人却把夏芸家里的东西砸了个稀巴烂。

后来当讨债公司了解到夏芸真的没钱,而且她是为雷云借的钱时,他们第二次上门时,就不再向夏芸要钱了,而是向她索要雷云的藏身之处,夏芸仍然一口咬定不知道,这下激怒了讨债公司的四条汉子,他们动手把夏芸打了个满脸花。

四条大汉走后,夏芸只能关起门来独自哭泣,她不敢报警,因为她知道向地下钱庄借钱和借债不还都是违法的,一旦报警,警方也会向她追问雷云的下落。

从此,讨债公司的四条汉子隔三差五就来一回,来了就把夏芸暴打一顿。而且每次暴打都不留硬伤。

夏芸忍无可忍了,就试图逃跑。她想去找雷云,可不知雷云在哪。她跑到鼓山,被抓了回来,跑到浙江,又被抓了回来。

两次逃跑之后,讨债公司的四条大汉就对她就不客气了。不但每次都打她,而且还折磨羞辱她,用烟头烧乳头,用镊子揪阴毛,无所不用其极,为了从她口中掏出雷云藏身之处,他们就差使用老虎凳和灌辣椒水了。

夏芸现在过的是暗无天日的非人生活,遭受的是常人不能忍受的痛苦和折磨。她甚至不知今夕是何夕,这是新中国的新世纪,还是暗无天日的旧社会?还是阴森恐怖的渣滓洞?

她的不理解是因为没有看透眼前的社会。世事深如海。“文革”时沉渣浮起,一边是破四旧的皮鞭和口号响彻天空,一边是封建皇权愚昧的沉渣大泛滥。改革也一样,一边是西风劲吹新潮浩荡,一边是沉渣浮起五毒泛滥,一边是经济奇迹民族复兴财富涌流,一边是世风日下道德败坏,是腐败横行官商勾兑,是邪教气功传销诈骗,是二奶风行坐台小姐遍布,是赌博吸毒杀人越货,是黑社会和高利贷。这就是改革的代价,世界上没有不付代价的改革,而我们为这个三千年未有的大变局所付出的代价岂止这些,还有江山污染资源耗尽,还有信仰丧失理想毁灭,还有物欲横流拜金主义……

夏芸不理解是因为她以前一直是改革的受益者,一个崛起公司的财务总监,一个暴发老板的情妇,年薪 30 万,有房有车。她因为年轻有学历有专业而幸运地搭上了改革的班车,成为中国新兴的中产阶层的一员,她不知底层的苦难,不知农民工的血泪,也不了解地下钱庄和黑社会。当诈骗抢劫偷盗横行时,当一个歹徒可以为了一万元钱杀人时,当一个官员和老板可以用 10 万元雇凶杀人时,黑社会讨债公司打手对她犯下的一切令人发指的罪行就都变得可以理解和毫不稀奇了。毕竟这四条彪形大汉虽然毒打折磨凌辱她,但没有杀她。对于一个拿了 200 万奖赏的黑社会组织,杀人是他们的手段之一。

夏芸咬牙坚持着,心中只有一个信念和企盼,那就是盼望着有一天雷云会突然出现在眼前,会把她带走,带到天涯海角去。她心中一遍又一遍地默念的就是雷云的那句话:

"无论我将来走到哪一步,我都不会抛弃你。"

然后又一遍又一遍在纸上写:

"宁同万死碎绮翼,不忍云间两分张。"

这是那天夜里,雷云与她最后一次云雨温存之后写在她床头日记本上的两句李白诗。

夏芸为了雷云忍受了两个月的痛打和折磨,她苦苦等了盼了雷云两个月,还是不见雷云的踪影。她实在忍受不了,就再次逃跑,跑到大海边。那是离榕城最近的海边,也是当年雷云独自徘徊的海边。

夏芸到了海边之后,伫立了一会,然后就径自向大海深处走去。她走得很坚定也很镇定,她边走边向大海低沉地哀吟:

"雷云,我是为你而死的啊。我死了,银行和地下钱庄就不会向你讨债了,没了债务,你就可以东山再起了。等你第三次崛起时,别忘了我!"

无情的大海渐渐地吞没了一个优美年轻的白色线条,一个纯情痴情心灵美好的弱女子,连一个泡沫都没有留下。

天下终于有了一个为雷云殉情的女人。

夏芸蹈海时的年龄和105年前陈天华蹈海的年龄相同,都是31岁。陈天华是为了唤醒中国而死的,他给世人留下了《警世钟》和《猛回头》。他的《警世钟》的开头两句是:"长梦千年何日醒,睡乡谁遣警钟鸣?"他的《猛回头》最后两句是:"太息神州今去矣,劝君猛省莫徘徊。"

然而夏芸的遗言却是"等你第三次崛起时,别忘了我!"也就是至死她都相信雷云还会再度崛起,还会永远记住她。

陈天华为救中国蹈海,他的遗篇至今有人传颂;夏芸为雷云而死,她的遗言有谁听见?大海没有听见,蓝天也没有听见。

8

夏芸蹈海时,雷云正在新西兰奥克兰的激流岛观看海景。夏芸投身大海时,没有在南中国海掀起一丝浪花,却在新西兰激流岛的大海上掀起了滔天巨浪。

太平洋的海水是相通的。

这天,激流岛晴空丽日,雷云的心情也格外好。他中午饱餐了一顿之后,又小憩了一会,然后就到海边踱步去了,这是他每天的生活习惯。

他在海边走累了,就坐在海边的岩石上看海景。出生在海滨城市的雷云总是对大海一往情深。

天空湛蓝,海水湛蓝,风平浪静,海风习习,白帆片片。突然间,乌云翻滚波涛汹涌白浪滔天。雷云见惯了大海的风云变幻,但没见过大海如此迅速的变脸,一切都来得太快了,而且来之前没有一点征兆。

他站起来,刚要离开,这时一声巨响,大海中竖起一根雪白的浪柱,高达百米,而且造型曲线极其优美,雷云的心脏也随之感到一阵剧烈的疼痛。

"这是怎么了,是有人挂念我了吗?还是一个挂念我的人死了?这个世界上还有谁挂念我?除了我的父母就只有夏芸了,也不知她现在怎样。我把公司法人代表偷着换成了她,银行和地下钱庄都不会放过她。"

雷云的心中忽然飘来一阵内疚。

雷云怎么会来到激流岛?当他谋划跑路时,对着地球仪反复斟酌,忽然他看见了新西兰,他仿佛一下子就看见了这个人间天堂的蓝天碧水。对,就去新西兰。

雷云带着一个亿的巨款来到新西兰后,又突然想起了激流岛。他想起激流岛当然是因为顾城,是因为激流岛是这个不可思议的诗人杀妻自戕的地方。

雷云的厦大4年是读着朦胧诗度过的。他和顾城虽然不是一代人,但却有着强烈的情感共鸣。在走红的朦胧诗人中,他最喜欢的是顾城和舒婷。他喜欢顾城胜过喜欢北岛,这在当时的厦大可是少数。

本来他对同乡的鼓浪屿诗人舒婷一往情深,舒婷的诗太美了,他甚至做过与舒婷交往的梦。然而当他在厦大学生会组织的诗歌朗诵会上见到舒婷时,他立刻打消了这个念头。舒婷太丑了,而且年龄也太大了。雷云是个唯美主义者,他不能接受一个不美丽的女诗人。他无缘见到李清照,但他相信这个宋朝女诗人一定是美丽的,林黛玉是女诗人也是美人。从那以后,朦胧诗人中他就只钟情顾城一人了。

他至今还能背诵顾城的成名作"一代人":

"黑夜给了我黑色的眼睛,

我却用它寻找光明。"

那是顾城那代人的心声,也是雷云这代人的心声。只不过雷云当年心中的光明是祖国的新生,如今他心中的光明却是自己的前程、金钱和人间天堂了。

雷云来到激流岛之后,发现这个岛真是世外桃源,难怪它会吸引浪漫诗人。激流岛离奥克兰城不过30里海路,岛上人烟稀少民风淳朴,碧海蓝天风景绝佳,是隐居的好地方。

雷云上岛之后就去寻找诗人的住处,很快他就找到了。原来诗人当年的居所是一处绿茵从中的小木屋,离海边不过百米,绝对是个诗意生存的好地方。走进去看,木屋有些破旧了,花园也荒芜了,顾城当年亲手搭建的鸡窝还在,但人去楼空了。

木屋前竖着一块"HOUSE FOR SALE"(房屋出售)的木牌,在岁月风雨的剥蚀下已经一片斑驳了,一看就知道这块木牌已经在这里竖了很久了。

雷云后来了解到,自从8年前诗人顾城在这里演绎了一场惊世骇俗的杀妻血案,木屋就成"鬼屋"再也无人光顾了。雷云是个唯物主义者,不信神也不怕鬼,于是他用极低的价格毅然决然地买下了诗人的木屋,简单装修后就住了进去。

开始两个月,雷云住在诗人木屋里的诗意生存是很惬意的。他每天种菜养鸡,逛岛看海,忘却失败忘却债务忘却一切人间烦恼,与小岛结伴与大海为伍与诗人的魂魄同在。

然而两个月后,他就感到孤寂难熬了。雷云是个爱虚荣爱风光的场面上人,每当一人独坐木屋时,他就会想起并不如烟的往事,想起大会堂发布会,想起鲜花掌声和闪光灯。往事是难以忘却的,夜深人静时,山海员工还会出现在眼前,飞鸣员工也会出现在眼前。

心灵的孤寂难以忍受,肉体的饥渴更加难以忍受。雷云是个一生离不开女人的人。夜里辗转无眠时,眼前又晃动起那些生命中的女人的身影,杨芮、田丹羽、穆丹、夏芸。每当倩影浮动最后定格在夏芸身上时,他总能听见夏芸仿佛在哭诉着什么,仔细听,又听不清楚。

每当这时,雷云就会良心发现。我这样对待飞鸣员工对待那些债权人对待夏芸,是不是太无情太残忍太自私了?我是不是真的变成了魔鬼和罪人?转念一想,这都是形势所迫环境所逼的啊。他不由得想起了顾城,那么一位内向腼腆清秀的天才诗人,居然会变成杀人的恶魔,居然能够向自己爱过的美丽妻子举起斧头,居然能够有勇气自戕自杀。人是会变的,环境逼迫人,命运捉弄人,大势左右人,我雷云变成今天这样,我这个曾经的优秀党员杰出青年全国政协委员变成今天的逃债人携款潜逃者,变成今天的冷酷残忍者,也是大势使然身不由己啊。苍天毁我,我又奈何?

雷云实在忍受不住煎熬了,就跑到奥克兰去逛妓院。第一次,他享用了一个金发姑娘,第二次他消费了一个黑人姑娘。外国女人自是风韵不同,但这些风尘女人又都大同小异。这些用身体换金钱的女人,这些没有任何情感只充当性工具的女人,这些逢场作戏的性工作们者,让雷云渐渐地感到不舒服了。她们的情感是冷漠的肉体也是冷漠的,她们的笑容是装出来的,她们的性高潮更是装出来的。更让他扫兴的是他还要提心吊胆地提防艾滋病。

大约光顾了四五回这种风月场，雷云再也不想去了。这时他分外怀念那些生命中的女人，那些有血有肉有情有味的女人。从此那些真实存在过的女人又天天入梦了。

就在雷云精神寂寞肉体也寂寞难挨的时候，又一场艳遇又一个女人再一次也是最后一次改变了雷云的命运。

9

雷云搬进诗人木屋不久，临近原来空着的小木屋里也搬来一位新邻居。新邻居也是单身，但是个单身女人，而且是个年轻美艳性感的黄白混血女人。

这个女人叫凯瑟琳(Catherine)。年轻美女就在身边，雷云不禁心中暗喜，但他还不敢对外国女人造次，只能慢慢地等待机会。

然而凯瑟琳有着混血美女特有的热情和开放，她搬进来第一天晚上就敲开雷云的房门来借水洗澡。顾城死去八年了，岛上还是没有自来水，岛上居民的淡水都要各家自己用大罐储存。

美女自动上门，雷云当然喜上眉梢。他立刻打了两大桶淡水亲自给美女送过去。好在顾城当年建的储水罐比别人家的大了一倍还不止，他还有的用。

雷云把两桶水倒进了邻居的储水罐后，就被凯瑟琳请进了客厅。

“Tea or coffee, which do you prefer?”

美女的英语很纯正，声音很甜美。

“Coffee.”

“Where are you from?”

“China.”

凯瑟琳以为雷云懂英语，于是立刻提高了语速，问了他一大堆问题，这下雷云傻眼了，他可怜的听力跟不上了。

凯瑟琳见状赶紧改成同样纯正流利的中文。

“是中国大陆还是香港?”

“是内地，榕城，你怎么会说中文?”

雷云惊奇不已。

"我爸是新西兰人,我妈是中国人,而且是厦门人。我们是半个老乡啊。"

"你现在是新西兰人吗?"

"是啊,我家就在奥克兰。我嫌奥克兰太乱,所以每年都要到激流岛来住三个月。"

"你在奥克兰做什么工作,怎么有这么多假期?"

"我是酒吧钢琴师,每年我只工作半年,三个月在激流岛,三个月在巴黎。"

"你的生活又烂漫又潇洒。"

"你是做什么工作的?"

"我以前做 IT 企业,现在退下来了,太累了,不想干了。"

"原来是老板啊,听人说你住的木屋已经被你买下来了,你打算在岛上定居吗?"

"有可能。岛上风景气候都好,就是冷清了点。"

"我到岛上就是来图清静的。"

两个人第一天就算认识了。第一天,雷云没敢在美女房子多呆,跟她聊了二十分钟就告辞了。

以后的几天里,雷云天天都在想着这个美女,他不知道自己一生的桃花运是否已经终结。他时时都想走进旁边那个充满女人香气的木屋,可他找不到理由。

好在这个快乐开朗的凯瑟琳几乎天天都来借东西。今天借剪草机,明天借劈材,后天又来借擀面杖。其实雷云很少做饭,木屋里的一切家具和炊具都是当时顾城和谢烨留下的。

凯瑟琳的擀面杖没有白借,当晚就给雷云端来一大碗热腾腾的饺子。

"尝尝我包的饺子,韭菜馅的。老来打扰不好意思,租人家的房,就是缺东少西的。"

雷云看着冒热气的饺子,感受到家和女人的温馨。他尝了几个后说:

"很好吃,没想到你这个新西兰人还会包饺子。"

"别忘了,我还是半个中国人。"

雷云吃完饺子后,凯瑟琳又请他过去听琴。美女的钢琴弹得出神入化,整个晚上,她弹的都是肖邦。雷云的艺术细胞不算多,但他一直喜欢听钢琴演奏。

那天，雷云一直呆到月上中天时候，才恋恋不舍地离开了美女的木屋。他不想走，他真想留下，但美女无意，他只能离开。

雷云与凯瑟琳相识几天后，又和她在海滩上相遇了。当时凯瑟琳身穿三点式泳装，正要下海，看见邻居来了，向他嫣然一笑，然后一头扑进大海。雷云也是来游泳的，看见凯瑟琳的泳装身体，不禁心惊肉跳，站在沙滩上不动了。

这是他生平第一次见到一个半裸体的混血美人。凯瑟琳的美艳健美和诱惑力大过了雷云生命中的所有女人，这就是混血的优势。

过了一会儿，凯瑟琳在海里向他招手，他赶忙扑向大海。他俩在海中尽情畅游，有时也一起打闹，就像一对情侣。

雷云一直不离凯瑟琳的身边，他不停地变换姿势，就是为了欣赏她的身体，他一次又一次地潜水，就是为了看她的大腿和臀部。

这一幕水中戏美女让雷云自然而然地想起了游泳池中的田丹羽，想起他与田丹羽的日日夜夜。她现在还在温哥华吗？她还记得我吗？

这一次，雷云在水里不敢太放肆，因为眼前的美女不是田丹羽而是凯瑟琳，他对这个从天而降的神秘外国女人还不了解。

雷云几次想在水中拥抱凯瑟琳，但他不敢，只敢向她撩水花。

当天晚上，雷云给邻居送去了自己做的混沌，算是投桃报李。

凯瑟琳吃完馄饨之后，第一次拥抱了他，并给了他一个久盼的亲吻。那天晚上，凯瑟琳把雷云留下了，他俩在小木屋的大木床上上下翻飞前后进攻了一整夜。那一夜，雷云完全被凯瑟琳征服了，他发现这个混血美女的床上功夫远在他所接触的中国女人之上，她的纯熟激烈疯狂，她的永远无法满足的欲望，她的令人销魂的阴道收缩功，她的狂野无边的叫床声，都让雷云魂飞魄散彻底消融，消融在凯瑟琳雪白柔软的肌肤上。

从此，雷云和凯瑟琳如漆似胶如影随形，雷云一天也离不开这个凯瑟琳了，他几乎天天都往邻居木屋跑，一天不去，邻居就会主动上门来。每夜都是大战两三个回合。渐渐地，雷云感觉吃不消了。白天他感到疲惫和嗜睡，感到体力不济精力也不济。他拼命地吃补药，可无济于事。他想起了那个因纵欲过度而亡的西门庆。他可不想做风流花下鬼。于是他把性事减少到两天一次，凯瑟琳虽然老大不情愿，但还是接受了。

为了补养,雷云开始杀鸡,一天杀三只。他给凯瑟琳讲木屋前主人一天杀200只鸡的故事,凯瑟琳听完摇摇了头。

“他是个野蛮人吧?”

“不,他是个诗人。”

凯瑟琳不知道顾城。

凯瑟琳与雷云热恋一周后,凯瑟琳到奥克兰办事去了。凯瑟琳一走就是三天。这三天里,雷云像丢了魂一样,六神无主,没着没落。第三天,雷云再也忍受不住了,他就跑到海边大声呼喊:凯瑟琳!凯瑟琳!凯瑟琳!他甚至想跑到奥克兰去找她,他怕她像从前的田丹羽和穆丹一样再次神秘消失。

雷云知道自己后半生已经离不开凯瑟琳了。

第四天,凯瑟琳终于回来了。雷云见到她之后急忙扑上去紧紧地抱住她。

“凯瑟琳,和我结婚吧,我不能没有你。”

凯瑟琳嫣然一笑,给了他一个热烈的吻。

“你向我求婚怎么没有戒指?没有最大的钻戒,我是不会嫁给你的。”

“我一定给你买一个奥克兰最大钻戒。”

“不,是新西兰最大的钻戒。”

“对,是新西兰,是整个澳洲最大的。”

“你有这样的实力吗?”

“我有,我原来可是八闽最大的老板。我现在卡上还有一个亿,还不够你花吗?你嫁给我不会受穷的,我会带给你世界上最大的幸福。”

“好吧,我等着你的钻戒。”

第二天,疯狂的雷云果然飞到惠灵顿,花了10万美元,买了一颗全城最大的钻戒,然后一片虔诚地跪下把它戴在了凯瑟琳的手上。凯瑟琳象孩子一样高兴地崩了起来,扑过来给了雷云一个最热烈最长的吻。

雷云趁热打铁把婚礼定在了一周之后,他如此着急是怕凯瑟琳跑了。

雷云知道凯瑟琳的父母双亡,他的父母又远在天边,所以结婚就是他俩自己的事。他和凯瑟琳商议的结果是举行一个非中非西别开生面的婚礼,不上教堂也不拜天地,不请亲朋也不喝喜酒。结婚仪式从头到尾就他们两人,雷云要穿着结婚礼服,拉着穿着婚纱的凯瑟琳,跑到大海边,让大海为他们证婚,让蓝天为他们祝福。

凯瑟琳居然痛痛快快地接受了这个浪漫的婚礼设计，然后两人就一起忙碌起来。

婚礼举行那天，陶醉在幸福之中的雷云穿着崭新的结婚礼服，手捧鲜花，来到邻居木屋，去接他的世界上最美的新娘。

雷云推开木门，看见穿着白色婚纱美若天仙的凯瑟琳站在屋中，向他投来神秘莫测的微笑。雷云快步走过去，刚要献花，从卧室里冲出四条彪形大汉，而且就是毒打夏芸的那四条汉子，团团把雷云围在当中。

雷云见状目瞪口呆。

只见最高个的大汉顶到雷云面前，说：

“雷总，别来无恙。我们是榕城地下钱庄雇佣的专业讨债公司的工作人员，这位凯瑟琳小姐也是本公司雇员，我们千里迢迢跑到新西兰来请你还钱，这是当时的借据，请雷总过目。”

雷云听完就眼前一黑瘫倒在地。高个大汉上前一把揪住雷云的衣领，把他提拎起来，然后把一把三棱刮刀顶在了他的肚子上。

“从现在起凯瑟琳小姐完成了任务把你交给了我们四个，我们要押解你回香港。机票我们已经为你准备好了，今天下午6点出发。一路上请雷总配合我们。如若不然，这把刀子将要亲吻你的肠子。在飞机上，我们不能带刀子，但是我们用这个。”

说完大汉伸出一只带毛的大手，一把攥住雷云的四根手指，然后用力一握，只听嘎嘎几声，雷云的手指骨快要断了。

“在飞机上如果你不老实，我就拧断你的脖子。”

说完四条大汉簇拥着盛装的新郎官雷云向码头走去。这时新郎雷云的礼服前胸还别着鲜花，而穿着婚纱的新娘凯瑟琳早已不知去向。

10

直到雷云被押上飞机时，他才完全想清楚是怎么回事。

原来黑社会的讨债公司侦察到雷云的下落后，精心设计这一场跨国劫持行动。他们之所以没有求助警方和动用国际刑警，是因为黑社会是不跟警方打交道的，而且国际刑警也看不上这区区4000万的小案子。

从新西兰押回一个欠债人，对于他们来说是小菜一碟，之所以还要雇佣混血美女，还要导演一场海外艳遇戏，就是因为雷云不是普通的欠债人，而是八闽的名人，或者说曾经是八闽的名人。

讨债公司不是吃干饭的，他们知道对付名人就要小心谨慎注意社会影响。

雷云悔恨莫及的是自己的警惕性太差，太冲动太弱智。雷云自信时睥睨天下认为自己比别人都聪明，巧妙敛财一个亿和悄然改组董事会时，他就是这种感觉。然而这回他这个天下最聪明的人居然干了一件大傻事。

欠了地下钱庄4000万，怎么想不到这个世界没人为他还上这笔钱，即便夏芸有心也无力？而地下钱庄收不回债会善罢甘休吗？能不满世界找他吗？当年在山海，他和田丹羽曾经使用美人计盗取了陈帆飞腾公司的专利技术，如今自己怎么会落入讨债公司的圈套被一个混血女人轻松俘虏？凯瑟琳算得上混血极品天下绝色，这样一个年轻美貌的女人与你有一夜情可以理解，怎么会轻易答应嫁给你？你不但百倍高估了自己的魅力和桃花运，而且是脑子进水发胀发蒙，完全失去了一个正常人的理智和判断力。

雷云想到这里，不禁悔恨交集，用手猛击自己的头部。这时坐在他旁边大汉不干了，一把抓住他的手腕，几几乎扭断了他的腕子。雷云疼痛难忍但又不敢叫唤也不能解释。

飞机到了香港之后，雷云被押送到一座半山上的独立别墅里。他和四条汉子住在了一起。时差倒过来之后，还是那个高个汉子坐在他的对面，客气地对他说：

“雷先生，什么时候还钱啊？我们跟你没冤没仇，只有债务关系，一旦你把钱还了，我们就还你自由。那时你可以回家，也可以重回激流岛，那的洋妞多得是。”

“我现在没有钱。”

雷云一口咬定。

“不对吧，凯瑟琳小姐说你有一个亿啊。”

雷云再次追悔莫及，居然让这个混血女人摸清了自己的财务底细。在这之前,他以为他兜里的这一个亿天下没人知道,其实他这也是自作聪明,因为飞鸣的股东和员工都知道他卷走了一个亿,只因他失踪了,所以没人找他来算账。

“那一个亿是我的私有财产,与飞鸣公司无关,而借钱庄的钱的是公司行为,借据上的我的图章也是公司法人代表的章。”

“雷先生这样狡辩就没意思了,我们早已了解清楚,你是飞鸣的大股东法人和实际控制人,钱庄的那4000万也是你借的,夏芸只不过是你的工具而已。”

“那4000万高利贷都用来偿还飞鸣公司的债务了,借钱和用钱都是公司行为,因而我绝对不能用自己的钱来还公司的钱。我雷云做企业二十多年,从来都是公私分明。”

“你她妈的还狡辩,钱是你借的,公司也是你的,冤有头债有主,你就是钱庄这笔债的债务人。你不还钱可以,我们会好好伺候你的。”

大汉说完就离开了。

从此夏芸所过的暗无天日的非人生活就轮到雷云头上了。黑社会的四条大汉不用对付女人的办法对付男人,因为欠债的99%都是男人,他们对付男人更有办法。

他们首先把雷云控制软禁在这座小别墅里,雷云在屋子里有行动自由,但不能离开别墅一步。

从此这四条汉子一天24小时轮流与雷云相伴。他们不让雷云睡觉,每天夜里,他们都用强光灯照着他,陪他聊天,雷云眼皮打架实在支撑不住时,可以得到一盆劈头盖脸的冷水;冷水失去效用时,那就是头悬梁锥刺骨了。

讨债公司的专业人员就用这一招折磨了雷云三天三夜后,雷云屈服了。他答应先还给地线钱庄2000万。

“为什么不一次了结了?把钱全还了你就自由了。”

“我的这笔钱还有其他用途,我只能先还一半。剩下那一半三个月后还清。”

“要是这样,我们只能让你回榕城,但你不能出境,更不能重返激流岛。我们可再也雇不起混血美女了,你知道她一个月的报酬是多少吗?10万美金,少了人家不干。当然人家干的这活高级,不是我们四个人的简单劳动,人家得牺牲美色肉体。雷先生激流岛这一圈值了,洋荤也开了,混血美女也受用了。”

“我什么时候可以会榕城?”

“你把钱打到钱庄的账上就可以回家了。不过你还钱时还得和公司签订一个三个月还上剩余债务的合同。雷先生,我还得提醒你,你这2000万可不是一半。你借的是高利贷,到现在连本带利已经是6000万了,你还的可是三分之一。”

“怎么这么多?”

“就是这么多。雷先生是大企业家,肯定会算账,应付利息都写在借据上了,借据我们可是给你看过了。说白了,你还的只是利息,本金你还一分钱没还呢。”

这时雷云才想起借钱合同上的利息,他简单心算了一下,6000万都打不住,算完之后的雷云冷彻肌骨。

他现在才知道高利贷的厉害,才知道高利贷为什么能让那么多广东江浙老板跑路。他又后悔当初怎么会一时糊涂去光顾民间借贷,然而悔之晚矣。

两天之后,雷云忍痛还了地下钱庄2000万后回到了榕城。

11

雷云秘密回到榕城之后,第一个去找的就是夏芸。因为夏芸是这个世界上唯一留在他心中的女人。经历这么多奇遇艳遇和风流韵事之后,领教了这么多红颜美女之后,雷云得到了一个真理:美女是靠不住的,猎取美色是要付出代价的,有时甚至是惨痛的代价,只有夏芸这样姿色平平忠心耿耿的女人才是他的终生伴侣。

雷云找了一天夏芸很快就知道了夏芸已经在两个月前为他投海自杀了。

夏芸自杀的消息让雷云失声痛哭,他的心脏再次剧烈疼痛起来,良心的谴责像针扎一样,他第一次有了罪过感,有了真心实意的忏悔。

夏芸是为我而死的啊。如果她不和我走到一起,她至今还会活得好好的,她只有31岁啊。难道我真是企业的灾星女人的克星吗?难道我真是个自私狠毒没有良心没有责任感的人吗?

雷云已经不敢想下去了。

找不到夏芸雷云就回家了。

他推开家门看见白发父母时，父亲老泪纵横泣不成声，母亲则是浑身颤抖抱着他痛哭。

“小云啊，你再不回来，我们就活不下去了。”

“爸，妈，到底发生了什么？”

“发生了什么？你跑了之后，那个供应商老板和那个蒋老板就三天两头闯进家里来，向你爸和我讨债。他们说，现在飞鸣的前任董事长法人代表和实际控制人失踪了，新法人代表也自杀了，他们只能来找我们，因为我们是法律上的董事长和监事会主席。小云啊，你这是作孽啊，你怎么能这么干呢？怎么把你的快80的父母扯进去呢？”

“妈，都是我不好。我当时急于脱身躲债，就把董事长和监事会主席换了。我当时没法换别人，换别人就露馅了，只能换成你们。”

“那两拨讨债的，那个什么供应商老板，还算客气，每周来一回，来了几回见要不出钱来就不来了，我们哪有那么多钱啊。那个蒋老板可是穷凶极恶，他本人来了三次，没要到钱，就派他老婆打上门来。他老婆就是个泼妇，来了就哭天抢地撒泼撒野，她推你爸，还揪我的头发。我们实在受不了了，就报警，结果警察来了，她就抱住警察的大腿哭喊，说他丈夫的企业快破产了，说我们再不还钱，她就要跳楼了。警察拿她也没办法，来了两回再叫就不来了。你再不回来我和你爸非让这个讨债鬼逼疯了不可。”

母亲边说边流泪，抹干了泪水的老父亲接着说：

“雷云，我们养育了你，并不指望你光宗耀祖，也不指望你出人头地。我们也没指望你当老板发大财，指望住你买的别墅。爸爸曾经对你期望很高，期望你能够成才，能够成就一番事业，做一个对国家有用的人，没想到你那么早就成名了。说老实话，我们也沾过你的光，你当全国政协委员那会儿，我走到哪都挺荣耀，我的老同事都羡慕我有个出息儿子。你爸爸一辈子无所作为，看到你功成名就从内心里为你骄傲。可是谁想到，你这个企业家老板越做越不行，最后不但把企业做垮了，还把自己弄得一身债，弄得亡命天涯。你不能孝敬父母也罢，但你不能连累父母啊，你不能把我俩推进火坑里呀。我和你妈都要求不高，只想安度晚年，可你竟然送给你亲生父母一个凄惨的晚年，一个度日如年无法忍受的晚年,有你这样做儿子的吗?”

父亲的声音颤抖了,而且一只手也颤抖个不停。

雷云悲痛万分泪如雨下,扑通一声跪倒在地。

“爸,妈,请你们饶恕我这个不肖子孙吧,我一定尽快把债还了,还你们一个安逸的晚年。”

雷云说完起身就走,不顾母亲在身后连声呼叫。

12

雷云回到榕城的消息很快泄露了。最先找上门来的是银行的信贷经理。

“雷总,你终于出现了,那1亿2千万银行贷款该还了吧?”

“我现在一时拿不出这么多钱来。”

“我们已经了解到你有钱,而且刚刚还了地下钱庄2000万。雷总,你不能只还民间借贷,不还国家银行的贷款吧,恶意拖欠银行贷款是犯罪的。”

“我就是没钱。”

“雷总,我不得不正告你,你玩的公司改组的把戏是没用的,你作为飞鸣的实际控制人,这笔银行债务你是躲不掉的。你如果执意不还钱,我们只能起诉你,那样你将面临牢狱之灾。何去何从,你自己抉择吧。”

信贷经理的最后一句话击中了雷云的要害,他最怕上法庭更怕进监狱。

迫不得已,雷云又还了6000万银行贷款,还是还一半。

雷云刚把银行的人打发走。供应商老板和蒋老板又一起找上门来了。雷云知道再不还钱,自己的父母还会受煎熬。可他手上剩下的一千多万就是再还他们每人一半也不够。

走投无路的雷云只好卖掉自己的独栋别墅。别墅卖了1300万,雷云用这笔钱再加上手头的钱,还了供应商750万,还了蒋老板2000万,仍然执行的是欠债还一半的原则。

还钱时,雷云分别同他们签订了合同。合同上写明这次还钱之后债务从此了结,剩余债务不再追讨。

供应商老板签合同时很痛快,他似乎已经看到了雷云的油水被榨干了,而且签了合同后自己的损失不过是750万。

但蒋老板可没有那么容易对付。

“雷总,这样不行啊,我不能眼睁睁看着2000万被你抹掉啊。”

“我只能还你这么多了,你已经看见我已经吐血了,连我唯一的住房都卖了,还债之后榕城之大都没有我容身之地了。”

“可是兄弟也有难处啊,我的企业不比从前了,已经连续亏损三个月了,你再不还钱,我的资金链就要断了。兄弟不是无情之人,如果我的企业还像一年前那样,你这4000万欠债我都可以不要了,咱们兄弟一场,何必为了这点钱死死相逼呢?可是现在不成啊,我得保我的企业啊,不然我就要破产跳楼了。”

“蒋老板,那你看着办吧,我就能拿出这2000万,还了你们俩之后,我就分文没有了。你如果不要,我可不敢担保你以后还能从我这拿到钱。你要是要,就跟我签合同,从此咱俩扯清了,你不能再来找我要钱了。”

蒋老板无比痛苦地深思好一会儿,最后还是签了合同拿走了钱。

从此曾经的亿万富翁雷云真的没钱了。

雷云以为他和他的父母可以从此安宁了,没想到,安宁的日子屈指可数。三个月一到,地下钱庄委托的讨债公司又来了,雷云其实只有三个月的自由。

讨债公司来的还是那四条汉子,还是来讨债,来要那剩下的4000万。当然他们没要着钱,因为这次雷云是真没钱了。

讨债公司走后第二天,蒋老板又来了。

“雷老板,我还得找你要钱啊。你那2000万让我堵窟窿了,现在我的公司又没钱了,我还得要我那2000万。”

雷云一听就火了。

“蒋老板,咱们是签了合同的,你怎么能出尔反尔不遵守合同?”

“没办法,你不仁我也不义。当初你找我拆借时,咱们也是有合同的,合同上写清了按市场利息一年还款。结果呢,是你先撕毁了合同,我他妈的死缠烂打求爷爷告奶奶,两年多了也没能要回我的全部借款,你还能让我讲仁义守合同吗?门儿也没有。”

雷云不说话了,只能仰天长叹。

当然这次蒋老板也没能拿到钱,因为雷云没有钱。

讨债公司的四个大汉第二次上门时,没有要钱但是来了就不走了,他们又在雷云的不上星级的酒店里住下来了。

雷云再一次被黑社会的讨债公司控制了。

13

讨债公司重新控制软禁了雷云后,继续要钱。雷云告诉他们他已经身无分文了,连唯一的住宅都卖了,他把卖房的收据和身上所有的银行卡,一股抖搂在桌子上,但四条汉子就是不信,而且连看也不看。即便他们信了,他们也得这么干,因为他们的责任就是连本带利讨回高利贷。

不控制雷云怎么完成任务?人在钱在,人要是跑了他们找谁讨债去?而且他们相信,即便雷云现在真没钱了,他也能变出钱来。瘦死的骆驼比马大,这么大的老板,到哪还弄不出这几千万来?谁知这家伙的海外资产有多少?谁知这家伙藏匿了多少财富?

这回四条汉子对付雷云的方法与在香港不同了。因为是在内地,他们不再限制雷云的自由。雷云可以随时进出他下榻的宾馆,但无论他走到哪里,身后都有一条汉子跟着。而且四条汉子的跟踪技术远在专业特工之上,他们是 24 小时紧随雷云其后,就连雷云进餐馆上厕所也形影不离,他们就像一块狗皮膏药死死地贴在雷云身上。在不知情的人看来,他们不像盯梢的特工更像雷云的贴身保镖。四条汉子个个膀大腰圆一副标准保镖形象,雷云虽是落难之人仍不失老板派头。他毕竟当老板太多年了,老板风度想丢都丢不掉了。

四条汉子白天轮流全程陪伴雷云,夜里还有轮流跟他同床共枕。不但和他睡在一起,而且还要跟他玩"同性恋"。他们每晚要给雷云来一次同性按摩,他们的按摩很特别,不按摩全身也不按摩穴位,只按摩腰背。手法也很特别,是裹着厚毛巾掌击雷云的腰背。他们显然都练过功夫,虽不是铁砂掌,也够雷云喝一壶的。每次"按摩"完毕,雷云的腰背和内脏全是伤,疼痛难忍根本无法入睡。

最惨无人道和令人发指的是,四条汉子每天夜里都要轮奸雷云,当然是鸡奸,这让他痛不欲生忍无可忍,雷云遭受的虐待和折磨已经远甚于监狱犯人了。

生不如死,这就是雷云的真实写照,也是四条汉子要达到的目的。

雷云被四条汉子控制半个月后，是在忍受不了，他想到了死，想到了自我了断。

当天晚上，雷云在浴室洗澡。他把浴缸放满水，然后躺进水中，拿起从电动刮胡刀上拆下来的刀片，从容镇定地割开手腕上的动脉，看着鲜血慢慢流出，渐渐染红浴缸里的温水。

血染浴缸的情景很浪漫很雅致。他想起了死在浴缸的法国大革命风云人物马拉，那么多名人和美女都死在浴缸里，我这个小名人还有什么遗憾？

血在慢慢流淌，水在渐渐变凉，他一点也感觉不到疼痛，只有一种解脱和释然的感觉。

即将结束的一生像电影一样浮现在眼前。

西湖边上的童年，厦大美丽校园里的青春，学生会主席的就任演讲，校花杨芮，下海创业，走私逃跑，新闻发布会，三顾茅庐，兼并云天，山海上市庆功宴，山海十年北京大庆，全国政协委员，杰出青年，优秀企业家，鲜花掌声话筒闪光灯，董事会大骂乔老爷，换帅风波，雷林交恶，争夺海融，落井下石，看守所外对话，麦肯锡拯救，引狼入室，弹劾，弹劾，还是弹劾，凄凉出局，海边奇遇，飞鸣崛起，公司衰败，四处借钱，跑路，激流岛……

陈帆，吴东江和彭一鸣，林磊，丛敏之，田丹羽，穆丹，夏芸……

那是五味杂陈苦乐相间的回忆，那是充满欢笑、自豪、痛苦、眼泪、困惑、迷茫、难堪、沮丧、希望、绝望、内疚、罪恶的回忆，这部雷式电影的尾声定格在白发苍苍满脸泪水的父母脸上。

看见老爸老妈的脸，雷云心碎了。我一了百了地走了，解脱了超然了，把所有的失败屈辱债务恩怨都永远抛弃了，可是老爸老妈怎么办？我驾鹤西去了，父母也随我而去吗？他们不去，蒋老板和讨债公司会放过他们吗？历来是父债子还，难道还要子债父还吗？那样我雷云不是禽兽不如吗？

想到这里，雷云突然坐起来，用毛巾紧紧扎住手腕。当守候在浴室外的一条大汉冲进来时，浴缸里的血水已经很浓了，浴缸里的雷云也已经很虚弱了，他离鬼门关只有一步之遥了。

雷云自杀未遂之后，四条汉子收敛了。夜里的“按摩”和鸡奸都取消了，但控制还在继续。

几天之后,雷云的体力恢复了。这天他提出要到银行取钱,因为宾馆要交费。这时的雷云并非真身无分文,但卡上的钱只有不到一万块了。对于一个曾经拥有亿万资产的老板,一万块还叫钱吗?

雷云从银行柜台上取完钱后,对身边的陪同大汉说要上卫生间,大汉同意了。雷云走进卫生间后就再也没有出来。守候在门外的大汉等烦了,冲进去一看,空无一人,卫生间朝外的小窗户敞开着。

雷云再次失踪了,这一次似乎是真的从人间蒸发了,无论蒋老板还是讨债公司,无论是飞鸣股东还是他的家人,谁都找不到雷云的下落。

雷云再次跑路的消息再次引发商界和媒体的关注。

八闽的众多媒体居然在探讨雷云跑路原因的同时还开展了有关雷云是龙还是虫的大讨论,为时半个月的讨论结果是:雷云不是龙而是虫,而且是一条不折不扣的懒虫、笨虫、蛀虫、坏虫、害虫。

成王败寇,这是当年雷云在监狱大墙外对林磊说的话。

三十九、超越

CHAPTER 39

1

陈帆的新腾集团上市之后一直发展稳健。所谓“稳”就是新腾的发展是持续稳定健康的，没有经历山海集团那样的折腾和反复；所谓“健”就是新腾仍然在健步向前，虽不是健步如飞，但步子也不小，公司在经历了三年爆发式增长后每年的增速还都能保持在20%左右。

山海集团衰败之后，新腾集团取代山海成为八闽科技企业的霸主，也进了入国内IT企业的前20名。

就在新腾集团稳健发展时，陈帆却看到新腾发展的瓶颈和危机。

在陈帆眼里，新腾的危机月积年累已经很严重了，其表现就是新腾的老产品终端机和POS机的市场日益萎缩，尤其是终端机，已经到了气息奄奄日薄西山的地步，并退出了主打产品的位置。依靠新腾研发中心的强大，新腾这些年研发推出的新产品源源不断，投产上市的已经有十几个 ，但没有一个成为主打产品；新腾的软件产业已经徘徊多年，其规模始终不能超越彭一鸣的风标；10年前启动的新项目手机，也是陈帆、徐诺和项斌寄以厚望的项目，然而10年来新腾手机始终在低端市场徘徊，虽然已经成长为国内低端手机市场的前几名，但利润微薄难成气候。

陈帆很早就把目光瞄向了海外市场。进军海外市场，参与国际竞争，与国际行业巨头一争高低，这是陈帆创业之初就有的梦想。

从2005年开始，新腾的海外并购进入到实质性阶段。然而，海外收购的路并不好走，陈帆费时三年，几经周折，才收购了一家瑞典的小型IT企业，其收购金额不过区区500万欧元。

2008年金融危机爆发，陷入困境之中的欧美企业纷纷低价出售，中国企业走向海外并购外企的大好时机来到了。中国企业海外扩张的先行者联想和TCL都先后完成了震惊世界的蛇吞象，联想收购了IBM的PC，TCL收购了欧洲的汤姆逊。正是这两个惊天大并购，让联想和TCL一举成为国际企业的巨头。虽然这两条中国“蛇”消化两头国际“象”,都用了几年时间,而且都经历了挫折和亏损,都差一点被噎死,但一旦消化成功,TCL成为了世界家电生产商的翘楚,联想更是成为了世界PC生产商的老大。

金融危机带来的千载难逢的海外大收购机遇,陈帆几乎在第一时间就捕捉到了。他立刻亲自带队前往美国,经过为时一年的艰苦谈判,新腾终于斥资800万美元收购了一家美国的IT企业,这家企业的专利技术和市场份额都是新腾拓展国际市场急需的。收购合同签订之后,陈帆以为大功告成,他在曼哈顿酒店摆了一桌庆功宴,宴会上他把中国驻美商务参赞都请去了。没想到风云突变,这笔收购交易居然被美国的外国投资委员会给否决了。否决的公开的堂而皇之的理由是这家美国IT企业的专利技术事关国家的信息安全,没有公开的说不出口的理由是,美国当局对来势汹汹的中国企业产生了恐惧症,他们担心“MADE IN CHINA”变成“DESIGN IN CHINA”或“FROM CHINA”。

美国并购失利让陈帆郁闷了好久,他缓过劲来后又立刻带队再次来到欧洲,这次他把目光瞄准了英国最大的IT企业多尔丰。谈判的结果是多尔丰坚持要价8亿美元,而陈帆的心理价位是6亿美元。谈判最终破裂了。收购多尔丰失败还有一个重要原因是陈帆虽然也想仿效联想和TCL玩一次蛇吞象,但无奈囊中羞涩筹资无方,即便是6亿美元他也很难掏出,更别提8亿美元了。新腾在八闽是一霸,在中国就数不上了,它的规模和实力比起联想和TCL来相差太远了。陈帆此时再次感受到企业体量的重要,感受到闽商的局限和悲哀。

国内市场日益萎缩,进军海外又频频受挫,面对新腾日益严重的危机和发展瓶颈,集团总裁陈帆不思茶饭夜不能寐。他已经意识到自己又来到了一个人生关口,如何超越自己,如何实现新腾的超越,这就是他日思夜想的事。

山海四个老板的聚餐和林磊的异军突起后来居上,给了陈帆很大刺激,然而最大的刺激还是来自乔布斯和苹果iPhone的发布,对市场依然极度敏感的陈帆已经意识到移动互联网的时代已经来临了。

2

陈帆再也坐不住了,立刻找来项斌。这次长长的陈项对话彻底改变了新腾的战略方向。

“哥们儿，我给你的那本《乔布斯传》看了吗？”

“看了两遍。”

“我看了三遍。”

陈帆说完从兜里掏出一款 iPhone 放在茶几上，项斌随即从兜里掏出三款智能手机——iPhone、三星和 HTC，也放在茶几上。

“项斌，这可是改变世界的玩意儿，一出世就风靡世界。就凭着这个玩意儿，苹果公司已经窜升到世界 500 强的第一位了。这个创新这个‘金苹果’只能诞生在美国，日本人和中国人都玩不出来，由此可见，美国人的创新精神仍然是世界第一。”

“你说的是事实，但中国只用了三十年时间就登上中国制造这个台阶，我相信再用不了二十年，就会登上中国创造这个台阶，我对中国人正在释放出来的创新精神抱有希望。”

“iPhone 的问世标志着世界从此进入了移动互联网时代，它的市场规模至少十倍于互联网产业。”

“十倍可打不住。”

“在互联网时代，我们制定了从低端进入手机行业的战略，现在回想这个战略并没有错。但在移动互联网时代，在智能手机时代，我们这个低端战略就值得反思了。”

“未来的手机市场肯定是智能手机的天下，搭不上智能手机这趟车的企业，甭管是什么领头羊巨无霸，都将被淘汰。时势比人强，科技大势会冲刷一切裹挟一切，现在无论是诺基亚还是摩托罗拉都步入了难以逆转的大衰退，摩托罗拉可是手机的祖师爷，诺基亚可是曾经的手机霸主。”

“你说得对，你看，这个移动互联网的大潮我们能赶上吗？”

“那要看我们如何行动如何应对，移动互联网的大势已经形成，乘势而为顺势而上的企业就是未来的成功者和新霸主。”

“我想来个新腾二次创业，抛弃低端手机，直接杀入智能手机，你看这个想法是不是有点狂。”

“是够狂的，你都 49 岁了，还创业还革命？”

“乔布斯比我大,不是也二次创业成功了吗?他是苹果的创始人,后来竟然被一个百事可乐的销售总监给排挤出去了,iPhone 就是他重回苹果二次创业的结果,这个世界到底还是让这个狂人改变了。相比乔布斯,我还没有被你们从新腾赶出去,还坐在新腾总裁的座位上,手里还有钱有人有公司,为什么不能二次创业?”

“当代创业主要不是靠钱和队伍,而是靠创意,当代企业家的概念就是拥有天才创意的人。别忘了,乔布斯是百年不遇的 IT 天才,你我都不是。”

“成功的并不都是天才,韩国的三星手机如今咄咄逼人,它里面也没有乔布斯这样的天才。台湾的 HTC 敢叫板苹果,它的掌门人王雪红也不是 IT 天才,他爸王永庆可是台塑大王,塑料和 IT 可远了去了。你我虽然算不上 IT 天才,也绝非等闲之辈,我辈岂是蓬蒿人?所以我认为我们现在做高端智能手机,还是有机会的。”

“机会在哪里?”

“第一,现在手机世界的格局因为苹果的搅局而彻底改变了。过去的手机江湖是诺基亚的一统江湖,那时它是高端中端通吃,那个时候我们如果进入高端手机领域,胜算不大。现在 iPhone 出来了,手机江湖变成了三足鼎立,也就是从东汉变成了三国时代,天下大乱,群雄逐鹿,三国鼎立。苹果是一国,相当于曹操的魏国,三星、摩托罗拉和 HTC 为代表的 Andriod 系手机是一国,相当于孙权的吴国,诺基亚和微软结盟后是一国,相当于刘备的蜀国。现在这三国捉对厮杀打得昏天黑地,实力占优的苹果先是和 HTC 大打专利官司,现在又控告三星侵犯它的专利技术,他们这一打,我们浑水摸鱼的机会就来了。”

“你想浑水摸鱼乱中取胜做一个手机行业的黑马吗?”

“先做黑马做一个搅局者,日后就要做司马懿了。”

“你他妈的比乔布斯还狂,第二呢?”

“第二是苹果的 iPhone 虽然牛,而且有点一骑绝尘的架势,但也不是无懈可击。首先它的性价比有问题,价格太贵,一款 iPhone 就敢卖 4000 块,这不是他妈的宰人吗?”

“苹果的 iPhone 不单性价比不高,而且技术上也并非完美无缺。我带来的这三款手机都被我拆过了,拆完之后我发现了 iPhone 的三大技术缺陷:待机时间太短,没有转发短信功能,信号不稳定。”

“你他妈的敢在乔布斯头上动土,还不狂?看来咱哥俩这回又是英雄所见略同,同时盯上了智能手机。”

“那当然。你打智能手机算盘时,我已经拆了不下30款智能手机。苹果、三星、HTC,出一款拆一款,边拆边挑毛病,我这叫未雨绸缪。快说你的第三。”

“第三,我们奔腾也有自己的优势,大可不必妄自菲薄。首先我们背靠中国这个最大的市场,其次我们已经有了20年的积累。我们有全国一流的研发中心,公司里硬件软件都有,而且我们还有10年做低端手机的经验,知道怎么控制成本,能够做出性价比最高的智能手机,也就是配置最高性能最全质量最好价格最低的智能手机。”

“这个第三最重要。王雪红敢于扬言,HTC不怕苹果,底气来自她有大陆市场。对于台商来说,大陆市场不过就是近水楼台,可我们就在大陆市场啊。而且智能手机也没有那么神秘,iPhone说白了就是大屏幕、大内存、能上网。智能手机之所以让乔布斯抢占了先机也有一定的偶然性。前不久我结识了一位同行老大哥,他叫吕锋,比咱们大几岁,是斯坦福的博士。这位老大哥在摩托罗拉供职十年做到副总设计师。他对我说,摩托罗拉的衰落就是董事会那帮家伙短视和昏庸的结果。早在几年前,他就向董事会提出了做大屏幕大内存的上网手机的方案,被董事会给否了,如果当时的董事会不那么愚昧,哪有后来乔布斯的苹果什么事,智能手机铁定是摩托罗拉的一统天下啊。”

“无独有偶啊,几年前,手机行业绝对霸主诺基亚的高管层也有人提出要做智能手机,但被董事会否决了,结果错失良机。等到苹果的iPhone抢先占领了市场,诺基亚回过味来再想追就没那么容易了,一着失误,就把手机江湖老大的江山丢掉了。”

“所以再牛再辉煌的企业,要想做到基业长青永葆创新活力,都不是容易事。摩托罗拉现任董事会那帮人已经不是当年发明手机的那帮人了。同样,把诺基业一个北欧做纸浆的企业变成手机霸主的那帮人,也没能永葆创新精神。”

“所以我们新腾要创新要革命要二次创业,做智能手机就是我们二次创业的内容。不这样,我俩的创新精神冒险精神也会渐渐丧失,人都是有惰性的,谁都知道躺着比站着走着跑着舒服。”

3

“如今手机这三方的竞争趋于白热化,市场也被这三方瓜分殆尽,我们这么晚进去从何处进入?我们究竟打算在这个智能手机的江湖上扮演什么角色?”

“这正是我要找你商议的,看来你已经同意新腾上智能手机啦?”

“不钟情这玩意儿,我吃饱了撑的拆那么多智能手机干嘛?”

“我俩首先在大战略的转移上达成共识,具体的介入方式和战术就好商量了。我思考的结果是就从性价比这杀入,做性价比最高的智能手机,还是打低价这张牌,这样我们现有优势可以得到最大发挥。”

“这个切入点我同意,这恐怕也是我们唯一能找到的切入点,但如何能做出性价比最高的智能手机?又要配置高功能全质量好,又要价格低,这可不是件容易事。”

“具体如何做到我还没想出来,但我相信你有办法。你项斌可不是我们新腾的项羽,有勇无谋,你是新腾的韩信加张良啊。”

“说了半天,你他妈的还是刘邦。”

“哥们儿这个刘邦可不是自封的,而是打出来的,是你认可的。”

“我想我们要想杀入高端智能手机必须独辟蹊径出奇制胜,不能走那三国的老路,走老路我们一辈子也追不上他们,他们比我们先行的可不是一星半点两年三年。”

“这我知道,可这条蹊径和这个奇招在哪呢?”

“用互联网做移动互联网,用互联网做智能手机。说白了,就是厂商和用户一起做手机,就是线上做手机线上卖手机,就是彻底颠覆传统的闭门造车方式,颠覆手机硬件的游戏规则,来一个开门制造共同创新。你不是要创新要革命吗?颠覆就是最大的创新和革命。”

陈帆听完一拍大腿:

“高!太妙了!这真是蹊径奇兵,你这个创意价值连城,哥们儿你他妈的是怎么想出来的?”

“我的灵感来自拆手机。拆手机时我就是苹果一个最苛刻的最挑剔的用户。苹果的 iPhone 是怎么出世的?它来自乔布斯的创意和灵感,但乔布斯自己不会设计,硬件软件他都玩不了,还是靠他的专业设计团队,靠那几十个设计精英。说到底,iPhone 还是苹果设计团队闭门造车的结果,乔布斯的创意再绝,苹果的设计团队再厉害,他们也设计不出人人满意的智能手机。如果当时乔布斯征询我的意见,我一定可以给他提出许多非常有价值的改进意见,那样出来的 iPhone 一定会比现在的完美得多,可惜乔布斯无缘认识我项斌。在现实生活中,在庞大手机用户群中,有无数个项斌,有无数个真知灼见和奇思妙想,这些创业和灵感不一定都来自我们这样的专业人士,它也可能来自 IT 少年、大学生,甚至厨子和服装设计师。我们用互联网把这些创意和灵感收集起来,做出来的智能手机就一定能超越 iPhone,而且还能比它便宜。"

"具体如何操作?"

"我们先站在三大巨头的肩膀上,设计出一款新腾手机,然后放到网上让大家免费试用,然后低价在网上销售,在网上建立一个庞大的新腾手机粉丝群,把这些粉丝的改进意见中的精华收集消化后,再推出改进后的新款手机,然后再收集粉丝意见,再改进,一个月推出一款,一个月重新设计改进一次,用网上不断扩大的粉丝群积累口碑打造品牌,这样我们就是集中全民智能制造智能手机,不断改进不断完善直至造出绝大多数用户都满意的性价比最高的新腾手机。"

"项斌,看来你是痴迷智能手机有日子了,要不然想不出这样的高超的战略战术。"

"我琢磨移动互联网和手机有半年多了,就等着你动心之后来找我了。"

陈帆突然站起来,给了项斌一个紧紧的拥抱。

"苍天有眼,把你送到我的身边。新腾有你,二次创业岂有不成功的道理!"

"大主意还是你拿的。你这个刘邦要是不给韩信拜帅,韩信纵有天大的本事也一事无成啊。"

4

第二天,陈帆召开了核心高管会议。

陈帆在会上说:

“我们杀入智能手机的战略定下来后,有两件大事要做:一是找钱,估计这个项目的投资少说也要10个亿,新腾可以拿出3个亿,其他7个亿要找战略投资者。二是找人,咱们的研发中心固然人才济济,但要设计超越iPhone的手机,还需要寻找更高端的人才,寻找像吕博士那样的人才。”

“吕博士我可以尝试去挖,除他之外,硬件软件的高端人才还都要挖来几个。”

项斌说。

“我们既然要做高端智能手机,要跟苹果叫板,高端人才要从微软、摩托罗拉、诺基亚和HTC四家来挖,估计三星的高端人才暂时挖不来。”

徐诺说。

“你跟HTC的王雪红不是朋友吗?怎么还能挖人家的墙角?”

陈帆问。

“朋友归朋友,挖人归挖人。王雪红进入大陆市场时,也从咱们研发中心挖走了两个人。IT行业的人才流动是好事。”

“这样吧,我们暂时分一下工,寻找投资的事我来负责。我先去找林磊,他现在手上现成的投资资金就一二十亿,而且不久前他还给彭一鸣的软件外包项目投了几个亿。这个林磊天生就是金融家投资家,而且他对手机一直感兴趣,他在山海时还劝说过雷云上手机。”

“他还投过小畅通呢,后来连人带项目被雷云策反走了。小畅通也是手机,只不过比咱们新腾的低端手机还低端。”

徐诺补充道。

“寻找和挖高端人才的事由徐诺和项斌负责,以徐诺为主。项斌主要是挖吕博士,搞定他之后,你就要赶紧开始进入新腾手机的设计和建立粉丝网站了。”

“你们谁见过公司总裁给董事长派活的?陈帆,你再这样不尊重董事长,我明天就把你的总裁给撤了,看你怎么实现你的智能手机梦。”

“董事长大人息怒,等我们的新腾智能手机成功了,你再撤我的总裁也不迟。”

项斌早已习惯了这两个人的会上调侃,他立即把会议的话题转向了设计和建网。

5

散会之后，陈帆就去拜访林磊。

在林磊的董事长办公室里，陈帆向他全盘端出了新腾的智能手机战略。

林磊听完之后说：

“好，这个战略高瞻远瞩意义深远，敢和苹果和三星叫板，有气魄。我早说过，八闽商圈中气魄最大胆量最大的老板是你陈帆。”

“我们这个战略的可行性怎么样？”

“我看没问题，台湾的王雪红能成功，你陈帆也能成功。你的这个战略如果成功了，苹果就又多了一个强劲的竞争对手。我可以预言，三年之后，中国手机市场的最大份额在你手里。”

“我的目标可是两年之后成为中国手机市场的销售冠军，苹果成为世界手机老大只用了一年时间，移动互联网和智能手机的竞争就是和时间赛跑，如果我两年之内不能达到这个目标，我就败了，就被手机市场淘汰了。上天不会给我两年以上的时间，因为我毕竟是一个最晚的杀入者，估计这个时候，世界上还敢进入智能手机领域的就我这么一个疯子。”

“有开创性的大企业家都是偏执狂，乔布斯就是个疯子。我的二次创业要是早几年，说不定也会杀入智能手机行业。当然我没有你陈总的优势，我是个科技盲，你是 IT 精英啊，而且是八闽 IT 第一人，智能手机你不干谁干？”

“多谢林总抬举，今天我找你是来拉你下水找你合作的。”

“如何合作？找我投资吗？”

“对，你林总不光是实业家，而且还是金融家和投资家，是财政厅出来的财神爷，所以我寻找投资自然会首先想到你。”

“你需要多少投资？”

“新腾智能手机的投资预算是 10 个亿，我能拿出 3 个亿，其余 7 个亿想寻求两个战略投资者一起解决。”

“战略投资者你找我一个就够了，这 7 个亿我投了。当初彭总也是让我投 2 个亿，然后再去找别人投 2 个亿，结果他那 4 个亿的资金缺口我一人就给他解决了。今天你陈总的投资我也如法炮制,一个人大包大揽,不是我财大气粗,而是我对送上门来的投资良机决不会错过。你陈总的智能手机项目一旦成功一旦上市那是多大的盘子,那是多高的投资回报率,这个机会我能放弃吗?”

“林总真是一个气魄过人又精明过人的投资家。”

“傻大胆敢砸钱是我的投资风格。我做投资也失手过,而且不止一次,但做大投资无一失手,这是我的运气。”

“岂止是运气,更重要的是市场感觉和眼光。”

陈帆和林磊也是只谈了一次只谈了一个多小时,就谈下来了 7 个亿的投资。之所以如此顺利是因为陈帆和彭一鸣一样都是林磊绝对信任和看好的企业家,而且陈帆的智能手机项目比彭一鸣的软件外包项目对林磊更有吸引力。林磊是有手机情结手机梦的,他现在要借助陈帆间接实现自己的手机梦。

几天之后,陈帆和林磊就签订了投资协议。这次林磊用 7 个亿投资换取了新腾 11% 的股权,新腾的盘子毕竟比风标的盘子大得多。

6

陈帆搞定了新腾智能手机项目的 10 个亿投资后,徐诺和项斌也重新组建了新腾智能手机的研发团队。这个团队除了从公司研发中心抽调的 30 名精英外,还挖来了包括吕博士在内的 6 名业内顶尖高手,这 6 个人分别来自微软、摩托罗拉、诺基亚和 HTC,其中还有一个硬件设计师来自三星。6 个人的身价都不低,徐诺是用百万年薪加期权才把他们搞定的。

新腾智能手机软硬件研发设计团队建立之后,吕锋博士被任命为总设计师。这位研发人员中年纪最大资格最老的设计师要在新腾实现他在摩托罗拉没能实现的梦想,设计出世界上最完美性价比最高的智能手机。

投资和人才落实之后,项斌的项目规划和流程也拿出来了,新腾智能手机项目随即正式启动。

仅仅半年之后,新腾就推出了第一款新腾牌智能手机,这款外观极酷的手机实现了顶级配置:双核 1.5G,5 英寸屏幕,通话时间 800 分钟,待机时间 400 小时,900 万像素镜头,其售价只有苹果 iPhone 的一半。

新腾智能手机放到互联网上后立刻引起轰动,短短一个月,新腾手机论坛上的粉丝就突破了30万。以后新腾根据粉丝反馈,每月推出一款改进型。三个月后,新腾手机销售就突破100万,出现了供不应求一机难求的火爆场面。

新腾智能手机上市一年,销量突破600万。新腾手机问世两年,销量突破800万,一举抢占了中国手机市场7%的份额,成为当年的手机销售冠军。

陈帆两年称霸手机江湖的预言居然实现了。陈帆和项斌这两个中国IT疯子创造的奇迹和神话,并不逊色于乔布斯这个美国疯子创造的奇迹和神话。

新腾智能手机上马的第三年,陈帆把异军突起势如破竹的新腾智能手机业务从新腾集团剥离出来,单独成立了新腾通讯公司,并请林磊出面亲手把新腾通讯公司推上了香港股市。新腾通讯上市的市值就达到了18亿美元,超过了几年前阿里巴巴香港上市时15亿美元的市值。

新腾通讯香港上市成功之后,陈帆再一次把目光移向了海外。新腾智能手机虽然业已成为中国手机市场的销量冠军,但在国际手机市场上,它的销量微乎其微。让新腾手机冲出国门占领国际市场,是陈帆制定的新腾新战略,而实现这个战略的唯一途径就是海外并购。

陈帆第三次带队赴欧后,又一次把目光聚焦在英国最大的IT企业和手机生产商多尔丰公司的身上。他觊觎的并非是多尔丰的专利技术,因为新腾手机的专利技术早已超越了多尔丰,他觊觎和垂涎的是多尔丰背后的欧洲市场份额和销售渠道。

陈帆再次和多尔丰董事长开始了收购谈判。时隔三年,与时俱进审时度势的多尔丰把收购价格提高到了9亿美元。

9亿美元陈帆也想买。三轮谈判下来,双方终于接受了8.6亿美元收购价并签订了收购意向书。

等到陈帆回国筹集这笔巨额收购款时,再次感到囊中羞涩,他又想到了林磊。

四十、尾声

CHAPTER 40

1

海山影视公司创立第三年底,60 集电视剧《山海风云》在三级电视台同时播出并获得不小的轰动效应。这部电视剧可以说是真正火了一把,收视率超过了《蜗居》和《青瓷》,一扫满屏婚恋风,掀起了一股强劲的创业风,彻底击碎了中国电视观众只爱看情感片不爱看创业片商战片的老观念。

电视剧《山海风云》还创造了当年国产电视剧出口的最高纪录,说明外国观众也对迅速崛起如日中天的中国企业的创业故事感兴趣。

《山海风云》旋风还没有消散,海山影视的第一部电影《山海丽人》又隆重推出再创奇迹,票房收入突破 10 个亿,并出人意料地获得奥斯卡最佳外语片奖,田依萍获最佳导演奖,邓雪获最佳女主角奖。

海山影视公司的电视剧电影获得双丰收后,林磊不失时机地把海山影视公司推上了中国股市的主板。从此,林磊掌控的海山四同集团横跨生物工程、海产养殖和影视三大产业并拥有了三个上市公司,无论市值、营业收入和利润都超过了陈帆的新腾公司。

海山影视上市之后,林磊就把影视公司的董事长兼总裁推给了乔丽娟,他自己再次超脱了。

林磊这次是彻底从海山四同集团的三大产业中超脱了,然而他这个集团董事长并没有去当甩手掌柜,而是把集团下属的投资部独立出来成立了海山四同投资公司,他亲自担任投资公司董事长,并一口气调集了 30 亿资金,他要开始全身心地玩金融投资做投行生意了。

林磊的这个举动得益于《韦尔奇自传》的启示。众所周知,美国 GE(通用电器)公司是世界上最大的电器制造商,GE 旗下的 13 个业务集团都名列世界 500 强之中,其产品从导弹、宇航飞行器、工业电器到消费电器和医疗器械,种类繁多,品种规格竟达 25 万个。然而自从韦尔奇这个号称世界第一 CEO 入主 GE 以后,他大力发展 GE 的金融服务业,经过 10 年发展,谁也想不到 GE 的金融业营收竟然占到了公司整个营收的40%,其利润更是占到了50%,目前GE的金融业规模仅次于花旗银行,成为世界企业产融结合的典范。

林磊深知自己的优势还在金融投资上,因而他要全力打造海山四同集团的金融服务业务,他的目标是10年之后把海山四同集团打造成中国的GE。

2

就在林磊专心致志地运作集团的金融投资公司时,儿子林旭在美国斯坦福大学读完MBA后回国了。林磊和林旭父子间的对话是在书房里进行的。

"爸,我学成回国了。"

"你今后有什么打算?"

"我想先听听爸爸对我有什么期望。"

"爸爸蒙冤入狱几年,对你一直怀有愧疚,不仅耽误了许多也失去不少,所以出狱后爸爸努力创业,总想对你多补偿多抚慰一点,爸爸对你的期望只有一点,就是健康快乐。"

"难道你不想让我接班?子承父业吗?"

"作为中国父亲,期望儿子早点接班子承父业是很自然的,爸爸当然也不例外,但是,儿子,爸爸下海近二十年,经历了不平凡的商海沉浮兴衰荣辱,深知当老板也不是什么好事,况且能不能当老板,不完全是后天的教育与培养,更重要的是与生俱来的气质与秉性。"

儿子听了林磊的话十分惊奇,因为他提出接班的想法,是希望能够安慰眼前已经白发满头的父亲,他知道出狱十年来老爸是怎样的艰辛,作为唯一的儿子,让老爸早日退休最多是5年之后退出商海,应该是最好的孝顺。

"爸,你今年都52岁了,还打算干多久啊?你这一辈子够坎坷够劳累的了,该早点退下来享享清福了。5年之后你就57岁,也不算早了,到时你就功成名就退隐泉林回家抱孙子吧。你不是让我至少生两个吗?我打算给你生三个,三个总会有一个男孩吧,男女比例有大数定律管着呢。"

"哦,你认为海山集团的应该如何解决接班问题?"

"最好是子承父业吧,中国的民营企业本质上都是家族企业。家族企业在全世界的生命力都是有目共睹的,美国的杜邦和福特都是百年家族企业,曾经名列世界500强首位的沃尔玛也是家族企业,日本的丰田和松下也都是家族企业,这些家族企业的辉煌和竞争力不是明摆着的吗?"

"家族企业的生命力和优势是很明显,但世界企业发展的潮流可是所有权和经营权分离的现代股份制企业。"

"家族企业很多也是股份制企业啊,家族控股不就完了吗?虽然当下中国也在嚷嚷建立现代企业制度,但那主要是针对国企,中国的民企百年之内都会是以家族企业模式为主。"

"这是你的判断吗?"

"这是商界的共识啊。不把企业交给第二代交给谁?交给职业经理人?可靠吗?放心吗?不怕他把企业卷跑了吗?"

"可是财商和创业精神是不遗传的,富二代接班有成功的也有失败的。创业难守业更难,子继父业不容易,子卖父田不心疼啊。"

"爸,这你就是多虑了。长江后浪推前浪,一代更比一代强,后代超越前代也是规律。现在你们这些改革开放后的第一代企业家都已经步入晚年,接班问题已经渐渐浮出水面,中国的富二代正在走向历史舞台。比你年纪更大的企业家,娃哈哈的宗庆后,方太的茅理翔,力帆的尹明善,都已经交班了,而且全部都是交给了第二代。除了宗庆后是交给了女儿,其他两位都是交给了儿子。接班之后,这三家企业不是还在发展吗?"

"企业还在发展是因为作为创业者的父辈都没有完全撒手,都还在幕后戳着帮衬着。"

"据我所知,宗庆后和尹明善是没有完全撒手,但茅理翔完全撒手了。现在方太的董事长和总裁都是茅理翔的儿子,上海交大的硕士,方太就是在他手里成了中国吸油烟机的领头羊,儿子时代的方太已经超越了老子时代的方太了。"

"林旭啊,你算是海归,是洋派,懂英语,懂现代管理,你爸在你面前算是土老帽,我学了一辈子英语,到现在都不能用来谈判。不过,儿子,你想过没有,中国的事情常常是土的战胜洋的。当年打江山时,中共的领导人中,周恩来、王明、博古、李立三,都是洋派,只有毛泽东一人是土派,没留过洋,结果怎样,江山还是靠土派打下来的。再说当下,国际互联网巨无霸,GOOGLE、EBAY、AMAZON,还有雅虎,纷纷进入中国市场,结果全部败北,都被中国本土公司打败了。GOOGLE 败给了百度、AMAZON 败给了当当,一个本土公司阿里巴巴玩出了个淘宝,只用了三年时间就把 EBAY 打了个落花流水并赶出了中国。"

"爸,你说的只是一方面,洋派打败土派例子也很多啊。中国顶尖的科学家可都是海归,现在中关村创业园里许多海归公司都战胜了土鳖公司。"

"土洋之争我俩就不争了,我要告诉你的是,海山四同集团将来是采用家族企业的模式还是采用现代企业制度还在探索中,我这个海山董事长现在还没有退休的打算,而且即便几年之后我退休了也不一定把董事长传给儿子,虽然我只有你这么一个儿子,因为我不知道你是不是当老板的料。"

"爸,你拼搏一生难道不是为了我吗?你那万贯家产难道不是留给我的吗?你的海山四同集团不让我接班让谁接班?"

"孩子,爸爸拼搏一生当然是为了你和这个家,但一代人有一代人的情怀与生活,当年爸决意下海可以说主要不是为了你和家庭,而是为了实现爸爸的理想与抱负,为了振兴中国。"

"爸,你不觉得你这个高调太离谱吗?如今没人唱这种高调了,唱了也没人信。"

"别人信不信,我不管,这个高调我还是要唱,我忠实于自己的心声与情怀。我与你说过,当年爸爸在北京上大学时,满大街都是背单词看书的大学生,座右铭就是为中华崛起而读书,你不以为然,可那是事实。你在美国几年,应该知道美国的大企业家也是爱国的也是有理想有境界的,不然,比尔·盖茨和巴菲特为什么要拿出一生的财富来做慈善回报社会。巴菲特已经公开说过,他的几百亿财产都不留给孩子。"

"哦,爸,我懂了,那你希望我现在怎么做?"

"林旭,你是这个世界上我最爱的人,也是在我心中位置最高的人。我总要先你而去,我死了,我的血还流在你的血管里,我的生命只能靠你来延续。但我爱你的方式和别人不同,我不想单单用财富和董事长的位子来爱你,而是用心灵用责任来爱你。"

"爸爸,我也爱你和妈妈。"

"儿子,爸爸很高兴你长大了,但离成熟还有一段距离。爸爸建议你现在不但要暂时放弃接班的念头,而且还暂时不要进入海山集团。"

"这又是为什么?"

"你现在进入集团不利于你的成长磨炼,你是董事长的儿子,你在里面别人都会捧着你供着你,脏活累活锻炼人的活都不会给你,给你的都是体面光鲜的活,你怎么历练怎么成长?所以我要你先到一家外企或合资企业去打拼锻炼几年,三五年后实践证明你是一块企业家的料,标志就是完全靠自己的努力当上部门以上主管,然后你再进入海山集团。你进来之后也还是要从基层做起,一步步往上走。如果有一天你凭着自己的本事而不是单凭着我的位势进入了集团高管层,你将来仍然有竞争董事长的权力,这个权力我不会剥夺你。我不会也不能把董事长简单传给你,但你可以争到手,也可以抢到手。在我这,凭本事和实力抢班夺权是可以的,不算大逆不道,但我不会给你王储的身份。"

"爸,你可够新鲜的,你的这个安排,我得好好想想再说。"

"不着急,你慢慢想,也可以跟妈妈商量商量,想通了再来找我。"

过了三天,儿子想通了,整理好行李,告别父母,单独一人到北京中关村留学生创业园找工作去了。林磊和林慧望着林旭远去的身影都有些伤感。

"你也真是的,儿子在美国读书两年没回家,好不容易回来了,你又狠心把他轰走。你不让他接班也罢了,海山集团那么大,榕城有那么多摊,哪里不能安置一个儿子啊。"

"不是我把他轰走的,是他自愿走的。我只提出他暂时不进海山集团,找个外企合资企业历练几年,外企榕城也很多呀,是他自己非要到北京去闯荡的。再说咱们在北京也有家啊,你想儿子就长住北京好了。"

"可你又把投资公司的总部放在了香港,要不你把它迁到北京去吧,咱们一家三口常住北京,你不是最喜欢北京吗?"

"将来投资公司的总部要迁也只能迁往上海,因为上海才是中国的金融中心。咱们还是香港、榕城、北京三地跑吧,儿子天天见就不新鲜了,距离产生美,用不了多久,他就要结婚生子,到时你肯定要去天天陪伴他,你们母子见面机会多矣 。"

"总有一天,他要到你身边工作,你们父子见面的机会才多呢。"

"那要看林旭是不是块做企业家的料,当老板可不一定是好事,下海后你我难道没有切身体会吗?”

林磊此时说的是真心话,他对儿子是不是企业家的材料心里真没有底,儿子能否接班还真是个未知数。

3

彭一鸣得到林磊的投资后,软件外包项目进展很快。短短三年,风标的软件外包业务量就进入了国内前几名,当然离印度的班加罗尔还有很大的距离。为了加快发展,彭一鸣在距离中关村大约 15 公里的东北旺看中一大片地,他要在那里圈地建中关村软件园。

圈地建园所需的资金很大,彭一鸣又开始第二次大融资,他首先想到的当然是林磊。

就在陈帆的智能手机和彭一鸣的软件外包高歌猛进时,吴东江的旭辉公司却陷入了困境,原因是产品老化市场萎缩创新没跟上。在旭辉的资金链即将断裂时,吴东江心生一念,他想让林磊的海山集团收购旭辉,因为他已经发现自己的创业才干有限,竞争不过林、陈、彭,再独立支撑下去凶多吉少,他可不想像雷云那样落到个破产的下场。

就这样山海集团出来的三个老板,陈帆、彭一鸣和吴东江都不约而同地打电话约见林磊,都是想来要钱。陈帆是要为收购英国多尔丰公司融资,彭一鸣是要为了他的中关村软件园融资,而吴东江则是要让林磊直接掏钱买他的上市公司,至于林磊是收入囊中也好,是借壳重组也好,他悉听尊便。他们三人真把林磊当财神爷,把海山集团当金库和银行了。

电话一个接一个打来,但林磊一个也没见,而是找了一个良辰吉日,把三个老板一同约来见面会谈,这就是山海四杰的第三次聚餐,地点还是在榕城的香格里拉饭店,发起人和第二次一样还是林磊。

这次老板们都没有带家眷。四位老板入座之后,林磊来了一个开场白:

“各位,上次聚餐是我找大家要钱投电视剧,这次聚餐是你们都要找我要钱,既然都是谈钱谈投资,索性咱们捆在一起谈。在投资之前,我提出一个建议,如果这个建议被大家接受了,那咱们的投资谈判就好谈了。”

“林总，到底是什么建议？”

彭一鸣问。

“在咱们四人的第一次聚会时，我就提出了四人联手重振山海的方案，但当时大家都觉得时机不成熟。如今四年过去了，时机应该成熟了吧？现在陈总的智能手机和彭总的软件外包都大获成功，咱们四人的江山和版图也大体定型，既然你们三个还都缺钱还都想找我投资，既然你们三个愣是把我当投资商当金库，而我现在也把海山的投资公司独立出来了，把我的工作重心转到了金融投资上，那么，不如我们四人联手成立一个山海论坛，除了咱们四人外，各方对山海有情结有感悟的人都可以加盟，形式可以像北京的那个中国企业家论坛，但可以比它更紧密更务实。咱们这个论坛可以不是一年开一次年会，而是每季度开一次论坛，论坛上可以相互交流思想和生意经，也可以谈商务合作谈投资。有了这样一个松散的组织，山海出来的企业家就可以聚拢在一起了。”

林磊话音刚落，陈帆立刻说：

“林总的建议我赞成。四年前我是认为时机不成熟，现在时机成熟了。山海论坛就是我们四人联手合作的最佳平台，也是我寻找投资的最佳地方。”

“陈总，你真把我当金库了？”

“那当然，咱们四人中我们三人都是地道的实业家，只有你是两栖动物，是金融家兼实业家，只有你的海山四同实现了产融结合并拥有庞大独立的投资公司，而且你林磊从一开始就是上市专家资本运作高手，没有钱你也能变出钱来，我们不找你要钱找谁要钱？企业做到这个份上，我才明白，大企业扩张离不开资本运作，产融结合是大趋势，GE的道路海山的道路才是方向。如今我的新腾已经是业内巨头，我的智能手机更是前途无量，我之所以还是愿意参加这个山海论坛，就是冲着你的钱去的，企业家没有不向钱看的。”

陈帆说完彭一鸣立刻表态：

“我也同意成立山海论坛。在论坛中咱们就是一家人，什么投资合作都好谈，信息沟通也便捷，商机也可以共享。”

“你们二位老总都同意了，我就更没异议了。有了这个论坛，海山集团并购我的旭辉的事就好谈了。”

吴东江最后表态。

“既然我们四人都有共识,那我们这个山海论坛就算正式成立了,我这个轮值主席就开始主持山海论坛第一届论坛,这次论坛的主题是投资,下面请各位拿出你们的投资合作方案。”

林磊这个轮值主席是自封的,但立刻得到了其他三人的认同。这次论坛开了整整两天,论坛的结果是海山集团出资重组了吴东江的旭辉,海山集团董事长林磊分别同新腾集团董事长陈帆和风标集团董事长彭一鸣签订了投资协议。第一届山海论坛圆满落幕。

山海论坛的成立标志着山海的复兴和闽商的崛起,标志着八闽商界的这四条虫真正变成了四条龙,也标志着闽商真正走向了中国和世界,从此闽商目光封闭心胸狭窄缺乏魄力不能合作的形象一去不复返了。

山海论坛成立后不久,海山集团决定投巨资在榕城市中心盖一座一百层的海山大厦。海山大厦破土动工那天,林磊、陈帆、彭一鸣和吴东江四巨头都出现在了奠基典礼上。林磊和吴东江是主人,陈帆和彭一鸣是贵宾。

在奠基典礼结束后的宴会上,四人高举酒杯庆祝时都不约而同地想起了雷云。

4

雷云在武夷山躲藏了一年多,他没有变成山中野人和白毛女,而是差一点皈依佛门做了出家的和尚。

为了躲避黑社会讨债公司打手的追杀,雷云在武夷山中东躲西藏,身心疲惫,衣衫褴褛,形容枯槁,饥肠辘辘。这一天,雷云来到山中妙莲寺,慈悲的寺庙主持接纳了他,让他在寺里住了下来。

雷云早上起来,听见妙莲寺僧人早殿念诵前的歌赞唱的竟是弘一法师李叔同的《三宝歌》:

“人天长夜,宇宙黯暗,谁启以光明?三界火宅,众苦煎熬,谁济以安宁?大悲大智大雄力,南无佛佗耶!”

对于这个《三宝歌》雷云是熟悉的。1934 年 55 岁的歌作者李叔同曾来到南普陀寺讲律并协助常惺院长整顿闽南佛学院,而名震海内的南普陀就紧挨着雷云的母校厦大的大门口。

弘一法师在南普陀讲的是《阿弥陀经》，此时此刻，歌赞的词也唱出了雷云的心声。谁能给在苦难中煎熬的他以安宁，恐怕只有南无佛佗耶了。

在厦大上学时，雷云就对这位诗文、词曲、话剧、绘画、书法、篆刻无所不能无所不精的艺术大师李叔同皈依佛门百思不得其解。雷云毕业时，大家唱的还是李叔同的《送别》：

长亭外，古道边，芳草碧连天。

晚风拂柳笛声残，夕阳山外山。

天之涯，地之角，知交半零落。

一壶浊酒尽余欢，今宵别梦寒。

雷云此时正在天之涯地之角，知交不是半零落而是全零落了，可怜他现在连一壶浊酒都不能得。回想当年意气风发时，再看如今落魄逃难日，他不禁潸然泪下。

雷云在妙莲寺栖身的日子里，读到了弘一法师的诗文：

“不贪于利养，唯乐佛菩提。一心求佛智，专精无异念。自古仁人志士，以儒济世、以道修身、以佛治心，可谓是智慧通达。”

他也看到了赵朴初写给李叔同的诗：

深悲早现茶花女，

胜愿终成苦行僧，

无尽奇珍供世眼，

一轮圆月耀天心。

雷云终于理解了李叔同为什么会皈依佛门。他是真心向佛的艺术家，是真正的苦行僧和佛法大师，不像狂草怀素之流只是寄身禅门的艺术家。

雷云寄居妙莲寺一月后，决定皈依佛门。他已经向寺中的主持说出剃度出家的意愿，也得到了主持的同意。就在剃度的前一天，雷云又突然失踪了，原因是他想到一旦皈依佛门，就要常住妙莲寺，这样早晚会被黑社会的打手找到。

然而雷云虽然躲过了黑社会，但没有躲过公安局，他还是被缉拿归案了。雷云被带回榕城后，因诈骗罪和偷税罪被判有期徒刑 6 年。

巧合的是雷云被关的地方就是林磊当年住过的省公安厅看守所，他住的牢房就是当年林磊住过的牢房。

这一切是报应是轮回是命运的恶作剧吗?

雷云想不明白。他联想起了两年前看过的金敬迈的自传体小说《好大的月亮好大的天》,小说中说他在“文革”中,因为那本发行了3000万册的小说《欧阳海之歌》被江青送进了秦城监狱,10年之后,他出来了,江青被关进去了。

世事谁能说得清?

5

雷云刚进去的时候,感觉还好,因为住在监狱里总比在大山里东躲西藏担惊受怕朝不保夕强;可是过了没多久,他就心理失衡痛苦万分度日如年了。

“我怎么会在这里?怎么会成为罪犯和囚徒?我是雷云啊,是全国政协委员,是十大杰出青年,是著名企业家啊。”

他似乎忘记了山海和飞鸣的失败,忘记了因欠债被折磨被追杀的经历。

入狱一个月后,雷云开始反思自己的一生。他突然萌生了写一本名为《一个企业家的自白》的大书的念头,他要把自己所有的奋斗、辉煌、成功和失败写进书里,把所有的爱恨情仇所有的红颜知己写进书里,把苦苦追忆反思总结感悟的真理写进书里。

雷云动笔后,用了两个月的时间来构思撰写提纲和梗概,可是写个两个月改了好几稿都没能完成,原因是他的反思没有真正完成。自己为什么会失败?山海和飞鸣为什么会失败?为什么会从峰巅走到深谷,会从董事长办公室走到大山走进监狱?陈帆、林磊、吴东江和彭一鸣为什么会成功?尤其那个林磊为什么入狱6年出来之后还会东山再起大获成功?

这些为什么雷云都没有想透想明白,所以他的传世之作的构思和提纲也无法完成。雷云在反思时发现自己的不可思议的一生总是和几个女人和一个男人纠缠搅拌在一起,几个女人当然是他的妻子和红颜知己,一个男人就是林磊。

他又心生一念,想跟林磊谈谈。不听听他的观点,自己的书写不出来。

今非昔比,他会见我吗?他这个身价数十亿拥有三大产业的如日中天的企业家,会来见一个他过去的对手和仇人一个失败者落魄者入狱者吗?雷云没有把握,但还是把这个念头告诉了前来探监的父亲。

没想到几天之后林磊真的来了,而且还给他带来了许多食品和用品。

6

林磊和雷云的这次见面与上次见面时隔12年,地点不是在监狱大墙外的宾馆里而是在大墙之内的会客室里,这才是他俩的最后一次会谈。

雷云见到林磊时有些不自然,但林磊却不动声色。

“你能来见我,我已经感激不尽了,为什么还带这么多东西?”

“这些东西也许你用得着,因为我有经验。”

“我想写一本名叫《一个企业家的自白》的书,把我的教训和感悟写出来。”

“这是好事,也是度过牢狱生活的好办法。我相信你的书写出来一定对商界人士具有启发性,因为你的经历很丰富。”

“在里面的这几个月,我一直在反思。有些事情想明白了,有些事情还没有想明白,所以想和你聊聊。”

“我刚出去二次创业时,真不想见你,但现在我不反对跟你聊聊,我也想听听你反思的结果。”

“我反思的重点是我为什么失败,你为什么成功。我现在想我的失败主要是走错了几步棋,或者说走错了人生的关键几步。”

“哪几步?”

“第一步是大学毕业后不应该和陈帆一起下海创业,因为我这个人不太适于做企业家,性格太内向太软弱,太理想化,太书生气,太缺乏自信,没有你和陈帆的霸气和魄力,也没有你俩的那份运气。”

“你的确不是一块企业家的料,并非人人都可以当老板的。做企业家是需要运气,但最重要是需要具备企业家的素质,或曰特质。要有魄力和胆量,又要有坚强的神经和抗击打能力,要有个人魅力和凝聚力,又要有很高的智商和情商。智商表现为把握市场和商机的眼光和运作管理企业的大智慧,情商表现为人际关系的处理能力和掌控亲和团队的能力,这些企业家必备的共质特质你基本上都不具备。”

“你说的有点绝对吧,我认为我不太适于做企业家,但并不是完全不具备企业家的素质。我只是缺少霸气和魄力,缺少点控制高管的能力而已,至于你说的把握商机和管理企业的大智慧,我并不缺乏。否则就不会有山海集团的十年辉煌,陈帆出走过的那几年,山海的崛起和发展都超越了陈帆时代。”

“你的市场眼光和判断力,制定和实施企业战略的能力,还有团结人凝聚人的能力,都和陈帆相距甚远。你做企业的确是个错误,当初如果是你挑头创业山海,必败无疑,根本不会有山海的崛起和辉煌。你当山海的总裁是三厅的错误选择,也是历史和你开了一个玩笑。你说的山海十年辉煌,主要不是你个人能力的结果,而是风云际会趁势而为的结果,是陈帆的山海的巨大惯性和势能的结果。然而你看不到这一点,过去看不到,现在也没看到,而是把山海的成功看成自己的成功,从而让巨大的成就遮蔽了自己的眼睛。如果当时你有自知之明,能急流勇退,那么后来的悲剧都不会发生。”

“一个人处在事业的峰巅时是很难有自知之明的。”

“你的失败还因为你少年得志,成功得太轻松太早,荣誉来得太多太早,所以一旦站在峰巅,立刻忘乎所以头脑膨胀。从某种意义上说,你也是被暂时的成功和飞来的荣誉压垮的。”

“我的第二步臭棋就是在山海上市之后实施多元经营疯狂扩张的战略。如果当时不走这条路,而是像你主张的那样稳扎稳打,把上市融资主要投到山海的看家项目和软件项目上,可能山海集团不会有后来的衰败。”

“你之所以制定和推行这个多元经营疯狂扩张的战略,还是因为你缺乏商人的大智慧,再就是你内心膨胀头脑膨胀,独断专行刚愎自用,听不进别人的意见。你当时不光听不进我和田丹羽的意见,也听不进吴东江和彭一鸣的意见,甚至听不进省长的意见。”

“我的第三步错棋是和你和田丹羽闹翻,是对你落井下石。如果咱们三人继续合作下去,山海一定会持续辉煌,也许现在的规模会超过联想和华为。”

“这也是历史的必然,性格决定命运,你性格上的缺陷注定会落个众叛亲离孤家寡人的下场。你是八闽商界少有的没有朋友的商人,没有朋友没有社会关系的中国商人是注定要失败的。你不光是和我反目为仇,而且还和你的几个红颜知己都闹翻了。有时我想你有点像商界的贾宝玉,在脂粉堆里如鱼得水,只有异性朋友，没有同性朋友。你的桃花运也不是一般的好，红颜知己一个走了，另一个接踵而来，不但有粉黛为你化险为夷，而且还有红颜为你投海而死。试想，没有田丹羽，哪有你的山海辉煌？没有穆丹，哪有你的飞鸣奇迹？然而，成也红颜败也红颜。红颜知己弃你而去，也是你失败的重要原因。”

“我的第四个昏招是向地下钱庄借钱。”

“出此下策是因为你不能和飞鸣的股东和董事坦诚相见，如果你们之间关系正常，飞鸣的重组是可以成功的。退一步说，如果你不是孤家寡人，如果你有朋友，你欠下钱地下钱庄的那几千万根本不算事，但凡有一个商界朋友出来帮忙，你这道难关就过去了，何至于后来让黑社会控制和追杀？”

“是啊，如今想起，追悔莫及啊。我反思的结果是这四步错棋造成了我人生的败局，不知你怎么看我的失败？”

“你失败的原因刚才我已经说过了。第一错误地选择了创业经商之路。女怕嫁错郎男怕入错行，其实你更适于像你父亲一样走仕途，你的血液里没有财商的遗传却有当官的遗传，如果你大学毕业后进入电子厅或外贸厅，走顺了，可能走到部级，不顺最少是个局级，决不会有今天的下场。第二你的性格有缺陷，而且不具备企业家的基本素质。第三你表面上有理想有抱负，不贪不懒敬业玩命，但骨子里也有自私阴暗厚黑的一面，否则，你不会一次又一次跨越道德底线。对我落井下石把我送进大牢是一次，诱骗股东追加投资是一次，低买高卖欺诈持股员工把一亿巨款据为己有是一次，最让人不能容忍的是危难之时把你的生身父母推入火坑，把你的患难女友夏芸送进大海。在我看来，这三条就是你失败的原因。”

“你说的跨越道德底线，我只承认有三次，低买高卖欺诈持股员工那一次，我并不承认。因为当时是一个愿买一个愿卖，是有合同的正常交易。”

“可你没有向持股员工披露真实信息。”

“这也构不成犯罪，检察院以诈骗罪起诉我，我根本不承认。而且商界之人恪守道德底线的人没有多少，讲道德的人赚不到钱。”

“是否认罪是你的权利，但这个世界上既恪守道德底线又赚到大钱的人很多，我就是其中一个。”

7

“我还想知道你成功的原因。”

雷云认真地说。

“你怎么看我的成功?”

“我认为你的成功,主要是二次创业的成功,有必然性也有偶然性。我承认你是个天生的企业家,你说的那些企业家的素质你基本具备了,你最大的特质是捕捉商机能力超强而且胆大敢干敢于冒险。在香港空手套白狼上市,一般人是没有胆量做这种事的,因为失败的后果无法承担。二次创业时借巨款控股安隆,也是常人不敢尝试的高风险行为,不知你当时有没有设想过失败的后果,一旦失败,你将跌入万劫不复的深渊。”

“风险评估,失败后果,我当然都想过,但即便失败我还会爬起来进行第三次创业。”

“这可能就是你说的抗打击能力和坚强神经顽强意志吧。”

“对。”

“但你的成功也有偶然性,有很大的幸运成分。如果你在监狱里不是遇到那个胡建业,如果那个胡建业不给你提供安隆这个机遇,你能这么轻易成功迅速崛起吗?我看不可能。”

“我的成功是有偶然性,也有运气成分,但这些不是主要的。我坚信没有胡建业提供的机遇,我也会成功。我的成功主要还是来自必然性,那就是我的企业家素质和我的理想信念,就是我的不怕失败永不放弃,就是我的坚定大胆执著。你我很大的不同就在于你原来是有理想有信念的,但后来被你抛弃了,从山海出局后的你,心里只有个人名声和金钱了,什么改革大业祖国命运实业报国,都被你抛到九霄云外了。而我是矢志不移理想不灭的,即便经历了牢狱之灾,我的理想信念也没有丢,这就是我成功的主要原因。没有理想信念和境界,只追逐个人财富,也能成功,但决不可能成为大企业家。古今中外还没有目光短浅胸襟狭窄境界低下的大企业家。我始终认为,企业家的造就,境界是第一位的,才干是第二位的,运气是第三位的。”

“也许你说得有道理。”

“你还记得12年前在这座看守所大墙外的宾馆里你我的对话吗?”

“当然记得。”

“你说过,‘我们之间的争斗就是胜负之争,现在你败了我胜了,成王败寇,千古如斯,你我也如此。’”

“这句话我记得。”

“你的这句话我一直记着,你现在应该明白了,成王败寇不是我们这个时代的真理,这种成王败寇的思想也是你失败的原因之一。真理是成功和失败都是相对的,福祸相倚,对立统一,否定之否定,失败是成功之母,成功也是失败之父。不为一时的成功所陶醉和迷惑,尊重对手尊重失败者敬畏被你打败的失败者,应该是一个大企业家的胸怀和境界。尊重失败者早已成为美国硅谷文化,现在也成了中关村文化,成了中国商界文化。古往今来,许多失败者是伟大的探险者探索者和开创者,中国历代那些失败的改革家,商鞅、范仲淹、王安石……他们都是失败者,但你能嘲笑他们吗?你能不尊重他们吗?英国伟大的南极探险家罗伯特·斯科特,壮志未酬以身殉职,但你能不纪念他吗?更不要说那些数不胜数的失败的科学探索者,没有他们的失败,哪来后人的成功和科学的突破?中国三十年改革有多少失败的先行者和探索者,他们中许多人现在还在大牢里,但你能不尊重不敬畏他们吗?我深知每一个成功企业家的脚下都躺着无数失败者,所以我永远尊重敬畏那些失败的企业家,不管他们是因为什么失败的。”

“当时我那句话真是愚昧之极。”

“那是你当时的心声。我还记得当时我说的最后一句话是,我这次认输认栽认倒霉,但来日方长,我们之间的最后胜负还未可知。”

“这句话我也记得。如今最后胜负终于见了分晓,结果是你胜了我败了,历史颠倒了。”

“可以这么说,但你的失败也未见得是最后的失败。6年之后,你出来还可以东山再起。”

“你说过我没有企业家素质,做不了企业,还谈什么东山再起。”

“不在商界东山再起,也可以在文学界东山再起,也许你那本书会让你的余生揭开新的一页。”

“我现在还想不到那一步,我能想到的就是如何写出这本书。”

“我相信你的书一定能写出来。雷云,我们虽然是曾经的对手和仇人,我们之间的恩怨虽然不完全是个人恩怨,但我们也曾经是志同道合配合默契的伙伴和搭档。如今你失败了入狱了,历史和时代已经惩罚了你,再计较那些恩怨已经没有意义了。你和你的家庭有什么困难,尽管说,我会出手相援的。”

“我不得不佩服你的境界。”

雷云说到这,眼圈湿润了。

“请多保重,写书累了,可以自学一点心理学,它对调节心理失衡有帮助。”

雷云点点头,没有再说话。

林磊和雷云的最后一次谈话就是我们故事的尾声了,但我们的故事还没有结束,故事中的主人公还在创业,后续的创业故事还会更生动更精彩更跌宕起伏更惊心动魄。

战斗正未有穷期。创业故事没有尾声。

2014－2－12 于亦庄

(第三部完)